WEIHNACHTSNANNY

MILLIARDÄR, ALLEINERZIEHENDER VATER UND DIE NANNY

MAGGIE COLE

PULSE PRESS INC

WIDMUNG

*Für Dad, der so stolz auf mich wäre, wenn er wüsste, dass ich mein 50.
Buch geschrieben habe. RIP, Daddy.*

*Ich wünschte, wir könnten noch einmal zusammen am See kochen, ein
Lagerfeuer machen, während du aus voller Kehle singst, und dich
„Pink stinkt" sagen hören, während du deine lustigste Grimasse ziehst.*

Wir werden dich nie vergessen.

In Liebe

Maggie

Alexander Cartwright

„Wilder! Ace! Geht euch frisch machen!", rufe ich über die Koppel und wische mir mit dem Handrücken Schweißperlen von der Stirn.

Es ist ungewöhnlich heiß für Anfang November. Meine Söhne sind den ganzen Morgen geritten, während meine drei Brüder Sebastian, Mason und Jagger und ich die sechs neuen Rennpferde trainierten, die wir kürzlich gekauft haben.

Doch anstatt auf mich zu hören, treiben Wilder und Ace ihre Pferde immer weiter vom Stall weg.

Sebastian gluckst. „Sieht nicht so aus, als hätten sie dich gehört, Alexander."

„Von wegen", murmle ich, lege die Finger an die Lippen und stoße einen schrillen Pfiff aus.

Ace, mein jüngster Sohn, schenkt mir ein verschmitztes Grinsen, konzentriert sich dann wieder auf Wilder, der ihm voraus reitet, und gibt seinem Pferd die Zügel, um ihn einzuholen.

Ich verschränke die Arme vor der Brust. „Ich schwöre, Wilder hat nichts als Flausen im Kopf."

„Wir waren schlimmer als Kinder", behauptet Sebastian.

Ich ignoriere ihn, pfeife noch mal und rufe dann: „Zwingt mich nicht, auf ein Pferd zu steigen und euch beide zu holen!"

Meine restlichen Brüder gesellen sich zu Sebastian und mir. Sie alle finden es urkomisch, dass meine Söhne nie auf mich hören, aber ich bin nicht amüsiert.

Ich schnauze: „Amüsiert es euch, dass eure Neffen keinen Respekt haben?"

Mason grunzt. „Das ist ein bisschen übertrieben, findest du nicht?"

„Ja, sie wollen einfach reiten. Wir waren als Kinder genauso", meint Jagger.

„Wir haben Dad nicht ignoriert, als er uns gerufen hat", brumme ich.

„Deine Erinnerungen lassen zu wünschen übrig", ruft Dad vom Haus aus.

Ich drehe mich um. „Solltest du nicht den ganzen Morgen mit Mom in der Stadt festsitzen?"

„Das war der Plan. Aber wir sind schon seit Stunden zurück."

„Und seitdem sitzt du drinnen?"

„Ja." Er sieht mich durchdringend an, aber ich kann seinen

Ausdruck nicht deuten. Er pfeift laut – genauso schrill wie ich – bevor ich ihn fragen kann, was ihn beschäftigt.

Meine Jungs machen am nächsten Baum kehrt und reiten auf uns zu.

„Kleine Scheißer", murmle ich.

Sebastian gluckst und klopft mir brüderlich auf die Schulter. Er ist so irritierend.

Meine Jungs sind gute Kinder und haben die längste Zeit gut auf mich gehört. Doch Wilder probiert in letzter Zeit öfter seine Grenzen aus und Ace macht nur zu gern alles nach, was sein älterer Bruder tut.

Eine Staubwolke wölbt sich hinter ihnen, während sie auf uns zugerast kommen, und nur wenige Meter vor uns abrupt zum Stehen kommen, bevor sie von ihren Pferden springen.

Mason öffnet das Tor zum Roundpen und die Pferde traben hinein.

„Du musst dich mehr in die Kurven lehnen", rät Dad Ace.

„Das habe ich ihm auch gesagt", ruft Wilder.

„Wenn ihr mich das nächste Mal ignoriert, fällt das Mittagessen für euch aus und ihr verbringt den Rest des Tages mit Hausarbeit", warne ich die Jungs. „Habt ihr mich verstanden?"

Wilder und Ace sehen mich wütend an.

„Haben wir uns verstanden?", dränge ich.

Dad wirft ein: „Jungs, antwortet eurem Vater."

„Wir waren schon auf dem Rückweg", murmelt Wilder.

„Genau", antwortet Ace.

Ich ziehe eine Augenbraue hoch. „Verarscht mich nicht."

Meine Söhne seufzen und antworten: „Ja, Sir."

Bevor ich noch etwas sagen kann, tritt Dad zwischen sie und legt beiden eine Hand auf die Schulter. „Wir sollten uns frisch machen, bevor es Essen gibt." Er lenkt sie in Richtung Haus und führt sie weg.

„Unglaublich", murmle ich kopfschüttelnd.

„Entspann dich. Sie sind einfach nur Kinder. Wir waren auch so", erinnert mich Jagger.

„Wir hätten Dad nicht ignoriert", beharre ich.

Er grunzt. „Natürlich haben wir das. Andauernd. Hör auf, das zu bestreiten. Wir waren die Ausgeburt der Hölle persönlich."

„Das stimmt doch nicht", beharre ich und stapfe zum Haus. Das Letzte, was ich zulassen werde, ist, dass sich meine Söhne in kleine, respektlose Bengel verwandeln.

„Georgia! Ich habe es geschafft!", schreit Ace, reißt sich von meinem Vater los und rennt auf die Veranda zu.

Die Frauen meiner Familie haben den Großteil des Tages damit verbracht, die Halloween-Dekoration ab- und die Thanksgiving-Dekoration aufzuhängen. Orangefarbene und goldene Lichterketten winden sich um die Pfosten und hängen zusammen mit Kürbissen und Truthähnen von den Markisen. An der Haustür hängt ein riesiger Herbstkranz, der mit Sackleinen, Eicheln, Tannenzapfen, rötlich-orangenen Beeren und bunten Herbstblättern dekoriert ist.

„Fantastisch!", lobt Georgia Ace und zerzaust ihm das Haar.

Ich kann mir ein Lächeln nicht verkneifen. Meine Familie liebt

Sebastians Frau und meine Söhne waren nicht immun gegen ihren Charme.

„Beeilt euch, Leute. Das Mittagessen ist fertig", ruft sie schließlich, um uns zusammenzutrommeln.

„Wir kommen", ruft Sebastian zurück.

Ace und Wilder verschwinden mit Georgia im Haus und der Rest von uns folgt dicht auf ihren Fersen. Wir ziehen unsere Stiefel aus und waschen uns dann abwechselnd die Hände in dem großen Küchenwaschbecken.

Ich bin der Letzte, der ins große Esszimmer tritt.

Meine Eltern haben vor Jahren einen monströsen Tisch anfertigen lassen, an dem die ganze Familie Platz hat. Und falls Besuch kommt, kann man ihn mit mehreren zusätzlichen Tischplatten noch erweitern. Meine Eltern waren klug und haben vorausgesehen, dass sie Platz für zukünftige Ehepartner und Enkelkinder brauchen werden. Aber selbst jetzt müssen wir manchmal Kindertische herausholen, um die Kids unterzubringen. Heute brauchen wir keinen, da nur meine Schwester Evelyn und ihre drei Kinder zum Essen gekommen sind. Ihr Mann und meine restlichen Schwestern, Ava, Willow und Paisley, sind unterwegs.

Bevor ich den Raum betreten kann, ruft eine lebhafte Stimme: „Das sieht toll aus, Mrs. Cartwright!"

„Danke, Liebes. Und bitte, nenn mich Ruby", antwortet meine Mutter munter.

Ich bleibe im Türrahmen stehen, lasse den Blick durch den Raum schweifen und stöhne dann innerlich auf. Meine Mutter hat die lästige Angewohnheit, Frauen zu uns nach Hause einzuladen und zu versuchen, mich mit ihnen zu verkuppeln. Das Gleiche hat sie mit Sebastian gemacht, und als er dann Georgia heiratete, bin ich ins Zentrum ihrer unwillkommenen Verkupplungsversuche gerückt.

Inzwischen habe ich ihr schon unzählige Male gesagt, sie solle damit aufhören und diese Frauen nicht in die Nähe meiner Jungs lassen, aber es ist reine Zeitverschwendung.

Das letzte Mal, als wir uns darüber stritten, meinte sie, dass jede Frau, mit der es mir ernst wäre, gut mit meinen Söhnen auskommen müsste. Ihr ungewolltes Einmischen lockte mich aus der Reserve und es flogen Funken, was selten vorkam. Ich fluchte und sagte, dass ich nicht vorhatte, die Mutter der Jungs zu ersetzen. Mom wollte das nicht hören und schrie, dass meine Frau vor acht Jahren gestorben ist und dass ich nicht für immer allein sein muss. Jede Erinnerung an unseren Verlust traf mich tief in die offene Wunde, die einst mein Herz gewesen war. Also schoss ich schärfer zurück denn je.

Das war vor etwa acht Monaten. Ich dachte, sie würde es auf sich beruhen lassen, aber sie tut es schon wieder.

Die Fremde mit den langen, magentafarbenen Haaren, dem diamantenen Nasenring und den Tattoos, die unter ihrem rosa Top hervorlugen, sagt: „Sorry, Ruby. Ich nehme an, das sind Ace und Wilder?"

Oh nein, das kommt nicht in die Tüte.

Ich mache drei große Schritte und packe die Lehne meines Stuhls, während ich meine Mutter eindringlich ansehe und sage: „Hör auf."

Mom lächelt mich an. „Setz dich, Alexander. Wir haben einiges zu besprechen."

„Und ob wir das tun."

Dad befiehlt: „Setz dich hin, Sohn."

Ich ignoriere ihn und richte meinen Blick auf die Fremde. Sie trägt genug Schmuck, um einen ganzen Laden zu füllen. Sie erhebt sich, und ich kann ganz schwach ein paar Herzchen und die Buchstaben D und A erkennen, bevor ihre Tattoos wieder unter ihrem Top verschwinden.

Bereut sie es, dass sie sich den Namen eines Typen auf die Brust tätowiert hat?, frage ich mich.

Wie ist sein Name? David? Daryl? Dannie-Boy?

Es spielt keine Rolle.

Mein Blick wandert zu ihren kecken Brüsten, zu der Stück entblößter Haut über dem oberen Rand ihrer Jeans und dann zu dem Riss an ihrem Oberschenkel, der ein weiteres Tattoo offenbart, das ich nicht genau erkennen kann.

Was ist das?

Ich hebe meinen Blick wieder zu ihrem und stelle fest, dass sie nicht eingeschüchtert zu sein scheint.

Diesmal hat Mom sich wirklich selbst übertroffen. Diese Frau ist definitiv nicht mein Typ.

Sie zwinkert mir zu und lächelt. „Freut mich, dich kennenzulernen. Ich bin Phoebe."

Großartig. Sie glaubt, dass sie eine Chance hat.

„Es tut mir leid, dass meine Mutter deine Zeit verschwendet hat. Manchmal hat sie Wahnvorstellungen. Ich denke, es ist das Beste, wenn du jetzt gehst", brumme ich.

„Alexander!", ruft Evelyn, meine herrische ältere Schwester, entsetzt.

„Halt dich da raus", sage ich warnend.

„Jacob", sagt Mom scharf, in der Hoffnung das Dad eingreift.

„Alexander, setz dich hin!", schallt Dads strenge Stimme durch das Esszimmer.

Ich atme tief ein und zittere innerlich vor Wut. Ich bin es leid, dass sich meine Familie in mein Leben einmischt. Nirgendwo steht geschrieben, dass ich eine Frau brauche, um meine Kinder zu erziehen. Sie sind von Großeltern, Tanten und Onkeln und ihren Cousins umgeben. Ich bin mir ziemlich sicher, dass es nur wenige Momente in ihrem Leben gibt, in denen sie nicht von liebenden Verwandten umringt sind.

Dad wiederholt ruhiger: „Setz dich. Wir haben etwas zu besprechen."

Ich gebe nach und setze mich, dann richte ich meinen Blick wieder auf Phoebe. „Ich weiß deine Zeit zu schätzen, aber meine Mutter ist mal wieder zu weit gegangen. Ich will nicht unhöflich sein. Ich bin sicher, du bist ein nettes Mädchen, aber es ist wirklich das Beste, wenn du jetzt gehst."

Ihre Augen weiten sich. Sie blickt zu Mom und sagt: „Vielleicht sollte ich zu einem späteren Zeitpunkt wiederkommen?"

„Unsinn." Mom tätschelt ihre Hand. Sie richtet ihren Blick auf mich. „Alexander, ich habe Phoebe als Kindermädchen für die Jungs eingestellt."

Mein Kopf ruckt zurück. „Kindermädchen? Sie brauchen keine Nanny."

„Nur für zwei Monate, während dein Vater und ich weg sind."

Wilder fragt: „Wohin geht ihr? Kann ich mitkommen?"

„Ich will auch mitkommen!", ruft Ace überschwänglich.

Dad antwortet: „Tut mir leid, dieses Mal nicht, Jungs. Eure Großmutter und ich gehen für ein paar Monate auf eine Missionsreise nach Südamerika."

„Eine Missionsreise? Was ist das?", fragt Ace.

„Da hilft man Menschen, die es weniger gut haben als man selbst", antwortet Mom.

„Ihr fahrt über Thanksgiving und Weihnachten weg?", fragt Georgia überrascht und enttäuscht zugleich.

Mom lächelt. „Wir fliegen für einen Teil der Thanksgiving-Woche nach Hause und werden auch vom 23. Dezember bis zum 2. Januar hier sein."

„Aber ihr werdet den ganzen Spaß verpassen", beschwert sich Wilder.

„Er hat recht. Warum wollt ihr über die Feiertage weg?", fragt Sebastian.

Moms Augen leuchten auf. „Sie brauchten mehr Hilfe. Nicht viele Leute wollen zu dieser Zeit gehen, und euer Vater und ich wollten schon immer mehr für andere tun. Jetzt, da er im Ruhestand ist … "

„Halb im Ruhestand", wirft Dad ein, dem der Gedanke an die Rente immer noch nicht gefällt.

„Es ist die beste Zeit des Jahres ist. Ihr solltet nicht gehen", ruft Isabella, Evelyns älteste Tochter, aufgewühlt.

Mom legt ihren Arm um Isabella und drückt sie an ihre Seite. Sie antwortet: „Ich weiß es ist schwer, aber wir werden für die wichtigsten Feiertage hier sein."

Ich erhebe mich und konzentriere mich wieder auf Phoebe. „Sorry, ich habe missverstanden, warum du hier bist."

„Warum dachtest du, dass ich eingeladen wurde?"

Evelyn antwortet, bevor ich etwas sagen kann. „Er dachte, unsere Mutter wollte euch verkuppeln."

Phoebes Wangen werden rot.

Zu meiner Überraschung werde ich sofort hart. Das ergibt keinen Sinn. Diese Frau, die aussieht als hätte sie gerade erstmal das College abgeschlossen, ist nicht mein Typ.

Schaff sie hier raus.

Ich ignoriere meinen Schwanz, in der Hoffnung, dass niemand sehen kann wie hart ich bin und sage entschlossen: „Es tut mir leid, dass meine Mutter deine Zeit verschwendet hat. Wir brauchen kein Kindermädchen."

„Doch, das tun wir wohl", wendet Mom beharrlich ein.

„Nein, das tun wir nicht", brumme ich.

„Alexander, setz dich hin. Du machst dich lächerlich und bist unhöflich zu unserem Gast", schimpft Dad.

„Wir brauchen kein Kindermädchen", wiederhole ich entschlossen.

„Setz dich", befiehlt er und deutet auf meinen Stuhl.

Ich atme frustriert aus, lasse mich wieder auf meinen Platz fallen und wende ein: „Ich komme mit den Jungs allein zurecht."

„Wirklich? Und wer hilft dir, wenn du arbeitest?", fragt Mom.

Ich hebe meine Braue, denn wir wissen alle, dass sie ihre gesamte Freizeit draußen verbringen, wo wir sie sehen können.

„Wer wird ihnen bei den Hausaufgaben helfen?"

„Ich natürlich."

Mom schnaubt. „Du arbeitest fast immer bis nach Einbruch der Dunkelheit."

Schuldgefühle überkommen mich. Ich war noch nie gut darin, den Jungs bei den Hausaufgaben zu helfen. Ehrlich gesagt habe ich die Schule gehasst, als ich in ihrem Alter war. Und meine Söhne kommen nach mir. Sie sind lieber auf der Weide und reiten oder spielen Räuber und Gendarm, als an einen Schreibtisch gefesselt zu sein. Also jammern sie herum und lassen sich schnell ablenken, was mich frustriert. Aber meine Mutter ist großartig im Umgang mit ihnen, also habe ich ihr diese Aufgabe überlassen.

„Ich werde das schon hinkriegen."

Evelyn kichert. „Natürlich."

„Halt dich da raus", brumme ich halbherzig.

„Sie müssen ihre Hausaufgaben machen, Alexander", fügt sie hinzu. „Außerdem bist du in Sachen Schule entsetzlich unorganisiert."

„Ich sagte, du sollst deine Nase da raushalten."

„Sie hat recht. Die Schularbeiten der Jungs dürfen nicht unter unserer Abwesenheit leiden", erklärt Dad.

„Mir würde es nichts ausmachen, keine Hausaufgaben zu machen, während ihr weg seid. Nichts für ungut, Phoebe", meint Wilder und schenkt ihr sein strahlendstes Lächeln.

„Das ist nicht lustig", warne ich ihn.

„Ich will auch keine Hausaufgaben mehr machen", ruft Ace Feuer und Flamme.

Phoebe lacht und antwortet: „Ihr werdet beide eure Hausaufgaben machen. Aber macht euch keine Sorgen. Wir werden es lustig gestalten."

„Hausaufgaben machen nie Spaß", murmelt Wilder.

„Mit mir schon", behauptet Phoebe.

Ich mahle meinen Kiefer, atme durch die Nase und mein Herz schlägt schneller. Erneut mustere ich Phoebe und frage mich, wie meine Mutter mit ihrem Urteil so daneben liegen konnte. Diese Frau ist wild wie ein Mustang, ungezähmt. Wie soll sie einen guten Einfluss auf meine Jungs haben? Sie werden sie einfach überrennen.

„Sie ist sehr qualifiziert", informiert mich Mom, als ob sie meine Gedanken lesen könnte.

„In was?", frage ich, wirklich neugierig, wie diese Fremde mit meinen Söhnen zurechtkommen soll, die bei jeder Gelegenheit anfangen, ihre Grenzen auszutesten.

Phoebe klingt selbstbewusst, als sie lächelt und sagt: „Ich habe in den letzten drei Jahren Kunst unterrichtet."

„Drei Jahre! Und Kunst! Euch wird nie der Gesprächsstoff ausgehen", brumme ich sarkastisch.

„Alexander!", tadelt Mom mich.

„Was? Das ist eine faire Einschätzung."

Phoebe zieht entschlossen die Schultern zurück, verengt ihre Augen und sagt kalt: „Nicht wirklich. Ich habe mit zwölf Jahren angefangen zu babysitten. Während des Colleges habe ich als Kindermädchen für eine Familie mit fünf Kindern gearbeitet, und die Eltern waren kaum zu Hause."

„Ich bin kein abwesender Vater", schnauze ich.

Sie legt den Kopf schief. „Ich habe nicht behauptet, dass du es bist."

Ich starre sie an und die Spannung steigt um den Tisch herum, aber vor allem zwischen uns.

Sebastian räuspert sich. „Warum gibst du ihr nicht eine Chance?"

Ich sehe überrascht zu ihm rüber. „Seit wann steckst du deine Nase in meine Angelegenheiten?"

Er hält beschwichtigend die Hände hoch. „Mom und Dad haben sie beim Bewerbungsgespräch in die Mangel genommen, also muss sie ausreichend qualifiziert sein."

Überrascht wende ich mich an Dad. „Ihr habt Bewerbungsgespräche gehalten?"

„Natürlich."

Ich sehe wieder zu Sebastian. „Woher wusstest du davon? Du warst doch mit uns draußen."

Schuldgefühle ziehen über sein Gesicht.

Ich schaue in die Runde und Wut macht sich in mir breit, als ich ihre schuldigen Mienen sehe. Mir wird klar, dass ich neben den Kindern der Einzige bin, der über diese Entwicklung im Unklaren gelassen wurde. „Ihr habt es alle gewusst?"

Evelyn antwortet: „Wir wussten nicht, dass sie über die Feiertage wegfahren würden. Mom hat uns gesagt, dass sie erst im Februar verreisen."

Mom grätscht dazwischen. „Euer Vater und ich wussten nicht, wie dringend sie zusätzliche Hilfe brauchen würden. Wir konnten sie nicht enttäuschen."

Evelyn fährt fort: „Wir wussten, dass du versuchen würdest, alles allein zu schultern."

„Das kann ich auch. Es sind ja schließlich meine Kinder", erinnere ich sie.

Georgia legt ihre Hand auf meine und murmelt leise: „Hey."

Ich schaue sie an.

Sie lächelt und ich beruhige mich ein wenig. Es ist schwer, auf sie wütend zu sein. Vielleicht liegt es daran, dass wir nicht blutsverwandt sind, aber sie hat meine Kinder immer wie ihre eigenen behandelt, seit sie sie kennengelernt hat. Obwohl sie jetzt genauso ein Teil von unserer Familie ist, trifft sie Entscheidungen von einer anderen Perspektive. Sie war kein Teil meiner Kindheit und Jugendjahre, hat nie versucht mich auf die Palme zu bringen, wie meine Geschwister es nur zu gern tun, und hat nie den Verlust meiner Frau miterlebt, wie der Rest der Familie.

Sie schlägt vor: „Warum gibst du Phoebe nicht einfach für eine Woche eine Chance und dann kannst du entscheiden, ob du sie brauchst?"

Ich atme tief durch, froh darüber, dass Georgia auf meiner Seite ist. Es ist nicht unbedingt was ich will, aber sie hat mir gerade grünes Licht gegeben, meiner Familie zu zeigen, dass ich mehr als fähig bin, alles allein zu bewältigen. Ich lenke ein und nicke. Nach der Woche kann Phoebe ihre Siebensachen packen und sich auf den Weg machen, sobald alle sehen, dass die Jungs sie nicht brauchen.

Widerstrebend wende ich mich Phoebe zu. „Gut. Du kannst die Woche über bleiben. Am Freitag setzen wir uns erneut zusammen und treffen eine Entscheidung."

„Ich muss erst nach Hause und meine Sachen holen. Mein Mietvertrag läuft in drei Tagen aus", behauptet sie.

„Wo wohnst du?"

„In Kalifornien."

Natürlich kommt sie aus Kalifornien. Das erklärt ihre Piercings, Tattoos, magentafarbenen Haare und ihre Bräune.

Versteckt sie noch andere Tattoos unter dieser Jeans?

Wieso interessiert mich das überhaupt?

Ich schüttle amüsiert den Kopf. „Lass mich raten. L.A.? Oder kommst du aus San Francisco?"

Sie zieht eine Augenbraue hoch. „Pismo Beach."

„Können wir an den Strand gehen? Bitte, bitte", ruft Ace aufgeregt.

Phoebe lächelt ihn an. „Ich habe schon gehört, dass ihr einen See auf eurem Grundstück habt."

„Das tun wir!"

„Warum veranstalten wir nicht eine Strandparty, nachdem ihr euch diese Woche eure Goldsterne verdient habt?"

Er legt fragend den Kopf schief. „Goldsterne?"

Sie nickt. „Ja. Mit Goldsternchen kann man sich alle möglichen coolen Sachen verdienen."

„Was zum Beispiel?", fragt Wilder interessiert.

„Ich will auch Goldsterne!", meldet sich Isabella zu Wort.

Phoebe lacht. „Du kannst sie dir auch verdienen."

„Es wird bald kälter werden", gebe ich zu bedenken.

Phoebe zuckt mit den Schultern und wendet ihren Blick dann

wieder den Kindern zu. „Und? Wir können doch trotzdem eine Strandparty feiern, oder?"

„Jaaaaaa!" Wilder hebt seine Arme in die Luft und die anderen Kinder folgen seinem Beispiel und rufen: „Strandparty! Strandparty!"

Meine Geschwister und Eltern scheinen das lustig zu finden, aber mich ärgert es. Das Letzte, was ich gebrauchen kann, ist, dass diese Frau meinen Kindern Ideen in den Kopf setzt, wenn sie nicht mehr da sein wird, um sie umzusetzen. Also murmle ich: „Dann machen wir das besser diese Woche."

Stille kehrt ein und sie sagt: „Ich kann am Dienstag zurück sein, wenn das passt?"

„Sehr gut", antwortet Dad.

Phoebe verzieht die Mundwinkel. Sie hebt die Augenbrauen und fragt mich: „Würde es dir auch passen? Sind sechs Tage genug, um meine Arbeit zu bewerten?"

Ich frage mich, warum sie das so lustig findet. Nächste Woche wird sie mit eingezogenem Schwanz zurück nach Kalifornien flüchten. Aber ich antworte trotzdem: „Ja."

„Großartig. Können wir jetzt essen? Ich bin am Verhungern", brummt Jagger.

Servierplatten mit Aufschnitt, Käse und Brot werden um den Tisch gereicht. Dann folgen Schüsseln voller Kartoffelsalat, Caesar-Salat und Obst.

„Hast du das alles selbst gemacht, Georgia?", fragt Phoebe.

„Evelyn und die Mädchen haben mir geholfen. Nicht wahr?", fragt sie Emma, Evelyns mittlere Tochter, die in letzter Zeit nur an Georgias Rockzipfel zu hängen scheint.

„Ich habe den Salat gewaschen und gerupft!", ruft Emma strahlend.

„Du hast super gemacht", lobt Georgia sie, und sie stoßen ihre Fäuste zusammen.

„Der Salat schmeckt unglaublich", schwärmt Phoebe, nimmt einen großen Bissen und grinst Emma an.

Emma ist unter all dem Lob im siebten Himmel und ich stöhne innerlich auf.

Vielleicht ist Georgias Idee doch nicht so gut. Die Kinder werden sich in Phoebe verlieben, und dann bin ich der Bösewicht, wenn ich sie rausschmeiße.

Die anderen unterhalten sich angeregt weiter, aber ich höre kaum zu. Ich schmecke auch kaum mein Essen. Alle am Tisch loben Phoebe, als wäre sie die tollste Person, die jemals bei uns zu Hause war. Das bestärkt mich nur noch mehr darin, dass dies eine Katastrophe werden wird. Von all den Dingen, die meine Mutter getan hat, ist das die Spitze des Kirchturms. Wir brauchen Phoebe nicht, und die Kinder werden untröstlich sein, wenn sie geht.

Besser in einer Woche als in zwei Monaten.

Zwei Monate.

Was zum Teufel haben sich meine Eltern nur dabei gedacht? Meine Kinder sollten nicht dazu gezwungen werden eine Bindung zu einer Frau zu formen, die nicht zur Familie gehört.

Warmer Apfelstreuselkuchen mit Vanilleeis wird am Tisch herumgereicht. Georgia hat sich heute Abend selbst übertroffen. Sie hat ein florierendes Cupcake-Geschäft, aber sie kann alles backen, was ihr in den Sinn kommt. Sie hat sogar herausgefunden, was sie meinem Bruder backen kann, der Angst vor

Diabetes hat. Alles, was sie macht, ist superlecker und sie verwendet nur die Hälfte des Zuckers. Heute ist es nicht anders.

„Wer wird mit uns die Weihnachtsaktivitäten machen, während du weg bist?", fragt Isabella meine Mutter.

Mom zeigt um den Tisch herum. „Alle hier, plus deine anderen Tanten und Phoebe."

„Phoebe ist nur für eine Woche hier", erinnere ich sie alle.

„Alexander, du wirst Phoebe eine faire Chance geben", befiehlt Dad streng.

Ich knirsche mit den Backenzähnen. Ich liebe meine Familie, aber dies ist eine der Situationen, in denen ich mir wünschte, sie würden sich aus meinen Angelegenheiten heraushalten.

Das habe ich davon, dass ich immer noch auf der Ranch lebe.

Vielleicht sollte ich ausziehen?

Was würde das bewirken? Dies ist unser Zuhause und meine Söhne wären am Boden zerstört.

Phoebe meldet sich zu Wort. „Ist schon okay. Ich werde Alexander beweisen, dass ich eine Bereicherung in seinem Leben bin, während ihr verreist." Sie grinst mich an.

Mein Mund wird trocken, während ich sie anstarre. Ich bin mir nicht sicher, für wen diese Frau sich hält, aber wenn sie glaubt, mich für sich gewinnen zu können, dann hat sie sich geschnitten.

2

Phoebe Love

„Nochmals vielen Dank. Ich kann es kaum erwarten, anzufangen", sage ich zu Ruby.

Sie umarmt mich herzlich und sagt: „Wir freuen uns, dich auf der Ranch zu haben."

„Strandparty!", ruft Isabella aufgeregt, und die anderen Kinder beginnen wieder ihren Sprachgesang, womit sie mich zum Lachen bringen. Das haben sie im Laufe der Nacht schon mehrmals gemacht.

Alexander schüttelt den Kopf, genauso miesepetrig wie die anderen Male.

Seine Eltern haben mich gewarnt, dass er sich gegen die Idee eines Kindermädchens wehren würde, und sie haben nicht untertrieben. Im Moment kann ich nicht sagen, ob er mich einfach nicht mag oder denkt, dass er alles allein schaffen kann.

„Bis bald, Kid", murmelt Jacob, umarmt mich väterlich und tritt dann zurück. Er wendet sich Alexander zu. „Worauf wartest du noch, Sohn? Bring Phoebe zum Flugplatz, bevor du den Flugplan durcheinander bringst. Ich will nicht noch eine Strafe zahlen müssen."

Alexander runzelt die Stirn und verengt seine blauen Augen, bis sie sich verdunkeln. „Wovon redest du? Ich fahre nicht zum Flugplatz."

„Natürlich tust du das. Und vergiss deine Manieren nicht. Beweg dich", befiehlt Jacob unnachgiebiger denn je.

Alexander spannt seinen Kiefer an, starrt Jacob finster nieder und atmet dann langsam aus, als es nichts bringt. Die tiefen Falten um seine Augen verblassen, er setzt seinen Cowboyhut auf und reißt die Haustür auf. Er zwingt sich zu einem Lächeln, blickt mich an und grinst: „Ich schätze, ich bringe dich zum Flugplatz. Bist du bereit?"

Schmetterlinge flattern in meinem Bauch, Röte steigt mir in die Wangen, und ich schimpfe mit mir selbst, weil ich mich wie ein Schulmädchen aufführe, das dabei erwischt wurde, wie es seinen Schwarm anstarrt. Es ergibt überhaupt keinen Sinn. Er ist unhöflich, will mich nicht in der Nähe seiner Familie haben und hat deutlich gemacht, dass er mich feuern wird, bevor ich überhaupt angefangen habe. Und doch reagiert mein Körper jedes Mal gleich, wenn Alexander Cartwrights verächtlicher, wütender und frustrierter Blick auf meinem ruht. Es ist fast so, als wäre ich fruchtbarer Boden für seine Missbilligung.

„Ich will mitkommen!", ruft Ace.

„Nein, du musst für den Rest des Tages im Stall aushelfen", verkündet Jacob.

Wilder gluckst. „Viel Spaß dabei."

Jacobs Mundwinkel zucken belustigt, als er sagt: „Ich weiß nicht, warum du denkst, dass du ungeschoren davonkommst. Du wirst ihm zur Hand gehen."

„*Was?* Warum?", jammert Wilder empört.

Jacob deutet mit dem Finger zwischen den Jungen hin und her. „Ihr habt doch nicht geglaubt, dass ihr damit durchkommt, eurem Vater nicht zu gehorchen? Oder etwa doch?"

Ace verzieht das Gesicht und sagt schelmisch: „Wir haben gehorcht."

„Genau. Du hast gepfiffen, Grandpa und wir sind zurückgeritten."

„Tut nicht so, als hättet ihr euren Vater nicht gehört, sonst schaufelt ihr für den Rest der Woche Mist aus den Stallungen", warnt Jacob die Jungs.

Sie schauen sich an und lassen dann seufzend die Schultern hängen.

„Geht", sagt ihr Grandpa. Wilder brummt: „Komm schon, Ace. Tschüss, Phoebe."

„Ja, tschüss", murmelt Ace niedergeschlagen.

„Wir sehen uns", erwidere ich, stoße ihre Fäuste mit meiner an und verbeiße mir ein Lächeln, als sie an mir vorbeigehen und durch die Tür verschwinden.

„Zeit zum Aufbrechen", ruft Alexander und gibt mir ein Zeichen ihm voraus aus dem Haus zu gehen.

Wir laufen schweigend zu seinem Wagen. Er öffnet mir die Beifahrertür, was mich etwas überrascht. Er grunzt. „Lass mich raten. Du gehörst zu den Frauen, die es für beleidigend halten, wenn ein Mann einer Frau die Tür aufhält?"

Ich packe den Griff, klettere hinauf in den Sitz und schüttle den Kopf. „Nein. Wie kommst du denn darauf?"

„Du bist einfach erstarrt und hast die Augenbrauen zusammengezogen."

„Und?"

„Du hast verärgert ausgesehen."

„Nein, ich bin nur überrascht. Ist das eine Sünde?", frage ich.

Er hält inne, dann nickt er. „Ah. Ich verstehe. Du hängst nur mit diesen kalifornischen Jungs rum, die nicht wissen, wie man sich als Gentleman benimmt."

„Hm." Ich schließe meinen Mund und denke kurz darüber nach.

Alexander schüttelt den Kopf. „Ich habe also recht."

„Nein, hast du nicht." *Zumindest hoffe ich das.*

„Wirklich?", fordert er mich heraus und seine Stimme trieft vor Missbilligung.

Ich reagiere genauso wie vorhin, als hätte ich Sternchen in den Augen und verfluche mich selbst.

Warum bringt er mich so aus der Fassung? Er ist ein Arschloch.

Und wen kümmert es, wenn mein Freund Lance und andere Männer in meinem Freundeskreis mir nie die Tür aufhalten?

Nun, es ist irgendwie schön.

Was kümmert mich das überhaupt? Ich kann meine eigene Tür öffnen.

Er reißt seinen Blick von mir los und schließt die Tür. Innerhalb von Sekunden umrundet er den Truck und springt mit Leichtigkeit hinters Lenkrad. Er duftet nach Moschus, Schweiß und Natur, was sich wie ein Aphrodisiakum im Wagen ausbreitet und mir die Sinne vernebelt. Ich atme seinen Geruch tief ein und mein Herz beginnt zu rasen.

Er startet den Truck und lenkt uns die lange Auffahrt der Ranch hinunter, bevor wir das prächtige schmiedeeiserne Tor passieren.

„Die Ranch ist wirklich schön", sage ich zu ihm.

Er sieht zu mir hinüber und antwortet trocken: „Danke. Sie ist seit mehreren Generationen im Besitz meiner Familie. Ich nehme an, du hast noch nie auf einer Arbeitsranch gelebt?"

Ich setze mich zur Wehr. „Nein, aber das heißt nicht, dass ich kein Naturmensch bin oder nicht tierlieb wäre."

Er presst die Lippen missbilligend aufeinander. „Sicher." Er konzentriert sich wieder auf die Straße.

Was für ein selbstgefälliges Arschloch.

Ich senke meinen Blick und erstarre, mein Puls beschleunigt sich.

Alexanders Jeans spannt sich straff über seine Oberschenkel, dass ich die Beule zwischen ihnen kaum übersehen kann. *Mein Gott, er ist verlockend.*

Der Truck holpert über ein Schlagloch und er murmelt: „Tut mir leid. Der Weg ist im Moment etwas holprig."

Ich löse meinen Blick von seinem Unterkörper und starre aus dem Fenster. „Kein Problem."

Es herrschen mehrere Minuten lang Stille. Heute ist ein ungewöhnlich sonniger Tag und es wird schnell wärmer im Truck, während die Sonne auf uns niederprallt. Alexanders berauschender Duft wird immer stärker, bis mir der Kopf schwirrt und mein Herz so stark in meiner Brust hämmert, dass ich mich frage, ob er es hören kann.

Was ist los mit mir?

Ich habe einen Freund.

Nicht für lange.

Was? Wieso denke ich so? Lance und ich brauchen nur etwas Zeit getrennt voneinander. Dann wird alles wieder gut.

Er wird ausrasten, wenn er erfährt, dass ich für zwei Monate nach Texas ziehe.

Meine Schuldgefühle fressen mich auf. Ich habe Lance nicht gesagt, dass ich zu einem Vorstellungsgespräch hier bin. Er denkt, ich sei hier, um eine Freundin aus dem College zu besuchen.

Dann verwandelt sich mein Schuldgefühl in Wut.

Lance hat mich nie gefragt, wie meine Freundin heißt, woher ich sie kenne, oder nach meiner Reise. Er hat mir kaum zugehört, als ich ihm sagte, dass ich für zwei Tage lang weg sein würde.

In gewisser Weise hat mich das nicht mal überrascht. Nach unserem ersten Jahr war er nicht mehr besonders aufmerksam, und in der jüngsten Vergangenheit wurde es noch weniger. Wenn unsere Gespräche nichts mit seinen Freunden, seiner Karriere oder dem Tennisspielen im Country Club zu tun haben, ist er nicht interessiert.

Meine Freunde finden ihn nicht besonders sympathisch. Am Anfang haben sie ihre Meinung noch für sich behalten, aber in letzter Zeit bringen sie ihre Verachtung immer lautstarker zum Ausdruck. Er war noch nie übermäßig freundlich, also haben sie aufgehört, sich zu verstellen. Es ist ein ständiges Streitthema, weil sie denken, dass ich etwas besser verdient habe, und ich versuche, sie davon zu überzeugen, dass sie ihn nicht so kennen wie ich.

Mental führe ich jedoch die gleiche Debatte.

Wenn Lance und ich allein sind, ist es anders.

Das war einmal. Im letzten Jahr hat sich alles anders angefühlt.

Ich schätze, ich hätte nicht überrascht sein sollen, als Lance nicht viele Fragen zu meiner Reise stellte. Vielleicht war ich unterbewusst sogar erleichtert. Ich musste mir keine Lüge ausdenken, da meine Freundin Alicia nach Texas gezogen war und ich sie gestern Abend sehen konnte. Alles, was ich getan habe, war, einige Details wegzulassen.

Jetzt, da die Cartwrights mich eingestellt haben, muss ich es ihm jedoch sagen. Ich bin mir nicht sicher, wie Lance reagieren wird, wenn ich es ihm sage, aber ich glaube von ganzem Herzen, dass wir etwas Abstand brauchen. Er wird mich vermissen und erkennen, was ich alles für ihn tue, und dann kann alles wieder so werden, wie es war, als wir frisch zusammenkamen.

Oder er wird mich überhaupt nicht vermissen, und das wird mir den Mut geben, mit ihm Schluss zu machen.

Mein Herz zieht sich bei diesem Gedanken schmerzhaft zusammen. Wir haben uns bei meiner College-Abschlussfeier kennengelernt und sind schon seit vier Jahren zusammen. Sein Bruder war in meinem Jahrgang. Wir waren uns vorher nie begegnet, aber ich bin Lance buchstäblich in die Arme gelaufen, als ich aus der Aula kam. Er verschwendete keine Zeit, fragte nach meiner Nummer, und am nächsten Abend gingen wir aus. An die letzten vier Jahre habe ich gute und schlechte Erinnerungen, aber das kommt in jeder Beziehung mal vor. Und ich hasse es, daran zu denken, dass ich keine schönen Erinnerungen mehr mit ihm haben werde.

„Du bist dir schon darüber im Klaren, dass meine Jungs jede Grenze ausreizen werden, die du ihnen setzt, oder?", warnt Alexander und reißt mich aus meinen Gedanken.

Denkt er, das ist ein Vorstellungsgespräch?

Ich atme seinen betörenden Duft tief ein, lächle und wende mich ihm zu. „Ja, natürlich. Wie ich schon sagte, kenne ich mich mit Kindern sehr gut aus."

Er schnaubt. „Das heißt aber nicht, dass du meine beiden Jungs kennst."

„Das habe ich nicht behauptet", sage ich ruhig, drehe mich um und hebe mein Knie auf den Sitz.

Sein Blick wandert nach unten. Er starrt einen Moment auf mein Bein, dann sieht er mich verächtlich an. „Hast du nicht?"

Ich ignoriere wie sich mein Blut erhitzt, das durch meine Adern brodelt und mit jeder Sekunde, in der er mich herausfordernd ansieht, heißer kocht. „Ja, sie sind nicht die ersten Kinder, die ich betreue. Wilder und Ace haben beide ihre eigenen Persönlichkeiten, und natürlich kenne ich sie noch nicht gut. Aber ich weiß, dass Kinder versuchen, Grenzen auszureizen, und besonders Jungs in ihrem Alter."

Er knirscht mit den Backenzähnen und konzentriert sich auf die Straße.

Obwohl ich nicht sehr zuversichtlich bin, dass er mich nach der Probezeit nicht feuern wird, täusche ich absolutes Selbstvertrauen vor und füge hinzu: „Wenn ich zurückkomme, wirst du sehen, dass ich mehr als fähig bin, mich um deine Jungs zu kümmern."

„Ich brauche keine Hilfe."

„Deine Familie scheint zu denken, dass du jemanden brauchst, der dir mit den Jungs unter die Arme greift", erwidere ich.

„Sie liegen falsch. Du wirst schon sehen."

„Wollen wir wetten?"

Alexanders Kopf schnellt zu mir herüber. „Bist du glücksspielsüchtig?"

„Nein!"

„Du hast gerade gesagt, dass du mit mir wetten willst."

Meine Wangen erhitzen sich und ich stottere: „Äh … ja, das stimmt. Es ist nur eine Redewendung."

„Eine Redewendung, die von Spielern verwendet wird."

„Ich bin nicht glücksspielsüchtig", sage ich vehement.

Sein Blick bohrt sich so fest in mich hinein, dass ich mich anstrengen muss, nicht zurückzuweichen. Aber ich muss auch meine Oberschenkel zusammenpressen.

Grundgütiger. Was ist nur los mit mir? Der Typ ist ein Vollidiot.

„Ich will nicht, dass meine Jungs etwas über Glücksspiele lernen", brummt er.

Ich fahre mir mit den Händen über das Gesicht und stöhne. Dann seufze ich, lasse die Hände sinken, zwinge mich, ihn anzusehen, und sage: „Ich versichere dir, dass ich ihnen nichts über Glücksspiel beibringen werde. Denn ich spiele nicht. Verstanden?"

Seine Miene verhärtet sich und er umklammert das Lenkrad fester. Alexander wölbt die Schultern und der Stoff seines T-

Shirts spannt sich über seinen Bizeps. „Unverantwortliches Glücksspiel kann Leben ruinieren."

Ich starre ihn an.

Er fährt fort: „Ich erziehe meine Jungs zu guten Menschen und verantwortungsbewussten Erwachsenen."

Ist der Typ schwerhörig?

Was für ein Heuchler.

Ich kann mich nicht zurückhalten und frage: „Du trainierst also keine Rennpferde?"

Er zuckt zusammen, aber es geht so schnell, dass ich mich frage, ob ich es wirklich gesehen habe. Er antwortet: „Ja. Aber das bedeutet nicht, dass ich mit Glücksspiel und unverantwortlichem Verhalten einverstanden bin."

„Was genau ist verantwortungsvolles Glücksspiel?" Ich neige meinen Kopf und verenge meine Augen zu Schlitzen.

Seine Knöchel um das Lenkrad werden weiß. Er antwortet: „Es ist gut Grenzen zu haben. Zu wissen, wann man aufhören und gehen muss. Süchtig zu sein ist schlecht."

Ich lächle. „Und du trainierst Pferde, auf die sowohl verantwortungsvolle als auch unverantwortliche Spieler wetten können?"

Die Farbe weicht aus seinem Gesicht. Er knurrt: „Wenn du ein Problem damit hast, wie meine Familie ihr Geld verdient, brauchst du nicht wiederzukommen."

Ich halte meine Hände in die Luft. „Wow! Ich habe keine Probleme damit. Ich reagiere nur auf deinen Angriff."

Er verzieht das Gesicht. „Meinen Angriff?"

„Du hast mir vorgeworfen, dass ich deinen Kindern das Glücksspiel beibringen werde, was übrigens nicht Teil meiner Expertise ist", erkläre ich.

„Du hast noch nie gespielt?", fragt er.

Ich verschränke die Arme vor der Brust. „Nein. Ich bin Lehrerin, schon vergessen?"

„Und?"

Ich verdrehe die Augen. „Ich verdiene nicht gerade viel Geld. Es wäre verrückt, alles zu riskieren, was ich verdiene."

Er schweigt etwa eine Meile lang und fragt dann: „Worauf wolltest du wetten?"

Ernsthaft?

„Komm schon. Sag es mir."

Ich überlege, ob ich behaupten soll, dass ich es vergessen habe, oder ob eine ehrliche Antwort besser wäre.

„Lass mich nicht warten", drängt er.

Schließlich sage ich: „Okay. Wenn du am Ende meiner Probezeit einsiehst, dass du dich geirrt hast und ein Kindermädchen brauchst, dann schuldest du mir einen Gefallen."

„Ein Gefallen?"

„Ja."

„Was für einen Gefallen?"

Ich zucke mit den Schultern. „Ich weiß nicht, nur etwas in der Zukunft, falls ich es brauche."

Misstrauen füllt seine schönen Augen.

„Na schön. Wenn du Angst vor einer kleinen Wette hast, müssen wir nicht wetten", murmle ich, rolle mit den Augen und wende mich ab.

Er platzt heraus: „Was bekomme ich, wenn ich recht behalte?"

Ich denke einen Moment nach und antworte dann: „Das Gleiche. Ein Gefallen."

Er verzieht spöttisch die Lippen. „Aber du wirst nicht hier sein, damit ich diesen Gefallen einfordern kann."

Wut überkommt mich. Seine Überzeugung, ich würde die Probezeit nicht überstehen, ist beleidigend. „Vergiss einfach, dass ich etwas gesagt habe."

Er biegt nach rechts ab und fährt auf den Privatflugplatz. Er parkt in der Nähe der Treppe des Jets und steigt aus.

Bis er an meiner Tür ankommt, bin ich schon aus dem hohen Truck gesprungen, wütend, weil ich nicht weiß, warum ich zugestimmt habe, hierher zurückzukehren.

Weil ich einen Job brauche.

Und weil Lance und ich eine Pause voneinander brauchen.

Schön! Und weil mir das Geld ausgeht.

„Wir sehen uns in ein paar Tagen", sage ich zuckersüß und gehe auf den Jet zu.

Er stellt sich mir in den Weg. „Warte."

Ich erstarre, hasse die Hitze, die mir in die Wangen steigt, und schaue langsam auf.

Er überragt mich um gut fünfzehn Zentimeter. Ein Windstoß fegt an uns vorbei und sein Duft steigt mir in die Nase, was meinen Bauch kribbeln lässt. Sein Cowboyhut wirft einen dunklen Schatten auf sein Gesicht, aber ich schwöre, dass seine Augen auf das Tattoo gerichtet sind, das aus meinem Tank-Top herauslugt.

Vielleicht ist er ein Voyeur und starrt mir auf die Brust.

„Die Wette gilt", sagt er plötzlich.

Ich stemme meine Hand in die Hüfte. „Ich dachte, du hast Angst zu verlieren?"

Seine Lippen verziehen sich. „Nein. Ich nehme nur Wetten an, die ich auch gewinnen kann, aber das wirst du noch lernen."

Ich lache sarkastisch. „Du trainierst also Rennpferde und spielst, aber du machst dir Sorgen, dass ich ein schlechter Einfluss für deine Jungs sein könnte?"

Ein Hauch von Belustigung macht sich in seinem Gesicht breit. Er nickt zustimmend: „Ja. Wie ich schon sagte, verstehe ich etwas von verantwortungsvollem Glücksspiel. Und anscheinend tust du das nicht."

Ich schnaufe, dann ziehe ich meine Schultern zurück und strecke meine Hand aus. „Okay, Alexander. Die Wette gilt."

Seine große, gebräunte Hand schließt sich um meine.

Ein Stromstoß elektrisiert mich und mir stellen sich die Nackenhärchen auf. Ich atme zittrig ein, überrascht von der Intensität unserer Berührung.

Die Dunkelheit in seinem Blick vertieft sich. Er mustert mich so lange, bis ich das Gefühl bekomme, zu seinen Füßen zu einer Pfütze zerschmelzen zu müssen. Schroff verkündet er: „Ich freue mich darauf zu gewinnen."

Alles daran, was seine Kampfansage mit mir macht, verwirrt mich. Sie ruft eine Lust in mir hervor, die ich nicht mehr gespürt habe, seit ich zum ersten Mal mit Lance ausgegangen bin. Und sie gibt der Wut, die in mir brennt, einen neuen Funken. Doch ich bin entschlossener denn je, seinen Test zu bestehen und diese Wette zu gewinnen.

Also zwinge ich mich, ihm zu antworten. „Dito", dann trete ich um ihn herum und steige die Treppe zum Jet hinauf.

Dreh dich nicht um. Schau nicht zurück.

Er sieht dir nach.

Gib ihm nicht die Genugtuung.

Ich steige sicher in den Jet der Cartwrights ein, höre kaum, wie mich eine Flugbegleiterin begrüßt, und setze mich in einen der luxuriösen, weichen Ledersitze und schaue aus dem Fenster.

Alexander verschwendet keine Zeit, springt in seinen Wagen und fährt davon.

„Champagner? Oder etwas anderes?", fragt mich die Stewardess.

Ich schüttle den Kopf. „Nein, ich brauche nichts. Danke."

Sie verschwindet, und ehe ich mich versehe, sind wir in der Luft. Meine Gedanken rasen völlig durcheinander, als ich über Alexander nachdenke, und darüber, ob ich überhaupt zur Ranch zurückkehren sollte. Dann erinnere ich mich an die Situation mit Lance und reibe mir die Schläfen.

Der Pilot kündigt an, dass wir in zehn Minuten landen werden, und reißt mich damit aus meinen Grübeleien. Ich starre aus dem Fenster, bis wir landen, und steige dann aus dem Jet.

Ich laufe über die Landebahn in das kleine, angrenzende Gebäude und durch die Vordertür hinaus, in der Erwartung,

Lance und sein Auto zu sehen, doch die Straße ist leer. Also fische ich mein Handy aus der Handtasche, schalte es ein und rufe ihn an.

Nach zweimaligem Klingeln wird der Anruf auf seine Mailbox weitergeleitet.

Ich lege auf und schreibe ihm.

> Ich: Hey, ich bin gut gelandet. Bist du schon in der Nähe?

Es vergehen einige Minuten ohne Antwort. Ich versuche erneut anzurufen, aber nach dreimaligem Klingeln springt wieder seine Mailbox an.

Ich lege auf und schreibe erneut.

> Ich: Holst du mich noch ab?

Daraufhin warte ich fünf Minuten, rufe erneut an und höre nur die Stimme der Mailbox. Wut und Schmerz erfüllen mich.

Schließlich gebe ich auf und bestelle mir einen *Uber*. Dann unternehme ich einen letzten Versuch, ihm zu schreiben.

> Ich: Kannst du wenigstens bestätigen, dass es dir gut geht?

Mein *Uber* kommt in Sicht, ich steige ein, und mein Handy klingelt.

> Lance: Sorry. Ich habe vergessen, dass du heute Abend zurückkommst. Am besten bestellst du dir einen Uber.

Innerlich zittere ich vor Wut. Die Fahrt zurück in meine Wohnung zieht nur so an mir vorbei, ist verschwommen, während sich meine Gefühle weiter aufschaukeln.

Als ich meine Wohnung betrete, bin ich fest entschlossen, mit Lance Schluss zu machen. Ich öffne die Schranktür, hole alle Umzugskartons heraus, die ich in den letzten Wochen zusammengetragen habe, und suche meine Klebebandrolle. Ich lege die Kartons zusammen und verbringe Stunden damit, alles zusammenzupacken.

Gegen drei Uhr morgens bin ich fertig. Nur meine Toilettenartikel, einige Outfits für die nächsten Tage und mein Bettzeug sind noch nicht eingepackt. Dann schreibe ich Lance.

> Ich: Ich habe einen befristeten Job in Texas angenommen und komme erst in ein paar Monaten zurück. Es ist das Beste, wenn wir eine Pause einlegen, während ich weg bin.

Mein Handy klingelt und Lance' Name und sein Gesicht werden auf dem Display angezeigt. „Jetzt rufst du mich an?", sage ich wütend zur Begrüßung.

Im Hintergrund kann ich Stimmen und Musik hören und es ist schwer seine Frage zu verstehen. „Was soll das heißen, du gehst nach Texas?"

„Genau das, was ich geschrieben habe. Und danke, dass du mich abgeholt hast", sage ich sarkastisch und verkrieche mich unter meiner Decke, weil ich mich ärgere, dass er lieber feiern geht, anstatt mich vom Flugplatz abzuholen. Ich bin schon seit Tagen weg. Es ist klar, dass er mich nicht vermisst hat. Außerdem hatten wir vor meiner Abreise vereinbart, dass er mich heute abholen würde.

„Ich sagte doch, ich habe es vergessen. Es ist keine große Sache", beschwert er sich, als eine Frauenstimme im Hintergrund ruft: „Lance, du bist dran. Dreh."

Mein Herz klopft mir bis zum Hals und ich frage: „Was sollst du drehen?"

Er ignoriert meine Frage und sagt dann: „Ich muss los. Wir können später darüber reden, aber sei nicht so dramatisch, Phoebe. Dein Platz ist hier, bei mir, nicht in Texas.“

Das bringt mich zum Prusten. „Hier bei dir? Du kannst mich nicht mal vom Flughafen abholen!“

Er stöhnt genervt. „Mein Gott, Frau. Das Drama muss ein Ende haben. Das ist doch keine große Sache. Außerdem warst du diejenige, die nach Texas abhauen und mich das ganze Wochenende allein lassen wollte. Was sollte ich deiner Meinung nach tun? Allein zu Hause auf der Couch sitzen und dich vermissen? Das ist doch nicht dein Ernst, oder?“

Er hat mich also doch vermisst?

Nicht besonders, da er mich nicht mal abholen konnte.

Erwarte ich zu viel von ihm?

„Du weißt nicht, wie es das ganze Wochenende war, als du weg warst“, fügt er hinzu.

Schuldgefühle überfluten mich, was mich wütend macht. Lance hat eine Gabe, meine Gefühle zu verdrehen, und heute Abend ist es nicht anders.

Bevor ich ein weiteres Wort sagen kann, schwört er: „Ich werde es wiedergutmachen, dass ich nicht am Flughafen war. Geh schlafen, und wir sehen uns morgen.“ Er legt auf, bevor ich etwas erwidern kann.

Verärgert versuche ich, ihn zurückzurufen, aber er schickt mich auf seine Mailbox, was mich nur noch weiter in den Wahnsinn treibt. Ich schreie in mein Kissen, halb verrückt vor Frust und werfe mein Handy auf den Nachttisch.

Es war noch nie so klar, dass Lance und ich eine Pause brauchen. Texas scheint mit jeder Minute, die verstreicht, eine bessere Idee zu sein. Es ist mir egal, wie viele Steine mir Alexander in den Weg legen wird, ich werde mir diese Chance nicht entgehen lassen.

3

Alexander

Drei Tage später

Mom schreit durch das halbe Haus: „Alexander, vergiss nicht Phoebe vom Flugplatz abzuholen!"

Wut steigt in mir auf und ich stöhne. Ich zeige auf Calypso, das Pferd, das ich in den letzten Wochen trainiert habe, und befehle Jagger: „Lass ihn noch eine Runde traben."

„Viel Spaß bei deinem Ausflug", spottet er.

„Amüsier dich, solange du kannst, kleiner Bruder. Mom wird sich als Nächstes um dich kümmern."

Er grunzt. „Auf keinen Fall."

„Das wird sie. Deine Tage als Bachelor sind gezählt", warne ich ihn, denn ich weiß, dass meine ledigen Brüder als Nächstes auf dem Hackklotz landen werden. Wenn es nach meiner Mutter ginge, wäre jedes ihrer acht Kinder bereits verheiratet und hätte ein Dutzend Kinder.

Außerdem ist Mason schon dreißig und Jagger achtundzwanzig. Wie ich meine Mutter kenne, wird sie die beiden bald ins Visier nehmen und unerbittlich versuchen, sie mit jedem Mädchen zu verkuppeln, das ihr gerade über den Weg läuft. Schon bald wird sie einsehen, dass es aussichtslos ist mich verkuppeln zu wollen und erkennen, dass ich allein mit den Jungs zurechtkomme. Ich brauche weder eine Frau noch ein Kindermädchen.

Das weckt Erinnerungen an Clara und ich senke den Kopf. Es ist acht Jahre her, seit sie von uns gegangen ist und es tut immer noch weh. Der Schmerz verblasst von Jahr zu Jahr weiter, aber die Erinnerungen an die Chemo und daran, dass von der einzigen Frau, die ich je geliebt habe – die Mutter meiner Kinder – kaum mehr als Haut und Knochen übrig waren, verfolgen mich immer noch.

Dann denke ich an meine kleinen Jungs, vor allem an Wilder, der schon zwei Jahre alt war und mit ansehen musste, wie sich der Zustand seiner Mutter verschlechterte. Er war noch jung, aber er erinnert sich noch daran.

Ace war noch ein Baby. All die Ängste und der Kummer, die in mir schwelten, als ich ihn in den Nächten, in denen meine Mutter und meine Schwestern nicht da waren, in den Schlaf schaukelte, kochen in mir hoch.

Damals habe ich mir geschworen, dass ich nie wieder heiraten werde.

Jagger gluckst. „Du solltest dich besser beeilen."

Ich schlucke den Kloß in meinem Hals hinunter und hasse es, wie mich die schlechten Erinnerungen zu den seltsamsten Zeiten überfallen. Ich murmle: „Ich werde dich daran erinnern, wenn Mom sich auf dich konzentriert." Dann mache ich auf dem Absatz kehrt und stapfe in Richtung meines Trucks.

„Wartet auf mich!", ruft meine fünfundzwanzigjährige Schwester Willow, sprintet aus der Vordertür und springt auf die Beifahrerseite des Trucks.

Ich laufe direkt zur Fahrertür, reiße sie auf und sage: „Du kannst nicht mitkommen. Steig aus."

Sie lächelt. „Mom hat gesagt, ich soll dir Gesellschaft leisten. Keine Ahnung, warum."

„Mir egal. Raus hier", brumme ich erneut.

„Nope." Willow schnallt sich unbekümmert an.

Ich stöhne und starte den Wagen. „Ich habe es satt, dass nie jemand auf mich hört."

„Sorry, großer Bruder", zwitschert sie.

Ich ignoriere sie ein paar Minuten lang und frage dann: „Solltest du nicht irgendeinem Bullenreiter hinterherhecheln oder so?"

Sie lacht. „Glaubst du ernsthaft, dass ich nichts Besseres zu tun habe, als jemandem wie ein Hund hinterherzudackeln?"

Ich zucke mit den Schultern und grinse. „Ja."

„Du solltest wissen, dass sie Schlange stehen, um *mich* zu treffen. Ich brauche niemandem hinterherlaufen." Sie strahlt mich an.

„Da bin ich mir sicher", antworte ich sarkastisch.

Willow hat nach ihrem Juraabschluss beschlossen, Agentin für Bullenreiter zu werden. Schon als kleines Mädchen war sie von ihnen besessen. Egal, wie oft mein Vater, meine Brüder und ich sie gewarnt haben, sich von ihnen fernzuhalten, sie hat nie auf uns gehört. Und im Laufe der Jahre hat sie mehrere Jungs aus der Gegend gedatet, doch jetzt vertritt sie jeden Reiter, von dem sie glaubt, dass er das Talent hat, zu gewinnen. Das hat die Schleusen für diese unzivilisierten, eingebildeten Männer geöffnet, von denen wir jetzt immer mehr sehen.

Es ist ein wahr gewordener Albtraum und es braut sich Ärger am Horizont zusammen. Mehrere ihrer Klienten sind frühere Liebschaften von ihr. Immer wenn ich sie mit ihnen beobachte, wird klar, dass Willow nichts mehr von ihnen will, aber ihre Verflossenen haben noch nicht losgelassen. Und ich kann es ihnen nicht verdenken.

Willow ist wunderschön, temperamentvoll und cleverer als die meisten Leute, die ich kenne. Sie ist geschäftsorientiert wie Sebastian und genauso intelligent wie er, wenn nicht sogar noch intelligenter, und sie ist furchtlos.

Das schreit nach Drama und ich will nichts damit zu tun haben. Irgendwann wird ihre naive Seifenblase platzen. Sie wird sich mit eifersüchtigen Männern auseinandersetzen müssen, die von Testosteron und Erfolgserlebnissen strotzen. Und wenn das passiert, werden wir uns kaum verkneifen können, zu sagen: „Wir haben es dir ja gesagt."

Willow lehnt sich näher und sagt: „Ich hoffe, du bist dieses Mal netter zu Phoebe. Die andern haben mir erzählt, wie du dich aufgeführt hast."

„Ich war nett zu ihr", behaupte ich, obwohl mich das schlechte Gewissen plagt.

Es ist nicht Phoebes Schuld, dass meine Familie sie zum Scheitern verurteilt hat. Sie sollten wissen, dass ich mit meinen Söhnen allein zurechtkomme. Aber das passiert, wenn sie ihre Nasen in meine Angelegenheiten stecken. Unschuldige Menschen, wie Phoebe, werden verletzt.

„Ich habe etwas anderes gehört", meint Willow.

„Warum bist du noch mal hier?", frage ich erneut, verärgert darüber, dass sie sich in diese Situation einmischt.

Sie grinst. „Jemand muss die arme Frau anfreunden, damit sie sieht, wie sie deine schroffe Art navigiert. Mom meinte, wir würden uns gut verstehen."

Ich schnaube. „Du scheinst Wahnvorstellungen zu haben, genau wie der Rest der Familie. Phoebe ist nur für eine Woche hier. Dann geht sie zurück nach Kalifornien."

„Klar. Was immer du sagst, Bruder." Willow klopft mir auf die Schulter.

Ich wende mich ruckartig von ihr ab und wünschte, ich könnte sie während der Fahrt aus dem Auto stoßen.

Wir Geschwister verstehen uns gut untereinander. Selbst Evelyn, die sich viel zu oft in meine Angelegenheit einmischt, ist tolerabel. Normalerweise kommen Willow und ich also problemlos aus. Aber ich bin es leid, dass meine Familie darauf besteht, dass die Jungs ein Kindermädchen brauchen. Phoebe ist ohnehin nicht in der Lage, sie in ihre Grenzen zu weißen, und ich bezweifle, dass sie ihnen Disziplin einimpfen kann.

Ich kenne meine Söhne besser als jeder andere und sie werden sie überrennen. Sie wird es bald bereuen, dass sie sich überhaupt auf diese Stelle beworben hat. Sobald sie geht, muss meine Familie akzeptieren, dass ich der Vater der Jungs bin und weiß, was das Beste für sie ist.

Ich fahre zum Flugplatz und folge den Schildern zum Rollfeld. Wir parken gerade, als sich die Tür zum Jet öffnet. Die Treppe wird heruntergelassen und Phoebe erscheint am oberen Ende.

„Sie ist so hübsch!", ruft Willow etwas atemlos.

Ich spanne meinen Kiefer an und verkneife mir eine Antwort. Phoebe ist nicht mein Typ, aber ich wünschte, ich könnte Willows Aussage leugnen. Phoebes magentafarbenes Haar weht in der leichten Novemberbrise. Ihre sonnengebräunten Beine, die von ihren kurzen Jeansshorts in Szene gesetzt werden, sind so perfekt, wie ich es mir vorgestellt habe. Sie trägt einen lilafarbenen, übergroßen Pullover, dessen Säume komplett ausgefranst sind, aber irgendwie steht es ihr. Auf der rechten Seite ihres Oberschenkels zieht sich eine Ranke mit Herzen und Blumen hinauf. Ich kann die Buchstaben M-A-R vom Truck aus ausmachen.

Mein Mund wird trocken. Mein Schwanz drückt gegen meinen Reißverschluss und ich verfluche mich selbst.

Sie hat sich den Namen eines anderen Mannes auf ihren Körper tätowieren lassen.

Wie heißt er? Mark? Martin? Marcello?

Willow öffnet die Beifahrertür und hüpft aus dem Wagen, rennt zur Treppe und ruft: „Phoebe!"

Ich löse meinen Blick von ihnen und gehe zur Ladefläche meines Trucks. Dale, ein Angestellter auf dem Flugplatz, stapelt bereits mehrere Umzugskartons auf einen Wagen. Er rollt sie zu meinem Truck und ich helfe ihm, sie auf die Ladefläche zu hieven.

„Und du hast bereits meinen störrischen Bruder kennengelernt, richtig?", zwitschert Willow.

Wenn Blicke töten könnten ...

„Natürlich. Wie geht es dir, Alexander?", fragt Phoebe und begegnet meinem Blick.

Ich zwinge mich zu einem höflichen Nicken. „Gut. Ich helfe nur noch, die restlichen Kartons auszuladen und dann können wir uns auf den Weg machen."

„Das ist alles aus dem Jet", sagt Dale.

Ich lasse meinen Blick über die Handvoll Kartons schweifen und frage: „Hast du deine Sachen eingelagert?"

Phoebe schüttelt den Kopf. „Nein. Das ist alles, was ich habe."

Ich wölbe meine Augenbrauen. Seit wann haben Frauen so wenig Sachen?

„Ich bin Minimalistin. Unordnung ist schrecklich", verkündet Phoebe.

„Typisch kalifornisch von dir", necke ich sie, aber es kommt unhöflich rüber.

„Alexander! Sei nett!", tadelt Willow mich.

Ich fühle mich schuldig, aber das würde ich meiner Schwester gegenüber nie zugeben. „Es war ein Scherz. Phoebe weiß das, oder?"

Ich weiß nicht, warum ich erwarte, dass sie mir den Rücken stärkt, und einen Moment lang bin ich sicher, dass sie mich dem Messer ausliefern wird, doch sie tut es nicht.

Sie strafft die Schultern, hebt das Kinn und lächelt. Ihre blauen Augen strahlen heller. „Natürlich."

„Siehst du?", sage ich zu Willow und öffne die Beifahrertür. „Lasst uns verschwinden."

„Du kannst vorne sitzen", sagt Willow zu Phoebe und klettert auf den Rücksitz.

Phoebe greift nach dem Handgriff, hievt sich auf den Beifahrersitz und fragt: „Können wir vielleicht noch in der Stadt anhalten?" Sie schlägt die Beine übereinander und außer dem M-A-R wird der Buchstabe I sichtbar.

Ich starre ihn an, ein Kloß bildet sich in meinem Hals.

Nicht Mark. Welcher Typ heißt M-A-R-I?

„Ist das okay?", fragt Phoebe.

Ich erwache aus meiner Trance, schaue auf und stelle fest, dass sie mich dabei beobachtet, wie ich auf ihren Oberschenkel starre.

Ihre Mundwinkel zucken und ihre Wangen werden rosa.

Ich antworte schnell: „Klar", schließe die Tür und gehe um den Wagen herum, wobei ich mir selbst eine Standpauke halte. Das Letzte, was ich brauche, ist, dass das Kindermädchen denkt, ich würde auf sie stehen.

Ich starte den Wagen, fahre vom Rollfeld und frage: „Was brauchst du in der Stadt?"

„Ich muss in ein Bastelgeschäft. Ich möchte Aquarellfarben für die Kinder kaufen."

„Oh! Lass uns zu *Lilac* auf der Main Street gehen! Die haben Kunstsachen, aber auch andere Handwerkerprodukte", schlägt Willow vor.

„Willow, das ist kein Einkaufsbummel", beschwere ich mich. „Es macht mir nichts aus, kurz anzuhalten, aber ich muss zurück an die Arbeit."

„Oh, blaaa. Jagger und Mason haben alles unter Kontrolle", erwidert Willow.

„Weil ich den ganzen Tag nichts Besseres zu tun habe?", platze ich empört heraus.

Meine Schwester lacht. „Du weißt, dass sie die Ranch nicht bis auf den Grund niederbrennen werden, während du weg bist."

„Willow, ich habe eine Menge zu tun. Ich habe nicht den ganzen Tag Zeit, um darauf zu warten, dass du Geld ausgibst."

„Ich mag es lieber, wenn du dich nicht so ernst nimmst, Alexander", sagt sie.

Ich stöhne und bete um Geduld.

Phoebe meldet sich zu Wort: „Ehrlich gesagt wäre es mir lieber, wenn wir schnell rein- und rausrennen würden. Ich will auspacken, bevor die Jungs von der Schule nach Hause kommen. Wir können ein anderes Mal shoppen gehen, wenn das okay ist, Willow?"

Wieder einmal bin ich überrascht, dass sie hinter mir zu stehen scheint, aber ich erinnere mich daran, mir nicht allzu große Hoffnungen zu machen. Sie will für zwei Monate bleiben und ich brauche ihre Hilfe nicht.

„Wenn dir das lieber ist", antwortet Willow und schmollt.

Phoebe nickt. „Im Moment schon. Aber wir müssen unseren Einkaufsbummel definitiv nachholen."

„Abgemacht", stimmt meine Schwester etwas enthusiastischer zu.

Ich konzentriere mich auf das Fahren und versuche, meinen Blick von Phoebes sonnengebräunten, durchtrainierten Beinen abzuwenden, aber es ist schwer. Ein paar Mal ertappt sie mich dabei, wie ich sie aus dem Augenwinkel beobachte. Das weiß ich, weil sie errötet.

Ich packe das Lenkrad fester und halte vor dem Laden. Ich schalte auf *P* für Parken und flehe: „Bitte verschwendet nicht den ganzen Tag."

Willow schnaubt.

Phoebe begegnet meinem Blick. „Ich beeile mich."

„Danke."

„Klar doch", sagt sie leise. Sie öffnet den Mund, als wolle sie noch mehr sagen, aber schließt ihn wieder.

Ich will sie fragen, was ihr durch den Kopf ging, aber sie springt aus dem Truck. Ich bleibe drinnen sitzen und starre ihre gut definierten Waden an und das Oberschenkeltattoo, das mir nicht aus dem Kopf geht.

Vielleicht heißt er Mario.

Ist sie noch mit ihm zusammen? Oder ist sie mit dem D-Typ zusammen?

Vielleicht hat sie beide abserviert.

Ich kann mir keinen Reim darauf machen und versuche, mir weitere M-A-R-I-Männernamen einfallen zu lassen, als sie wieder aus dem Laden kommt. Sie trägt eine große Einkaufstasche bei sich und Willow ist ihr dicht auf den Fersen.

„Das ging schnell", bemerke ich beiläufig.

„Ich bin sehr zielstrebig", sagt sie und zwinkert mir zu.

„Das ist ein guter Charakterzug", gebe ich zu.

Willow schließt ihre Tür und verkündet: „Wollen wir am Wochenende noch mal herkommen?"

Phoebe dreht sich um und erwidert: „Ich würde es einfach auf mich zukommen lassen wollen, wenn es dir nichts ausmacht. Ich möchte den Jungs meine volle Aufmerksamkeit widmen."

„Alexander ist kein totaler Tyrann. Du musst nicht rund um die Uhr arbeiten", meint Willow zu ihr.

Ich werfe meiner Schwester einen bösen Blick im Rückspiegel zu. Obwohl ich Phoebes Hilfe nicht brauche, werde ich sie nicht zum Faulenzen bezahlen. Sie ist hier, um einen Job zu erledigen. Wenigstens scheinen ihre Prioritäten an der richtigen Stelle zu liegen – bei meinen Söhnen.

„Ich denke, es ist wichtig, dass die Jungs wissen, dass sie sich auf mich verlassen können. Warum reden wir nicht in ein paar Wochen noch mal darüber?"

Gute Antwort.

Doch in ein paar Wochen wird sie nicht mehr hier sein.

Willow schmollt „Na gut. Aber du musst dir Samstagabend freihalten. Da ist ein großes Rodeo und ich kann dich den ganzen Bullenreitern vorstellen."

Mein Puls beschleunigt sich. Ich kann mir jetzt schon vorstellen, wie sie sich alle um Phoebe scharen, als wäre sie ein saftiges Stück Frischfleisch. Ich starre meine Schwester im Rückspiegel an und packe das Lenkrad so fest, dass meine Knöchel weiß werden.

Phoebe sagt: „Ich war noch nie bei einem Rodeo."

„Wirklich? Oh mein Gott, du wirst es lieben! Mach dich nur darauf gefasst, dass du viele potenzielle Dateangebote bekommen wirst!", schwärmt Willow.

Warum kann meine Schwester nicht die Klappe halten?

Phoebe rutscht hin und her und sagt etwas zurückhaltender: „Ich bin in einer Art Beziehung."

„Einer Art Beziehung?", frage ich überrascht. Ich schaue sie an und frage mich, ob sie wie Willow ist, die ihre Freunde wechselt wie ihre Schlüpfer.

Phoebe wird rot. Sie leckt sich langsam über die Lippen und mein Schwanz versucht, meinen Reißverschluss zu durchbrechen. Mein Herz klopft schneller und sie antwortet: „Mein Freund und ich legen gerade eine Pause ein."

„Was soll das heißen?", platze ich heraus, unfähig meine Neugier zu zügeln.

„Sie machen eine Auszeit. Weißt du nicht, was das bedeutet?", tadelt mich Willow.

Ihre Einwände irritieren mich, während ich versuche mir einen Reim auf Phoebes Geständnis zu machen.

Phoebe redet schnell weiter und sagt: „Wir sind seit vier Jahren zusammen und ich glaube, wir brauchen einfach eine Auszeit."

„Ihr habt euch also getrennt?", frage ich.

Sie schüttelt den Kopf. „Nicht ganz."

„Sorry, aber das ist verwirrend. Was soll das bedeuten?"

Willow wirft ein: „Es bedeutet, dass sie noch Gefühle für ihn hat, aber sie weiß, dass es vorbei ist. Sie ist nicht bereit, ihn aufzugeben. Oh, und sie ist bereit zu sehen, was es sonst noch auf dem Markt gibt, ohne ihn komplett zu verlassen."

„Es ist also nur eine Hinhaltetaktik", sage ich mit Abscheu in der Stimme.

Phoebes Gesicht wird feuerrot. Sie öffnet den Mund, schließt ihn wieder und schüttelt dann den Kopf.

„Meine Güte. Du bist so realitätsfremd, Alexander", brummt Willow und verdreht die Augen.

„Oder behandelst du Männer, als wären sie ersetzbar und nicht einmal ein Mindestmaß an Respekt wert?", fordere ich meine Schwester heraus.

Willow schürzt die Lippen. „Du hast Wahnvorstellungen."

„Sagt die Königin aller Wahnvorstellungen", erwidere ich.

„Wie auch immer. Also, Phoebe, du hast doch Zeit, am Samstagabend mit mir auszugehen, oder?", fragt Willow und lehnt sich zwischen den Sitzen vor.

„Ähm …" Phoebe rutscht unbehaglich hin und her.

Meine Schwester drängt weiter. „Sag einfach *Ja*."

„Brauchen mich die Jungs am Samstagabend nicht?"

Ich sage fast ja, damit Willows Bullrider ihr nicht hinterher sabbern können.

Willow befiehlt: „Sag ihr, sie darf sich amüsieren gehen, Alexander!"

Sie ist nur eine Woche hier.

„Alexander!"

Ich gebe nach und fuchtle mit der Hand in der Luft herum. „Nein, Samstagabend brauchen sie dich nicht. Geh und hab Spaß mit Willow."

„Jippie!", ruft meine Schwester voller Freude.

„Okay, aber ich bin nicht single", sagt Phoebe.

Ich bin erleichtert, aber die Erleichterung ist nur von kurzer Dauer.

Sie hat immer noch einen Freund.

Warum interessiert mich das? Diese Frau ist weder mein Typ, noch bin ich willens zu daten.

Ich konzentriere mich wieder auf die Straße, höre kaum den Rest ihres Gesprächs und versuche, mir Phoebe nicht mit einem selbstgefälligen Kalifornier oder einem der Bullrider vorzustellen. Beide Vorstellungen irritieren mich.

Es ist mir egal, mit wem sie zusammen ist, solange es nicht meine Kinder beeinträchtigt. Sie bleibt nur für eine Woche, als wird sich ihr Liebesleben nicht auf die Kinder auswirken, denke ich, als ich durch die Tore der Ranch fahre.

„Gewöhnt man sich jemals daran?", fragt Phoebe.

„An die Tore?"

Sie starrt in den Seitenspiegel. „Ja. Sie sind so massiv und gleichzeitig ein schmiedeeisernes Kunstwerk. Bist du immer noch ehrfürchtig oder hat das Gefühl inzwischen nachgelassen?"

„Sie waren schon immer hier, also glaube ich nicht, dass irgendjemand von uns jemals so viel Ehrfurcht für sie empfunden hat", gebe ich zu.

„Das ist eine Schande", meint sie.

Neugierig schaue ich zu ihr rüber. „Warum?"

Sie lächelt sanft. „Schönheit sollte man zu schätzen wissen, oder nicht?"

Ich denke darüber nach und zucke dann mit den Schultern. „Ich denke schon."

Ihr Lächeln wird breiter. „Jetzt weiß ich, was ich als Erstes mit den Jungs machen werde."

Ich wölbe beide Augenbrauen. „Oh? Und das wäre?"

Ihr Blick schweift über die Ranch, dann sagt sie: „Wir werden die Schönheit an den Orten identifizieren, die sie für selbstverständlich halten. Auf diese Weise werden sie die Ranch aus einer anderen Perspektive betrachten lernen."

„Wie willst du das anstellen?", fragt Willow.

Phoebes Miene hellt sich weiter auf und sie antwortet selbstbewusst: „Ich bin mir noch nicht sicher, aber ich werde einen Weg finden."

Ich parke den Truck und schalte den Motor aus. Kurz frage ich mich, ob es vielleicht doch von Vorteil wäre, wenn Phoebe das Kindermädchen für die Jungs wäre, aber dann schüttle ich den Gedanken ab.

Meine Familie unterschätzt mich. Ich bin mehr als fähig, mich allein um meine Kinder zu kümmern. Wenn ich ihnen nicht das Gegenteil beweise, werden sie nie aufhören, sich in mein Leben einzumischen. Ehe ich mich versehe, wird Mom wieder alle alleinstehenden Frauen ins Haus einladen und versuchen, mich zu verheiraten.

Ich steige aus dem Wagen und gehe zu Phoebes Seite herum, um ihre Tür zu öffnen, aber sie springt heraus, bevor ich ankomme. Ein seltsames Gefühl überkommt mich und ich realisiere, dass es Enttäuschung ist.

Was zum Teufel macht diese Frau mit mir?

Es ist nur ihre Tür.

Sie sollte mir erlauben, sie für sie zu öffnen.

Es spielt keine Rolle.

Meine Familie taucht wie von Zauberhand auf und ich ignoriere ihr unbeschwertes Geplänkel. Stattdessen öffne ich die Ladeklappe des Trucks, hebe den ersten Umzugskarton heraus und gehe in Richtung Haupthaus.

Dad hält mich auf und fragt: „Was machst du da?"

„Ich bringe Phoebes Sachen ins Gästezimmer. Wonach sieht es denn aus?"

Er schüttelt den Kopf. „Sie wird nicht bei uns schlafen. Sie wohnt bei dir."

Meine Brust spannt sich an. „Warum sollte sie das tun?"

„Die Jungs sind dort."

„Und?"

„Hast du vergessen, dass sie ihr Kindermädchen ist?"

Ich schüttle den Kopf. „Sie braucht nicht bei mir zu wohnen, um auf die Jungs aufzupassen. Sie kann hier schlafen und trotzdem ihre Arbeit machen."

„Nicht unbedingt. Und jetzt bring ihre Sachen in dein Gästezimmer."

Ich starre ihn an, ohne einen weiteren Schritt zu machen.

„Hast du Probleme mit deinen Ohren?", fragt er.

„Das geht zu weit", erwidere ich.

Er verschränkt die Arme vor der Brust. „Das mag sein, aber das ist immer noch meine Ranch. Ich bin das Oberhaupt dieser Familie. Wer sich hier aufhält, lebt nach meinen Regeln. Und jetzt bring die Kartons zu dir nach Hause."

Ich mache keine Anstalten, seinem Befehl zu folgen. Es ist

selten, dass mein Vater ein Machtwort spricht, vor allem, weil wir alle erwachsen sind und ich selbst Kinder habe.

Mason nimmt mir den Karton aus den Händen und ruft über die Schulter: „Ich kann den reintragen."

„Wehe du betrittst mein Haus", ich drehe mich und erstarre.

Jagger und einige der Rancharbeiter haben den Truck bereits entladen, und die Kartons stehen ordentlich gestapelt auf meiner Veranda.

Ich sehe zu Phoebe, die von meiner Familie umgeben ist und sich bereits so einfügt, als gehöre sie hierher. Ihr magentafarbenes Haar flattert im Wind und ich frage mich, wie ich die nächste Woche überstehen soll. Es ist nicht nur, dass sich diese junge, unbekümmerte, sichtlich wilde Frau um meine Kinder kümmert, sie wohnt jetzt auch noch im Zimmer neben meinem.

Und mir sind die Hände gebunden. Ich kann nichts anderes tun, als mich für eine Woche damit abzufinden.

4

Phoebe

lexander verhält sich komisch. Er ringt mit den Händen, dann öffnet er eine Tür und sagt vorsichtig: „Das ist dein Zimmer." Dann nickt er mir zu, was mir sagt, dass ich zuerst eintreten soll.

Ich gehe an ihm vorbei, atme den gleichen berauschenden Duft ein wie am ersten Tag, als ich ihn kennenlernte, und frage mich, wie ein Mann nach stundenlanger Arbeit auf einer Ranch so gut riechen kann. Ich werfe meine Handtasche auf das Bett und schaue mich dann in dem neutral eingerichteten Raum um, der zu dem passt, was ich vom Rest des Hauses gesehen habe.

Das Haus braucht etwas Farbe.

„Entspricht es deinen Vorstellungen?", erkundigt sich Alexander.

Ich lächle und bleibe diplomatisch. „Es ist ein großer Raum."

Er zeigt auf die Wand. „Ich bin froh, dass er dir zusagt. Das Bad ist nebenan, und der Wäscheschrank ist im Flur. Ich bringe dir gleich frische Handtücher, aber wenn du neue brauchst, kannst du dich gern bedienen.“

„Okay.“

Er verschwindet für einen Moment, nur um dann mit mehreren braunen Handtüchern wieder aufzutauchen. Er legt sie auf den Schreibtisch, dreht sich wieder zu mir um und schaut mich an.

Die Schmetterlinge in meinem Bauch beginnen zu flattern. Ich öffne meinen Mund und schließe ihn dann wieder.

„Hast du etwas auf dem Herzen, dass du mir sagen willst?“, fragt er und legt den Kopf schief.

„Nein. Alles gut.“

„Bist du sicher? Denn du hast deinen Mund geöffnet und dann wieder geschlossen. Also sagt mir mein Bauchgefühl, dass du etwas auf dem Herzen hast. Am besten, du spuckst es aus, dann kann ich dir deine Frage beantworten“, sagt er barsch.

„Dachtest du wirklich, ich würde im Haus deiner Eltern unterkommen, während ich hier bin?“, platze ich heraus.

Er spannt seinen Kiefer an, seufzt und gibt dann zu: „Ja.“

„Oh, sorry.“

Seine Augen werden zu Schlitzen. „Hat es dich nicht überrascht, dass du hier statt dort wohnen würdest?“

Ich schüttle den Kopf. „Nein. Deine Mutter hat mir dein Haus gezeigt, als ich bei meinem letzten Besuch hier war.“

Er schließt kurz die Augen und schüttelt den Kopf. „War ja klar.“

Aus unerfindlichen Gründen bekomme ich Mitleid mit Alexander. Ich weiß, dass er mich nicht hier haben will, aber es scheint, dass seine Familie alle seine Proteste ignoriert und ihn oft übergeht. Dennoch habe ich das Gefühl, dass er normalerweise immer die Kontrolle hat. „Es tut mir leid, dass dir niemand was gesagt hat. Ich werde dafür sorgen, dass ich dich über Dinge informiere, die sie dir vielleicht nicht sagen. Nicht, dass es noch mehr geben wird ... aber wenn es etwas gibt ...“

Er ist immer noch angespannt.

Sein Gesichtsausdruck macht mich nervös. Es ist, als würde er darüber nachdenken, ob er mir glauben soll oder nicht.

„Ich werde ehrlich sein“, schwöre ich.

Er nickt langsam. „Danke. Das wäre nett, vor allem, wenn es um meine Söhne oder mein Zuhause geht.“

„Verstanden. Ähm ...“ Mein Puls beschleunigt sich.

„Was?“

„Darf ich ganz offen sein?“

„Hast du dich bisher zurückgehalten?“

„War ich zu direkt?“, frage ich und überlege kurz, ob ich zu weit gegangen bin.

„Ein wenig.“

„Tut mir leid.“

Sein Blick wird intensiver, bis ich das Gefühl bekomme, dass mein Körper in Flammen steht.

Er fragt: „Warum tut es dir leid? Ich bin kein Hellseher, der Gedanken lesen kann. Ich ziehe Unverblümtheit den Spielchen vor.“

„Das ist gut. Ich spiele nur mit Kindern, oder vielleicht an Familienspielabenden." Ich lache nervös.

Er sieht mich mit hochgezogener Braue an.

Ich füge hinzu: „Ich werde also keine Spielchen mit dir spielen."

Er knirscht mit den Backenzähnen und atmet dann tief ein.

„Es sei denn, du willst es?" Ich lache wieder und trommle mit den Fingerspitzen auf meinem Oberschenkel herum.

Warum habe ich das gesagt?

Sein Blick wandert zu meinen Beinen. Es ist nicht das erste Mal, dass ich ihn heute dabei erwische, wie er sie anstarrt. Ich bin nicht sicher, was ich davon halten soll. Seine Eltern haben mir beim Vorstellungsgespräch gesagt, ich kann mich auf der Ranch leger kleiden. Und da das Wetter für diese Jahreszeit immer noch ungewöhnlich heiß ist, bevorzuge ich meine Shorts. Findet er das falsch?

Er fragt trocken: „Wie viele Tattoos hast du?"

Sorge macht sich in meinem Bauch breit. „Mehrere."

„Das ist keine klare Antwort."

„Magst du meine umwerfend, geheimnisvolle Anziehungskraft nicht?", necke ich ihn.

„Da ich dich nicht entkleiden werde, wäre mir eine genaue Antwort lieber."

Ich greife mir an die Stirn, als mir klar wird, wie meine Worte auf ihn gewirkt haben müssen.

Er denk,t ich flirte mit ihm.

Das habe ich auch.

Nein! Das würde ich nie tun.

Hitze kriecht mir in die Wangen. „Tut mir leid. Das kam falsch rüber."

„Und wie?"

„Als ob ich irgendetwas andeuten wollte", gebe ich zu und werde rot im Gesicht. Ich beiße mir auf die Lippe und winde mich unter seinem sich verdunkelnden Blick.

Er blinzelt zweimal, seine Miene verhärtet sich, und er stellt sich aufrecht hin. „Gut zu wissen."

Mein Puls hämmert in meinen Ohren und ich lasse meinen Blick auf seinen großen Bizeps sinken, der sich unter dem Ärmel seines Oberteils wölbt, als könnte er den Stoff zerreißen.

Hör auf zu starren!

Mein Blick wandert zu dem V auf seiner Taille und seine Gürtelschnalle mit dem C darauf.

„Also, wie viele?", sagt er und reißt mich aus meiner Trance.

Aus irgendeinem Grund will ich es ihm nicht sagen. „Warum willst du das wissen? Hasst du Tattoos?"

„Nein. Ich habe selbst ein paar."

Überrascht ziehe ich die Augenbrauen hoch. Ich nahm an, Alexander sei zu prüde, um seinen Körper zu schmücken. Jetzt bin ich neugierig. „Wirklich? Und wo? Und was sind die Motive?"

Seine Lippen zucken. „Ladies first."

„Neeein! Du machst vor und ich mache nach", sage ich und tue so, als würde ich meinen Mund verschließen und den Schlüssel wegwerfen.

Er verschränkt missbilligend die Arme vor seiner breiten Brust.

Irgendetwas sagt mir, dass ich jetzt nicht nachgeben darf. Vielleicht wäre es klüger, denn er ist immerhin mein Boss und entscheidet, ob ich meinen Job behalte oder nicht. Dennoch beschließe ich, das Thema zu wechseln und frage: „Wann kommen die Jungs von der Schule nach Hause?"

Sein Mundwinkel zuckt. „In etwa einer Stunde."

Ich lächle. „Toll. Dann werde ich jetzt auspacken, wenn das in Ordnung ist?" Ich öffne meine Handtasche, durchwühle sie und hole eine Nagelschere heraus. Dann gehe ich zum nächstgelegenen Karton und versuche, das Klebeband zu zerschneiden.

Alexander schürzt die Lippen, dann tritt er an meine Seite. Er zieht ein Taschenmesser aus seiner Gürtelschlaufe, öffnet es und sagt: „Lass mich dir helfen."

„Sehr ritterlich von dir", necke ich ihn.

„Du weißt nicht, was Ritterlichkeit bedeutet, schon vergessen?", antwortet er, und es ist das erste Mal, dass ich ihn lächeln sehe. Er streicht mit der scharfen Schneide seines Messers über das Klebeband.

„Was ist das mit dir und der Ritterlichkeit?"

Er geht zum nächsten Karton und löst das Klebeband. Er dreht sich um und fragt herausfordernd: „Ist etwas falsch daran, eine Frau wie eine Frau behandeln zu wollen?"

„Habe ich das gesagt?"

Er mustert mich kurz, dann antwortet er: „Nein, aber ich versuche herauszufinden, ob du einfach nur an Jungs gewöhnt bist, die immer Jungs sein werden, oder ob du eine dieser Feministinnen bist, die sich weigern, einen Mann in seine Rolle schlüpfen zu lassen."

„Seine Rolle?"

Alexander nickt. „Ja, seine Rolle im Leben."

Verwirrt frage ich: „Und die wäre?"

Er grunzt. „Die Aufgabe eines Mannes ist es, für seine Frau und seine Familie zu sorgen."

„Und das erreicht er, indem er ihr die Tür aufhält?"

„Es ist ein Zeichen von Respekt für eine Frau."

„Ist es das?", frage ich, nicht, weil ich eine Meinung dazu habe, sondern weil mir das komplett neu ist. Lance hat mir noch nie eine Tür aufgehalten, genauso wenig wie alle anderen Männer, mit denen ich vor ihm zusammen war.

Entschlossen erklärt er: „Ja, das ist es."

Ich lege den Kopf schief, fühle mich so naiv. Es kommt selten vor, dass ich mich so fühle, aber in diesem Moment komme ich mir so dumm vor. Ich öffne den Karton vor mir, nehme einen Stapel Klamotten heraus und sage: „Okay, gut zu wissen."

Er starrt auf meine Hand und ich sehe an mir herab, bis mein Blick an meiner schwarzen Spitzenunterwäsche hängen bleibt. Mein Mund wird trocken. Schnell gehe ich zur Kommode, öffne wahllos eine Schublade, werfe sie hinein und schließe sie wieder. Dann drehe ich mich und sage übertrieben freundlich: „Ich sollte wirklich fertig auspacken."

Er nickt, schneidet das Klebeband von den restlichen Kartons ab und verlässt mein Zimmer. Dann dreht er sich zurück und sagt: „Es gibt etwas, das du über mich wissen solltest, Phoebe."

Meine Brust spannt sich an und meine natürliche Reaktion ist ihn zu necken. „Dass du Einhörner-Tattoos auf deinem Hintern hast?"

Er hält inne und gluckst dann. „Nein. Wie kommst du auf so etwas Lächerliches?"

Ich zucke mit den Schultern. „Du trainierst Pferde. Vielleicht denkst du, sie sind magisch oder so. Ich weiß es nicht."

Sein Lächeln wird breiter. „Nun, Pferde sind magisch, aber sie haben kein Horn auf ihrer Stirn. Es sind keine Kühe"

„Gut zu wissen. Das werde ich mir merken, falls ich jemals den Wunsch verspüren sollte zu reiten."

Das scheint ihn zu schockieren, denn sein Mund bleibt offen stehen.

„Was ist?"

Als hätte ich ein Verbrechen begangen, sagt er: „Du bist noch nie geritten?"

„Nein."

„Und meine Familie hat dich eingestellt?"

Meine Nerven liegen blank, doch ich gebe zu: „Das ist im Vorstellungsgespräch nicht zur Sprache gekommen."

„Wie ist das möglich?"

„Ich … ich weiß es nicht." Ich ziehe die Augenbrauen zusammen.

Na toll. Die Woche hat noch nicht mal angefangen, und er wird mich wegen meiner mangelnden Reitkünste rausschmeißen.

„Meine Jungs reiten", sagt er.

„Ja, ich weiß."

„Ich schätze, du brauchst einen Crashkurs im Reiten, wenn du diese Woche überstehen willst", schlussfolgert er.

Ich öffne den Mund und schüttle den Kopf. „Nein. Ähm ... das ist schon okay. Ich kann vom Boden aus auf sie aufpassen."

Er tritt zurück in mein Schlafzimmer und verschränkt die Arme, sodass sich seine Bizepse noch stärker unter seinem T-Shirt wölben. In einem neckischen und doch strengen Ton fragt er: „Phoebe Love, hast du Angst, auf einem Pferd zu reiten?"

Ich überlege, ob ich ihm meine Angst eingestehen soll.

Sein Blick ist amüsiert. „Du hast eine Scheißangst, nicht wahr?"

Ich schürze die Lippen.

Er lächelt, dreht sich um, geht aus dem Zimmer und ruft: „Pack aus. Deine Reitstunde beginnt, sobald die Jungs zu Hause sind."

Ich eile zur Tür. „Alexander, ich brauche keinen Crashkurs. Ich kann meine Arbeit machen, ohne auf ein Pferd zu steigen."

Er dreht sich um. „Meine Jungs reiten auf der ganzen Ranch herum. Wenn du für sie verantwortlich sein willst, musst du mit ihnen reiten. Außer du willst hier und jetzt das Handtuch werfen, wenn du keine Lust auf die Herausforderung hast."

Mein Herz hämmert in meiner Brust.

Alexander wartet ein paar Augenblicke, dann meint er: „Okay. Das macht die Entscheidung leichter. Ich hole das Paketband für deine Kartons."

„Nein! Ich werde ..." Mein Magen zieht sich vor Sorge zusammen.

Er wölbt seine Augenbrauen.

Ich atme ängstlich aus. „Ich werde lernen zu reiten."

Wieso lasse ich mich darauf ein?

Sein Gesichtsausdruck zeigt sowohl Überraschung als auch Zustimmung. „Gut. Ich werde Coco satteln.“

„Musst du nicht wieder zur Arbeit zurück?“, frage ich und überlege, wie ich mich aus dieser Misere herausreden kann. Vielleicht kann ich die Reitstunde herauszögern, bis er es vergisst.

Er schüttelt den Kopf. „Nein. Ich habe immer Zeit, dafür zu sorgen, dass du die nötigen Mittel hast, um die Sicherheit meiner Jungs zu gewährleisten.“

Er wird das nicht auf sich beruhen lassen.

Ich werde mir das Genick brechen, vielleicht gelähmt sein.

Als ob er meine Gedanken lesen könnte, fügt er hinzu: „Du musst keine Angst haben. Es gibt niemanden, der dir das Reiten besser beibringen kann als ich.“

„Kann ich nicht mit etwas fahren?“, frage ich zaghaft.

Amüsiert fragt er: „Was zum Beispiel?“

„Ich weiß nicht. Mit jemand oder etwas anderem als einem Pferd?“

„Jemandem?“ Er wölbt seine Augenbrauen.

Beschämt über das, was ich gerade gesagt habe, starre ich ihn an.

Er gluckst, dann sagt er: „Lass es uns zuerst mit Coco versuchen.“

„Coco?“, murmle ich, immer noch halb gelähmt vor Schock.

„Ja. Sie ist unser schnellstes Pferd.“

„Was?“, schreie ich.

Er gluckst. „War nur ein Scherz. Mach dir keine Sorgen. Coco wird dir nichts tun. Sie ist unsere zahmste Stute und perfekt für Reitanfänger."

Eigentlich sollte ich mich dadurch besser fühlen, aber es beruhigt mich nicht.

Alexander zeigt auf meine Beine. „Ich schlage vor, du ziehst dir Jeans an."

Viel zu sanftmütig lenke ich ein. „Okay."

„Wir sehen uns draußen", verkündet er fröhlich und schlendert hinaus.

Einen Moment lang stehe ich einfach nur da und starre ins Nichts, dann zwinge ich mich zum Auspacken, während ich darüber nachdenke, wie ich mich aus den Reitstunden herauswinden kann. Ich falte gerade den letzten Karton zusammen, als die Kinder nach Hause kommen.

„Phoebe!", ruft Ace aufgeregt.

Ich trete aus meinem Zimmer und er stürzt sich in meine Arme.

„Wow!", rufe ich lachend und umarme ihn.

„Hey, Phoebe", ruft Wilder und winkt mir von der Tür aus zu.

„Hey, Sportsfreund!", antworte ich.

Ace zieht sich zurück und schwärmt: „Dad sagt, wir dürfen dir das Reiten beibringen?"

Mein Bauch zieht sich zusammen. „Das klingt nach mordsmäßig viel Spaß."

„Er sagt, du hast Angst", fügt Wilder hinzu.

„Das war nett von ihm", antworte ich trocken.

„Du musst keine Angst haben", versichert mir Ace. „Pferde sind nicht gemein zu dir, wenn du nicht gemein zu ihnen bist."

„Ist das so?"

„Und Dad hat uns alle Tricks beigebracht, wie wir sie dazu bringen können, das zu tun, was wir wollen. Wir zeigen sie dir!", ruft Ace überschwänglich.

Ich zwinge mich zu einem enthusiastischen Lachen. „Toll. Wollt ihr beide einen Snack?"

„Ja! Ich bin am Verhungern", antwortet Wilder.

„Okay. Schauen wir mal, was es in der Küche so gibt."

„Wir haben nicht viel im Haus. Das meiste gute Essen ist im Haupthaus", erklärt mir Ace.

„Lass mich nachsehen und dann kann ich einen Plan machen", sage ich und gehe mit den Jungs im Schlepptau in die Küche. Ich öffne den Kühlschrank, aber darin befinden sich nur frische Milch, Marmelade, Käse, Orangensaft und drei Flaschen Bier.

„Wir essen fast immer bei Grandma und Grandpa. Es kochen ohnehin alle besser als Dad", informiert Wilder mich mit ernster Miene.

„Ich verstehe. Und was ist hier drin?" Ich öffne die Speisekammertür. Darin stehen ein paar Schachteln Müsli, ein Glas Erdnussbutter, ein halber Laib Brot und ein paar Cracker.

„Siehst du, wir haben es dir gesagt", meint Wilder.

Ich schließe die Tür und merke mir, dass ich einkaufen gehen muss, wenn ich im Haus etwas zu essen haben will. Zu den Jungs sage ich: „Ich schätze, wir gehen ins Haupthaus. Ihr geht voran."

Ace und Wilder führen mich zum Haus ihrer Großeltern. Alexander ist gerade dabei, mit seinen Brüdern, die Pferde im Roundpen im Kreis zu führen. Er schreit Befehle und sein T-Shirt ist schweißdurchtränkt.

„Ich habe mich schon gefragt, wann ihr euch sehen lasst", höre ich Ruby rufen und reißt meinen Blick von ihrem Sohn los.

„Es gibt nicht viel zu essen im Haus", sage ich verlegen.

„Ja, ich weiß, Liebes", sagt sie freundlich. Dann klopft sie mir auf die Schulter und schlägt vor: „Vielleicht kannst du ihnen zeigen, wie man die Speisekammer und den Kühlschrank mit ein paar Grundnahrungsmittel füllt, was?"

Ich nicke. „Liebend gern."

Wir folgen ihr alle in die Küche. Auf dem Tisch steht eine Schüssel mit Obst, eine Platte mit Käsewürfeln und Nüssen. Die Jungen nehmen sich eine Handvoll davon.

„Habt ihr euch die Hände gewaschen?", frage ich.

Sie erstarren.

Ich zeige auf das Waschbecken in der Ecke. „Macht schon."

Sie gehorchen und Ruby wirft mir einen zufriedenen Blick zu. „Fühl dich wie Zuhause, Phoebe. Also zögere nicht, zu essen oder zu benutzen, was du brauchst. Okay?"

„Danke", antworte ich dankbar. Als wir uns kennenlernten, mochte ich sie sofort. Sie ist nett und offensichtlich eine sehr starke Frau. Ich weiß, dass sie ihre Familie sehr liebt.

Die Jungs sind mit dem Händewaschen fertig und ich nehme ihren Platz am Waschbecken ein. Ich schrubbe mich, trockne mich ab und nehme mir ein paar Himbeeren und Mandeln.

Wir essen schweigend, bis Ruby sagt: „Ich habe gehört, du wirst heute reiten lernen?"

Wieder dreht sich mir vor Angst der Magen um. „Ist das wirklich eine Voraussetzung für den Job?"

Sie lächelt angespannt und starrt mich stumm an.

„Wirklich?"

Sie schüttelt den Kopf. „Nein, das ist keine Voraussetzung. Zumindest nicht für mich."

„Aber für Alexander?"

Ace mischt sich ein: „Du brauchst keine Angst zu haben."

„Ja, Reiten ist großartig!", schwört Wilder.

Ruby sieht mich an und sagt dann: „Jungs, geht nachsehen, was euer Vater und eure Onkel machen. Phoebe kommt gleich nach."

Glücklich darüber, nach draußen zu können, rennen sie aus dem Haus.

Als die Tür hinter ihnen zuschlägt, sagt Ruby: „Weißt du noch, wie ich dir gesagt habe, dass Alexander dich testen wird, damit er sieht, woraus du gemacht bist?"

Mein Herz setzt einen Schlag aus. „Ja."

„Das ist einer dieser Momente."

Stille folgt auf ihre Worte.

Sie fährt fort: „Und weißt du noch, wie ich dir gesagt habe, dass es immer deine Entscheidung ist, ob du überrannt wirst oder dich durchsetzt?"

„Ja."

„Nun, du hast die Wahl, Liebes."

Ich starre sie an und gebe schließlich zu: „Ich weiß nicht, wie ich meinen Willen bei ihm durchsetzen soll. Er besteht darauf, dass ich reiten lerne, um mich um die Jungs zu kümmern."

„Warum ist er so hartnäckig in dieser Sache? Denk darüber nach und dir wird eine Lösung einfallen."

Ich zerbreche mir den Kopf, aber ich komme nicht darauf.

Ruby tritt vor das Fenster und sagt: „Komm her, Phoebe."

Ich tue, was sie verlangt.

„Warum hat er gesagt, du müsstest reiten lernen?"

„Um auf die Kinder aufzupassen, da sie überall auf der Ranch herumreiten."

„Okay, was ist also das Problem und was ist die Lösung? Das heißt, außer du bist schon bereit, reiten zu lernen?"

Ich überlege einen Moment, dann schnippe ich mit den Fingern und antworte: „Ich muss einen Weg finden, um mit den Jungs mitzuhalten, aber nicht auf einem Pferd."

Sie nickt und lächelt. „Das ist richtig. Überleg dir etwas, aber ich schlage vor, du tust es, bevor du rausgehst. Denn sobald du das tust, werden all diese Männer und meine Enkel alles versuchen, um dich auf Coco zu setzen." Sie deutet auf das Pferd, das Alexander über den Hof und zum Roundpen führt.

Mein Puls schießt in die Höhe. Die Bewegungen des prächtigen, weißen Pferdes sind unglaublich anmutig und geschmeidig. Das beruhigt mich jedoch nicht. Wenn überhaupt, macht es mich nur noch ängstlicher.

Ruby lehnt sich vor und sagt direkt in mein Ohr: „Es liegt bei dir. Du wirst dir etwas einfallen lassen." Sie klopft mir auf die Schulter und verlässt die Küche.

Ich lasse meinen Blick über die Ranch vor dem Fenster schweifen und versuche, mich zu sammeln, doch mir fällt keine Lösung ein. Dann bemerkt Alexander, dass ich ihn beobachte und krümmt seinen Zeigefinger, als wolle er „Komm her" sagen. Der teuflische Mann.

„Oh, Mist", murmle ich und drücke meine Schenkel zusammen.

Was zum Teufel ist los mit mir?

Dieser Mann will, dass ich auf ein Pferd steige, obwohl er weiß, dass ich beim bloßen Gedanken daran wie versteinert bin.

Er ist so sexy.

Nein, ist er nicht!

Ich trete vom Fenster zurück.

Was soll ich denn jetzt tun?

Ich schaue beunruhigt aus dem anderen Fenster und dann fällt mir die Lösung wie Schuppen von den Augen. Aber ich muss sicherstellen, dass ich Rubys Worte richtig interpretiere.

Ich verlasse die Küche, laufe durch das Haus und rufe: „Ruby!"

„Im Wohnzimmer."

„Als du sagtest, ich könne mir alles nehmen, war damit alles auf der Ranch gemeint, oder ist irgendetwas tabu?"

Sie grinst. „Ah, du hast die Lösung gefunden."

„Ja! Vielleicht. Ich denke schon."

„Großartig! Du kannst dir nehmen, was immer du willst, solange niemand dadurch in Gefahr gerät."

„Komisch, dass du das sagst, wo doch alle wollen, dass ich auf ein Pferd steige", kommentiere ich.

Sie lacht. „Phoebe, ich bin zuversichtlich, dass du irgendwann auf unserer Ranch reiten lernen wirst."

„Nein, werde ich nicht."

„Wir werden sehen."

„Okay, aber ich kann alles benutzen, solange es sicher ist, richtig?"

„Du hast freie Auswahl", sagt sie lächelnd und wackelt mit den Augenbrauen.

„Perfekt." Ich mache auf dem Absatz kehrt und gehe zurück in die Küche. Dann reiße ich die Seitentür auf und gehe zu einem der Quads hinüber. Wie ich vermutet habe, stecken die Schlüssel noch im Zündschloss. Also steige ich auf, schalte ihn ein und lege den Gang ein.

Als ich um die Ecke biege, halten alle in der Bewegung inne und starren mich an. Ich fahre zum Roundpen und parke das Quad.

„Was soll das?", fragt Alexander.

Ich strahle ihn an. „Deine Mutter hat gesagt, dass ich auf der Ranch alles benutzen kann, was ich will. Du brauchst mir also nicht das Reiten zu lernen. Ich kann von hier auf die Jungs aufpassen."

Alexanders Gesichtsausdruck verrät mir seine gemischten Gefühle. Wenn ich mich nicht täusche, ist es Enttäuschung, aber auch Überraschung wegen meines Einfallsreichtums. Doch je länger er starrt, desto mehr verblasst seine Anerkennung. Seine

Augen verdunkeln sich und verengen sich unter dem Schatten seines Cowboyhuts.

Mein Bauchgefühl sagt mir, dass es an der Zeit ist zu verschwinden, also wende ich mich an die Jungs. „Wolltet ihr mir die Ranch zeigen und mich rumführen?"

5

Alexander

Ich schaue auf meine Armbanduhr. „Verdammt." Dann renne ich zurück zum Haus. Ich reiße die Tür auf und renne in Richtung der Kinderzimmer.

Genau in diesem Moment kommt Phoebe aus dem Bad. Ein Handtuch ist um ihre Haare gewickelt, ein zweites um ihren Körper. Ihre Haut scheint in dem trüben Licht des morgens taufrisch und fast noch heller zu leuchten.

„Hoppla! Sorry", rufe ich überrascht.

Sie lächelt. „Wo brennt's denn?"

Mein Herz klopft heftiger. „Ich muss die Jungs wecken."

„Das habe ich schon. Sie sind in der Küche und essen Cornflakes", sagt sie.

Enttäuschung macht sich in mir breit und ich platze heraus: „Ich wecke sie morgens normalerweise."

Sie hebt die Augenbrauen. „Oh, das tut mir leid. Ich wollte nicht … na ja. Du sagtest, sie müssten um sechs Uhr dreißig aufstehen, und ich habe dich draußen umherlaufen sehen. Ich dachte, du wolltest, dass ich sie wecke, damit du arbeiten kannst.“

„Du hast mich beobachtet?“

Schamesröte kriecht ihren Hals hinauf und in ihre Wangen, doch sie schüttelt den Kopf. „Ich … ich würde nicht sagen, dass ich dich *beobachtet* habe.“

Ich lache, aber es kommt unbeholfen rüber. „Das war nur ein Scherz.“

„Richtig, okay“, sagt sie und lächelt.

Ich bin ein echter Idiot.

Ein Moment der Stille breitet sich zwischen uns aus.

Sie legt den Kopf schief und sagt: „Es ist jetzt fünf nach sieben.“

„Ja, das weiß ich“, antworte ich barscher als beabsichtigt.

Kurz flackert Schmerz in ihren Augen auf, als hätte ich ihre Gefühle verletzt, aber sie fragt schnell: „Du willst also nicht, dass ich die Jungs wecke, wenn du nicht da bist?“

„Nein … Ja … Ähm. Das ist mein Job, also nein“, murmle ich.

Ich führe mich auf wie ein Idiot, der keinen zusammenhängenden Satz bilden kann! Was ist nur los mit mir?

Sie hebt die Hände in die Luft und sagt: „Es tut mir leid. Ich wollte nicht zu weit gehen.“

Ich atme dreimal tief durch und merke, wie undankbar ich mich anhöre. „Ich hätte die Zeit im Auge behalten sollen.“

Ihre Mundwinkel heben sich leicht und meine Hose wird plötzlich eng. Sie sagt: „Das kann den besten von uns passieren, wenn man in die Arbeit vertieft ist. Und deshalb hast du ja mich, richtig?"

Ich stöhne innerlich auf. Das Letzte, was ich will, ist Phoebe einzugestehen, dass ich sie brauche.

Ich brauche sie nicht.

„Ich habe nur vergessen, den Alarm zu stellen. Es wird nicht wieder vorkommen."

„Okay …" Sie starrt mich an, und ich merke, dass sie noch etwas sagen will.

„Spann mich nicht auf die Folter. Spuck aus, was dir auf der Seele brennt", befehle ich, doch anstatt lustig zu klingen höre ich mich an wie der letzte Grobian.

Sie antwortet: „Soll ich sie in Zukunft wecken, falls du dich noch mal verspäten solltest?"

„Das wird nicht wieder vorkommen."

„Aber falls doch …"

„Nie wieder", schwöre ich ihr und mir selbst.

Ihr Gesichtsausdruck sagt mir, dass sie mir nicht glaubt, aber ich werde sie eines Besseren belehren. Sie nickt langsam. „Okay. Dann hast du ab jetzt den Weckdienst." Sie lächelt und fährt sich mit der Hand übers Schlüsselbein, um eine abtrünnige Strähne wegzustreichen.

Mein Blick wandert zum oberen Rand ihres Handtuchs. Ihr Dekolleté und ein Teil dieses verdammten Tattoos sind zu sehen, was sich meinen Unterkörper zusammenziehen lässt. Und ich hasse mich dafür, dass sie so einen Effekt auf mich hat.

Sie ist zu jung, nicht mein Typ und reist Montag wieder ab, erinnere ich mich. Dann versuche ich meinen Blick von ihr loszureißen, aber ich kann es nicht.

Das D und das A ihres Tattoos sind gut zu sehen.

Sie sieht mich mit hochgezogener Braue an. „Wilder rannte gegen sechs Uhr ins Bad und kam erst zwanzig Minuten später wieder heraus, also hatte ich noch keine Chance zu duschen. Dann ist er wieder ins Bett gekrochen, und es war ein Albtraum, ihn wieder hochzukriegen. Ich werde früher aufstehen und duschen, damit ich besser vorbereitet bin."

Ich verlagere mein Gewicht von einem Fuß auf den anderen, ihre Worte gehen in dem einen Ohr rein und aus dem anderen raus. Mir geht nur eines durch den Kopf und der Gedanke macht mich wahnsinnig. Also ringe ich mich dazu durch zu fragen: „Wessen Namen hast du dir auf die Brust tätowieren lassen? Ist es Danny Boy? David? Damon?"

Ihre Augen funkeln amüsiert und sie schürzt die Lippen. „Habe ich nicht schon gesagt, dass ich es dir nicht verraten kann?"

Ich sollte es auf sich beruhen lassen, aber wieder einmal kann ich meinen Mund nicht halten. „Ist er dein aktueller Freund oder dein Ex?"

Sie beißt sich auf ihre Lippe. „Wie kommst du darauf, dass es sich um den Namen eines Mannes handelt?"

Plötzlich geht mir ein Licht auf. Ich mustere sie und frage mich, wie ich die Situation so falsch einschätzen konnte, und eine Welle der Enttäuschung überschwemmt mich.

Sie hat einen Freund, aber steht auf Männer *und* Frauen.

Peinlich berührt entschuldige ich mich. „Oh, Mist! Es tut mir leid, ich hätte keine vorschnellen Schlüsse ziehen dürfen. Ist das der Name deiner Freundin?"

Phoebe blinzelt schockiert, dann beginnt sie zu lachen.

„Was ist daran so lustig?", frage ich.

Sie wischt sich ein paar Tränen von der Wange, dann bringt sie sich wieder unter Kontrolle und meint: „Ich gehe nicht mit Frauen aus."

„Okay, das ist gut", stoße ich hervor, und Erleichterung ersetzt meine Enttäuschung.

„Warum?"

„Oh, ich meinte nicht, dass etwas daran falsch wäre, wenn du auf Frauen stehst. Ich meinte nur …" Ich halte inne und merke, dass ich mich um Kopf und Kragen stammle, je länger ich darüber philosophiere, mit wem sie ausgeht oder nicht.

Sie wird tiefrot und mein Schwanz pulsiert.

Was macht diese Frau nur mit mir?

Sie ist der Feind.

Vergraul sie von der Ranch und sieh nach vorn.

„Ich sollte mich anziehen", informiert sie mich.

„Oh … richtig." Ich trete zur Seite, und sie verschwindet in ihrem Schlafzimmer.

Ich schließe die Augen, schüttle den Kopf und frage mich, warum ich mich wie ein verliebter Schuljunge aufführe, vor allem mit einer Frau, die alles andere als gut für mich ist. Nachdem ich mich etwas zusammengerissen habe, atme ich tief durch und gehe in die Küche. Gerade rechtzeitig, um Wilder und Ace streiten zu hören, wie es scheint.

„Guten Morgen", rufe ich laut und küsse beide auf den Kopf.

„Dad, sag Wilder, dass ich mit meinem Pferd so schnell reiten kann wie er mit seinem", jammert Ace.

Ich stöhne. „Ihr streitet euch beim Frühstück immer über das Gleiche. Wird das nicht nach einer Weile langweilig?"

Wilder lehnt sich gegen die Stuhllehne zurück, ein überhebliches Grinsen auf seinem Gesicht. Er erinnert mich so sehr an Jagger. Sie sind sich physisch so ähnlich. Wilder liebt es, Ace unter die Haut zu gehen, und weiß immer, wie er es anstellen muss. „Es ist okay zuzugeben, dass ich ein besserer Reiter bin als du."

„Das bist du nicht!", behauptet Ace empört.

„Ist das nicht eine leicht zu beantwortende Frage?", wirft Phoebe ein, die in eng anliegenden Jeans, Tanktop und Flanellhemd gekleidet in die Küche kommt.

„Wie?", fragt Ace interessiert.

„Wir können nach der Schule ein Rennen veranstalten", antwortet sie.

„Das ist eine gute Idee. Dann können wir diesen Streit aus der Welt schaffen und ich muss ihn mir nicht jeden Morgen anhören", grummle ich.

Wilder verschränkt die Arme. „Ich habe das bereits bewiesen."

„Nein, hast du nicht!", schreit Ace aufgeregt.

„Doch", ruft Wilder zurück.

Phoebe lacht leise.

Wir alle starren sie an.

„Was ist so lustig?", frage ich.

Sie mustert Wilder und fragt dann: „Hast du Angst, gegen deinen Bruder anzutreten?“

„Nein!“

„Hast du wohl! Angsthase!“, beschuldigt Ace ihn.

„Das stimmt nicht!“

Phoebe sagt ganz ruhig: „Dann machen wir das Rennen. Aber erst nach der Schule, damit wir diesen Streit ein für alle Mal beilegen können. Danach dürft ihr nicht mehr darüber diskutieren. Der Verlierer des Rennens kann den Gewinner einmal im Monat zu einer Revanche herausfordern, aber sonst ist das Thema tabu. Der Gewinner darf auch nicht prahlen. Verstanden?“

„Gut. Ich werde ihn schlagen“, erklärt Wilder selbstbewusst.

„Nein, das wirst du nicht“, erwidert Ace und schnaubt.

Phoebe fährt fort: „Gebt euch die Hand, um es zu besiegeln. Es wird nicht mehr über dieses Thema gesprochen, es sei denn, ihr tretet erneut an. Und wenn jemand gegen die Regel verstößt, wird euer Dad sich eine Strafe einfallen lassen, die da wäre …“ Sie blickt mich an.

Ich bin schockiert, dass ich nicht daran gedacht habe, und froh, dass ich sie nicht jeden Morgen streiten hören muss, und antworte: „Eine Woche lang die Ställe ausmisten.“

„Eine Woche?“, sprudelt es aus Wilder hervor.

„Wären zwei besser?“, frage ich.

Er schnaubt frustriert. „Okay. Eine Woche.“

„Großartig. Problem gelöst. Geht euch die Zähne putzen, damit ihr nicht zu spät zur Schule kommt“, befiehlt Phoebe.

Die Jungen gehorchen.

„Das war eine gute Idee", lobe ich sie, beeindruckt von ihrem schnellen Eingreifen.

Sie strahlt. „Einmal im Monat darüber zu diskutieren ist besser als tägliche Streits."

Ich grunze. „Das ist wahr."

Sie runzelt die Stirn und schaut sich in der Küche um. „Im Kühlschrank und in der Vorratskammer ist nicht viel, um den Jungs Lunchbrote zu schmieren."

Schuldgefühle überkommen mich. Ich verlasse mich zu sehr auf meine Eltern, aber ich habe meist keine Zeit einkaufen zu gehen, also gebe ich zu: „Meine Mutter schmiert sie für sie."

„Ah, ich verstehe."

Ich versuche ihr es zu erklären. „Ich arbeite den ganzen Tag, und wenn ich in der Stadt bin, dann normalerweise wegen der Arbeit, also hat einkaufen keine Priorität, denn meine Kinder werden nicht verhungern, weil meine Eltern gleich nebenan wohnen."

Phoebe nickt. „Verstanden."

Ich rede weiter. „Sie bekommen so viel zu essen, wie sie brauchen. Ich verspreche, dass ich meine Kinder nicht verhungern lasse."

„Du hast recht. Sie sind definitiv nicht unterernährt."

„Meine Mutter ist ohnehin eine viel bessere Köchin. Pferde sind mein Metier, nicht Herde und so. Na ja, es sei denn, du willst meine Mikrowellenkochkünste sehen. Darin bin ich ein wahrer Meister."

Wovon zum Teufel rede ich da?

Halt die Klappe!

Ich nehme meinen Cowboyhut ab und fahre mir mit der Hand durchs Haar.

Humor erfüllt Phoebes Miene. „Das werde ich mir merken, wenn ich das nächste Mal Popcorn brauche. Aber da deine Mutter in den nächsten Monaten nicht hier sein wird, ist es also okay, wenn ich ein bisschen einkaufe, wenn ich die Jungs heute abhole?"

„Du bist doch nur eine Woche hier", erinnere ich sie.

Ihre fröhliche Miene verblasst.

Schuldgefühle prasseln auf mich ein. Normalerweise strenge ich mich mehr an, kein Arschloch zu sein, aber momentan lege ich mir selbst Steine in den Weg. Und es ist nicht Phoebes Schuld, dass meine Familie mich völlig unterschätzt.

Doch sie erholt sich schnell, lächelt mich an und zwitschert: „Ich würde trotzdem gerne ein paar Sachen einkaufen, damit ich sie für später einfrieren kann."

Ich starre sie an.

Sie lehnt sich verschwörerisch vor und senkt ihre Stimme. „Ich kann dir sogar zeigen, wie man einen Ofen benutzt."

Ich lache. „So nutzlos bin ich nicht."

„Gut zu wissen. Ich habe also grünes Licht etwas einzukaufen?", fragt sie.

Meine sture Seite will *Nein* sagen, aber es ist schön, etwas im Kühlschrank zu haben, was man nur aufwärmen muss. Es ist schon einige Monate her, seit ich zuletzt einkaufen war. Also gebe ich nach. „Wenn du willst. Du kannst alles auf meine Kreditkarte buchen."

„Perfekt!“, ruft sie freudig.

Ich greife nach meiner Brieftasche und ziehe meine Kreditkarte heraus. Bevor ich sie ihr reiche, sage ich warnend: „Die ist nur für Lebensmittel, nicht für ausschweifende Einkaufstouren mit Willow.“

Das sollte eigentlich ein Witz sein, aber ich bin genauso unbeholfen wie zuvor, und es klingt barsch.

Ihr Gesichtsausdruck verändert sich schlagartig und sie sagt kalt: „Das wäre Diebstahl und ich habe noch nie etwas gestohlen. Ich plane auch nicht in nächster Zeit damit anzufangen.“

Verlegen gebe ich zu: „Es war ein Scherz, weil Willow gestern vom Shoppen geredet hat. Ich wollte dir nichts unterstellen oder dich beleidigen.“

Sie starrt mich an, atmet dann aus und lächelt. „Okay. Tut mir leid, ich wollte nicht überreagieren.“

„Ist schon gut. Tut mir leid, dass alles, was ich sage, so falsch rüberkommt.“

„Wirklich?“, fragt sie.

Jetzt grabe ich mir noch ein tieferes Loch!

Ich ignoriere ihren überraschten Blick und sage: „Ich sollte besser zurück an die Arbeit gehen. Meine Mutter wird in der Nähe ihres Trucks auf euch warten.“ Ich verlasse das Haus, bevor sie etwas erwidern kann.

Ich eile zum Roundpen, wo Mason und Jagger bereits zwei der neuen Pferde aufwärmen, indem sie mit ihnen im Kreis laufen. Eine kleine Staubwolke erfüllt die Luft.

Jagger schenkt mir dasselbe überhebliche Grinsen, das Wilder in der Küche aufgesetzt hatte. „Wie läufts mit deiner neuen Freundin?"

Ich gebe ihm einen Klaps auf den Hinterkopf.

„Hey!", warnt er.

„Sie ist nicht meine Freundin", brumme ich.

„Hätte Mom sie mir auf einem Silbertablett serviert, hätte ich letzte Nacht damit verbracht sie zu meiner Freundin zu machen", fügt Mason hinzu.

Meine Hand fliegt wie von selbst zu seinem Hinterkopf, aber er duckt sich und lacht.

Jagger pfeift. „Sie sieht sogar mit nassen Haaren gut aus."

Ich drehe mich und beobachte, wie sie und die Jungs zum Truck meiner Mutter laufen. Mom wartet mit zwei Lunchpaketen auf sie.

Schuldgefühle fressen mich auf.

Ich sollte ihre Lunchpakete schmieren.

Die nächsten zwei Monate werden hart, aber ich muss mich mehr anstrengen.

Sobald Phoebe einkaufen war, kann ich einfach dieselben Lebensmittel kaufen, um Zeit zu sparen, denke ich, obwohl ich weiß, dass ich mich selbst belüge. Meine Arbeitszeiten werden mir nicht erlauben, mich an meine neuen Vorsätze zu halten.

Mason fügt hinzu: „Ich sollte sie fragen, ob sie Hilfe dabei braucht, ihren Rücken zu waschen."

Ich drehe mich um und verpasse ihm einen kräftigen Klaps auf den Hinterkopf. Sein Cowboyhut fliegt durch die Luft.

„Hey!", ruft er überrascht.

Ich packe ihn am Hemd, ziehe ihn zu mir, bis sich unsere Nasenspitzen fast berühren und grolle: „Sie ist das Kindermädchen der Jungs. Hab ein bisschen mehr Respekt."

„Du behältst sie also?", fragt Jagger.

Ich stoße Mason weg und antworte: „Nein. Sie ist nur für eine Woche hier. Aber egal, sie ist ihr Kindermädchen und nicht irgendein Flittchen, das du in der Stadt aufgabelst. Du wirst sie respektieren, verstanden?"

Mason sagt spöttisch: „Sie scheint dir unter die Haut gefahren zu sein."

„Auf keinen Fall. Du solltest es besser wissen, als so über die Nanny deiner Neffen zu reden", tadle ich ihn.

Der Motor des Trucks heult auf und ich drehe mich um.

Die Jungen und Phoebe winken, als sie an uns vorbeifahren.

Ich winke zurück und sehe zu, wie der Wagen durch die Tore rollt.

Jagger lacht und behauptet: „Du stehst auf dein Kindermädchen."

„Halt die Klappe, Idiot", befehle ich und stapfe davon. Ich betrete den Stall und der Duft von frischem Heu steigt mir in die Nase. Dann lehne ich mich an eine Stalltür und atme tief ein, um mich zu beruhigen.

„Unreife Idioten", murmle ich vor mich hin, dann öffne ich die Stalltür.

„Hey, Kumpel", gurre ich und schnappe mir Calypsos Zaumzeug. Er knabbert an meiner Schulter und ich entspanne mich.

Ich verbringe ein paar Minuten damit, ihn zu streicheln, dann führe ich ihn aus dem Stall und bringe ihn in den anderen

Roundpen, damit ich mich nicht mit meinen Brüdern befassen muss.

Wie immer verliere ich mich in meiner Arbeit. Irgendwann im Laufe des Tages sehe ich Phoebe, als sie ihre Einkäufe ins Haus trägt oder sich mit Mom unterhält. Ich schenke ihr extra nicht zu viel Aufmerksamkeit, damit sie nicht denkt, dass ich sie hier haben will.

Als die Jungen nach Hause kommen, rennen sie zum Stall und satteln ihre Pferde.

Phoebe kommt rüber und stellt sich zwischen zwei Pfähle, um die rote Stofffetzen gewickelt sind. Sie hat einen langen Stock bei sich und zieht ihn durch den Sand.

Die Jungen reiten auf ihren Pferden herüber und ich schließe mich Phoebe an.

Sie zeigt auf eine circa zehn Meter hohe Flussbirke. „Reitet zu dem Baum, wendet eure Pferde so schnell ihr könnt und kommt hierher zurück. Der Erste, der die Ziellinie überquert, ist der Gewinner. Verstanden?"

„Das ist doch kinderleicht", behauptet Wilder mit dem gleichen überheblichen Grinsen, das er schon beim Frühstück aufgesetzt hat.

Aces Gesichtsausdruck ist ernst. Er lehnt sich auf seinem Pferd vor und murmelt: „Mach dich bereit zu verlieren, Wilder."

Phoebe zieht die Augenbrauen hoch und verbeißt sich ein Grinsen. Dann fragt sie mich: „Kannst du pfeifen?"

Ich grinse. „Kann man ein Cowboy sein, wenn man nicht pfeifen kann?"

Sie lacht. „Steht das im Cowboy-Handbuch?"

„Ja. Es ist essenziell."

Ihr Lächeln wird breiter. „Gut zu wissen. Jungs, das Rennen beginnt, wenn euer Vater auf drei pfeift. Seid ihr bereit?"

„Ich wurde bereit geboren!", ruft Wilder überschwänglich und führt sein Pferd neben Phoebe.

„Fang an zu zählen!", befiehlt Ace und führt sein Pferd direkt an die Linie, dann konzentriert er sich auf die Flussbirke.

Phoebe fängt meinen Blick auf, tritt zurück und beginnt zu zählen. „Drei. Zwei. Eins."

Ich pfeife so laut ich kann und der Laut hallt über die Ranch.

Die Jungen starten Kopf an Kopf.

Phoebe fragt: „Was glaubst du, wer gewinnen wird?"

„Ich bin mir nicht sicher", gebe ich zu und lasse die Jungs nicht aus den Augen.

Sie erreichen den Baum, und Wilder lehnt sich in die Kurve. Ace lehnt sich nicht weit genug vor und verliert an Boden.

„Verdammt noch mal! Ich habe mit Ace Stunden an dieser Wendung gearbeitet", murmle ich.

„Was hat er falsch gemacht?", fragt sie, als Wilder auf uns zustürmt, Ace einen Meter hinter ihm.

„Er muss sich weiter nach vorne lehnen, wenn er die Kurve nimmt", antworte ich.

Wilder rast an uns vorbei und Ace folgt ihm innerhalb einer Sekunde dicht auf den Fersen.

Mein Ältester wendet sein Pferd und kommt neben uns zum Stehen. Er reckt seine Faust in die Luft und ruft: „Ich habe gewonnen!"

Ace trottet mit enttäuschter Miene zu uns herüber.

„Du hast dich nicht genug in die Kurve gelegt", sage ich zu ihm.

„Haha! Ich sagte doch, dass ich gewinnen werde!", ruft Wilder aufgeregt.

Phoebe schreitet sofort ein. „Du warst gut, aber halte dich an die Regeln, okay? Du darfst nicht angeben. Ace, du kannst ihn nächsten Monat wieder herausfordern, okay?"

„Wir müssen weiter daran arbeiten. Du hättest ihn schlagen können", sage ich zu Ace.

„Hat er aber nicht!", ruft Wilder wie im Rausch.

Ace stöhnt. „Du bist so nervig."

„Okay, Jungs. Zeit für einen Snack und die Hausaufgaben", ruft Phoebe.

„Ach, komm schon. Wir sind gerade erst nach Hause gekommen und haben die Pferde gesattelt", jammert Wilder.

Sie zeigt über den Hof. „Tut mir leid. Zuerst die Hausaufgaben, dann das Vergnügen. Und jetzt geh dir die Hände waschen. Eure Snacks liegen auf dem Picknicktisch. Wir können dort Hausaufgaben machen, solange es draußen noch schön ist."

Wilder schnaubt und reitet auf seinem Pferd in Richtung Stall davon.

Ace folgt ihm etwas langsamer.

„Armer Ace", murmelt Phoebe, sobald sie außer Hörweite sind.

„Er muss sich weiter in die Kurven lehnen", wiederhole ich.

„Trotzdem tut es mir leid, dass er enttäuscht ist."

„Das ist nicht nötig. Wenn er es einmal verstanden hat, wird er besser reiten als Wilder", erkläre ich mit Überzeugung.

„Woher willst du das wissen?"

Ich gluckse. „Ich kenne meine Jungs. Ace ist weiter, als Wilder in seinem Alter war."

„Wirklich?"

„Ja."

„Okay. Gut zu wissen."

Ich starre sie einen Moment lang an.

Sie atmet tief durch und nickt. „Okay. Ab zu den Hausaufgaben."

„Ich sollte ihnen helfen", brumme ich.

Sie starrt mich an. „Wäre dir das lieber?"

Niemals. Hausaufgaben sind scheiße.

Aber ich muss beweisen, dass ich Phoebe nicht brauche.

Sie schlägt vor: „Warum fange ich nicht schon mal an und du kommst zu uns rüber, wenn du Zeit hast?"

„Ich habe gerade Zeit", sage ich mit Nachdruck.

„Toll. Dann komm, die Hausaufgaben machen sich nicht von selbst", fordert sie.

Ich bereue meine Worte sofort, als ich ihr zum Picknicktisch folge.

Die Jungs kommen zu uns und sie nimmt den Deckel von einer Schüssel, die aussieht wie ein Truthahn, in dem geschnittene Äpfel und eine Portion Dip für die Jungs liegen.

„Ist das Georgias Karamell-Frischkäse-Dip?", fragt Ace.

„Genau. Deine Grandma hat gesagt, dass ihr den liebt“, antwortet Phoebe.

„Ja!“, ruft Wilder, schnappt sich ein Stück Apfel und taucht es in den Dip.

Ace greift ebenfalls zu.

Phoebe öffnet eine Mappe und holt zwei Arbeitsblätter heraus. „Mathe zuerst.“

Wilder stöhnt. „Ich hasse Mathe.“

„Es ist besser, als dumme Bücher zu lesen“, brummt Ace.

„Bücher sind nicht dumm“, erwidert Phoebe.

Wilder jammert: „Mein Lehrer macht es zu kompliziert. Eins plus eins ist gleich zwei. Ich muss es nicht in mehrere Schritte aufteilen. Das ist blöd.“

„Finde ich auch“, gestehe ich, unfähig, meine Abneigung für mich zu behalten.

„Dann muss ich keine Hausaufgaben machen?“, fragt Wilder voller Hoffnung in den Augen.

Ich bereue meine Worte sofort. „Nein, natürlich musst du in der Schule aufpassen und deine Hausaufgaben machen.“

Wilder drängt: „Aber du hast doch gerade gesagt –“

„Dein Vater meinte nur, dass eins plus eins gleich zwei ist, richtig?“, sagt Phoebe entschlossen und durchbohrt mich mit einem Blick.

„Genau“, stimme ich zu und fühle mich wie ein Kind, das mit der Hand in der Keksdose erwischt wurde, aber auch froh, dass sie meinen Fehler überspielt hat.

Phoebe tippt auf die Arbeitsblätter und sagt: „Je schneller wir damit fertig sind, desto schneller können wir uns wieder amüsieren. Und wenn ihr euch anstrengt, bekommt ihr einen Stern für unsere Strandparty."

Die Jungen brauchen einige Augenblicke, um sich auf ihre Aufgaben zu konzentrieren, aber sie tun es und fangen an zu arbeiten. Phoebe beginnt, ihnen etwas zu erklären, und ich weiß, ich sollte mich beteiligen, aber ich tue es nicht.

Das Zeug verwirrt mich ohne Ende.

Ich verstehe die neuen staatlichen Lehrplananforderungen für öffentliche Schulen in Texas nicht und wie heute Mathe unterrichtet wird. Mir wurde gesagt, dass es ähnlich wie die Common Core-Bildungsinitiative ist, nicht, dass ich das besser verstehen würde. Im Grunde genommen bin ich also Wilders Meinung. Eins plus eins ist gleich zwei. Das ist ganz einfach. Ich muss keine verrückten Gleichungen lösen, um zu dem gleichen Ergebnis zu gelangen.

Phoebe erklärt es den Jungs so, dass sie es verstehen, aber ich bin immer noch etwas ratlos.

Ich hasse das. Für die Arbeit muss ich ständig rechnen, aber die Hausaufgaben meiner Kinder kriege ich nicht in den Griff. Manchmal komme ich mir dumm und nutzlos vor.

Je mehr ich Phoebe in Aktion beobachte, desto mehr Panik überkommt mich.

Ich habe eine Woche Zeit, alles darüber zu lernen, wie ich meinen Jungs bei den Hausaufgaben helfen kann.

Und ich habe keine Ahnung, wo ich anfangen soll.

6

Phoebe

Einige Tage später

„**W**o bist du, Phoebe?", fragt Lance zum fünften Mal.

„Jetzt willst du es wissen?", frage ich genervt. Seit der Nacht, in der ich nach Kalifornien zurückgekehrt bin, habe ich nichts mehr von ihm gehört.

Als ob es normal wäre, tagelang zu verschwinden, behauptet er: „Ich habe dir gesagt, dass ich viel beschäftigt war."

Wütend und verletzt schnauze ich: „Beschäftigt! Seit wann? Seien wir doch mal ehrlich. Du hast nicht ein einziges Mal an mich gedacht. Und jetzt, da du wieder nüchtern bist und ich nicht da bin, willst du wissen, wo ich bin?"

Er stöhnt. „Sei nicht so dramatisch. Ich bin ausgegangen und hatte etwas zu erledigen. Und jetzt hör auf, Spielchen zu spielen. Sag mir, wo du dich versteckst."

Ich schüttle den Kopf und gehe in meinem Zimmer auf und ab. „Ich sagte doch, ich bin in Texas. Ich habe einen neuen Job angenommen."

„Ja, von wegen."

Wütend knurre ich: „Was soll das bitte heißen?"

Er sagt spöttisch: „Warum zum Teufel solltest du Kalifornien verlassen, um nach Texas zu ziehen? Das ist das Lächerlichste, was ich je gehört habe."

Wut braut sich in mir zusammen. „An Texas ist nichts falsch."

Er schnaubt und behauptet: „Es gibt nichts Besseres als Kalifornien. Wegzuziehen ist närrisch."

Ich fahre mir mit der Hand durch die Haare und schaue aus dem Fenster. Es ist ein schöner, sonniger Tag. Es ist in den letzten Tagen frischer geworden, aber es ist immer noch angenehm warm. Und ich würde lieber draußen sein, als dieses Gespräch mit Lance zu führen, das eh zu nichts führt. Also sage ich: „Ich muss los, Lance."

„Warte", ruft er.

Ich halte inne, mein Herz klopft heftig.

Er senkt seine Stimme und es zerreißt mir das Herz, so wie immer, wenn er diesen Tonfall anschlägt. „Phoebe, wo bist du? Komm schon, spiel keine Spielchen. Ich vermisse dich."

Ich schließe die Augen und seufze. Das macht er immer. Er vermasselt es und bekennt sich dann zu seinen Gefühlen für mich. Und ich gebe immer nach und lasse zu, dass er meine Enttäuschung untergräbt.

Diesmal lasse ich mich nicht manipulieren.

Er war tagelang verschwunden!

Er wiederholt: „Phoebe, wo bist du?"

„Ich sagte doch, ich bin in Texas", wiederhole ich leiser, weil ich es hasse, wie er mich aus der Reserve lockt, bis ich meine Stimme hebe.

„Wo in Texas?"

„Auf der Cartwright-Ranch."

Einen Moment lang herrscht Schweigen in der Leitung. Schließlich murmelt Lance: „Die Cartwrights?"

„Ja", bestätige ich.

„Was machst du auf der Cartwright-Ranch?", fragt er und fügt hinzu: „Du hast keine Ahnung von einer Ranch."

Ich weiß nicht, warum mich seine Bemerkung so beleidigt. Es ist wahr, ich habe immer am Wasser oder in den Bergen gelebt, nicht auf dem Land oder einer Ranch. Aber die Art und Weise, wie Lance es sagt, lässt mich katzbuckeln, als wollte er damit sagen, dass ich das nicht schaffen kann. Aber da liegt er falsch. Ich weiß, dass ich durchhalten kann. Ich habe die Ranch in den letzten Tagen erkundet und es gibt nichts, was mir nicht gefällt.

Also antworte ich: „Wie gesagt, ich habe hier einen Job angenommen."

„Was für ein Job?", drängt er.

„Ich bin das Kindermädchen."

„Kindermädchen? Du hast einen Universitätsabschluss, um Himmels willen", brummt er, als ob Nannyarbeit unter meiner Würde wäre.

„Ja, ich weiß. Was willst du damit sagen? Ich bin sehr wohl für diesen Job qualifiziert."

„Du solltest Kunst unterrichten. Warum tust du das nicht, Phoebe?"

Ich erschaudere innerlich. Er macht mir immer die gleichen Vorwürfe.

Lance hat die Dynamik, mit der ich bei der Arbeit konfrontiert war, nie verstanden. Klar, ich habe ein paar Jahre lang unterrichtet, aber ich konnte es nicht mehr aushalten.

Mehrere Kinder haben mir im Unterricht mit körperlicher Gewalt gedroht. Ich wurde beschimpft und ich konnte nichts dagegen tun. Oft kamen die Kids ohne ihre Schulprojekte gemacht zu haben in meinen Unterricht. Die Schulleitung unterstützte ihre Lehrer nicht. Die Eltern waren eine noch größere Hürde. Sie waren meistens abwesend, wenn ich versuchte, sie zu kontaktieren.

Also habe ich das letzte Jahr damit verbracht, mich in besseren Schulbezirken zu bewerben, aber es gab keine offenen Stellen – vor allem nicht die als Kunstlehrer. Das Fach war beliebt und die Jobs gut bezahlt.

Lance weiß, was ich alles durchgemacht habe. Ich habe ihm nichts verheimlicht, aber er scheint kein Mitgefühl zu haben oder zu erkennen, wie sehr mich das Umfeld, in dem ich gearbeitet habe, niedergerissen hat.

Das Letzte, was ich tun will, ist, schon wieder mit ihm darüber zu diskutieren. Er wird nie verstehen, was mich bewegt. Er wird immer denken, dass ich Kunstlehrerin an einer Schule sein muss und sonst nichts.

„Oder wir heiraten, dann musst du nicht mehr arbeiten", sagt er schließlich. „Es ist dumm, dass du dir überhaupt einen anderen

Job gesucht hast. Du weißt, dass du eines Tages meine Frau sein wirst, und ich habe genug Geld."

Ich schlucke den Kloß hinunter, der sich in meinem Hals bildet. Als ich Lance kennenlernte, sah ich eine gemeinsame Zukunft. Zu der Zeit hätte ich mir nichts lieber gewünscht als ihn zu heiraten. Jetzt bin ich mir nicht mehr so sicher, ob ich den Rest meines Lebens mit ihm verbringen will.

Er redet immer von Heirat, aber er hat mir noch nie einen Antrag gemacht. Ehrlich gesagt bin ich mir nicht sicher, wie ich antworten würde, wenn er vor mich auf ein Knie sinken und mir einen Ring anbieten würde.

Er senkt seine Stimme und klagt: „Phoebe, komm schon, Baby. Es ist an der Zeit, mit diesen kindischen Mätzchen aufzuhören und nach Kalifornien zurückzukehren. Ich werde mich um dich kümmern. Du brauchst diesen Kindermädchen-Unsinn nicht. Ich denke, es ist ohnehin an der Zeit, dass wir den Rest unseres Lebens beginnen."

Mein Puls schießt in die Höhe. Ich sollte froh sein, dass er sich endlich binden will. Aber ich traue dem Frieden nicht. Und im Moment traue ich mir auch nicht wirklich zu, die richtige Entscheidung zu treffen. Also nehme ich all meinen Mut zusammen und sage ihm, was ich ihm persönlich sagen wollte, bevor ich Kalifornien verließ, aber nicht konnte, weil er nirgends auffindbar war. „Lance, wir sind schon sehr lange zusammen."

„Natürlich. Also hör auf, so dramatisch zu sein. Du weißt, dass ich dich liebe. Und niemand wird dich jemals mehr lieben als ich", sagt er ernst.

Angst überkommt mich. Meine Reaktion ist immer die gleiche und normalerweise denke ich, dass ich dankbar sein sollte, dass er mich so sehr liebt. Lance behandelt mich normalerweise gut und es ist besser als allein zu sein.

Was ist, wenn es wahr ist, und niemand wird mich jemals mehr lieben als er?

Was wäre, wenn ich ihn aufgäbe und am Ende allein im Leben stünde?

Innerlich bebe ich. Ich stelle mir meine Zukunft vor, allein und ungeliebt.

„Gib zu, dass ich recht habe", fordert er.

Das stimmt nicht. Er liegt falsch.

Oder?

Ich nehme meinen Mut zusammen und sage: „Wenn wir das überstehen wollen, müssen wir uns etwas Zeit allein nehmen und herausfinden, was uns beiden als Individuen wichtig ist. Dann können wir entscheiden, ob wir unsere Beziehung fortführen oder nicht."

„Was überstehen?", fragt er gereizt.

Ich seufze und erkläre: „Ich liebe dich, Lance. Aber es läuft schon seit einer Weile nicht mehr gut zwischen uns. Ich denke, es ist das Beste, wenn wir uns eine Auszeit nehmen. Das gibt uns etwas Zeit zum Nachdenken. Ich will nicht, dass wir die falsche Entscheidung treffen und zusammenbleiben, nur weil wir schon so lange zusammen sind."

„Sei nicht albern. Es gibt keinen Grund für eine Auszeit. Hör auf, Spielchen zu spielen, Phoebe", fordert er.

„Ich spiele keine Spielchen. Ich habe versucht, mit dir zu reden, aber du hörst nicht zu. Ich wollte mit dir darüber reden, bevor ich meinen neuen Job angenommen habe, aber –"

„Stattdessen bist du einfach nach Texas gezogen und erzählst mir das am Handy", sagt er.

„Nun, ich wollte persönlich mit dir reden, aber du warst nicht aufzufinden, oder? Und ich warte immer noch darauf, dass du mir sagst, wo du die letzten Tage gewesen bist!"

Er ignoriert meine Frage und antwortet: „Ich spiele nicht mit, Phoebe."

„Das ist kein Spiel! Wir machen eine Auszeit. Etwas Abstand wird uns guttun, und wenn mein Job ausläuft, können wir reden und entscheiden, was wir in Zukunft tun wollen", wiederhole ich. Ich werde nicht wieder nachgeben.

„Und wann genau ist dieser Job vorbei?", schießt er zurück.

„In zwei Monaten."

„Zwei Monate? Ist das dein Ernst, Phoebe? Glaubst du, ich lege mein Leben zwei Monate lang auf Eis, während du Gott weiß was auf der Ranch tust?", schäumt er.

Ich schließe meine Augen und kralle mich an der Fensterbank fest. Seine Stimme hat den Ton angenommen, den ich so hasse. Seine Vorwürfe sind so hässlich und wecken in mir den Wunsch, mich in einem Loch zu verkriechen und nie wieder herauszukommen. Also sage ich sanft: „Beruhige dich, Lance."

„Sag mir nicht, was ich tun soll", schimpft er.

Ich erschaudere, doch hebe mein Kinn, ziehe die Schultern hoch und starre auf die Ranch hinaus.

Es ist Samstag. Die Jungs rennen vor dem Haus herum. Alexander und seine Brüder sind auf der Koppel und arbeiten mit ihren Pferden. Die Pfosten und Zäune sind alle mit Lichterketten, Sackleinen und Tannenzapfen geschmückt.

Normalerweise macht mich dieser Anblick glücklich, aber im Moment beruhigt nichts das Beben in meinem Bauch. Unterbewusst möchte ich mich nach draußen flüchten, anstatt mit Lance zu streiten. Also sage ich: „Ich lege jetzt auf. Wir können später darüber reden. Vielleicht in ein paar Tagen?"

Er brummt: „Wieso erst in ein paar Tagen?"

Meine Wut erreicht einen neuen Höhepunkt. Sie schlägt über mich herein und verdrängt all den Herzschmerz und die Enttäuschung, die ich seit so langer Zeit empfinde. Also sage ich wutentbrannt: „Ja, Lance, in ein paar Tagen. Wenn ich Zeit habe. Das sollte dir bekannt vorkommen, immerhin bist du selbst so gut darin, wie vom Erdboden verschluckt zu verschwinden, ohne mir zu sagen, wohin du gehst. Stimmt's?"

„Fang bloß nicht –"

„Ich lege jetzt auf", informiere ich ihn knapp, tue genau das, und werfe mein Handy auf das Bett.

„Verdammte Scheiße!", schreie ich, lehne mich gegen die Wand neben dem Fenster und starre an die Decke, atme tief durch und versuche, mein rasendes Herz zu beruhigen. Ich weiß nicht, wie lange ich dort stehe, bis ich endlich runterkomme und mein Schlafzimmer verlasse.

Ich bin auf halbem Weg durch das Haus, als ich Willow begegne.

Sie zwitschert: „Hey, ich wollte dich gerade holen kommen."

Ich lächle. Ich mag Willow wirklich gern. Schon seit dem ersten Tag hat sie sich jeden Abend darum bemüht, mit mir zu reden und etwas mit mir zu unternehmen. Wir sind Freundinnen geworden, was ich nicht erwartet hatte, als ich diesen Job annahm.

Wir sind fast gleich alt und haben viele Gemeinsamkeiten, aber sie bringt frischen Wind in mein Leben, denn ihre Welt ist so anders als meine.

„Okay, du kommst also trotzdem heute Abend mit mir, oder?", fragt sie und ihre Augen glühen vor Aufregung.

Ich lache. „Das würde ich gerne. Aber bist du sicher, dass es in Ordnung ist, wenn ich nicht auf die Jungs aufpasse?", frage ich, immer noch besorgt, dass die Jungs mich brauchen könnten.

Sie lacht herzlich. „Ja, natürlich. Alexander und die Jungs werden ohnehin dort sein. Genau wie der Rest unserer Familie."

Ich wölbe meine Augenbrauen. „Wirklich?"

Sie nickt. „Ja. Heute Abend ist eine Wohltätigkeitsveranstaltung für Thanksgiving. Der gesamte Erlös geht an die Tafel, um bedürftige Familien über die Feiertage zu versorgen."

„Das ist großartig", rufe ich überrascht.

Sie nickt. „In den nächsten Monaten werden wir zu vielen verschiedenen solcher Veranstaltungen gehen, da bald Weihnachten ist. Aber das Rodeo ist eins der größten Events. Die Tafel hängt wirklich von dem Geld ab, das heute Abend gespendet wird."

„Wir hatten viele verschiedene Programme an meiner Schule, an denen die Tafel beteiligt war."

„Ich liebe das Engagement. Aber jetzt sollten wir über das Wichtigste reden."

„Und das wäre?"

Sie wackelt mit den Augenbrauen. „Natürlich die Bullenreiter. Ich werde dich allen vorstellen."

Ich stöhne, kann mir aber ein Lächeln nicht verkneifen. „Willow! Ich dachte, wir hätten das schon besprochen."

Sie lacht. „Haben wir, aber du und dein Freund macht gerade eine Auszeit, richtig?"

Lances Vorwürfe schießen mir durch den Kopf und Wut brodelt in mir hoch.

Willow legt mir eine Hand auf meinen Unterarm. „Hey, was ist denn los? Habe ich was Falsches gesagt?"

Ich schüttle den Kopf. „Nein. Ich hatte eben nur ein weniger erfreuliches Gespräch mit Lance. Das ist alles."

Besorgnis erfüllt ihr Gesicht. „Das tut mir leid. Willst du darüber reden?"

Ich zwinge mich zu einem Lächeln und antworte: „Nein. Lieber nicht, wenn das okay ist?"

Sie mustert mich und nickt dann. „Okay. Aber ich bin immer hier, wenn du jemanden zum Reden brauchst."

„Danke", erwidere ich aufrichtig berührt und füge dann hinzu: „Und danke, dass du so nett zu mir bist. Ich hatte nicht erwartet, so schnell Freunde zu finden."

Sie grinst. „Hey, meine Mom hat gesagt, dass wir gute Freundinnen werden würden. Und normalerweise hat sie in solchen Angelegenheiten recht. Ihr Gespür leitet sie vollkommen fehl, wenn sie versucht Partnerinnen für meine Brüder oder Partner für mich und meine Schwestern auszusuchen. Aber bei Freundschaften hat sie ein gutes Händchen."

„Deine Mutter ist eine tolle Frau."

„Das ist sie. Und ich kann immer noch nicht glauben, dass sie über die Feiertage zu einer Missionsreise aufbrechen werden.

Es ist die schönste Zeit des Jahres, und unsere Familie feiert wie keine andere."

Meine Wangen schmerzen vor Lachen. Ich habe die Feiertage immer geliebt, aber bisher habe ich immer in Kalifornien gefeiert. Ich bin gespannt, wie die Cartwrights Thanksgiving, Weihnachten und Neujahr verbringen. Schon auf der Ranch zu sein, wo alles geschmückt ist, zeigt, dass sie gerne feiern. Ich kann mir nicht vorstellen, wie es an Weihnachten und Silvester aussehen wird.

Die Familie scheint sehr eng gestrickt, aber sie machen keinen Hehl daraus, wenn sie etwas nicht mögen, was jemand tut. Ich respektiere, wie sie miteinander umgehen. Sie legen ihre Karten offen auf den Tisch, aber auf eine Art und Weise, bei der man ihre gegenseitige Liebe und den Respekt untereinander merkt.

Außerdem hatte ich nie eine große Familie. Ich habe eine Schwester, die jedoch leider in einen Autounfall verwickelt war. Sie lebt in Pflege, weil sie sich nicht selbst versorgen kann und sowohl geistig als auch körperlich behindert ist. Ich versuche, sie so oft wie möglich zu besuchen, aber sie weiß nicht mehr, wer ich bin, was wehtut.

Der Unfall ist jetzt acht Jahre her, doch es wird nicht leichter. Meine Schwester und ich standen uns nahe, bevor es passierte. Meine Mutter und mein Vater hatten sich vor langer Zeit scheiden lassen, und wir waren füreinander der Fels in der Brandung. Nach dem Unfall veränderte sich alles.

Meine Mutter leidet an starken Depressionen. Sie fuhr das Auto und die Schuldgefühle, die sie deswegen empfindet, wurden schließlich zu viel für sie. Vor einigen Jahren musste ich sie in eine Einrichtung einweisen, weil sie nicht mehr in der Lage war, für sich selbst zu sorgen. Natürlich versuche ich, sie zu besuchen, aber es ist schwer. Beide sind in staatlich finanzierten

Einrichtungen, die mehrere Autostunden in entgegengesetzter Richtung liegen, was die ganze Sache nicht leichter macht.

Mein Vater ist kurz nach dem Unfall abgehauen. Ich habe keine Ahnung, wo er lebt oder wie es ihm ergangen ist. Danach habe ich Weihnachten und die Feiertage hauptsächlich allein verbracht, bis ich Lance kennenlernte und seitdem feiere ich mit seiner Familie.

Das könnte ein weiterer Grund sein, warum ich mich so an ihn gebunden fühle und weiter versuche, unsere Beziehung am Leben zu erhalten. Ein Grund, warum es mir schwerer fällt, endgültig mit ihm Schluss zu machen, auch wenn ich erleichtert bin, dass ich seine Familie dieses Jahr über die Feiertage nicht sehen muss.

Ironischerweise fühle ich mich nach ein paar Tagen bei den Cartwrights mehr zu Hause als bei Lances Familie in all den Jahren. Aber ich würde mich nie über sie beschweren. Ich war immer dankbar, dass ich in dieser Zeit des Jahres nicht allein sein musste.

Willow legt den Kopf schief. „Tut mir leid. Habe ich wieder etwas Falsches gesagt?"

Ich schüttle den Kopf. „Nein. Alles ist in Ordnung. Ich bin einfach nur froh, hier zu sein."

„Wir sind auch froh, dass du hier bist."

„Ich hoffe nur, dass dein Bruder beschließt, mich weiter hier arbeiten zu lassen", sage ich und versuche, lustig zu klingen, aber die Angst in meiner Stimme ist nicht zu verkennen.

Die Wahrheit ist, wenn Alexander mich nicht bleiben lässt, weiß ich nicht, was ich tun werde. Ich möchte nicht zurückgehen und mit Lance zusammenleben müssen. Wir brauchen wirklich etwas Abstand, um unsere Situation zu klären. Wenn wir in Zukunft zusammenleben sollten, möchte ich, dass es unsere Entscheidung ist und nicht aus einer Notwendigkeit heraus geschieht, weil ich pleite bin und nirgendwo anders hinkann.

Doch Alexander macht mir jeden Tag klar, dass meine Zeit hier begrenzt ist. Bald ist Montag, und egal, wie sehr ich versuche, ihm zu zeigen, dass ich ihm eine Hilfe bei den Jungs sein kann, er ist entschlossen, mich rauszuwerfen.

Willow stöhnt, rollt mit den Augen und erklärt: „Mein Bruder ist ein Idiot. Mach dir keine Sorgen. Du bleibst."

„Wie kannst du dir da so sicher sein? Er scheint entschlossen, dass ich am Montag abreise."

Sie winkt mit der Hand ab. „Nein, er wird dich bleiben lassen. Mach dir keine Sorgen."

„Er scheint mir nicht der Typ zu sein, der seine Meinung so leicht ändert. Ich tue mein Bestes, aber …"

Sie nickt energisch. „Oh, wir wissen, dass du dich anstrengst. Aber mach dir keine Sorgen. Jeder sieht, wie gut du für die Jungs und ihn bist."

„Er auch?", frage ich, während mir die Hitze in die Wangen steigt.

„Ja, Alexander braucht Hilfe. Du bist gut für ihn. Aber egal, lass uns über wichtigere Dinge reden." Sie lehnt sich näher heran, senkt verschwörerisch ihre Stimme und sagt: „Es gibt zwei Bullenreiter, von denen ich glaube, dass sie dir gefallen werden, wenn du sie heute Abend triffst."

Ich seufze und beteuere: „Willow, ich will jetzt keine neue Beziehung. Ich brauche Zeit, um zu überlegen, ob ich mit Lance zusammenbleiben will oder nicht."

Sie zuckt mit den Schultern. „Ja, aber ihr macht eine Auszeit. Eine Beziehungspause. Das bedeutet, dass du dich umschauen darfst, wer sonst noch auf dem Markt ist. Oder?" Ihre Augen blitzen auf.

Ich weiß nicht, wie ich ihre Frage beantworten soll. Der Gedanke, dass Lance sich umsieht, tut weh. Und ich glaube nicht, dass es fair ist, ihm das anzutun, denn ich würde nicht wollen, dass er während unserer Beziehungsauszeit jemand anderen datet.

Ein neuer Anflug von Panik überkommt mich.

Wird er das tun?

Nein, das würde er nicht wagen.

Wie kann ich da so sicher sein?

Er könnte es schon einmal getan haben, erinnere ich mich, und das ungute Gefühl in meinem Bauch taucht wieder auf, weil ich mich schon einmal nächtelang gefragt habe, ob er treu ist.

Willows Augen verengen sich zu Schlitzen. „Warum siehst du wieder so traurig aus?"

„Es ist nichts. Ich glaube einfach nicht, dass ich bereit bin, mich mit jemandem zu verabreden", gestehe ich.

Sie hakt ihren Arm in meinen und führt mich durch das Haus. „Das ist in Ordnung. Du musst dich nicht mit ihnen verabreden. Du kannst einfach Spaß haben."

Ich ziehe die Brauen hoch.

„Das war ein Wink mit dem Zaunpfahl, falls du es nicht bemerkt hast", sagt sie und zwinkert mir zu.

Ich kichere amüsiert. „Das klingt zwar sehr verlockend, aber ich weiß nicht."

Wir treten auf die Veranda hinaus. Ein Windstoß trifft mich mitten in die Brust und ich verschränke die Arme, während ich überlege, ob ich mir eine Jacke holen soll.

Willow fügt hinzu: „Weißt du was, warum stelle ich dich ihnen nicht einfach vor, und was dann passiert, ist deine Sache?"

Ich starre sie an. „Du wirst mich zu nichts drängen?"

Sie hebt beschwichtigend die Hände in die Luft. „Auf keinen Fall. Pfadfinderehrenwort."

„Versprichst du es?"

„Versprochen", trillert sie.

Ich gebe nach. „Okay, gut. Du kannst mich ihnen vorstellen."

Sie klatscht in die Hände und strahlt mich an. „Toll. Und jetzt lass uns darüber reden, was du heute Abend anziehst. Ich habe ein paar Geschenke für dich."

7

Alexander

„Wo bleiben sie?", frage ich die Jungs genervt. Aber das war ja klar. Immer, wenn Willow mit jemandem Zeit verbringt, kommen wir zu spät.

Ich stehe in der Nähe des Trucks, stemme meine Hände in die Hüfte und starre auf die Eingangstür. Sie öffnet sich, und meine Schwester und Phoebe treten heraus.

Mein Herz bleibt fast stehen. Phoebe trägt eng anliegende Jeans und ein türkisfarbenes, bauchfreies, langärmeliges Top mit gelben und orangefarbenen Akzenten. Darüber trägt sie eine hellbraune Jacke, braune und türkisfarbene Cowboystiefel aus Wildleder und einen passenden Cowboyhut. Ihr langes magentafarbenes Haar ist gelockt, und ihre Lippen sind rot geschminkt.

Sie kommt auf mich zu und mein Blut gerät in Wallung. Ihr süßer Blumenduft, der sich schon die ganze Woche in meinem

Haus verteilt, steigt mir in die Nase. Ich unterdrücke ein Stöhnen. Es ist der berauschendste Duft, den ich je gerochen habe, und es macht mich wahnsinnig.

Meine Schwester trällert: „Sie sieht gut aus, nicht wahr?"

Ich runzle die Stirn und wünschte, Willow würde nicht mitkommen. Der Rest meiner Familie ist bereits zum Rodeo aufgebrochen, aber Willow scheint es sich zur Aufgabe gemacht zu haben, Phoebes neue beste Freundin zu werden. Normalerweise wäre mir das egal, aber Willow ist fest entschlossen, Phoebe mit all den Bullenreitern bekannt zu machen.

Es ist mir egal.

Das hat nichts mit mir zu tun.

Sie ist ohnehin nur bis Montag hier, erinnere ich mich.

„Diese Cowboys werden nicht wissen, wie ihnen geschieht, wenn sie dich sehen", sagt Willow zu Phoebe, strahlt sie an und lockt mich weiter aus der Reserve.

Ich gehe zur Beifahrertür und öffne sie. „Lasst uns aufbrechen." Es klingt ein bisschen harscher als beabsichtigt.

Phoebe sieht mir in die Augen und sagt: „Tut mir leid, dass wir so lange gebraucht haben."

„Schon in Ordnung. Lasst uns gehen, bevor wir das ganze Rodeo verpassen", antworte ich.

Sie steigt vorne ein und Willow klettert hinten zwischen ihre Neffen. Ich schließe die Tür, gehe um die Motorhaube herum und setzte mich hinters Lenkrad. Ich starte den Motor und fahre dann durch das Tor, wobei ich kaum höre, wie meine Schwester mit meinen Söhnen und Phoebe plaudert. Mein Blick ist auf die Straße gerichtet und ich wünschte, ihr betörender Duft würde nicht den ganzen Innenraum einnehmen.

Auf der ganzen Fahrt in die Stadt sage ich kein Wort. Und ehe ich mich versehe, zieht Willow Phoebe durch die Menge, und meine Sorge wächst.

„Dad, können wir mit Tante Willow gehen?", fragt Wilder.

„Nein", grolle ich, weil ich weiß, dass sie Phoebe dorthin bringt, wo die Bullenreiter abhängen. Es ist eine VIP-Lounge, und sie ist nicht weit von unserem VIP-Bereich entfernt, aber es gefällt mir trotzdem nicht. Ich führe meine Kinder zum Rest meiner Familie und stelle mich neben meine Brüder.

„Wo ist Sebastian?", frage ich.

„Er hat gerade angerufen. Er und Georgia verspäten sich. Sie sollten aber jede Minute hier sein", antwortet Mason.

Ich nicke. Es gibt ein paar Dinge, über die ich mit Sebastian sprechen muss, und es wäre mir lieber, es persönlich zu erledigen. Ich wünschte, er würde zurückziehen und auf der Ranch leben, aber ich weiß auch, dass jemand in Dallas bleiben muss. Außerdem haben sich er und Georgia dort ein gutes Leben aufgebaut. Ihre Karrieren sind in der Stadt. Mein Bruder ist brillant darin, die Geschäfte unserer Unternehmen zu führen und all die Dinge zu tun, die ich hasse. Und Georgias Cupcake-Franchise ist erfolgreich.

Als hätte ich ihn mit meinen Überlegungen heraufbeschworen, ruft Sebastian: „Worauf wartet ihr denn alle? Wo ist mein Drink?"

Ich drehe mich um.

Georgia lacht und schüttelt den Kopf. Alle begrüßen sie mit Umarmungen und Küssen auf die Wange.

Dann kommt sie zu mir und umarmt mich.

„Wie geht es mit den Plänen für die neue Zweigstelle voran?"

Ihre Miene erhellt sich. „Großartig. Ich liebe unsere neuen Franchisenehmer. Sie werden sich gut schlagen."

Ich grinse. „Das ist eine tolle Neuigkeit. Ich bin wirklich stolz auf dich", sage ich ihr und freue mich, dass ihre Träume wahr werden.

„Danke. Aber ohne Sebastian hätte ich es nicht geschafft."

Ich grunze. „Humbug. Das stimmt doch nicht. Du hättest es auch alleine hinbekommen."

Sebastian gesellt sich zu uns und sagt überzeugt: „Das sage ich ihr auch immer wieder. Aber sie will mir nicht zuhören." Er reicht Georgia eine Dose Seltzer und nimmt dann einen Schluck von seinem Bier.

Sie nimmt einen Schluck und fragt: „Und, wie läuft's mit Phoebe?"

Phoebe. Für einen Moment hatte ich sie völlig vergessen.

Ich zucke mit den Schultern. „Gut. Aber ab Montag ist sie wieder weg."

Georgias Gesichtsausdruck füllt sich mit Belustigung. Ihre Lippen zucken. Sie legt den Kopf schief und fragt: „Wirklich? Du findest sie nicht hilfreich?"

Ihre Frage ruft Schuldgefühle in mir hoch, vor allem, weil Georgia mich mit ihren großen Augen anschaut, aber ich antworte: „Nein."

Georgias Miene wird streng. „Alexander, gibt es wirklich nichts, was Phoebe getan hat, was hilfreich gewesen wäre?"

„Nein, das habe ich nicht gesagt."

Sie drängt weiter. „Dachte ich mir. Erzähl mir alles, wobei sie dir geholfen hat."

Die Härchen auf meinen Armen stellen sich auf. Ich bin direkt in ihre Falle getappt. Georgia ist die Letzte, von der ich das erwartet hätte, aber jetzt weiß ich es besser. Ich ignoriere die Frage und sage: „Du bist also auch auf ihrer Seite?"

Sie schüttelt den Kopf. „Ich bin ganz neutral und deswegen will ich nur das Beste für dich und die Jungs. Also erzähl mal, wobei hat Phoebe dir geholfen, seit sie hier ist?"

„Du kannst nicht neutral bleiben", sage ich und ignoriere ihre Forderung erneut.

„Nun, das bin ich aber. Ich liebe euch alle und will nur, dass es euch gut geht. Aber ich würde gerne wissen, welchen Wert ihr in Phoebe seht. Denn ich weiß, dass sie viel mehr für dich tut, als du ihr zugestehst."

Ich seufze. „Ich habe nicht gesagt, dass sie nicht hilfreich ist. Ich gebe zu, sie hat mich viel unterstützt."

„Okay. Und wie?" Sie wölbt die Augenbrauen und wartet darauf, dass ich antworte.

„Sie hat den Jungs bei den Hausaufgaben geholfen", gestehe ich. „Vor allem bei diesem ganzen Mathe-Mist. Du weißt, wie sehr ich diese Standardmatheaufgaben hasse."

Georgia nickt. „Ja, die meisten Eltern mögen das nicht."

Ich grunze. „Das ist das Nutzloseste, was ich je gesehen habe. Warum können sie die Kinder nicht auf normale Weise unterrichten?"

Georgia zuckt mit den Schultern. „Keine Ahnung. Aber es ist gut, dass Phoebe es versteht, vor allem, weil deine Kinder es lernen müssen. Sie kommen nicht drum herum. Gibt es sonst noch etwas?"

Ich zermartere mir das Hirn, weil ich nicht antworten will, aber sie hat diese Woche nicht faul rumgesessen.

„Komm schon. Phoebe hat bestimmt mehr mit den Jungs gemacht als nur Hausaufgaben."

Seufzend gebe ich nach und antworte: „Sie hat für uns eingekauft. Ich gebe zu, es ist nett, wenn die Kinder oder ich einen Snack haben können, ohne zu Mom laufen zu müssen. Und neulich Abend hat sie gekocht. Es war eine nette Abwechslung, zu Hause zu essen und nicht bei Mom und Dad."

„Ist sie eine gute Köchin?", fragt Georgia.

Ich zögere, gebe aber dann zu: „Sie kann richtig gute Tacos machen."

Georgias Miene ist amüsiert. Sie scherzt: „Also Alexander, ich weiß nicht, was du dir mehr wünschst. Eine Frau aus Kalifornien, die in Texas Tacos kochen kann, würde ich mir nicht entgehen lassen."

Ich brumme ein nichtssagendes „Hmm", ohne meine wahren Gefühle zuzugeben.

„Gibt es noch andere Anlässe, bei denen sie einen Mehrwert geschaffen hat?"

Mir fallen einige Sachen ein, die Phoebe in den letzten Tagen getan hat, aber ich will sie Georgia nicht verraten.

Ich werde von Mason aus der Misere gerettet, der hinter mir etwas ruft. „Lass sie ihn ruhe! Sie ist zu gut für dich!"

Ich drehe mich um und balle die Fäuste an meiner Seite.

Einer der Bullenreiter, Jericho, den ich noch nie leiden konnte, weil er ständig versucht, sich mit Willow ein Date zu erschleichen, spricht mit Phoebe. Bevor ich darüber nachdenken kann, stürme ich auf sie zu.

Gerade als ich dort ankomme, höre ich ihn sagen: „Komm schon, gib mir einfach deine Nummer. Das ist doch nicht so schwer. Ich bin kein Psycho."

„Und ob er das ist", werfe ich ein und funkle ihn an.

Er ruckt mit dem Kopf zurück. „Mann, warum mischst du dich in meine Angelegenheiten ein? Du vermasselst mir die Tour."

„Phoebes Angelegenheiten sind meine Angelegenheiten", behaupte ich.

„Ach ja?", fragt sie erstaunt.

Jericho lacht amüsiert. „Echt? Das ist neu." Er lässt seinen Blick über Phoebe schweifen und fügt dann hinzu: „Sieht nicht so aus, als ob sie der gleichen Meinung wäre, Mann."

Ich sehe Phoebe in die Augen.

Eine tiefe Röte kriecht ihren Hals hinauf und in ihre Wangen.

Missbilligend sehe ich zurück zu Jericho und sage: „Sie datet nicht. Sie hat einen Freund, also lass sie in Ruhe."

Überraschung erfüllt seinen Blick und er fragt Phoebe: „Ist das wahr? Du bist vergeben? Willow sagte, du wärst single."

Sie schaut mit halb offen stehendem Mund zwischen Jericho und mir hin und her.

Ich ignoriere ihren Gesichtsausdruck und bestätige: „Sie ist vergeben. Sie machen nur eine Beziehungspause, um etwas Abstand voneinander zu bekommen", sage ich, als ob ich ihr dummes Arrangement tatsächlich verstehen würde.

Jericho hebt die Hände hoch. „Alles klar, Mann. Phoebe, sag mir Bescheid, wenn du mit dem Kerl Schluss gemacht hast, dann rufe ich dich an." Er geht weg.

Phoebe starrt mich an.

Ich kann nicht sagen, ob sie unglücklich oder froh ist, dass ich mich eingemischt habe, aber ich komme mir plötzlich dumm vor. Ich platze heraus: „Er ist der größte Schwachkopf aller Zeiten. Du hast etwas Besseres verdient."

Sie mustert mich einen Moment lang und sagt dann: „Könntest du vielleicht meine Angelegenheiten für dich behalten?"

Ich erstarre, mein Herz schlägt schneller.

Sie fährt fort: „Ich entscheide, wem ich etwas anvertrauen will. Es ist meine Entscheidung, nicht deine. Und ich habe ihm bereits gesagt, dass ich seine Nummer nicht haben will. Es gab keinen Grund sich einzumischen und meine persönlichen Probleme überall herumzuschreien."

„Er wollte kein *Nein* akzeptieren. Ich kenne diesen Schleimbeutel."

Sie stützt ihre Hand auf die Hüfte. „Wir sind in aller Öffentlichkeit. Er hat mich nach meiner Nummer gefragt. Ich bin durchaus in der Lage, ihm zu antworten und zu entscheiden, ob ich sie ihm geben will oder nicht."

„Was soll das bringen? Du bist doch nur bis Montag hier", erinnere ich sie und bereue es sofort.

Wut flammt in ihren Augen auf und sie starrt mich an.

Das habe ich diese Woche schon hundertmal zu ihr gesagt, doch bisher habe ich sie nie wütend gesehen, aber ich merke, dass ich sie zu weit getrieben habe.

Sie holt tief Luft. In ruhigem Ton und mit zusammengebissenen Zähnen fragt sie: „Warum schmeißt du mich nicht sofort raus? Wäre das nicht einfacher?"

Ich fühle mich sofort wie der letzte Dreck. In Wahrheit wäre mein Leben viel einfacher, wenn ich Phoebe hierbehalten könnte. Sie leistet gute Arbeit und das erkenne ich gerne an. Diese Woche war mein Leben um einiges einfacher, weil sie so viel geholfen hat, und die Jungs lieben sie. Genau wie die anderen Kids. Verdammt, meine ganze Familie liebt sie.

Aber ich muss ihnen beweisen, dass ich selbst für meine Kinder sorgen kann, ob meine Eltern nun hier sind oder nicht.

Bevor ich mich jedoch entschuldigen kann, dreht sie sich um und stapft auf Willow zu. Für den Rest des Abends redet sie kein Wort mehr mit mir.

Ich überlege, wie ich mich entschuldigen könnte, um sie wieder gütig zu stimmen oder damit sie zumindest nicht mehr wütend auf mich ist, aber mir fällt nichts ein. Die ganze Nacht über beobachte ich sie, nehme kaum etwas von dem Rodeo wahr und ignoriere die Gespräche um mich herum.

Selbst als Sebastian versucht, mit mir über geschäftliche Unternehmungen zu sprechen, die relativ wichtig sind, kann ich mich nicht konzentrieren. Es gibt nur eine Sache, die mich beschäftigt, und das ist, wie ich wieder in ihre Gunst kommen kann.

Es verwirrt mich. Ich weiß nicht einmal, warum ich mich um ihre Gefühle sorge, aber jedes Mal, wenn sie in unseren VIP-Bereich kommt, fühle ich mich schuldig. Sie redet mit den Kindern, jagt ihnen hinterher, wenn sie zwischen den Bullenreiten herumrennen. Meine Familie liebt sie und für alle sieht es so aus, als sei alles in Ordnung.

Ich weiß aber, dass es nicht so ist.

Sie ist immer noch wütend auf mich, und jedes Mal, wenn Willow sie quer über den Platz zu den Reitern zerrt, bekomme ich ein mulmiges Gefühl.

Am Ende des Abends setzt sie sich im Truck nach hinten zu den Jungs und Willow sitzt auf dem Beifahrersitz. Während der ganzen Fahrt nach Hause rasen meine Gedanken. Wir halten vor der Ranch, denn das Tor wird von einem Sportwagen mit eingeschaltetem Licht versperrt.

Ich kurble das Fenster herunter und frage unseren Pförtner: „Wer ist in dem Sportwagen?"

„Der Typ sagt, er sei Phoebes Freund aus Kalifornien", antwortet er. „Sein Name ist Lance."

Meine Brust zieht sich zusammen und ich sehe über meine Schulter zu Phoebe. „Erwartest du Besuch?"

Sie schüttelt den Kopf und antwortet: „Nein. Ich weiß nicht, was er hier will."

Am liebsten würde ich ihr sagen, dass sie ihn loswerden soll, aber sie springt aus dem Truck und geht zu seinem Wagen, bevor ich etwas einwenden kann.

Er steigt aus und ich erschaudere. Lance hat zerzaustes, blondes Surferhaar und ist der Inbegriff eines kalifornischen Surferboys. Aber er hat auch einen adretten Stil an sich und könnte genauso gut in einem Country Club zu Hause sein.

Er überragt sie, aber er ist nicht so groß wie ich. Lance packt sie und umarmt sie so fest, dass er sie von den Füßen hebt.

Ich umklammere das Lenkrad, bis meine Knöchel weiß werden.

Durch das offene Fenster höre ich ihren Protest. „Lance, lass mich runter."

Ich steige gerade aus dem Wagen, als meine Eltern vorfahren.

Dad kurbelt sein Fenster herunter. „Was ist los?"

„Ähm … ich … äh …", stottert Phoebe und versucht, die richtigen Worte zu finden.

Lance tritt näher und streckt meinem Dad die Hand entgegen. „Ich bin Phoebes Freund, Lance. Ich hoffe, es ist in Ordnung, dass ich hergekommen bin, um sie zu überraschen."

„Natürlich ist es das", sagt Dad, und ich schaue ihn finster an, weil ich alles an dieser Situation hasse. Das Einzige, was mich etwas beschwichtigt, ist, dass Phoebe schockiert aussieht und nicht gerade glücklich darüber scheint, dass er hier ist.

Mom sagt: „Oh, du musst übers Wochenende hierbleiben. Ihr könnt im Gästehaus übernachten, dann habt ihr eure Ruhe."

Meine Muskeln spannen sich an.

Nein. Auf keinen Fall. Nur über meine Leiche. Sie kann nicht bei diesem Mistkerl bleiben.

Ich platze heraus: „Ich bin sicher, dass er sich in einem Hotel wohler fühlen würde."

Lance dreht sich um und mustert mich. „Sorry, wer bist du?"

Ich hasse alles an diesem Kerl.

Was glaubt er, wer er ist? Wie kann er es wagen, mich auf meinem eigenen Grund und Boden auszuhorchen?

Phoebe geht schnell dazwischen, bevor die Situation eskalieren kann. „Das ist mein Boss, Alexander. Seine Jungs, Wilder und Ace, sind meine Schützlinge."

„Oh, schön, dich kennenzulernen." Lance bietet mir seine Hand an, aber er mag mich genauso wenig wie ich ihn. Das kann ich an seinem Blick und seinem Auftreten erkennen. Ich ergreife seine Hand und drücke sie so fest ich kann.

Seine Augen weiten sich. Ich halte sie länger fest, als es genau genommen nötig ist, bis ich ihn schließlich loslasse.

Er zieht seine Hand zurück und schaut finster drein.

„Nun, steht nicht die ganze Nacht hier draußen rum. Wir sollten reingehen", befiehlt Mom.

Phoebe greift nach der Tür meines Trucks und Lance fragt: „Du fährst nicht bei mir mit?"

Sie erstarrt, begegnet meinem Blick und dreht sich zu ihm um. Sie seufzt. „Okay, ich fahre mit dir."

Ich möchte Einspruch erheben, tue es aber nicht. Zu allem Überfluss kommt noch hinzu, dass er kein Gentleman ist und ihr nicht die Tür öffnet.

Sie steigt in sein Auto, und alle fahren durch die Tore. Ich starre ihnen hinterher und versuche, meinen stark ansteigenden Puls zu beruhigen.

„Dad, worauf wartest du noch?", fragt Wilder.

„Ja, wieso fährst du nicht los?", fragt Willow.

Widerwillig steige ich in den Wagen und fahre vor das Haus.

Mom umarmt Lance bereits, was mich nur noch mehr irritiert.

Ich stelle mich neben Phoebe und sage: „Mir war nicht klar, dass wir Besuch bekommen."

Sie schüttelt den Kopf. „Ich habe ihn nicht eingeladen."

„Willst du, dass ich ihn loswerde?", frage ich leise.

Ihre Mundwinkel zucken und ich glaube fast, dass sie *Ja* sagen wird, bis meine Mutter sich einmischt.

„Phoebe, Liebes, wollt ihr im Schmetterlings- oder im Hengstgästehaus schlafen?"

Phoebe sieht sie nur mit großen Augen an.

Mom fragt erneut: „Weißt du noch, welche ich meine?"

Ich stöhne und wünsche mir, dass meine Mutter es auf sich beruhen lassen würde und sich nicht einmischt.

Phoebe antwortet: „Beides ist in Ordnung für uns, aber ehrlich gesagt, kann er auch in einem Hotel absteigen. Ich möchte euch nicht zur Last fallen, vor allem ohne Vorankündigung."

„Unsinn. Du suchst ein Gästehaus aus und holst dann deine Sachen aus deinem Zimmer", weist Mom sie freundlich lächelnd an.

„Ich soll meine Sachen aus meinem Zimmer holen?"

„Ja. Du wirst doch einiges für dieses Wochenende brauchen, oder? Sonst musst du so viel hin und her laufen", antwortet Mom.

Ich bekomme ein mulmiges Gefühl. *Sie kann nicht das ganze Wochenende mit diesem Idioten verbringen.*

„Werden die Jungs mich nicht brauchen?", fragt Phoebe unsicher.

Mom winkt ihre Sorge weg und antwortet: „Nein, ich kümmere mich um alles."

Gleichzeitig sage ich: „Doch."

Sowohl meine Mutter als auch Phoebe starren mich erstaunt an.

Scheiße. Was habe ich da gerade gesagt?

Mom wirft mir einen missbilligenden Blick zu und sagt: „Ich glaube, du wirst wohl eine Nacht lang allein mit den Jungs zurechtkommen, Alexander. Nicht wahr?" Sie zieht herausfordernd eine Braue hoch.

Mein Inneres zittert. Ich stecke in der Zwickmühle und es gibt nur eine richtige Antwort: „Ja, natürlich kann ich das."

„Das dachte ich mir schon", antwortet Mom und tätschelt Phoebes Arm. „Also, Liebes, willst du nun das Schmetterlings- oder das Hengstgästehaus?"

Meine Brust spannt sich an und ich rühre mich nicht. Händeringend überlege ich, wie ich Phoebe dazu bringen kann, in meinem Haus zu bleiben, anstatt das Wochenende mit ihrem idiotischen Freund zu verbringen.

Er muss Texas schnellstens aus eigenen Stücken verlassen. Denn wenn er das nicht tut, werde ich ihn rauswerfen.

8

Phoebe

Es sollte mich nicht überraschen, dass Lance mein Bedürfnis nach Freiraum missachtet hat und einfach aufgetaucht ist. Er macht immer, was er will, und doch bin ich schockiert, dass er den ganzen Weg gekommen ist, um mich zu sehen.

Warum ist er hier?

Er wird meine Chancen sabotieren, meinen Job zu behalten.

Ich gehe durch mein Zimmer und hole meine Reisetasche aus dem Schrank. Dann werfe ich ein paar x-beliebige Sachen hinein, während ich ausflippe.

Ich habe nur noch zwei Tage Zeit. Wer weiß, wann Alexander mich von der Ranch schmeißen wird. Die verbleibende Zeit ist entscheidend für mich, um zu beweisen, dass er mich als Kindermädchen für die Jungs braucht. Und jetzt wird Lance sie mir stehlen.

Das werde ich nicht zulassen.

Ich muss ihn dazu bringen, dass er morgen früh sofort abreist.

Das ist so typisch für Lance. Er verschwindet, übernimmt keine Verantwortung für seine Handlungen und missachtet all meine Wünsche. Und dann, wenn ich es am wenigsten erwarte, macht er irgendeine große Geste, die mich alles vergessen lassen soll, was passiert ist.

Diesmal falle ich nicht darauf herein.

Entschlossener denn je, mir den nötigen Freiraum zu nehmen, verlasse ich das Schlafzimmer.

Alexander und Lance stehen im Wohnzimmer und funkeln sich an. Arrogant sagt Lance: „Ihr macht hier also richtige Cowboy-Sachen, was?"

Alexander antwortet abschätzig: „Ja, so etwas in der Art. Ich nehme aber an, dass du nichts darüber weißt."

Lance grunzt. „Das muss ich auch nicht."

Er muss verschwinden, bevor er alles ruiniert, wofür ich so hart gear-beitet habe.

„Und was genau machst du?", fragt Alexander.

Lance zuckt mit den Schultern. „Ich bin hier und da an den Geschäften meiner Familie beteiligt."

Alexanders Augen werden zu Schlitzen. „Du bist *hier und da* daran beteiligt?"

Oh nein! Das wird hässlich werden!

Nach dem, was ich diese Woche gesehen habe, schätzen die Cartwrights harte Arbeit und Menschen, die keine Angst davor haben sich die Hände schmutzig zu machen. Es spielt keine

Rolle, wie viel Geld sie haben. Jeden Tag stehen sie auf und arbeiten hart an ihren verschiedenen Projekten. Lance hat andere Werte und nicht dieselbe Arbeitsmoral. Also weiche ich Alexanders Blick aus und eile zur Tür, um zu fragen: „Bereit, Lance?"

„Schönen Abend noch. Ich weiß es zu schätzen, dass deine Familie Phoebe und mir unseren Freiraum lässt", sagt Lance.

„Freiraum. Was für ein interessantes Konzept. Das höre ich in letzter Zeit häufiger." Alexander runzelt die Stirn.

Innerlich bebe ich. Er denkt, ich führe Lance an der Nase herum, aber das tue ich nicht. Ich will nur etwas Zeit, damit wir uns darüber klar werden können, was wir beide wollen, damit wir nach vorn sehen können. Ich habe nicht die Absicht mit Lance Schluss zu machen, selbst wenn wir uns gerade eine Auszeit nehmen. Zumindest glaube ich, dass ich das immer noch will.

Unabhängig davon, was zwischen Lance und mir passiert, ist das ein weiterer Grund für Alexander, mich am Montag von der Ranch zu werfen.

Ich antworte nicht und trete durch die Haustür. Sie knallt hinter mir zu und ich schaue über meine Schulter, um Lance anzustarren. Dann schnauze ich: „Du könntest ein bisschen vorsichtiger mit ihrem Eigentum umgehen."

„Wovon zum Teufel redest du?"

„Du hast die Tür zugeknallt."

„Das habe ich nicht", widerspricht er.

„Und ob."

Er geht auf seine Seite des Autos, und mir fällt auf, dass ich mich daran gewöhnt habe, dass Alexander mir die Beifahrertür öffnet. Es kommt mir seltsam vor, denn früher hat mich das nie gestört. Und doch ist es wie eine rote Flagge vor einem Stier, nur eine weitere Sache, die mich an Lance ärgert.

Warum bin ich überhaupt noch mit ihm zusammen?

Wir sind zu lange zusammen, um diese Jahre ohne Kopf und Verstand wegzuwerfen. Wir müssen uns Zeit zum Nachdenken nehmen.

Wen kümmert es, ob er meine Autotür für mich öffnet? Das hat mich noch nie gestört.

Wir brauchen nur etwas Zeit, sage ich mir.

Lance startet den Wagen und beugt sich dann rüber. Er legt seine Hand hinter meinen Kopf und zieht mich zu sich heran, um mir einen Kuss zu geben, aber ich weiche zurück.

„Kein Kuss für mich? Freust du dich nicht, mich zu sehen, wo ich doch den ganzen Weg hierhergeflogen bin?", wirft er mir vor.

„Ich sagte doch, wir brauchen Abstand voneinander. Das ist meine Arbeitsstelle. Ich habe nur bis Montag Zeit zu beweisen, dass ich hier etwas bewirken kann, und ich muss mir meinen Platz verdienen."

Seine Augen weiten sich. „Montag? Ich dachte, du wolltest für zwei Monate hierbleiben."

Verdammt, wieso habe ich ihm das gesagt? Es ist nur eine weitere Sache, die ich ihm erklären muss, und er wird es nicht verstehen.

„Jetzt sag schon!", drängt er.

Ich versichere ihm zuversichtlich: „Ich werde zwei Monate lang hier sein."

Er verengt seine Augen zu Schlitzen. „Warum hast du dann von Montag geredet?"

Ich schlucke den Kloß in meinem Hals hinunter. Das geht alles nach hinten los. Ich kann das jetzt nicht gebrauchen.

„Phoebe, beantworte meine Frage", fordert er.

Meine Brust spannt sich an und ich gebe zu: „Ich bin auf Probe eingestellt. Die Familie will sicherstellen, dass ich für die Position qualifiziert bin. Im Moment bin ich hier, um ihnen zu zeigen, wie ich mit den Kindern umgehen würde und dass ich weiß, was ich tue."

Er grunzt. „Du verschwendest also deine Zeit?"

„Nein!", protestiere ich und wünschte, ich hätte nicht alles verraten. Ich will mehr als alles andere auf der Ranch bleiben. Will allen beweisen, dass ich hierhergehöre und dass ich qualifiziert bin, mich um Wilder und Ace zu kümmern! Außerdem mag ich die Menschen hier – die Kinder und die ganze Familie.

„Es ist lustig mir dich als Landei vorzustellen", sagt Lance amüsiert.

„Die Cartwrights sind keine Landeier! Außerdem waren sie sehr gastfreundlich und es ist eine schöne Abwechslung zu Kalifornien."

Lance schnaubt. „Du hast wohl zu viel Kuhmist eingeatmet. Du kommst am Montag wieder nach Hause und ich bin den ganzen Weg umsonst gekommen. Du hättest ehrlich zu mir sein sollen, Phoebe."

Wütend blicke ich ihn an und schimpfe: „Wie kannst du es wagen, das zu sagen?"

Er gluckst. „Mein Gott. Seit wann bist du denn so verklemmt?" Er fährt den Weg hinunter.

Ich antworte ihm nicht, denn ich bin momentan noch wütender auf ihn als zuvor. Ich schüttle den Kopf, verschränke die Finger in meinem Schoß und versuche, mich zu beruhigen.

Er biegt in eine andere Einfahrt ein. Der orangefarbene Schein der Lichter an den Zäunen sieht wunderschön aus, aber ich kann es im Moment gar nicht richtig wertschätzen. Er murmelt: „Wo ist dieses Gästehaus? Wie kann jemand an einem so trostlosen Ort leben?"

Das Gästehaus kommt in Sicht, die Fenster sind hell erleuchtet, und die Veranda ist genauso dekoriert wie das Haupthaus. Doch ich bin so wütend, dass ich nicht mehr weiß, in welchem Gästehaus sie uns untergebracht haben. „Es ist gleich da drüben."

Er hält vor dem Haus und ich lese das hübsche Schild, das an der Seite der Veranda angebracht ist. *Stallion House.*

Lance sagt spöttisch: „Mein Gott, das ist ja wie in *Unsere kleine Farm.*"

„Warum bist du hier, Lance?", frage ich, entsetzt darüber, dass er so unhöflich über die Cartwrights und ihr Anwesen spricht. An der Ranch oder dem Gästehaus gibt es nichts auszusetzen. Nichts ist alt oder vernachlässigt.

„Wie ich schon sagte, ich bin hier um dich abzuholen. Dein kleiner Trotzanfall ist absolut lächerlich. Ich verstehe, dass du etwas Aufmerksamkeit willst, also gebe ich sie dir."

Ich starre ihn an.

Er fügt hinzu: „Zeit, dieses Spiel zu beenden."

Wut kocht in mir hoch und ich schreie: „Wovon redest du? Ich brauche keine Aufmerksamkeit. Ich brauche Freiraum. Wir müssen an unserer Beziehung arbeiten. Wir müssen darüber nachdenken, was wir beide wollen und brauchen. Dann können wir entscheiden, was wir als Nächstes tun."

„Was soll das heißen?"

„Wir müssen herausfinden, ob wir wirklich noch zusammen sein wollen!"

Die Spannung steigt, als Lance mich anstarrt. Mein Inneres bebt noch stärker. Endlich habe ich gesagt, wovor ich wirklich Angst habe.

Er beteuert: „Ich brauche keine Zeit und keinen Freiraum, Phoebe. Wir sind füreinander bestimmt, und das weißt du auch. Morgen holst du dein Zeug ab, dann steigen wir in ein Flugzeug und fliegen zurück nach Pismo. Wir werden heiraten. Du brauchst dir keine Sorgen um Geld zu machen. Du brauchst keinen Job. Alles wird gut werden." Er parkt das Auto, steigt aus und geht direkt zum Haus.

Wieder einmal werde ich daran erinnert, dass er mir nie die Tür öffnet. Nicht, dass ich es nicht selbst könnte, aber ich wusste nicht, wie schön es ist, dass ein Mann tatsächlich genug an mich denkt, um es zu tun – selbst wenn ich nur das Kindermädchen bin.

Ich öffne die Tür, steige aus und trage meine Tasche, in der sich kaum etwas befindet, ins Haus.

Das Innere des Gästehauses ist einladend mit Holz vertäfelt und mit braunen Ledermöbeln, einer Vase mit frischen Herbstblumen und Stierhörner über der Tür ausgestattet.

Lance gluckst. „Mann, das ist so provinziell, wie es nur sein kann, nicht wahr?"

„Was ist nur los mit dir?", schimpfe ich.

„Mit mir ist alles in Ordnung. Was ist mit dir los? Du bist erst ein paar Tage hier und hast schon deine Wurzeln vergessen", antwortet er verächtlich.

Schmerz und Wut brechen in mir hervor. „Ich habe nichts vergessen!", rufe ich. „Ich habe nicht vergessen, dass du regelmäßig tagelang verschwindest! Und ich habe nicht vergessen, dass du früher Zeit mit mir verbringen wolltest und es jetzt nicht mehr tust!"

„Ich bin durch das ganze Land geflogen, um dich zu holen."

Ich lache herablassend. „Du bist nicht durch das ganze Land geflogen. Du bist über zwei Staaten geflogen. Jetzt übertreib also mal nicht."

„Du bist unglaublich undankbar, Phoebe. Du gibst mir überhaupt keine Anerkennung dafür, dass ich unsere Beziehung retten will und jetzt tust du so, als ob du perfekt wärst."

„Wage es nicht, mir die Schuld für diesen Schlamassel zu geben! Ich bin nicht tagelang weggeblieben und habe deine Anrufe ignoriert!"

„Ach, geh doch heulen. Und um Himmels willen, werde erwachsen!", brüllt er.

Ich atme mehrere Male tief durch und versuche mich zu beruhigen.

Er behauptet: „Du reagierst über, so wie du es immer tust."

Ich denke über seinen Vorwurf nach. *Reagiere ich über?* Sollte ich ihm nicht etwas Anerkennung dafür zollen, dass er den ganzen Weg hierhergekommen ist?

Lance sieht mich mit seinem Welpenblick an und senkt seine Stimme. „Willst du damit sagen, dass du überhaupt nicht mehr mit mir zusammen sein willst?"

Seine Frage und sein Gesichtsausdruck zerren an meinem Herzen.

Er fügt hinzu: „Willst du unsere Liebe und all die Jahre, die wir zusammen waren, wegwerfen?"

Ich blinzle heftig. Im Moment bin ich so verwirrt. Wenn Lance wieder so werden könnte, wie er am Anfang unserer Beziehung war, würde ich es sofort verneinen. Aber im Moment weiß ich einfach nicht mehr, wer er ist.

Er klingt besorgt und verletzt, als er fragt: „Du willst nicht mehr mit mir zusammen sein?"

„Nein, das will ich damit nicht sagen", antworte ich, unsicher, was ich will, aber auch verängstigt, große Veränderungen vorzunehmen.

Er wölbt die Augenbrauen. „Wirklich? Denn das scheint gerade die Botschaft zu sein, die du mir senden willst."

„Ist es nicht."

„Was willst du dann?" Er verschränkt die Arme, schaut mich an, und ich erwarte halb, Rauch aus seinen Ohren kommen zu sehen.

Ich versuche, unter dem Gewicht seines Blicks nicht einzugehen. In dem Moment, in dem er mir diesen Blick zuwirft, weiche ich normalerweise zurück. Aber vielleicht hat mich meine Zeit hier bereits verändert, denn ich reiße mich zusammen.

Ich schließe meine Augen und versuche, mein schnell schlagendes Herz zu beruhigen. Er tritt näher an mich heran, legt eine Hand an meine Wange und seine andere um meine Taille, bevor Lance mich an sich zieht.

Sein teures Parfüm steigt mir in die Nase und ich realisiere, wie sehr es sich von Alexanders Duft unterscheidet. Ich weiß nicht, warum ich gerade an ihn denke oder daran wie er riecht, aber irgendetwas an Lances Parfüm ist plötzlich zu süß ... zu adrett ... zu sauber.

Was ist los mit mir?

Wie komme ich nur auf diese Gedanken?

„Komm schon, Phoebe, du weißt, dass wir füreinander bestimmt sind. Hör auf, dieses Spiel zu spielen."

„Das ist kein Spiel, Lance."

Er drückt seine Lippen auf meine, aber ich stoße ihn weg.

„Du willst mich immer noch nicht küssen?", fragt er ungläubig.

Ich schreie: „Du hörst mir nicht zu."

Er schüttelt wütend den Kopf. „Was höre ich nicht, Phoebe? Es ist klar, dass du lieber hier wärst, hunderte von Meilen von mir entfernt, mit Fremden, als in Kalifornien."

„Darum geht es nicht. Ich arbeite hier", versuche ich ihm zu erklären.

Er schnaubt. „Du bist ein Kindermädchen und das ist lächerlich."

Ich starre ihn an. „Was?"

„Kindermädchen sind unter unserer Würde."

Ich zucke zurück. „Wie bitte?"

Er zeigt auf mich. „Du hast mich schon verstanden. Phoebe, du brauchst nicht zu arbeiten. Du wirst dein eigenes Kindermäd-chen haben, wenn wir verheiratet sind und Kinder haben. Du musst nicht das Kindermädchen *sein*."

„Was genau ist falsch daran, als Kindermädchen zu arbeiten?", frage ich.

Er gibt einen frustrierten Laut von sich. „Oh, Phoebe. Du warst schon immer so unschuldig und naiv. Wieso versuchst du zu arbeiten, wenn du es nicht musst? Es ist lachhaft."

Seine anmaßenden Worte machen mich noch wütender. „Das ist es nicht. Es ist nicht unter meiner Würde als Kindermädchen zu arbeiten. Außerdem mag ich diese Kinder. Sie sind nett und süß, und ich mag die Cartwrights. Sie behandeln mich wirklich gut."

„Bevor sie dich am Montag rauswerfen?", wirft er ein.

Ich erstarre. Ich hasse es, dass das tatsächlich zutreffen könnte.

Die Fäuste an den Seiten geballt, atme ich tief durch. Irgendwie finde ich den Mut, auf meinem Wunsch zu beharren und sage ruhig: „Lance, du musst morgen früh abreisen."

„Ja, wir können sofort aufbrechen. Ich habe unsere Tickets schon gekauft. Wir werden mit Sicherheit nicht das ganze Wochenende hier absteigen", antwortet er.

Meine Stimme zittert, als ich sage: „*Du* wirst gehen. *Ich* bleibe."

Er schürzt die Lippen. „Sei nicht so dramatisch. Dieses Spiel ist vorbei, Phoebe." Er kommt näher, legt seine Hand unter mein Kinn und drückt meinen Kopf grob in den Nacken, sodass ich zu ihm aufschauen muss. Sein anderer Arm legt sich wie eine Schlinge um mich, und ich kann mich nicht mehr bewegen. Zum ersten Mal seit langem habe ich Angst.

„Au, du tust mir weh!", jammere ich, und ich erinnere mich an das letzte Mal, als ich Angst hatte, er könnte mir wehtun.

Er schäumt: „Hör mir jetzt gut zu. Morgen früh steigst du mit mir in das Flugzeug. Wir fliegen zurück nach Pismo. Wir werden heiraten und du wirst meine Frau sein. Du wirst mir Kinder schenken und du wirst tun, was ich sage. Hast du mich verstanden?"

„Du tust mir weh", wiederhole ich mit Tränen in den Augen.

Er starrt mich eine Minute lang an, dann lässt er los. „Dieses Spiel ist vorbei." Er geht in die Küche, öffnet den Kühlschrank und murmelt: „Gott sei Dank sind sie schlau genug, einen Drink im Kühlschrank zu haben." Er macht ein Bier auf und trinkt die Hälfte in einem Zug.

Meine Gedanken rasen und ich frage mich wieder, warum ich mit ihm zusammen bin. Aber dann erinnere ich mich an unser erstes Jahr. Es war die glücklichste Zeit in meinem Leben, in einer Zeit, in der ich so viel Liebe brauchte, weil meine Familie auseinandergebrochen ist.

Ich weiß, dass dieser Mann noch irgendwo da drin ist.

Oder etwa nicht?

Vielleicht war das alles nur Show.

Nein, so ist er wirklich, rede ich mir ein und versuche, ihm einen Vertrauensvorschuss zu geben.

Er dreht sich auf dem Absatz um, geht im Hauptraum umher und öffnet dann eine Tür. „Kein besonders großes Zimmer, aber für eine Nacht reicht es."

Meine Verärgerung steigt.

Er fährt fort: „Wir haben uns eine Weile nicht gesehen und du warst ein böses Mädchen, also komm her. Ich habe deinen hübschen, kleinen Mund vermisst." Er öffnet seinen Gürtel und schiebt seine Hose herunter.

Mein Magen dreht sich um. Ich schüttle den Kopf. „Du bist widerlich.“

„Jetzt bin ich auch noch widerlich. Du willst also nicht mit mehr mir zusammen sein?“

„Das habe ich nicht gesagt, aber du verhältst dich widerlich. Ich bin nicht deine Hure.“

„Ich habe nicht gesagt, dass du eine bist. Obwohl, eine Hure mir weniger Probleme bereiten würde als du.“

Seine Bemerkung ist der Tropfen, der das Fass zum Überlaufen bringt. Ich blicke ihn ein letztes Mal an und verkünde: „Ich werde es dir nicht noch einmal sagen. Ich brauche Freiraum und dies ist mein Arbeitsplatz. Du hast kein Recht, hier aufzutauchen, wenn du nicht eingeladen bist. Morgen früh gehst du und ich bleibe heute Nacht nicht hier. Ich gehe zurück und mache den Job, für den ich angestellt wurde. Einen Job, den ich liebe. Und ich werde zwei Monate lang hierbleiben.“

Lance sagt: „Nein, das wirst du nicht. Sie werden dich am Montag feuern. Das hast du selbst gesagt.“

Meine Wut flammt wieder auf. „Warum hast du nicht ein Quäntchen Vertrauen in mich?“

Er grunzt. „Du bist nicht dazu bestimmt, ein Kindermädchen zu *sein*, Phoebe. Du bist dazu bestimmt, ein Kindermädchen zu *haben*. Jetzt vergiss deine lächerlichen Ideen und lass uns mit unserem Leben weitermachen.“

Ich blinzle heftig gegen die Tränen an, schweige und fliehe zur Tür.

„Phoebe“, ruft er.

„Tschüss, Lance.“ Ich öffne die Tür und trete hinaus.

„Phoebe, beweg deinen Arsch wieder hierher", brüllt er.

Ich ignoriere seinen Befehl. Es ist dunkel, aber ich kenne mich auf der Ranch bereits etwas aus. Die orangefarbenen Lichter helfen mir, den Weg die Straße hinunter und zurück zu Alexanders Haus zu finden.

Als es in Sichtweite kommt, eile ich darauf zu und hoffe, dass Alexander die Tür unverschlossen gelassen hat, was er normalerweise tut. Ich brauchte etwas Zeit, um mich daran zu gewöhnen, dass man hier die Türen nicht abschließen muss. Die Ranch ist einer der sichersten Orte, an denen ich je gewohnt habe. Trotzdem hoffe ich, dass ich hineingelangen kann, ohne ihn zu wecken.

Je näher ich komme, desto mehr wird mir klar, dass ich mir keine Sorgen machen muss. Er sitzt auf der Veranda und hält eine Bierflasche in der Hand. Das Sixpack steht auf dem Tisch neben ihm.

Ich laufe die Treppe hinauf und sehe ihn flehend an.

Er fragt: „Was machst du denn hier?"

Ich kann nicht deuten, ob er wütend auf mich ist oder einfach nur grübelt. Also rufe ich: „Es tut mir so leid. Ich habe ihn nicht eingeladen. Ich nehme meinen Job ernst. Bitte halt mir das nicht vor."

Er mustert mich einen Moment lang und ich versuche, das Zittern in meinem Körper zu unterdrücken, aber meine Lippen widersetzen sich mir vehement. Am liebsten würde ich zusammenbrechen und weinen.

Seine Miene wird weicher. Er deutet auf das Sixpack und fragt: „Willst du ein Bier?"

Überrascht antworte ich: „Gern."

Er öffnet sie und nickt mir dann zu. „Hier."

Vorsichtig trete ich vor und greife nach der Flasche, dann setze ich mich neben ihn.

„Das ist also dein Freund?", fragt er wenig begeistert.

„Ja. Nein. Vielleicht. Ich weiß es nicht", gebe ich zu.

„Warum bist du jetzt hier und nicht bei ihm?"

Ich zucke mit den Schultern. „Es ist kompliziert."

„Was ist daran so kompliziert?"

Eine Million Gedanken schießen mir durch den Kopf. Als nichts einen zusammenhängenden Grund ergibt, antworte ich schließlich: „Können wir über etwas anderes reden? Über … Ich weiß es nicht. Einfach etwas anderes reden, okay?"

Er starrt mich an und durchbohrt mich mit seinem Blick.

„Bitte", flehe ich.

Er zögert, dann sagt er: „Okay. Dann sag mir, warum du unbedingt hier sein willst. Es scheint, als hättest du in Kalifornien schon ein Leben. Texas ist ganz anders."

Ich nehme einen tiefen Schluck von meinem Bier, dann antworte ich: „Es gefällt mir, als Kindermädchen zu arbeiten. Die Jungs sind großartig und deine Familie ist es auch. Außerdem mag ich es hier."

Er sagt kein Wort und wir trinken schweigend unser Bier.

Nach ein paar Augenblicken fragt er: „Vermisst du Kalifornien nicht?"

Ich denke kurz über seine Frage nach und schüttle dann den Kopf. „Nein."

„Warum nicht?“

„Ich weiß es nicht.“

„Du weißt es nicht?“

Aus irgendeinem Grund fange ich an zu lachen. „Ja, ich weiß es nicht. Ich kann dir keinen genauen Grund nennen. Ich weiß nur, dass ich es nicht vermisse, und dass es mir hier gefällt.“

Meine Antwort scheint ihn zu beschwichtigen. Wir sagen nicht viel. Ich trinke mein Bier aus und stehe auf.

„Wohin gehst du?“

Jetzt bin ich an der Reihe, ihn anzustarren, und alles, woran ich denken kann, ist, wie anders als Lance er ist. „Ich gehe jetzt ins Bett. Ich bin das Kindermädchen deiner Kinder. Und selbst wenn du mich am Montag von der Ranch wirfst, werde ich meinen Job machen, solange ich hier bin.“

Verachtung schwingt in seinem Ton mit, als er sagt: „Was ist mit deinem Freund?“

Ich hebe mein Kinn, straffe die Schultern und erwidere: „Er wird morgen früh abreisen. Wenn nicht, schmeiß ihn einfach von der Ranch.“ Ich laufe ins Haus und lasse einen schockiert dreinblickenden Alexander auf der Veranda zurück.

Während ich mich im Bett hin und herdrehe, bin ich verwirrter denn je darüber, wo Lance und ich jetzt stehen. Obwohl ich mich schuldig fühle, empfinde ich auch Erleichterung darüber, dass ich ihm die Stirn geboten haben. Aber was bedeutet das für unsere Zukunft?

9

Alexander

„Frühstück!", ruft Paisley und klingelt mit der Kuhglocke.

Ich schaue in Richtung des Haupthauses und mir wird anders.

Lance stolziert rein, als würde ihm die Ranch gehören und wirft mir einen blasierten Blick über seine Schulter zu.

Was will er denn hier?

Ich muss ihn von der Ranch schaffen.

Phoebe hat gesagt, dass ich ihn rausschmeißen kann.

Genau das werde ich tun. Ich lasse ihn essen und schleppe ihn dann von meinem Grund und Boden.

„Schließ das Tor", ruft Mason und reißt mich aus meinen Gedanken.

Ich schließe den Riegel und folge meinen Brüdern ins Haus meiner Eltern. Phoebe, Wilder und Ace stehen einige Meter vor uns entfernt nebeneinander.

Das Unbehagen, das ich nicht loswerden kann, überkommt mich erneut. Dann bin ich an der Reihe und ich wasche meine Hände, bevor ich ins Esszimmer gehe.

„Setz dich, Phoebe", sagt Mom fröhlich und deutet auf den Stuhl neben Lance.

Er grinst. „Ja, setz dich, Babe."

Phoebes Lippen werden zu einem schmalen Lächeln. Sie gehorcht Moms Anweisung und Lance legt seinen Arm um ihre Schultern.

Ich mache einige große Schritte auf den leeren Stuhl auf Phoebes anderer Seite zu, aber Wilder kommt mir zuvor. Beinahe fordere ich ihn auf, aufzustehen und Platz zu machen, doch dann wird mir klar, wie das aussehen würde. Also schätze ich die Situation neu ab und setze mich dann auf den Stuhl direkt gegenüber von Lance.

Er grinst. „Hast du die Rodeoponys fertig geritten?"

„Rodeoponys?", knurre ich.

Er grinst und zuckt mit den Schultern. „Ich weiß nicht, wie man die nennt. Tut mir leid. Das Leben auf dem Land ist neu für mich", sagt er entschuldigend und nickt meinem Vater zu.

Mein Vater fällt nicht auf Lance herein, aber er lässt die Bemerkung im Raum stehen und sagt: „Das ist verständlich. Du kommst also auch aus Pismo Beach?"

Lance nickt. „Ich bin dort geboren und aufgewachsen. Man kann sagen, ich gehöre dort zur Königsfamilie. Stimmts, Phoebe?" Er grinst und legt seine Hand auf ihren Oberschenkel.

Innerlich koche ich vor Wut. Ich balle eine Faust unter dem Tisch, bis meine Knöchel weiß werden.

Phoebes Wangen färben sich rosa. „Das klingt sehr arrogant", tadelt sie ihn.

„Das war nur ein Scherz, Phoebe. Entspann dich. Komm schon."

Es folgt eine unangenehme Stille, die aber nicht sehr lange anhält. Es sind zu viele Kinder und andere Familienmitglieder anwesend.

So läuft es in meiner Familie nun mal. Normalerweise begrüße ich diesen Wahnsinn, aber dieser Mistkerl muss verdammt noch mal von meiner Ranch verschwinden. Ich werde nicht heile Welt spielen, nur weil er mit Phoebe zusammen ist.

Mom trällert: „Hab ihr im Gästchaus gut geschlafen?"

„Ich habe gut geschlafen. Wie war es für dich, Phoebe?", fragt Lance und zieht die Augenbrauen hoch.

Ich beiße mir auf die Zunge, weil ich allen sagen will, dass sie nicht dort geschlafen ist, aber das geht mich nichts an.

Phoebe versucht nicht meiner Mom eine Lüge aufzutischen und antwortet stattdessen: „Es war sehr freundlich von euch, Lance hier aufzunehmen, obwohl er nicht angekündigt hat, dass er kommen würde."

„Natürlich. Dein Freund ist hier immer willkommen", sagt Mom und macht mich noch wütender.

Meine Brust spannt sich an. Wie kann Mom nur so naiv sein? Dieser Typ ist ein totaler Verlierer. Nach außen hin sieht er aus wie ein netter Kerl, aber er ist definitiv kein guter Mensch.

Ich gehe dazwischen und frage: „Lance, wann geht dein Flug heute?

Er starrt mich einen Moment lang an, als wolle er mich einschüchtern, aber dieser Junge hat nicht das Zeug dazu, das zu erreichen.

Mein finsterer Blick zwingt ihm zum Wegsehen.

Phoebe antwortet: „Er reißt nach dem Frühstück ab. Im Internet habe ich gesehen, dass es auf dem Mittagsflug viele freie Plätze gibt."

Lances Augen verengen sich. Er fordert: „Du meinst, *wir* fliegen nach dem Frühstück."

„Nein", entgegnet sie entschlossen.

Ace ruft entsetzt: „Du kannst Phoebe nicht mitnehmen! Sie ist unser Kindermädchen. Dad, sag es ihm!"

„Ja. Wir haben unsere Strandparty noch nicht gefeiert", sagt Isabella und ihre Augen weiten sich.

Lance lächelt die Kinder von oben herab an. „Es scheint wenig sinnvoll zu sein, dass sie morgen allein zurückfliegt."

„Morgen? Dad, sag ihm, dass er Phoebe nicht mitnehmen kann!", fordert Wilder.

Ich kralle meine Hand fester zusammen. Ich wusste immer, dass dieser Moment kommen würde. Und insgeheim hatte ich mich schon darauf vorbereitet den Kindern zu sagen, dass es Zeit für Phoebe ist, zu gehen, aber im Moment fällt mir keine meiner vorbereiteten Ausreden ein. Ich schaue sie an und mein Herz klopft heftiger.

Sie starrt auf ihren Teller und beißt sich auf die Lippe. Ihre Angst schürt meinen Hass auf den Mann, der neben ihr sitzt, noch mehr.

Lance verkündet: „Euer Vater wird sie morgen entlassen. Und ich sehe keinen Grund, sie das allein durchmachen zu lassen. Wenn sie mit mir kommt, muss sie nicht allein fliegen. Immerhin hat sie Flugangst."

Bevor ich über die Folgen nachdenken kann, platze ich heraus: „Wer hat gesagt, dass ich Phoebe feuere?"

Lance zieht herausfordernd die Augenbrauen hoch. „Sie sagte, dass sie ab Montag keinen Job mehr hat."

„Nein, das habe ich nicht gesagt", wirft Phoebe ein, starrt ihn an und wendet sich dann wieder mir zu. Sie holt tief Luft, hebt ihr Kinn, zieht die Schultern zurück und sagt: „Ich bleibe bis morgen, bis du dich entschieden hast."

Willow sagt: „Entschieden? Das ist doch lächerlich. Es gibt hier keine Entscheidung zu treffen. Du bist perfekt für die Jungs, und du bist ein tolles Kindermädchen. Es gibt keinen Grund, warum du gehen solltest. Alexander, sag es ihr."

Ich sage nichts. Ein Kloß bildet sich in meinem Hals und ich schlucke schwer.

„Dad, Phoebe kann nicht gehen. Sag ihr, dass sie hierbleiben soll", jammert Ace.

„Ja, Dad. Abgesehen von der Strandparty, die wir noch nicht hatten, wer sorgt dafür, dass wir was zu Essen im Haus haben? Ich gewöhne mich langsam daran", meldet sich Wilder zu Wort.

Lance hebt die Hände in die Luft und sagt: „Ist schon gut, Kinder. Phoebe braucht ohnehin nicht zu arbeiten. Wir werden heiraten. Ich habe jede Menge Geld. Sobald sie ein Baby bekommt, wird sie ihr eigenes Kindermädchen haben, nicht wahr, Babe?"

Heiße Wut schießt durch meine Adern, bis mich Übelkeit überkommt. Ich stelle mir Phoebe im Hochzeitskleid vor, die diesem Idioten das Jawort gibt, und dann ihren gerundeten Bauch, während sie darauf wartet, ihm Kinder zu schenken.

Paisley zwitschert: „Ihr werdet heiraten?"

„Ja, echt, ihr wollt heiraten?", fragt Willow in einem zweifelnden Ton, dann schaut sie auf Phoebes Hand.

Phoebe schüttelt den Kopf. „Nein, wir werden nicht heiraten. Lance hat mich nie gefragt, ob ich ihn heiraten will."

Er meint: „Ich habe viel darüber gesprochen."

Dad verengt die Augen zu Schlitzen und fragt: „Hast du ihren Vater um Erlaubnis gefragt, Junge?"

Lance zieht seine Schultern zurück, seine Miene ernst. Er verrät: „Phoebes Vater ist nicht mehr im Bild."

Phoebes Wangen werden knallrot. Scham und Verlegenheit prägen ihr ganzes Wesen, und ich würde Lance am liebsten umbringen. Ich weiß nicht, was es damit auf sich hat, aber es ist offensichtlich, dass sie über seine Indiskretion verärgert ist.

Mom gurrt: „Ohje. Es tut mir so leid, das zu hören."

Ich möchte sie fragen, was mit ihrem Dad passiert ist, aber jetzt ist nicht der richtige Zeitpunkt.

Willow legt den Kopf schief, ihre Augen zusammengekniffen. „Du bist also vor ihr auf ein Knie gesunken? Hast ihr einen Ring geschenkt?"

Ausnahmsweise bin ich froh, dass meine Schwester im selben Raum ist. Sie kann Lance genauso wenig leiden wie ich. Das ist sonnenklar.

Lance räuspert sich. „Nein, noch nicht. Ich wollte Phoebe etwas Zeit geben, ein wenig zu leben, solange wir noch jung sind. Stimmt's, Babe?" Er legt seinen Arm um sie und zieht sie näher zu sich heran.

Sie sagt nichts, starrt auf ihren Teller und atmet tief durch.

Ich brenne vor Wut. „Wolltest du ihr oder *dir* Zeit geben, ein bisschen zu leben?"

„Ihr", antwortet er sofort, dann knirscht er mit den Backenzähnen und begegnet meinem Blick.

„Auf mich macht sie den Eindruck, als wolle sie dich nicht heiraten."

Lance verschränkt die Arme und knurrt: „Seltsam, dass ein Mann, der nichts mit unserer Beziehung zu tun hat, sich so sehr einmischt. Oder?"

Mein Magen dreht sich um. Es ist meine eigene Schuld, dass ich mich eingemischt habe. Zwischen Phoebe und mir läuft nichts, aber ich kann dem Mann nicht verübeln, dass er mich fragt, wenn ich mich in seine Angelegenheiten einmische. Trotzdem wate ich weiter ins heiße Wasser und frage ruhig: „Was soll das heißen?"

Er versucht, mich erneut mit einem Blick einzuschüchtern, nimmt dann einen Schluck Kaffee und zuckt lässig mit den Schultern. „Ich frage ja nur. Für jemanden, der sie feuern wird, scheinst du sie sehr zu mögen."

„Ich werde sie nicht entlassen", wiederhole ich, bevor ich über die Konsequenzen nachdenken kann.

„Jippie!", jubelt Wilder und reckt seine Arme in die Luft.

„Strandparty, wir kommen", schreit Isabella.

„Gut. Mit Phoebe machen die Hausaufgaben viel mehr Spaß als mit Grandma oder Dad. Nichts für ungut, Grandma", fügt Ace schnell hinzu.

Ein Lächeln zeichnet sich auf Phoebes Gesicht ab. Dann richtet sie ihren Blick auf mich und fragt leise: „Du feuerst mich nicht?"

Jetzt sitze ich zwischen Baum und Borke. Mein Mund wird staubtrocken. Vor ein paar Minuten fiel mir kein einziger Grund ein, warum ich Phoebe nicht weiter anstellen sollte. Jetzt kann ich nur noch daran denken, dass ich meiner Familie beweisen muss, dass ich mit den Jungs allein zurechtkomme.

„Natürlich wird er dich nicht entlassen. Er wäre ein Idiot, wenn er dich gehen lassen würde. Nun, manchmal ist er ein Idiot, aber so wahnsinnig ist er nicht", neckt Willow mich.

Ich schaue zu ihr hinüber, mein Puls schießt in die Höhe und ich wünsche mir wieder einmal, dass sie sich um ihre eigenen Angelegenheiten kümmern könnte.

Phoebe räuspert sich und fragt dann: „Alexander? Lässt du mich bleiben?"

Lance grunzt, dann sagt er beharrlich: „Er hat bereits gesagt, dass er dich entlässt, also entlässt er dich auch. Nachdem wir dieses köstliche Frühstück genossen haben, steigen wir in ein Flugzeug und fliegen nach Hause."

Dad meldet sich zu Wort. Diesmal lässt er die heile Fassade fallen. „Jetzt warte mal einen Moment, junger Mann. Phoebe hat einen Job in unserer Familie angenommen und ich bin mir ziemlich sicher, dass sie ihre eigenen Entscheidungen treffen kann. Und mein Sohn hat klar gesagt, dass er sie nicht feuern wird."

Lance sieht zu Dad hinüber. „Warum sollte sie an einem Ort bleiben, wo sie keine Beschäftigungssicherheit hat?"

„Das hat sie hier", behaupte ich.

Er wölbt seine Augenbrauen. „Das ist interessant. Sie hat mir neulich am Handy gesagt, und gestern Abend noch einmal, dass sie am Montag gefeuert wird."

„Hör auf, das zu sagen! Du ignorierst ständig, was ich sage. Ich habe dir gesagt, dass ich auf Probe angestellt bin und Montag der entscheidende Tag ist", korrigiert Phoebe ihn.

„Klingt für mich nach einer Drohung", prescht Lance weiter vor.

„Mein Sohn bedroht keine Frauen", sagt Dad mit Nachdruck.

Lance lehnt sich zurück und seufzt. „Sir, ich versuche nicht, Sie zu verärgern. Ich versuche nur, meine Frau zu schützen."

Seine Frau.

Am liebsten würde ich mich bei seinen Worten übergeben. Er hat Phoebe nicht verdient. Ich kenne ihn erst seit ein paar Stunden, und es ist klar, dass er ihre Zeit oder Aufmerksamkeit nicht verdient.

Ich schaue Phoebe in die Augen. „Ich denke, sie kann selbst entscheiden, ob sie bleiben oder gehen will. Kannst du das nicht?"

Sie sagt selbstbewusst: „Ja, natürlich kann ich das."

Braves Mädchen.

Ich werfe Lance einen selbstgefälligen Blick zu und wende mich dann wieder Phoebe zu. Ich frage: „Bist du immer noch daran interessiert, auf der Ranch als Kindermädchen für meine Kinder zu bleiben? Oder willst du zurück nach Pismo gehen?" Meine Brust spannt sich an, während ich auf ihre Antwort warte.

Was ist, wenn sie sagt, dass sie mit Mr. Trottel zurück nach Pismo gehen will?

Warum interessiert mich das überhaupt?

Meine Kinder lieben sie. Es geht nur um meine Kinder.

Außerdem möchte ich Lance in seine Schranken weisen.

Nicht, dass Phoebe kein großartiges Kindermädchen wäre oder sich nicht bewährt hätte, aber diesen Idioten zurück nach Pismo zu schicken und Phoebe von ihm fernzuhalten, ist plötzlich viel wichtiger als meiner Familie zu beweisen, dass ich keine Hilfe brauche.

Sie strahlt mich an. „Natürlich will ich bleiben. Mir gefällt es hier. Und es macht mir wirklich Spaß, den Jungs zu helfen.“

Sie liebt es hier.

Ich grinse und sage zu Lance: „Siehst du, sie geht nirgendwo mit dir hin.“

Er ergreift ihre Hand. „Phoebe, mach dich nicht lächerlich.“

Dad warnt: „Jetzt mach mal halblang, Junge. Sie kam hierher, um einen Job zu erledigen. Sie hat klar gesagt, dass sie weiter hier arbeiten will. Und, wohl gemerkt, glaube ich, dass sie es hier sehr gut getroffen hat. Mein Sohn bezahlt sie gut. Sie hat ein Dach über dem Kopf und Essen im Bauch. Außerdem ist sie großartig in dem, was sie tut. Ich glaube also, dass sie ihre Entscheidung getroffen hat und du solltest sie respektieren.“

Er schnappt: „Eine Berufung, die ihr vorenthalten wurde, bis ich auftauchte?“

„Das ist nicht wahr“, sage ich, obwohl er recht hat.

Hätte ich sie wirklich gehen lassen?, frage ich mich, doch komme zu keinem Ergebnis. Ich rede mir ein, dass es Wichtigeres gibt, als auf einem Punkt zu beharren, also lasse ich es auf sich beruhen.

„Sorry, aber so sehe ich das nicht", argumentiert Lance.

Phoebe fleht: „Lance, bitte. Lass es gut sein."

Das kann er nicht. Er schüttelt den Kopf und betont: „Das ist keine gute Situation für sie. Sie sollte sich nicht ständig Sorgen darüber machen müssen, ihren Job zu verlieren."

Ich nicke. „Nein, du hast vollkommen recht. Und deshalb muss sie sich auch keine Sorgen machen, dass sie ihren Job verliert. Wie ich gerade gesagt habe, werde ich sie nicht feuern. Übrigens, Phoebe, du hast deine Probewoche mit Bravour bestanden. Herzlichen Glückwunsch. Wir freuen uns, dich für die nächsten Monate hier zu haben. Wenn meine Mutter und mein Vater zurückkommen, verlängern wir deinen Vertrag vielleicht, und geben dir eine Festanstellung."

Lances Augen werden zu Schlitzen.

Jagger gluckst amüsiert, dann sagt er: „Ich habe Hunger. Und dieses Thema langweilt mich. Können wir über etwas anderes reden und dabei essen?"

„Ich bin damit einverstanden, wenn Phoebe mit ihrer Position hier glücklich ist und weitermacht."

Sie nickt und lächelt noch breiter. „Ja, ich bin glücklich. Danke, dass ich hier arbeiten darf."

„Danke, dass du so gute Arbeit leistest", antworte ich, nehme meine Gabel in die Hand und spieße eine Kartoffel auf die Zinken.

Lance senkt seine Stimme und befiehlt: „Phoebe, ich muss mit dir reden. Alleine."

Sie schnaubt frustriert. „Lance.“

„Phoebe.“

Sie seufzt. „Bitte entschuldigt uns einen Moment?“ Sie schiebt ihren Stuhl zurück und steht auf.

Mom sagt: „Natürlich, Liebes. Lasst euch Zeit.“

Ich drücke meine Finger so fest in meinen Oberschenkel, dass sie knacken. „Lance, sag mir Bescheid, wenn du zum Flughafen gefahren werden willst.“

Er wirft mir einen stechenden Blick zu.

Wilder wirft ein: „Er ist in dem *Matchbox*-Auto gekommen, erinnerst du dich, Dad?“

„Ah, das stimmt, Sohn.“

Lance versucht noch einen Moment lang, mich niederzustarren, dann steht er auf.

Phoebe folgt ihm und sie verschwinden aus meiner Sichtweite.

„Ich will ihn nicht mehr sehen, sobald das Frühstück vorbei ist“, murmle ich und schiebe mir Kartoffeln in den Mund.

Mom schimpft: „Das ist nicht deine Entscheidung. Es ist Phoebes. Er ist ihr Freund.“

„Na und? Außerdem machen sie gerade eine Auszeit. Er sollte ihr den Freiraum geben, den sie braucht“, erkläre ich, immer noch nicht sicher, was das genau bedeutet, aber es ist das, was sie will. Also sollte er ihr ihren Willen lassen. Wenn er ein richtiger Mann ist, sollte er ihre Wünsche respektieren.

Die Unterhaltung lebt wieder auf und die anderen reden über Thanksgiving und unsere Urlaubspläne für die nächsten Monate, aber ich lasse mich nicht darauf ein. Ich schmecke mein Rührei und den Bacon kaum. Ich ziehe meinen Toast durch das Eigelb, bis das Bild des Truthahns auf dem Teller zu sehen ist, dann werfe ich es auf den Teller.

Phoebe und Lance scheinen sich ewig Zeit zu lassen.

Was, wenn Mr. Trottel sie davon überzeugt, mit ihm zu gehen?

Sie wird nicht gehen.

Aber was, wenn sie es tut?

Die Tür öffnet sich und Phoebe kommt zurück ins Haus. Sie setzt sich wieder auf ihren Platz.

Willow fragt: „Wo ist Lance?"

Phoebe räuspert sich und lächelt. Sie legt ihre Serviette auf ihren Schoß und antwortet: „Lance hat beschlossen, jetzt zum Flughafen zu fahren. Er sendet seinen Dank für die gute Gastfreundschaft."

Natürlich. Bestimmt tut er das.

Mom fragt besorgt: „Ist alles in Ordnung, Liebes?"

„Hoffentlich hast du ihm den Laufpass gegeben", murmle ich leise.

Phoebe sieht mich überrascht an.

Ich nehme es nicht zurück.

„Phoebe?", fragt Mom leise.

Phoebe reißt ihren Blick von mir los und konzentriert sich wieder auf Mom. Sie antwortet: „Es ist alles in Ordnung, Ruby. Ich bleibe gern auf der Ranch und passe auf die Jungs auf. Es ist das Beste, wenn Lance nach Pismo zurückkehrt. Aber keine Sorge, ich konzentriere mich hundertprozentig auf meinen Job."

Das muss sie mir nicht sagen. Sie hat bewiesen, dass sie gut ist in dem, was sie tut. Ich vertraue ihr bereits mit meinen Jungs. Und die Erkenntnis trifft mich wie ein Schlag ins Gesicht.

Innerlich beginne ich zu zittern. Ich habe keine Ahnung, wie diese Frau mich so schnell dazu gebracht hat, ihr meine Kinder anzuvertrauen.

Sie ist ein Kindermädchen. Das ist normal, sage ich mir.

Ist es das wirklich?

Ehrlich gesagt, bin ich mir nicht sicher. Ich habe noch nie ein Kindermädchen gehabt. Meine Familie ist immer eingesprungen, um mir zu helfen, als meine Frau krank wurde und starb.

Mom kann Phoebes Beziehungsprobleme nicht auf sich beruhen lassen. Sie antwortet: „Natürlich bist du hier, um deinen Job zu erledigen. Und du bist hervorragend darin. Aber bist du sicher … ist mit Lance alles in Ordnung?"

Wen kümmert das schon?, platze ist fast heraus, aber ich kann es gerade noch zurückhalten.

Überfröhlich antwortet Phoebe: „Ja, es ist alles gut. Wir raufen uns bestimmt zusammen."

Wir raufen uns bestimmt zusammen. Als ob sie noch zusammen wären.

Panik macht sich in mir breit und bringt mein Herz zum Rasen. Ich rutsche auf meinem Stuhl hin und her.

Phoebe lächelt und fragt: „Können wir jetzt das Thema wechseln?"

„Natürlich, Liebes", antwortet Mom.

Isabella meldet sich zu Wort: „Phoebe, können wir heute die Truthähne und andere Dekorationen basteln?"

„Sehr gerne!", antwortet sie.

Den Rest des Essens verbringen wir mit fröhlicheren Themen und weiteren Urlaubsgesprächen. Als wir mit dem Frühstück fertig sind, ist Lance nirgends auffindbar, und er wird nicht mehr erwähnt.

Dad begleitet mich zurück zum Roundpen, klopft mir auf die Schulter und brummt: „Es wurde auch Zeit, dass du zugibst, dass du ein Kindermädchen brauchst."

Ich stöhne auf und verdaue zum ersten Mal seit dem Frühstück, was gerade passiert ist.

10

Phoebe

Der nächste Tag

In der Küche der Cartwrights ist viel los. Ruby, ihre Töchter und Georgia arbeiten Hand in Hand, Gemüse und Fleisch für die Strandparty vorzubereiten.

Nachdem Lance abgereist war, fühlte es sich an, als wäre mir eine Last von den Schultern genommen worden. Kurz nach dem Frühstück verdiente Ace sich den abschließenden Stern für die Strandparty, also schlug ich vor, dass wir sie heute veranstalten.

Die Kinder vibrierten fast vor Aufregung. Es muss ansteckend gewesen sein, denn Alexander überraschte mich und schlug vor, dass die ganze Familie teilnahm, zumal Ruby und Jacob morgen früh zu ihrer Missionsreise aufbrechen.

Meine kleine Strandparty wurde bald zu einem großen Ereignis. Innerhalb weniger Stunden wurde ein Zelt mit Tischen,

Stühlen und einer Musikanlage am See aufgebaut. Alexander und Sebastian schaufelten die alte Asche aus der Feuerstelle und richteten sie für das von mir vorgeschlagene Landstreicheressen wieder her. Georgia und Paisley fuhren in die Stadt und kauften alle Zutaten, die ich verlangt hatte. Und Willow, Evelyn und ich verbrachten Stunden mit den Kindern, um alles zu finden oder zu basteln, was wir für Spiele und die Dekoration des Zeltes brauchten.

Georgia fragt: „Phoebe, wie funktioniert das? Schmeißen wir alles in die Tonne, oder gibt es eine bestimmte Reihenfolge?"

Ich antworte: „Zuerst das Fleisch, dann das Gemüse. Dann gießen wir das Bier und das Wasser darüber. Die Maiskolben kommen in den Korbeinsatz."

„Verstanden." Sie schnappt sich die geräucherte Bratwurst und gibt sie hinein. Der Rest von uns fügt den Grün- und Rotkohl, Pastinaken, Radieschen, rote Kartoffeln und Regenbogenkarotten hinzu.

Paisley stellt den mit Mais gefüllten Dampfkorb in die Metalltonne und sagt: „Ich kann immer noch nicht glauben, dass wir noch nie davon gehört haben."

Evelyn gesteht: „Ich weiß einfach nicht, wie es möglich ist, dass Georgia das noch nie ausprobiert hat! Sie weiß alles übers Kochen."

Georgia lacht. „Nicht alles!"

„Genau, sie kann nicht alles wissen", fügt Ava hinzu.

Georgia zuckt mit den Schultern. „Ich war noch nie campen, aber ich bin gespannt, wie sich das entwickelt."

„Du wirst es lieben", versichere ich ihr und werde nostalgisch. Als ich ein Kind war, zeltete meine Familie immer in den

Bergen. Mein Vater nahm eine Metalltonne mit, die wir mit dem gesamten Essen füllten und stundenlang über dem Lagerfeuer kochten. Ich habe das schon nicht mehr gemacht, seit ich zehn Jahre alt war, aber die Idee kam mir diese Woche, als ich überlegte, was wir für die Strandparty machen könnten. Als ich den Cartwrights davon erzählte, fanden die Kinder es cool, aus einer Metalltonne zu kochen und zu essen, und die Erwachsenen waren alle von der Idee begeistert.

Ruby sagt: „Ich rufe einen der Jungs, um die Tonne zu holen." Sie öffnet die Hintertür und schreit: „Alexander! Mason! Könnt ihr mal kurz helfen kommen?"

Nach wenigen Minuten betreten sie die Küche. Alexander packt den Griff an einer Seite, blickt in die Tonne und sagt: „Ich hätte nie gedacht, dass wir einmal aus einer alten Metalltonne essen würden."

„Es wird köstlich, versprochen!", schwöre ich.

„Ich lasse es auf mich zukommen." Er lächelt mich verschmitzt an.

Mein Bauch kribbelt vor Schmetterlingen. Seit gestern Morgen ist er viel entspannter. Das ist eine nette Abwechslung zu seinem üblichen finsteren Blick, und jedes Mal, wenn seine Mundwinkel sich verziehen, möchte ich einen Freudentanz aufführen.

„Das ist schwer", meint Mason mit einem Grunzen, als er den anderen Griff packt.

Alexander sagt spöttisch: „Soll ich es allein tragen, damit du dir keinen Muskelkater holst?"

„Haha, du Witzbold", antwortet Mason und dreht sich dann zur Tür.

Sie tragen die Tonne nach draußen und wir folgen ihnen.

Die Männer stellen ihre Last auf den Anhänger, der an ein großes Quad angehängt ist.

„Wo sind die Kinder?", frage ich und lasse meinen Blick über die Ranch huschen.

„Jagger, Sebastian und Dad sind mit ihnen zum See geritten", informiert Alexander mich.

„Ah." Ich sehe zu den Pferden, die einige Meter entfernt am Zaunpfosten angebunden sind. Sie sind bereits gesattelt und tragen ihr Zaumzeug, bereit zum Reiten.

Seit dem ersten Tag meiner Ankunft hat Alexander mich nicht wieder dazu gedrängt, zu reiten, aber mein Bauchgefühl sagt mir, dass er es nicht mehr lange auf sich beruhen lassen wird.

Er scherzt: „Mach dir keine Sorgen. Du kannst bei mir auf dem Quad mitfahren."

Ich ziehe die Augenbrauen hoch. „Du reitest nicht zum See?"

Er zuckt mit den Schultern. „Nope, auf dem Anhänger ist eine Menge drauf, und es kann schwierig sein, sicher durch den Wald zu gelangen. Es ist das Beste, wenn ich es für den Anfang fahre. Es sei denn, du hast Erfahrung im Ziehen eines Anhängers?" Seine Mundwinkel zucken.

Ich schüttle den Kopf. „Nope, nicht einmal annähernd."

Er zeigt auf den Rücksitz. „Dann werde ich fahren. Steig ein."

Ich widerspreche nicht. Ich springe auf den Sitz und er geht um das Fahrzeug herum. Mason, Ruby und Willow schwingen sich auf ihre Pferde. Paisley, Ava und Evelyn steigen in das andere Quad.

Dann machen wir uns auf den Weg durch den Wald zum See. Alexanders Duft strömt mir mit dem Wind in die Nase und ich frage mich, ob es jemals einen Tag geben wird, an dem ich mich nicht wie berauscht fühlen werde.

Wir sausen durch den Wald und an Bäumen vorbei. Dann wird er langsamer und befiehlt: „Halt dich fest, Phoebe, da ist eine holprige Stelle."

Ich klammere mich an den Seiten meines Sitzes fest und er fährt sicher über die steinige Schotterpiste. Er gibt wieder Gas und lenkt das Quad um die letzte Kurve.

Der See kommt in Blickweite. Die Sonne glitzert auf dem ruhigen Wasser und die einprägsame Melodie eines Country-songs dringt an meine Ohren. Die Kinder rennen am Ufer entlang, jagen einander und spielen Fangen.

„Eure Familie weiß wirklich, wie man eine Spitzenparty auf die Beine stellt", sage ich und bin erstaunt, wie die Cartwrights das alles in so kurzer Zeit geschafft haben.

Er schenkt mir sein umwerfendes, jungenhaftes Grinsen und lacht, als er das Quad parkt. „Wenn wir etwas können, dann ist es eine Party zu schmeißen."

„Sieht ganz danach aus", stimme ich zu und steige aus.

Alexander fügt hinzu: „Außerdem sind wir hier in Texas. Unser Motto lautet schon immer: „Ganz oder gar nicht."

Ich lache. „Ihr macht Texas mit dieser Party alle Ehre."

Die anderen kommen kurz nach uns an. Alexander und Mason schleppen die Metalltonne zum Lagerfeuerplatz. Dann schnappt sich Alexander den Grillanzünder und tränkt das Holz. Er reicht mir eine Schachtel mit Streichhölzern. „Deine Party, dein Feuer. Die Ehre gebührt dir!"

Ich nehme die Schachtel, öffne sie und nehme ein Streichholz heraus. Dann ziehe ich es an der Schachtel entlang und werfe es in die Grube.

Flammen steigen daraus hervor, als der Grillanzünder Feuer fängt, und Flammen züngeln entlang der Seiten der Tonne. Mason ergreift wieder den anderen Griff und sie hieven sie auf das dafür vorgesehene Metallgitter.

Alexander fragt: „Was jetzt?"

„Jetzt haben wir Spaß", verkünde ich und rufe dann: „Wer will Kürbisringwurf spielen?"

„Ich! Ich! Ich!", schreit Jacob Jr., Evelyns fünfjähriger Sohn.

Die anderen Kids stimmen in seine Begeisterung ein und springen auf und ab.

Ich gehe zur ersten Station, die ich heute Morgen aufgebaut habe. Die Kürbisse liegen versetzt im Sand. Vor ihnen stecken Schilder, auf denen 10, 25, 50, 75 und 100 geschrieben steht. Und hinter der in den Sand gezogenen Linie liegen die Plastikringe fürs Werfen.

Die Kinder rennen herbei und ich erkläre ihnen den Wettbewerb: „Jeder bekommt zehn Ringe. Ihr könnt eure Ringe auf jeden beliebigen Kürbis werfen. Die Zahl vor dem Kürbis ist die Anzahl der Punkte, die ihr bekommt. Am Ende müsst ihr eure Punkte zusammenzählen. Wer die meisten Punkte hat, gewinnt."

Isabella fragt: „Was gewinnen wir?"

Ich zeige auf den Picknicktisch. „Ihr dürft euch etwas aus der Preisbox aussuchen."

Sie strahlt. „Okay, ich werde gewinnen."

„Das hättest du wohl gern", murrt Wilder. Mit entschlossener Miene nimmt er die roten Ringe in die Hand.

Isabella verdreht die Augen. „Du wirst schon sehen."

Ich lache. „Bleibt nett. Es ist nur ein Spiel."

„Viel Glück", sagt Alexander, tritt neben mich und verschränkt die Arme. Die Krempe seines Cowboyhuts verdeckt das meiste seiner Gesichtszüge, aber mir entgeht trotzdem nicht das amüsierte Zucken seiner Mundwinkel.

„Ich will rosa sein!", ruft Emma, tritt zu den Ringen und hebt einen davon auf.

„Orange!", sagt Ace nickend.

„Ich bin rot!", entscheidet Wilder.

Jacob Jr. nimmt einen grünen Ring, und Isabella wählt die lilafarbenen Ringe.

Alexander lehnt sich näher zu mir heran und senkt seine Stimme. „Bleibt gelb und blau, aber uns gehen die Kinder aus."

Ich nicke und antworte: „Es ist besser, wenn jeder die Wahl hat, als wenn jemand jammert, dass er nicht wählen durfte."

„Schlau", lobt er.

„Nicht mein erstes Rodeo!" Ich trete vor und frage die Kinder: „Seid ihr bereit?"

Alle rufen: „Jaaaaa!"

„Eins, zwei, drei, werft!", rufe ich.

Ringe fliegen über den Strand. Einige landen im Sand, während andere ihr Ziel um die Kürbisse erreichen. Jedes Mal, wenn es einer tut, ertönen Jubelrufe um den See.

Sobald alle Ringe geworfen worden sind, zählen die Kinder ihre Punkte und rufen sie mir laut zu.

Isabella springt auf und ab. „Ich habe es geschafft! Ich habe gewonnen! Ich hab's dir gesagt, Wilder!"

Er zuckt mit den Schultern. „Na und?"

Ich lache und zeige auf die Box mit den Preisen. „Toll gemacht. Such dir etwas aus."

„Jippie!" Sie läuft zum Picknicktisch und sucht sich ein paar Sticker zum Aufkleben aus.

„Okay, wer ist bereit für Tannenzapfen-Bowling?", frage ich in die Runde.

„Ich wurde bereit geboren", sagt Ace, stellt sich an die Spitze der Schlange und ergreift die kleinen Bowlingkugeln, die ich am Vortag in der Stadt gekauft habe.

„Ich bin sowas von bereit!", sagt Jacob Jr. und stellt sich neben Ace.

Alexander fragt: „Wie kommst du auf diese Spiele?"

„Hast du sowas noch nie gespielt?"

Er schüttelt den Kopf. „Nein."

„Ich bin schockiert."

„Warum? Sind sie so bekannt?"

„Nein, aber deine Familie verbringt viel Zeit zusammen und ihr scheint die Feiertage zu lieben."

„Das tun wir."

„Wie kommt es dann, dass du diese Spiele nie gespielt hast?", frage ich in einem neckischen Ton, ein wenig schockiert.

Er zuckt mit den Schultern. „Bin mir nicht sicher."

Willow ruft: „Auf die Plätze, fertig, loooos!"

Ich richte meine Aufmerksamkeit wieder auf die Kinder, die mit den Bowlingkugeln auf die Tannenzapfen zielen.

Wilder ist der Erste, der seine Tannenzapfen umwirft. Er reckt seine Faust in die Luft und jubelt: „Jaaa! Geschafft!"

„Okay, stellt eure Tannenzapfen wieder auf", weise ich ihn an. „Wir machen das jetzt zehn Minuten lang und schauen, wie oft ihr sie umwerfen könnt."

Er runzelt die Stirn. „Was? Ich habe nicht gewonnen?"

Ich schüttle den Kopf. „Nur wenn du die meisten Male deine Tannenzapfen umwirfst. Und jetzt geh und bau alles wieder auf."

„Mist!", murrt er und rennt dann hinüber, um seine Tannenzapfen aufzustellen.

Alexander gluckst neben mir. „Du hast gerade seine Träume in den Mixer geworfen."

Ich lache. „Sorry, aber ich würde es wieder tun?"

Er gluckst wieder und konzentriert sich dann auf die Kinder.

Als das Tannenzapfen-Bowling zu Ende ist, hat Ace die meisten Gewinne. „Siehst du! Ich habe dich geschlagen!", jubelt er und streckt seinem Bruder die Zunge raus.

Wilder antwortet: „Ist mir doch egal. Ich kann trotzdem besser reiten."

„Tss-tss-tss. Das verstößt gegen die Regeln", erinnere ich ihn.

„Es ist doch aber wahr!"

„Willst du eine Woche lang Stalldienst haben?", warnt Alexander ihn.

Wilder schließt schnell den Mund.

„Er sollte die Ställe ausmisten müssen. Immerhin hat er gegen die Regeln verstoßen", behauptet Ace.

Alexander schlägt vor: „Wieso mistet ihr nicht zusammen die Ställe aus, damit ihr beide lernt, euch nicht mehr gegenseitig zu schikanieren."

Ace klappt die Kinnlade runter und er ruft empört: „Nein!"

„Konzentrieren wir uns auf unsere Strandparty, Leute. Ace, hol dir deinen Preis."

Er rennt hinüber zum Picknicktisch und nimmt sich einen Treppenhüpfer aus der Box.

Ich gehe zur nächsten Station, die aus einem weißen Laken besteht, das wir in stundenlanger Handarbeit mit einem riesigen Truthahn bemalt haben. Um das Tier herum, sind rote, blaue, gelbe und grüne Punkte gemalt. Ich frage: „Wer hat Lust, Truthahn-Twister zu spielen?"

Die Kinder rennen alle zum Rand des Bettlakens und die Erwachsenen folgen ihnen.

Alexander sagt: „Ich war echt gut im Twister."

Ich wölbe meine Augenbrauen. „Wirklich?"

Er nickt energisch. „Ja! Ich glaube, ich könnte meine Geschwister selbst jetzt noch im Twister schlagen."

„Warum spielst du dann nicht mit?"

„Du willst, dass ich mitspiele?"

„Ja."

„Diese Spiele sind für die Kinder."

„Wer sagt, dass die Erwachsenen nicht mitspielen dürfen?"

„Wieso lassen wir nicht zuerst die Kinder spielen und dann sind die Erwachsenen an der Reihe", schlägt Evelyn vor.

Wir nicken zustimmend. Nach mehreren Runden und vielen Lachern haben die Kinder schließlich genug. Irgendwann gewinnt jeder mal und bekommt einen Preis.

Alexander sieht mich an. „Bereit zu verlieren?"

Ich grinse. „Wer sagt, dass du mich schlagen wirst?"

„Das werden wir wohl sehen", sagt er herausfordernd.

„Sollte ich Angst haben?", necke ich ihn.

Er grinst. „Vielleicht." Er nimmt seinen Cowboyhut ab und legt ihn auf den Picknicktisch. Dann ergreift er meine Hand und zieht mich vor das weiße Laken und sagt: „Jetzt nur nicht kneifen, Miss Nanny."

Ich unterdrücke ein Lachen. So hat er mich noch nie genannt. Erst jetzt fällt mir auf, wie sehr ich diese entspannte Seite von Alexander mag. Er hat sie mir bis jetzt fast nie gezeigt.

Paisley schnappt sich die Drehscheibe, die wir gebastelt haben. Sie dreht den Pfeil und ruft „Blau."

Alexander stellt seinen linken Fuß auf einen blauen Punkt. Ich stelle meinen rechten Fuß auf einen in meiner Nähe.

Isabella schnappt sich die Drehscheibe und dreht den Pfeil. Sie trällert vergnügt: „Rot." Wir legen beide eine Hand auf Rot.

Die Kinder drehen abwechselnd und rufen uns die Farben zu, bis wir uns in den unmöglichsten Positionen verdreht haben und ich unter Alexander lande.

„Ich mach dich fertig“, zieht er mich auf, greift über mich hinweg und legt seine Hand auf Grün.

„Das hättest du wohl gerne!“

„Gelb!“, ruft Jacob Jr.

Ich hebe meine Hand und Alexander schwingt sein Bein über meinen Oberkörper, sodass er sich fast in einem V über mich beugt. Sein T-Shirt rutscht ihm bis unters Kinn hoch und gibt den Blick auf sein Sixpack frei … und eine weitere Überraschung.

Mein Blut rauscht in meinen Ohren. Ich starre auf das Tattoo, das sich über die rechte Seite seiner ausgeprägten V-Leiste zieht. Ein Seil windet sich zwischen den Buchstaben s, t, a, l, l, i und o hindurch und kettet sie kunstvoll aneinander.

Was heißt das?

„Rot!“, ruft Isabella.

Er bewegt sein Bein und ich muss meinen Fuß eine Reihe weiterschieben. Ich starre sein Tattoo an und platze dann heraus: „Hengst! Stallion bedeutet Hengst.“

Seine Muskeln spannen sich an, was sein Sixpack noch attraktiver macht.

„Gelb!“, jubelt Ace.

Wir versuchen, die Balance zu halten, aber schließlich fallen wir in einem Haufen aus Gliedmaßen zusammen. Er landet über mir, doch fängt sich im letzten Moment ab, damit er mich nicht erdrückt. Sein Gesicht und sein heißer Atem sind nur Zentimeter von meinem entfernt. Der Ausdruck in seinen Augen ist heiß und sein Blick wandert zu meinen Lippen.

Ich atme scharf ein.

Langsam richtet er seinen Blick wieder auf mich.

Reiß dich zusammen.

„Du hast dir *Hengst* auf deinen Bauch tätowieren lassen?"

Sein erhitzter Blick verwandelt sich, als wäre er gedemütigt, und er verkrampft sich erneut.

Willow stichelt weiter: „Hat er dir nicht von seinem Tattoo erzählt?"

Ava schmunzelt und fügt hinzu: „Es ist sein ganzer Stolz!"

Er stöhnt, dann ruft er: „Sei still, Willow", bevor er vorsichtig von mir herunterrollt.

Ich stehe auf und wiederhole: „Du hast dir *Hengst* auf den Bauch tätowieren lassen? Ist das dein Lieblingspferd?"

Die Cartwright-Geschwister brechen in Gelächter aus.

„Irgendwas verpasse ich hier, oder?", frage ich.

Alexanders Gesicht wird feuerrot. „Das habe ich mir vor langer Zeit stechen lassen. Ich war jung."

Evelyn wirft ein: „Phoebe, hast du den Pfeil am Ende des Seils gesehen?"

„Evelyn!", knurrt er warnend, als er sich zu ihr umsieht.

Ich beiße mir auf die Lippe, ohne meinen Blick von Alexanders gedemütigter Miene abzuwenden.

Willow lacht und verkündet: „Mein Bruder sagt immer die Bullenreiter seien eingebildet, aber er hat selbst gut reden."

„Schade, dass er nicht so ein wilder Hengst ist wie ich", trumpft Jagger auf.

„Halt die Klappe“, murmelt Alexander und spannt seinen Kiefer an.

Ich versuche, mir das Lachen zu verkneifen, aber ich kann es nicht mehr ertragen. Ich halte mir die Hand vor den Mund.

„Du solltest ihr sagen, wie du dazu gekommen bist“, stichelt Evelyn ihn an.

Sebastian schürzt die Lippen. „Sicher. Es gab schon bessere Tage, um Entscheidungen zu treffen, mit denen ich ein Leben lang leben muss.“

Alexander fährt sich mit der Hand über das Gesicht und stöhnt. „Könnt ihr bitte aufhören?“

Ace schmeißt sich für seinen Vater in die Presche. „Er liebt Pferde, die gewinnen! Stimmt's, Dad?“

Alexander nickt schnell. „Ja, das ist stimmt, Sohn.“

Die Erwachsenen grinsen wissend.

„Warum erzählst du Phoebe nicht die Geschichte?“, drängt Mason ihn wieder.

„Im Ernst, könnt ihr bitte alle die Klappe halten?“, sagt Alexander vielsagend.

„Oh nein. Ich glaube, ich *kann* nicht weiterexistieren, ohne diese Geschichte gehört zu haben“, gurre ich und schaue wieder auf seinen definierten Torso, obwohl sein T-Shirt ihn längst wieder verdeckt. Die Schmetterlinge in meinem Bauch flattern noch heftiger.

Er sagt: „Es war nur etwas Dummes, das ich getan habe.“

Mason verkündet: „Er war betrunken. Nun, wir waren alle betrunken. Das war vielleicht nicht unser hellster Moment.“

Amüsiert frage ich: „Oh? Hast du auch ein *Hengst*-Tattoo mit einem Seil und Pfeilen, die nach Süden zeigen?"

„Shit, das klingt so falsch", murmelt Alexander.

Mason zuckt mit den Schultern und schüttelt den Kopf. „Nein, meine Tattoos lügen nicht."

Alexander stöhnt. „Bitte, sei still."

„Kinder, geht noch eine Runde Tannenzapfen-Bowling spielen", befiehlt Ruby und zeigt über die Wiese.

„Das haben wir schon gespielt", beschwert sich Emma.

„Ja, und jetzt spielt ihr es noch einmal. Der Gewinner bekommt einen neuen Preis."

Das stimmt sie um und die Kinder rennen los.

Sebastian drängt: „Du kannst es ihr genauso gleich sagen. Es ist wahrscheinlich besser, wenn es von dir kommt als von uns."

Alexanders Gesicht wird noch röter. Er schüttelt den Kopf über die Eskapaden seiner Familie. „Ihr wisst alle nicht, wann es gut ist."

„Ach, komm schon, Bruder. Du bist fürs Leben gezeichnet. Sei stolz darauf", spottet Sebastian und sein Grinsen wird noch breiter.

Verlegenheit macht sich in Alexanders Gesichtsausdruck breit. Er behauptet: „Da gibt es nichts zu erzählen. Wir waren aus. Wir waren jung. Es war Alkohol im Spiel. Es war ein schlimmer Fehler."

„Ach? Du gibst also zu, dass du kein Hengst bist?", fragt Jagger herausfordernd.

„Du träumst noch davon, so gut wie ich im Bett zu sein", erwidert Alexander.

Mein Blut beginnt zu brodeln.

„Bist du dir da sicher?", stichelt Mason. „Es gibt wahrscheinlich eine Menge Frauen, die etwas anderes behaupten würden."

Alexander schüttelt den Kopf. „Zeit, das Thema zu wechseln."

Jagger ist unbeirrt. „Also, bist du ein Hengst oder nicht?"

„Jagger", tadelt Ruby ihren Sohn.

Er hebt die Hände in die Luft. „Was? Es ist nur fair, ihn zu bitten, das zu klären."

Jacob prustet hart und fügt hinzu: „Wenn ein Mann sich das tätowieren lässt, muss er auch bereit sein, seine Fähigkeiten unter Beweis zu stellen."

Alexanders Wangen werden noch röter, als der Spott weitergeht.

Schließlich beschließe ich, ihm zu helfen. „Ich bin froh, dass wir das geklärt haben. Jetzt sollten wir nach dem Essen sehen. Alexander, kannst du mir helfen, die Tonne vom Feuer zu nehmen?"

„Liebend gern", sagt er, als wäre er erleichtert, vom Haken gelassen zu werden.

Als wir an der Feuerstelle ankommen, zieht er Handschuhe an, hievt die Tonne vom Feuer und öffnet den Deckel.

„Kannst du den Mais einen Moment herausnehmen?", bitte ich ihn.

„Sicher." Er greift hinein und zieht den Maiskorb heraus.

Ich sehe in die Metalltonne, pikse das Fleisch und Gemüse an, und verkünde dann: „Es braucht noch etwa eine Stunde."

„Okay." Er macht den Deckel wieder zu und hebt die Tonne zurück auf das Feuer.

Ich kann mir nicht helfen, also frage ich leise: „Das *Hengst*-Tattoo ist also dein großes, dunkles Geheimnis?"

Er vergräbt sein Gesicht in seinen Händen und stöhnt auf.

Ich grinse breit.

Er erholt sich und sagt: „Jetzt, da du meins kennst, musst du mir sagen, was deins ist."

„Auf keinen Fall", antworte ich, tue so, als würde ich meine Lippen wie einen Reißverschluss verschließen und den Schlüssel wegwerfen.

„Fair ist fair."

Ich lache noch lauter. „Nope. Nur weil du mir aus Versehen deins gezeigt hast, heißt das nicht, dass ich dir meins zeigen muss. Tut mir leid."

„Sind dir deine Tattoos peinlich?"

Ich verziehe das Gesicht. „Nein. Überhaupt nicht."

Er mustert mich. „Warum willst du sie mir dann nicht zeigen oder wenigstens sagen, was sie bedeuten?"

Bevor ich darüber nachdenken kann, was ich sage, platze ich heraus: „Nur ausgewählte Individuen bekommen sie zu sehen. Vielleicht wird sich dein Glück eines Tages ändern."

Alexander durchbohrt mich mit einem lodernden Blick.

Erst da realisiere ich, was ich gesagt habe und wie es geklungen hat. Meine Wangen werden heißer als das Feuer.

„Ist das so?", fragt er und wirft mir einen herausfordernden Blick zu.

Ich öffne den Mund, schließe ihn dann aber wieder und gehe schnell weg, um Abstand zwischen uns zu bringen. Ich tue so, als müsste ich nach den Kindern sehen, aber ich kann nicht aufhören, mich darüber zu ärgern, weil ich etwas so Unangemessenes zu meinem Boss gesagt habe.

Und noch eine Frage quält mich.

Hat er mich so angesehen, weil ihm mein Vorschlag gefiel, oder bilde ich mir das nur ein?

11

Alexander

Phoebe sitzt beim Essen so weit von mir entfernt, dass ich sie fast nicht sehen kann. Wann immer ich ihren Blick einfange, schaut sie weg und beginnt ein neues Gespräch mit einem der Kinder oder meinen Geschwistern.

Ich kann nicht aufhören, über eine Strategie nachzudenken, wie ich sie dazu bringen kann, mir ihre Tattoos zu zeigen.

Wessen Namen hat sie sich permanent auf ihren Körper tätowieren lassen und warum?

Denkt sie jeden Tag an diese Männer, wenn sie nackt vor dem Spiegel steht?

Mein Schwanz zuckt bei dem Gedanken, wie sie wohl nackt aussehen würde.

Oh Gott. Ich muss mir das Hirn bleichen, sonst werde ich diese Gedanken nie wieder los.

Bald sind wir mit dem Essen fertig und es wird dunkel. Die Kinder rennen herum und spielen, sie wären Gespenster auf dem Friedhof. Ich staple mehr Holz ins Lagerfeuer, während Phoebe Blechbüchsen mit Früchten, Brot, Graham Crackers, Schokolade und eine riesige Tüte Marshmallows aus einer Tragetasche holt.

Ich gehe zum Quad, hole die Bratspieße und die Metallkuchenformen und stelle sie auf den Picknicktisch. „Das Essen war gut. Das war eine großartige Idee", lobe ich sie.

Sie sieht zu mir hoch. „Hat es dir geschmeckt?"

Ich nicke. „Das hat es. Du bist wirklich kreativ. Wir sollten das ab jetzt jedes Jahr machen."

Sie lächelt, aber dann verzieht sie das Gesicht. „Vielleicht kannst du mir nächstes Jahr pünktlich Bescheid sagen und ich versuche es einzuplanen."

Der Gedanke, dass Phoebe beim nächsten Mal nicht mehr auf der Ranch ist, sollte sich nicht so falsch anfühlen, aber das tut es. Meine Brust zieht sich zusammen. Alles, was ich sagen kann, ist: „Natürlich."

Sie strahlt wieder. „Okay, dann werde ich es in meinem Terminkalender vormerken."

Ich gluckse, weil sie so Feuer und Flamme ist.

Sie fügt hinzu: „Das habe ich schon so lange nicht mehr gemacht. Das letzte Mal, als meine Familie zelten war, war ich erst zehn Jahre alt." Sie hält inne, als würde sie sich an etwas erinnern, und ihr Ausdruck wird ein wenig traurig.

„Ist alles in Ordnung?"

Sie zwingt sich zu einem Lächeln und nimmt einen Dosenöffner zur Hand. Sie drückt ihn gegen den Deckel mit den eingelegten Kirschen und dreht ihn. „Ja, alles ist gut.“

„Hast du dich an etwas erinnert oder war es etwas anderes?“

Sie zögert. „Warum fragst du das?“

„Du hast einen Moment lang traurig ausgesehen. Hast du an deinen Dad gedacht?“

Auch wenn ich weiß, dass es nicht richtig ist, in ihrem Leben herumzuschnüffeln, möchte ich wissen, was Lance damit meinte, dass ihr Vater nicht mehr im Bilde ist.

Warum ist er weg?

Sie ist ein guter Mensch. Warum sollte er nicht an ihrem Leben teilhaben wollen?

Ist ihm etwas zugestoßen?

Sie antwortet zunächst nicht, sondern konzentriert sich darauf, die Dose zu öffnen.

Ich presche weiter vor. „Sorry, ich wollte dir nicht zu nahetreten. Ich bin nur neugierig auf deine Familie.“

„Echt? Wieso?“

Ich zucke mit den Schultern. „Klar. Du weißt alles über meine Familie. Da ist es nur normal, dass ich mehr über dich erfahren will.“

Sie stellt die offene Dose ab und atmet tief aus. Dann sagt sie: „Meine Familiensituation ist ein wenig kompliziert.“

„Ach ja?“, sage ich und hoffe, dass sie mir mehr erzählen wird. Ich weiß nicht, warum, aber plötzlich will ich alles über sie wissen. Wahrscheinlich liegt es daran, dass sie auf meine Kinder aufpasst und eine interessante Person ist. Sie ist so anders als wir oder alle anderen, die ich kenne, und das finde ich erfrischend.

Ihr Ton ist traurig, als sie zu erzählen beginnt: „Meine Mutter und meine Schwester hatten einen Autounfall."

Eine Gänsehaut macht sich auf meinen Armen breit. „Es tut mir leid, das zu hören. Geht es ihnen gut?"

Sie schüttelt den Kopf. „Nein, meine Schwester ist in einem Heim, weil sie einige Verletzungen davongetragen hat. Sie weiß nicht, wer ich bin. Und meine Mutter … na ja." Sie wendet den Blick ab.

Ich lege meine Hand auf ihren Arm. „Es tut mir so leid."

Sie atmet tief durch und sieht mich wieder an. „Schon okay. Es ist schon viele Jahre her. Es hat lange gedauert, bis ich alles verarbeitet und mich daran gewöhnt habe."

„Ich bin sicher, das muss schwer für dich sein."

Sie nickt und fährt fort: „Meine Mutter lebt in einer psychiatrischen Einrichtung. Nach dem Unfall wurde sie mit der Schuld nicht fertig. Sie saß hinter dem Lenkrad. Innerhalb eines Jahres, nachdem meine Schwester nicht wieder gesund wurde, bekam meine Mutter so schwere Depressionen, dass ich mich nicht mehr um sie kümmern konnte. Das letzte Mal, als sie …" Phoebes Blick fällt zu Boden und sie blinzelt schnell.

Ich trete näher und senke meine Stimme. „Es tut mir leid, Phoebe."

Ihre Augen glänzen, aber sie setzt eine tapfere Miene auf. Dann redet sie schnell weiter, als wolle sie es hinter sich bringen: „Es passiert den besten Familien."

„Das ist viel Verantwortung, besonders für einen jungen Menschen", sage ich.

Sie nimmt eine weitere Konserve und hantiert mit dem Öffner. „Man hat nicht wirklich eine Wahl, wenn jemand, den man liebt, krank oder verletzt ist."

„Nein, du hast recht. Und das ist wirklich scheiße." Ich schlucke den Kloß in meinem Hals hinunter.

Sie erstarrt, dann dreht sie sich zu mir um. „Es tut mir leid. Deine Eltern haben mir erzählt, was mit deiner Frau passiert ist. Ich bin sicher, das war schwer für dich."

Mein Herz pocht in meiner Brust. „Sagen wir mal, es war eine superscheiß Zeit."

Ihr Mienenspiel verändert sich, aber mir sträuben sich nicht die Nackenhaare, wie bei den anderen, die mich bemitleiden. Ihr Blick ist mitfühlend, aber ich sehe kein Mitleid, das ich normalerweise entgegengebracht bekomme, wenn Leute hören, dass meine Frau gestorben ist. Stattdessen liegt eine Art Verständnis in ihrem Schweigen.

Nach einem Moment füge ich hinzu: „Das mit deiner Mom und deiner Schwester tut mir auch wirklich leid. Hat dein Dad dir nicht geholfen?"

Sie wendet sich wieder ihrer Konserve zu, öffnet den Deckel und antwortet: „Meine Eltern ließen sich scheiden, als ich elf war. Deshalb ist mein letzter Campingausflug schon so lange her. Aber nach dem Unfall hat mein Dad endgültig seine Sachen gepackt und ist abgehauen. Es war, als hätte er sich in Luft aufgelöst."

Das ist unfassbar. Ich kann mir nicht vorstellen, meine Söhne jemals so im Stich zu verlassen, vor allem nicht nach dem Tod ihrer Mutter. Phoebe hat im Grunde ihre gesamte Familie verloren.

Schockiert platze ich heraus: „Du hast also keine Ahnung, wo er hingegangen ist?“

Sie strafft ihre Schultern und sagt gespielt fröhlich: „Nein, und es ist auch nicht mehr wichtig. Das ist also meine Geschichte. Wie auch immer, magst du Kirsche oder Apfel?“

Ich schaue auf die Dosen hinunter. „Ich mag beides.“

Sie legt den Kopf schief und schaut mich neugierig an: „Alexander Cartwright, willst du mir etwa sagen, dass du keinen Favoriten hast?“

Ich lache. „Ertappt. Ich mag Kirsche lieber.“

Sie strahlt. „Gute Wahl. Kirsche ist das Beste.“

„Wirklich?“

Sie nickt. „Ja, und es geht nichts über einen selbstgemachten Kirschkuchen, oder?“

„Du hast recht. Aber du kannst erst mitreden, wenn du einen von Georgias probiert hast. Warte nur bis Thanksgiving. Und es ist zu schade, dass du letzten Sommer nicht hier warst. Sie hat die besten Kuchen aller Zeiten gemacht. Sie hat sogar die Kinder zum Kirschenpflücken animiert.“

Phoebe schiebt sich die Haare hinters Ohr und sagt: „Ich wette, sie waren fantastisch. Sie ist wirklich talentiert.“

„Ja, das ist sie. Genau wie du.“

Ihre Lippen verziehen sich. „Echt? Findest du?“

„Ja. Du kannst toll mit den Kindern umgehen und bist superkreativ. Viel kreativer als ich es bin.“

„Du warst ziemlich kreativ, als du dir dein Tattoo stechen lassen hast“, neckt sie mich.

Ich stöhne und fahre mir mit der Hand über das Gesicht, bevor ich mir in den Nasenrücken kneife. „Das wirst du mich nie vergessen lassen, oder?"

Sie lacht. „Hey, mach dir nichts draus. Manchmal tun wir Dinge, die wir lieber hätten sein lassen sollen, nicht wahr?"

„Reden wir jetzt über deine Tattoos?"

Sie schüttelt den Kopf. „Nein, ich bin zufrieden mit dem, was ich auf meinen Körper geschrieben habe."

„Und was wäre das noch mal?"

Sie wedelt mit dem Finger. „Na-na-na. Das verrate ich dir nicht."

„Und wenn wir eine Wette abschließen?"

Sie erstarrt und sieht mich durchdringend an.

„Habe ich etwas Falsches gesagt?", frage ich.

„Eine Wette? Ich glaube, du wirst zum Spieler, Alexander Cartwright. Unverantwortlich."

„Wie kommst du denn darauf?"

Sie beugt sich vor und antwortet: „Weil du unsere letzte Wette verloren hast. Eigentlich schuldest du mir einen Gefallen."

Ich erstarre. Das hatte ich ganz vergessen und das war ein dummer Fehler. Ich verliere nicht oft, wenn ich spiele, immerhin gehe ich nur kalkulierte Risiken ein. Aber das muss ich ihr lassen. Sie hat recht. Ich schulde ihr einen Gefallen. Also verschränke ich die Arme und schlage vor: „Warum erhöhen wir nicht den Einsatz?"

Sie stichelt: „Verlierst du die Kontrolle über dein Spielverhalten?"

„Nein, ich versichere dir, dass ich ein sehr verantwortungsbewusster Spieler bin", verspreche ich.

Sie grinst amüsiert. „Ich bin mir nicht sicher, wie du das beweisen willst."

„Glaub mir, ich verliere nie die Kontrolle."

Sie sagt nichts, sondern starrt mich nur an.

„Also, ich schlage Folgendes vor. Du kannst um alles bitten, was du willst, aber wenn ich gewinne, bekomme ich zwei Dinge."

„Und die wären?"

Mein Blut wird heiß und rauscht durch meine Adern. „Wenn ich gewinne, darf ich deine Tattoos sehen."

Schamesröte kriecht ihren Hals hinauf und breitet sich in ihren Wangen aus.

Mein Schwanz wird hart. Wieder stelle ich mir vor, wie sie nackt aussehen könnte, und ich schließe kurz die Augen, um mich zu beruhigen. Ich sollte mein Kopfkino stoppen, bevor es zu weit geht, aber ich kann es nicht. Sie ist schnell zu der faszinierendsten Person geworden, die ich kenne.

„Und was willst du noch?"

„Dass du dir von mir beibringen lässt, wie man reitet."

Ihre Augen weiten sich. „Bist du wirklich so pferdeverrückt?"

Ich gluckse. „Ja. Du lebst jetzt auf einer richtigen Ranch. Es ist eine Sünde, nicht zu wissen, wie man ein Pferd reitet."

„Ist das dein Ernst?"

„Ja, bei Gott, das ist die Wahrheit."

Sie seufzt. „Ich will nicht reiten. Es ist unheimlich."

„Warum hast du so viel Angst? Viele Leute reiten täglich und lieben es", sage ich, um ihr die Furcht zu nehmen.

„Und dann fallen und sterben sie oder sind gelähmt."

Ich schüttle den Kopf. „Alle auf dieser Ranch reiten. Und du wirst nie einen besseren Lehrer als mich finden. Das verspreche ich dir."

„Oh, ich bezweifle nicht, dass du ein guter Reitlehrer bist. Es ist das Pferd, dem ich nicht traue."

Ich grinse. „Du vertraust mir also?"

Sie hält inne und kneift die Augen zusammen.

Mein Puls hämmert in meinen Ohren. Ich kenne sie erst seit einer Woche, aber ich brenne darauf, dass sie mir vertraut. Und ich weiß, dass sie das Vertrauen in diesen Idioten Lance verloren hat.

Sie hat einen Freund.

Nein, das war der Tropfen, der das Fass zum Überlaufen gebracht hat.

Oder irre ich mich? Sie meinte, sie nehmen sich eine Auszeit, was auch immer das bedeuten soll, erinnere ich mich.

„Ich glaube, ich vertraue dir", gesteht sie.

Auch wenn sie einen Freund hat, ist es ein Ego-Boost. „Gut. Und ich würde deine Sicherheit nie gefährden. Also würde ich dich nie auf ein Pferd setzen, auf dem ich meine Kinder nicht reiten lassen würde."

„Deine Kinder sitzen aber schon seit Beginn an im Sattle", erinnert sie mich.

„Ja, und ich habe ihnen das Reiten beigebracht. Es ist gar nicht so schwer", versichere ich ihr.

Sie lacht nervös. „Du willst wirklich, dass ich reiten lerne, oder?"

Ich nicke. „Definitiv."

„Warum?", will sie wissen.

Ich zucke mit den Schultern. „Weil ich es liebe und denke, du wirst es auch lieben."

Sie erstarrt.

Meine Brust zieht sich zusammen. Ich möchte wissen, was sie denkt, aber ich kann ihren Blick nicht genau deuten. Schließlich frage ich: „Was willst du denn, wenn du die Wette gewinnst?"

Sie legt den Kopf schief. „Ich dachte, du schließt nur Wetten ab, die du gewinnen kannst."

Ich grinse. „Das tue ich. Aber fair ist fair."

Sie zuckt mit den Schultern. „Ich weiß es nicht. Ich hatte noch keine Zeit, darüber nachzudenken."

„Es muss doch etwas geben, was du dir wünschst."

Sie überlegt einen Moment, dann schnippt sie mit den Fingern. „Okay, ich hab's."

„Spann mich nicht auf die Folter. Was ist dir eingefallen?"

„Du kannst nicht sauer auf mich sein."

„Warum sollte ich sauer auf dich sein?"

Sie beißt sich auf die Lippe und zögert.

„Sag es mir schon. Was immer es ist, halt dich nicht zurück."

„Du wirst wirklich nicht sauer werden?", fragt sie.

„Ich schwöre es."

„Und du wirst nicht beleidigt sein?“

„Ich weiß es nicht, planst du mich zu beleidigen?“, stichle ich.

Sie hebt die Augenbrauen und beißt sich auf die Lippe.

„Das war ein Scherz. Du wirst mich nicht beleidigen. Ich bin ziemlich hart im Nehmen“, verspreche ich.

Ein weiterer Moment vergeht.

Ich dränge: „Komm schon, Miss Nanny. Du kannst mir alles sagen.“

Langsam nickt sie und sagt: „Wenn ich gewinne, darf ich die Wände in deinem Haus streichen.“

Ich zucke überrascht zurück. „Du willst in meinem Haus streichen?“

„Ja, etwas Farbe ins Spiel bringen.“

„Magst du es nicht?“

„Das habe ich nicht gesagt. Ich verspreche dir, so habe ich es nicht gemeint. Ich liebe dein Haus. Es ist wirklich schön.“

Ich gluckse. „Okay, aber du willst die Wände streichen?“

„Ja. Etwas Farbe wäre schön.“

„Du findest mein Heim also langweilig.“

Sie schneidet eine Grimasse und kräuselt die Nase. „Das klingt falsch, oder?“

Meine Mundwinkel zucken. „Ist schon okay. Ich habe kein Problem damit, wenn du streichst.“

Überrascht fragt sie: „Nein?“

Ich schüttle den Kopf. „Nope. Ich habe kein Händchen für Innengestaltung und kann keine Farben auswählen, die auch nur annähernd zusammenpassen. Wenn du umdekorieren willst, mach, was dir gefällt. Nur kein pink, okay?"

Sie tut so, als sei sie empört. „Was hast du gegen pink?"

Ich stöhne. „Pink stinkt."

„Nein, tut es nicht."

„Und ob, das tut es. Frag meine Nichten. Ich sage ihnen das ständig", gebe ich zu.

Sie lacht. „Okay. Pink ist tabu."

„Danke, und was willst du noch?"

„Du willst wirklich, dass ich mir zwei Dinge aussuche?"

„Klar."

Sie überlegt einen Moment und schüttelt dann den Kopf. „Mir fällt nichts anderes ein, Alexander. Dein Haus zu streichen ist ein großes Projekt, es reicht mir völlig aus."

„Wirklich?"

„Jaaa."

„Das kommt mir nicht gerade fair vor."

„Nein?"

„Nope. Denk noch ein bisschen darüber nach und erzähl mir später, was du willst, okay?"

„Ist das fair?", fragt sie.

„Ich bin ein Mann. Ich werde schon damit fertig."

Ihre Augen funkeln vor Belustigung. Schließlich fragt sie: „Also gut. Also, worauf wollen wir wetten?"

Ich zögere nicht. Die Bedingung sprudelt nur so aus mir heraus, bevor ich überhaupt darüber nachdenken kann. Und es ist seltsam, denn ich hatte es mir vorher noch nicht überlegt. „Nächsten Samstag findet ein Rennen statt. Wir gehen hin und jeder wettet auf das Pferd, von dem er glaubt, dass es gewinnen wird."

Sie starrt mich an, als ob ich verrückt wäre, und sagt dann: „Ich weiß nichts über Pferde oder Wetten. Und ich habe kein Geld, das ich verspielen könnte."

„Mach dir keine Sorgen wegen des Geldes. Ich werde es dir geben", verspreche ich.

Sie schürzt die Lippen. „Das ist nicht fair."

„Es macht mir nichts aus. Du wählst dein Pferd und ich wähle meins. Wenn du gewinnst, behältst du den Gewinn und ich behalte den Einsatz."

„Was ist, wenn keines unserer Pferde gewinnt?"

„Keine Sorge, mein Pferd wird gewinnen", sage ich großspurig.

Sie lacht. „Du bist so selbstsicher, dass du gewinnen wirst."

„Natürlich."

Sie legt den Kopf schief und fragt: „Das ist also deine Version von verantwortungsvollem Glücksspiel?"

„Ja. Also, bist du dabei?"

Sie holt ein paar Mal tief Luft und fragt dann: „Bist du sicher, dass ich kein Geld mitbringen muss?"

„Nope. Mach dir keine Gedanken. Ich gebe dir 1.000 Dollar für deine Wette."

„1.000 Dollar! Das ist eine Menge Geld!"

Angestrengt versuche ich, nicht zu lachen. Mir ist klar, dass ihre finanzielle Situation möglicherweise anders ist als meine. Vielleicht hätte ich 100 Dollar sagen sollen, aber normalerweise werfe ich 10.000 Dollar in den Pott. Doch ich beschließe, dass es besser ist, dieses Detail für mich zu behalten.

Ihre Augen sind vor Schreck geweitet, als sie zu mir aufschaut.

„Bist du dabei?"

Schließlich streckt sie ihre Hand aus. „Okay. Die Wette gilt." Wir schütteln uns gerade die Hände, als die Kinder zu uns rennen. Wilder schreit: „Kuchenzeit!"

Innerhalb weniger Minuten ist meine ganze Familie um uns versammelt. Die nächste Stunde verbringen wir damit, S'mores und Kuchen über dem Feuer zu machen.

Mom sagt: „Jacob, wir sollten jetzt gehen. Wir müssen morgen früh los."

Er nickt. „In Ordnung, Liebling."

Wir räumen auf und die Party löst sich langsam auf. Evelyn und ihr Mann sowie Sebastian und Georgia bringen die Kinder zurück ins Haus.

Willow verkündet: „Ich haue ab. Ich muss mich für mein Date fertig machen."

Ich stöhne. „Mit welchem Idioten gehst du denn heute Abend aus?"

„Das geht dich nichts an." Sie grinst, dann wendet sie sich an Phoebe und wackelt mit den Augenbrauen. „Bist du sicher, dass du nicht mitkommen willst? Ich kann mein Date bitten, einen seiner Freunde mitzubringen."

Mein Herz sackt mir in die Hose.

Geh nicht.

Geh nicht.

Geh nicht.

Phoebe schüttelt den Kopf. „Nein, schon gut. Aber danke für das Angebot. Hab einen schönen Abend."

Erleichterung überkommt mich.

Willow jammert: „Oh, du bist so eine Spielverderberin!"

„Sorry!", trällert Phoebe.

„Gut. Aber eines Tages musst du mit mir ausgehen und die Stadt aufmischen!"

„Okay, aber nicht heute", stimmt Phoebe zu.

Bei der Vorstellung, dass Phoebe mit meiner Schwester ausgehen könnte, dreht sich mir der Magen um.

„Ich komme mit", sagt Paisley zu Willow.

„Okay! Ich sage Chase, er soll Tyler mitbringen."

Paisley strahlt. „Fantastisch!"

Ich stöhne. „Sie sind beide Idioten."

„Nein, das sind sie nicht", erwidert Willow.

Jagger fragt: „Mason, bist du bereit zum Aufbruch?"

„Ja. In welche Bar wollt ihr?", fragt Mason die Mädels.

Paisley grinst ihn an. „Als ob wir dir das sagen würden."

Willow faucht: „Hör auf, dich in unser Privatleben einzumischen."

„Dann gebt uns keinen Grund dazu", sagt Mason.

Ich gluckse. „Viel Spaß."

„Das ist unser Ernst", warnt Paisley die anderen.

„Dann benehmt euch. Wir sehen uns später", sagt Jagger, und er und Mason steigen auf ihre Pferde.

Willow, Ava und Paisley steigen auf ein Quad und verschwinden.

„Bereit?", frage ich Phoebe.

„Ja."

Ich hänge den Anhänger ab, bevor ich auf der Fahrerseite Platz nehme.

Sie fragt: „Nimmst du ihn nicht mit zurück zum Haus?"

„Nein, ich werde ihn morgen holen. Ich möchte dir etwas zeigen, wenn du Lust hast?"

„Was denn?"

„Das ist ein Geheimnis. Du musst mir vertrauen."

„Okay", erwidert sie etwas nervös.

„Ich bin sicher, es wird dir gefallen", versichere ich ihr, starte das Quad und lehne mich dicht an sie. „Keine Sorge, du wirst nicht auf dem Grund des Sees gefunden werden oder so."

Sie kichert. „Nun, an dieses Szenario habe ich gar nicht gedacht."

„Nein?"

Sie blinzelt und fragt: „Muss ich mir in deswegen Sorgen machen?"

Ich grinse. „Nein. Halt dich fest."

Sie krallt sich am Sitz fest und ich gebe Gas. Es ist Vollmond und der See glitzert im Licht. Wir fahren in den Wald hinein, umrunden einige Bäume und passieren mehrere unwegsame Stellen.

„Wo bringst du mich hin?", fragt Phoebe nach einigen Minuten.

„Hierher", antworte ich, lenke das Quad aus dem Wald und parke. Ich lege meine Finger auf Phoebes Lippen und flüstere: „Sei ganz still."

Ihr heißer Atem trifft meine Finger und ein wohliger Schauer läuft mir den Rücken hinunter. Sie sieht zu mir auf und nickt.

Ochsenfrösche quaken rund um den See und eine Eule krächzt laut über uns.

Ich greife nach der Waffe im Seitenfach.

Phoebes blaue Augen weiten sich.

Ich lege meinen Finger erneut auf ihre Lippen, um sie daran zu erinnern, still zu sein.

Wir sitzen ein paar Augenblicke da, bis das leise Jaulen und Heulen der Kojoten lauter wird.

Phoebe rückt näher an mich heran.

Ich unterdrücke ein Glucksen, lege meinen Arm um sie und murmle: „Keine Sorge. Schau einfach zu."

Sie atmet besorgt ein. Dann schweift ihr Blick über das Feld und zurück zu mir.

Ich ziehe sie fester an mich und sage beruhigend: „Es ist okay. Ich werde nicht zulassen, dass dir etwas passiert."

Sie sinkt noch tiefer in mich hinein und legt ihren Kopf auf meine Schulter.

Ein Rudel Kojoten stürmt von der anderen Seite des Waldes auf das Feld. Sie umkreisen einander auf der offenen Fläche und spielen Fangen.

Ich behalte meine Waffe in der Hand, halte nach Bedrohung Ausschau und beobachte Phoebe so genau wie möglich, und mir entgeht nicht, wie ehrfürchtig sie scheint. Ich atme ihren blumigen Duft tief ein und wünsche mir, mein Schwanz würde aufhören, mich in Verlegenheit zu bringen.

Das Bellen der Kojoten wird lauter und der Alpha des Rudels löst sich aus dem Kreis. Er führt den Rest der Tiere am See entlang, und sie verschwinden alle im Wald in der Nähe des Strandes.

„Wow", haucht Phoebe, als sie kaum noch zu hören sind.

„Ich dachte, das könnte dir gefallen", gestehe ich.

Sie schaut auf. „Das hat es." Ihr Blick wandert zu meinem Mund.

Ich senke meinen Blick auf ihre Lippen, mein Herz klopft heftiger, und antworte: „Schön, dass ich dir etwas Neues zeigen konnte." Ich lehne mich näher, doch plötzlich reißt das laute Klingeln meines Handys uns aus dem Moment.

Sie entzieht sich ruckartig meiner Umarmung. Sie errötet und sieht im Mondlicht schöner aus als je zuvor.

Ich verharre wie erstarrt.

Mein Handy klingelt weiter.

„Vielleicht solltest du da rangehen", meint Phoebe.

Was zum Teufel mache ich hier eigentlich?

„Richtig." Ich ziehe mein Handy aus der Tasche und gehe ran.

Sebastian brummt: „Ace hat Fieber. Kommst du bald nach Hause?"

Meine Brust zieht sich zusammen. „Bin schon unterwegs." Ich stecke meine Waffe zurück in das Seitenfach und lege den Gang ein, während mich eine Welle der Enttäuschung überkommt.

12

Phoebe

Der Vollmond weist uns den Weg zwischen den Bäumen hindurch. Alexander rast nach Hause, schlängelt sich mit Leichtigkeit und Geschick den Pfad hinunter und mahnt gelegentlich: „Festhalten", während wir über mehrere Bodenwellen fliegen.

Mein Puls hämmert in meinen Ohren, und meine Enttäuschung lässt nicht nach, während ich mental einen Krieg austrage.

Ich wollte, dass er mich küsst.

Nein, das wäre ein schrecklicher Fehler. Ich bin immer noch mit Lance zusammen.

Bin ich das?

Alexander ist mein Boss.

Na und?

Das ist so falsch.

Das Quad rast aus dem Wald heraus, über den Hof, und dann parkt Alexander vor den Stufen zur Veranda.

Wir springen heraus und eilen hinein.

Sebastian schneidet eine Grimasse, als er uns empfängt. Sein T-Shirt ist nass. Er wischt etwas mit einem Taschentuch von seiner Brust, das wie grüner Schleim aussieht, und wirft es in den Papierkorb.

„Ist das das, wofür ich es halte?", fragt Alexander.

Sebastian rümpft die Nase. „Dein Kind kotzt im Strahl."

Alexander stöhnt. „Ja, das macht er immer, wenn er krank ist." Er stürmt an Sebastian vorbei in Richtung Badezimmer.

Georgia kommt herein und sagt: „Er wollte mich nicht reinlassen, nachdem er sich übergeben hatte. Er ist in der Badewanne, aber er sagt, ich darf ihn nicht nackt sehen." Süße Belustigung erhellt ihr Gesicht.

„Danke, Georgia", ruft Alexander und öffnet die Tür. „Hey, Kumpel. Was ist denn los?"

Sebastian jammert: „Georgia, kannst du herkommen und versuchen, das von mir runterzukriegen, bevor ich mich auch übergeben muss?"

Sie sieht mich an, beißt sich auf ihre Unterlippen, um sich ein Lachen zu verkneifen, und geht auf ihn zu.

„Warum glaubt ihr, muss er brechen? Es ging ihn den ganzen Tag gut!", frage ich in die Runde.

Sebastian zuckt mit den Schultern. „Ich habe keine Ahnung. Vielleicht hat er zu viel gegessen. Aber ich bin derjenige, um den ihr euch jetzt Sorgen machen solltet. Georgia, bitte!" Er hält ihr ein weiteres Taschentuch hin, wendet sein Gesicht ab und macht ein angewidertes Geräusch.

Sie verdreht die Augen und schüttelt den Kopf. „Herrje, Sebastian. Seit wann bist du die Drama-Queen in dieser Beziehung? Ein bisschen Erbrochenes hat noch nie jemanden das Leben gekostet."

Ich kann mir nicht helfen und halte mir die Hand vor den Mund, um meinen Lachanfall zu verkneifen.

Er wölbt die Augenbrauen. „Findest du das lustig, Phoebe?"

„Tut mir leid. Es ist nicht lustig, dass Ace krank ist, aber, na ja …"

„Das ist nicht witzig", echauffiert er sich.

Georgia befiehlt: „Drehen."

Er dreht sich um.

Sie rollt den unteren Teil seines T-Shirts zusammen und befiehlt: „Duck dich ein bisschen, damit ich es dir über den Kopf ziehen kann."

Er tut wie befohlen und jammert: „Das ist eklig. Bitte lasse es nicht mein Gesicht berühren."

Sie streift ihm von hinten das T-Shirt über den Kopf und tritt dann vor ihn. Sie bündelt die Vorderseite und zieht es ihm vorsichtig über die Arme aus.

„Gott sei Dank! Lass uns gehen. Ich muss unbedingt duschen", sagt er und geht zur Tür.

„Gut, dass wir noch kein Baby haben. Sonst wäre ich auf mich allein gestellt", murmelt Georgia und verdreht die Augen.

„Du machst Krankendienst und ich mache alles andere", ruft er über die Schulter.

Sie schnaubt. „Natürlich wirst du das." Sie gibt ihm einen Klaps auf den Hintern und befiehlt: „Geh schon. Tschüss, Phoebe." Sie lächelt mich an.

„Bis dann, Phoebe", sagt er.

Ich winke. „Tschüss! Bis später."

Sie gehen zur Tür hinaus. Ich gehe zu Wilders Schlafzimmer. Die Tür ist halb offen, sodass ich meinen Kopf hindurchstecken kann.

Er liegt auf seinem Bett, hat die Hände unter dem Kopf und starrt an die Decke.

Ich klopfe.

Er schaut auf.

„Du verpasst die ganze Action da draußen", scherze ich.

Er verzieht das Gesicht und murrt: „Damit will ich nichts zu tun haben. Das war eklig. Hast du Onkel Sebastians T-Shirt gesehen?"

Ich mache ein ernstes Gesicht und antworte: „Ja, aber er wird darüber hinwegkommen. Er geht gleich duschen, wenn sie zu Hause ankommen. Fühlst du dich wohl?" Ich setze mich neben ihn auf die Bettkante und betrachte sein errötetes Gesicht.

„Nein, mir geht es gut. Warum ist Ace krank? Es ging ihm doch den ganzen Tag gut."

Ich zucke mit den Schultern. „Bin mir nicht sicher. Ich nehme an, er wird nicht oft krank?"

Wilder schüttelt vehement den Kopf. „Nein, keiner von uns wird krank, vor allem Dad nicht. Alle anderen auf der Ranch können krank werden, aber Dad ist superstark. Er hat das Immunsystem eines Geiers."

Amüsiert frage ich: „Eines Geiers?"

Wilder nickt ernst. „Ja. Sie werden nie krank und fressen die ganzen verrottenden Tierkadaver."

„Igitt." Jetzt ist es an mir, die Nase zu rümpfen.

Wilder lacht. „Das ist die Wahrheit."

Ich fasse ihm an die Stirn. Es fühlt sich normal an, aber ich frage trotzdem: „Und du bist sicher, dass es dir gut geht?"

„Ja. Aber ich werde mich von Ace fernhalten."

„Gute Idee. Zumindest bis es ihm besser geht", füge ich hinzu.

Wilder setzt sich auf. „Das war eine lustige Party heute."

Ich strahle ihn an. „Fand ich auch. Sie war super, oder?"

„Ja. Können wir mehr Strandpartys machen?"

„Sicher. Aber es hört sich ohnehin so an, als ob wir einige Weihnachtsfeiern vor uns hätten."

Die Aufregung weicht aus seiner Stimme und er nickt. „Stimmt."

„Du hörst dich ja sehr begeistert an. Was ist los?"

Er denkt kurz darüber nach und sagt dann: „Ich mache einfach gerne neue Sachen, aber vieles hier ist inzwischen Tradition."

„Du magst keine Traditionen?"

Er denkt einen Moment nach. „Ich würde nicht sagen, dass ich sie nicht mag, aber ich denke, dass neue Sachen mehr Spaß machen. Können wir also auch Neues über die Feiertage machen?"

„Was zum Beispiel?"

„Ich weiß nicht. Du bist die Kreative, und heute hat wirklich Spaß gemacht", sagt er.

Mein Herz schlägt höher. „Ich bin froh, dass du dich amüsiert hast."

Seine Augen leuchten auf. „Okay, können wir dann etwas anderes machen, das etwas Besonderes für die Feiertage ist? Etwas, das wir sonst nicht tun würden?"

„Ich werde mir etwas einfallen lassen müssen."

„Das musst du. Du bist so kreativ", sagt er wieder.

„Du bist auch kreativ", versichere ich ihm.

„Nope. Nicht wie du. Ich bin eher wie mein Dad."

Alexanders Gesicht, wie er sich vorbeugt, sein Arm um mich, blitzt vor meinem geistigen Auge auf. Sein markanter Duft kommt mir in Erinnerung, als würde er direkt neben mir stehen.

Wilder drängt: „Können wir etwas Neues ausprobieren?"

Ich reiße mich aus meinen Gedanken. „Ich werde versuchen, mir ein neues Projekt für uns auszudenken."

„Etwas Lustiges?"

Ich antworte dramatisch: „Ach! Natürlich."

Wilder grinst und reckt jubelnd seinen Arm in die Luft. „Wahnsinn!"

„Phoebe", ruft Alexander.

Ich erhebe mich schnell. „Die Pflicht ruft. Ruh dich etwas aus."

Wilder grunzt. „Okay." Er lässt sich in die Kissen zurückfallen.

Ich decke ihn zu, dann beuge ich mich über ihn und streiche ihm durch die Haare. „Nacht. Schlaf gut."

„Nacht, Phoebe."

Ich gehe zur Tür.

Er ruft: „Phoebe!"

Ich wende mich wieder ihm zu. „Ja?"

„Ich bin wirklich froh, dass du hier bist."

Mein Herz schwillt in meiner Brust. „Danke. Ich bin auch wirklich froh, dass ich bei euch sein darf."

„Nacht."

„Schlaf gut, Sweetie." Ich schalte das Licht aus, trete hinaus und schließe die Tür.

Alexander kommt gerade aus dem Badezimmer.

„Ist alles in Ordnung?", frage ich besorgt.

Seine Miene ist von Sorge erfüllt. „Ace übergibt sich gerade wieder. Kannst du in meinem Bad bitte nach dem Erste-Hilfe-Kasten mit dem Thermometer suchen? Ich mache mir Sorgen, wie heiß er sich anfühlt."

Sorge überkommt mich. „Sicher." Ich tue, worum er mich gebeten hat, und gehe in sein Schlafzimmer mit dem angrenzenden Bad.

Es ist das erste Mal, dass ich sein Zimmer betrete. Es ist wie der Rest des Hauses gestaltet – neutral gehaltene Wände, nirgendwo ein Klecks Farbe. Das ist so traurig.

Die Cartwrights sind eine so fröhliche Familie und das Haupthaus ist alles andere als langweilig, aber Alexanders Haus hat noch nie einen Farbpinsel gesehen. Und wenn man bedenkt, dass zwei tolle Jungs darin leben, wirkt es irgendwie doppelt so deprimierend.

Ich mache mich auf den Weg in sein Badezimmer und finde den Erste-Hilfe-Kasten. Ich nehme ihn aus dem Badschrank und lege ihn auf den Waschtisch. Das Thermometer ist leicht zu finden und ich bringe es zurück zu Alexander.

Alexander öffnet sofort die Badezimmertür, nachdem ich angeklopft habe. Ace ist in ein Handtuch gewickelt und sein Gesicht ist gerötet.

Ich eile hinein und gehe in die Hocke, sodass ich auf Augenhöhe mit ihm bin, und gurre: „Oh Sweetie, fühlst du dich nicht wohl?"

Er schüttelt den Kopf, dann wirft er seine Arme um mich und vergräbt sein Gesicht in meiner Halsbeuge. Er murmelt: „Ich fühle mich ganz schlecht."

Ich schlinge meine Arme um ihn. „Es tut mir so leid."

Alexander warnt: „Ace, nicht so nah. Wir wollen doch nicht, dass Phoebe krank wird."

„Ich komme schon klar."

„Nicht, wenn du krank wirst", argumentiert er.

„Das werde ich nicht."

Er grunzt. „Woher willst du das wissen?"

„Ich werde selten krank."

Er wölbt die Augenbrauen. „Wirklich? Ich auch nicht."

„Wilder hat mir schon davon erzählt. Aber macht dir keine Sorgen um mich. Mein Immunsystem ist so stark wie das eines Ochsen, weil ich so viele Kinder unterrichtet habe."

„Hm", brummt er und nimmt mir das Thermometer ab. „Hier, Ace, mach auf und behalt es unter deiner Zunge."

Ace bleibt dicht bei mir, aber dreht seinem Dad den Kopf zu.

Alexander schaltet das Thermometer ein und steckt es ihm in den Mund. Es dauert nicht lange, bis es piept. Er zieht es heraus und verkündet: „38,6 °C."

„Das ist nicht so schlimm", sage ich.

Alexander nickt. „Wir behalten heute Nacht ein wachsames Auge darauf. Ace, lass mich dich ins Bett bringen."

„Kann Phoebe mich auch ins Bett bringen?", fragt Ace und seine blauen Augen glitzern.

„Na klar, ich komme mit."

„Gut." Er umarmt mich noch fester, und mein Herz bricht fast.

„Oh, Sweetie, es tut mir so leid, dass du dich nicht wohlfühlst", sage ich leise und streichle seinen Rücken. „Komm, wir bringen dich ins Bett."

Wir bringen ihn in sein Zimmer, dann gehe ich nach draußen, damit Alexander ihm beim Anziehen seines Schlafanzugs helfen kann, und als sie fertig sind, trete ich wieder rein. Ich bringe ein Glas Wasser und sage: „Nimm einen kleinen Schluck, wenn du kannst."

Ace schüttelt den Kopf. „Ich glaube nicht, dass ich es bei mir behalten kann."

„Okay, ich lasse es hier stehen, falls du mitten in der Nacht aufwachst und es brauchst." Ich stelle das Glas auf seinem Nachttisch ab.

Ace rollt sich im Bett zusammen.

Alexander sagt: „Warum versuchst du nicht, etwas zu schlafen? Ich komme bald wieder, um nach dir zu sehen." Er beugt sich herunter und küsst Ace auf die Stirn. Dann erhebt er sich und sieht mich mit einem besorgten Blick an.

Ich zerzauste Ace sanft das Haar, so wie ich es bei Wilder getan habe. „Ruh dich etwas aus."

Er schließt die Augen und wir verlassen den Raum.

Wir lassen die Tür halb offen stehen und Alexander geht mir voran in die Küche. Er schnappt sich das Spülmittel und befiehlt: „Streck die Hände aus."

Ich tue, was mir gesagt wird, und kippt etwas davon hinein. Wir waschen uns am Waschbecken die Hände bis zu den Ellenbögen und dann geht er zum Kühlschrank. Er holt zwei Flaschen Wasser und gibt mir eine mit den Worten: „Nun, das war eine unerwartete Wendung des Abends."

„Hoffentlich ist es nur ein Vierundzwanzigstundenvirus."

„Ich bin sicher, dass das alles ist, was er hat. Meine Kinder erholen sich normalerweise ziemlich schnell", meint er.

„Wilder hat mir gesagt, dass du nie krank wirst."

Alexander nickt. „Das ist wahr. Ich war nicht mehr krank, seit ich ein Kind war."

„Wirklich? Wow."

„Hoffentlich bekommst du es nicht auch", sagt er mit echter Sorge in der Stimme.

„Hey, es ist alles gut. Das werde ich nicht", beschwichtige ich ihn und setze mich auf einen Barhocker.

Er zieht den Hocker neben mir heraus und setzt sich. Er studiert mich einen Moment lang.

Die Schmetterlinge in meinem Bauch spielen verrückt, und Röte kriecht meinen Hals hinauf und in meine Wangen.

Langsam sagt er: „Es war ein schöner Tag." Sein Blick wandert zu meinen Lippen und kehrt dann schnell zu meinen Augen zurück.

Mir wird fast schwindelig vor Freude.

Davon habe ich geträumt.

Nein, das geht nicht.

Aber wenn es doch wahr ist.

Er räuspert sich und sagt: „Also, wie auch immer, ich –"

Ein schrilles Klingeln unterbricht ihn.

Ich zucke zusammen und realisiere, dass es mein Handy ist. Also greife ich in meine Tasche und gehe ran, ohne auf den Bildschirm zu sehen. „Hallo?"

Lances Stimme dröhnt lallend vom anderen Ende: „Bist du bereit, nach Hause zu kommen?"

Er hat getrunken. Ich schließe meine Augen und atme frustriert aus.

„Und?"

Ich stehe auf, halte mir das Handy an die Brust und sage entschuldigend: „Ich bin gleich wieder da."

Alexanders Augen verdunkeln sich.

Ich gehe in mein Zimmer und schließe die Tür. „Lance –“, beginne ich zu sagen, aber er unterbricht mich.

„Warum willst du mich nicht mehr, Phoebe?“, jammert er.

Schuldgefühle überkommen mich. „Lance –“

Er unterbricht mich wieder und sagt anklagend: „Gib es zu! Du spielst Spielchen –“

„Lance, ruf mich zurück, wenn du nüchtern bist. Ich will nicht belästigt werden!“, werfe ich ein.

Er lacht herablassend. „Belästigt? Dich anzurufen ist jetzt also Belästigung?“

„Mich anzurufen, wenn du betrunken bist und Unterstellungen machst, ist Belästigung.“

„Ich mache Unterstellungen? Was unterstelle ich dir denn?“, stößt er hervor.

Ich setze mich aufs Bett und schließe die Augen. Mein Herz klopft heftiger, aber nicht mehr vor Freude oder Aufregung. Sondern vor Wut.

Er fährt mit noch mehr Verachtung in seinem Ton fort. „Und was hast du heute mit den Cartwrights gemacht?“

Ich antworte: „Ich kann in diesem Zustand nicht mit dir reden.“

„Nein? Wann wirst du dann mit mir reden? Du willst nicht, dass ich bei dir bin. Du sagst, wir sind noch zusammen, aber es fühlt sich nicht so an, und dann rufe ich dich an und du willst nicht mit mir reden“, wirft er mir vor.

Ich erschaudere. Alles, was er sagt, ist wahr. Ich kann es nicht leugnen, aber es klingt schlimmer, wenn er es sagt.

Lance senkt seine Stimme und fährt sanfter fort: „Vermisst du mich denn gar nicht?"

Mein Herz zieht sich zusammen, was sich mit meiner Wut vermischt. Ich habe nicht mehr an ihn gedacht, seit er abgereist ist. Und wir sind nicht gerade in gutem Einvernehmen auseinander gegangen.

Er fragt: „Wozu sollen wir eine Pause machen, wenn du mich nicht einmal vermisst?"

„Das tue ich", behaupte ich, aber tief im Inneren weiß ich, dass es eine Lüge ist.

Das liegt nur daran, dass ich so viel zu tun habe.

Nein, das ist es nicht.

Woran soll es sonst liegen?

„Tust du das, Phoebe?", fragt er leiser, um die Schuldgefühle zu verstärken.

Also beruhige ich ihn. „Ja, natürlich tue ich das."

„Dann sprich mit mir. Wenn du mich jemals geliebt hast, sprich mit mir. Bitte."

Ich atme tief durch. Die Verzweiflung in seiner Stimme ist neu. Ich bin mir nicht sicher, wie ich darauf reagieren soll.

Er fährt fort: „Sag mir, was du heute Abend gemacht hast."

„Wir hatten die Strandparty."

„Ist es nicht zu kalt zum Schwimmen?", fragt er.

„Ja, aber wir sind nicht geschwommen. Wir haben am Lagerfeuer gekocht und die Kinder haben Spiele gespielt."

„Und du hattest Spaß?"

„Ja, das hatte ich.“

„Das ist gut“, sagt er, und für einen kurzen Moment erinnert er mich an den Lance, den ich kennengelernt habe.

„Was hast du –?“

„Lance“, ruft eine Frauenstimme, während laute Musik die Leitung füllt.

Sein Tonfall ändert sich im Bruchteil einer Sekunde und er sagt schnell: „Okay, Phoebe, ich muss los. Ich wollte mich nur melden.“

„Du vermisst mich so sehr, dass du mich nur angerufen hast, um zu reden, bis deine Party beginnt?“, werfe ich ihm vor.

Er stöhnt. „Und schon wieder machst du ein Drama daraus. Wir reden später. Tschüss.“ Er legt auf.

Ich starre auf mein Handy hinunter und gehe dann im Zimmer umher, um mich zu beruhigen. Aber es gelingt mir nicht. Ich lege meine Hand auf den Türknauf und halte inne.

Ich bin zu wütend, um zu Alexander zurückzukehren. Zuerst muss ich mich beruhigen. Also setze ich mich auf mein Bett und versuche die Techniken, die ich in einem Meditationskurs gelernt habe.

Nach einer Minute gebe ich es auf. Also lege ich mich aufs Bett, schließe die Augen und atme tief durch. Ehe ich mich versehe, schlafe ich ein.

Als ich die Augen wieder öffne, leuchten mir die Zahlen des Weckers entgegen, die mir sagen, dass es bereits 5.00 Uhr morgens ist.

Ich setze mich schnell auf. Ich habe Alexander die ganze Nacht mit Ace allein gelassen. Mit klopfenden Herzen renne ich aus meinem Zimmer, um nach ihm zu sehen, aber ich höre ein Stöhnen in Alexanders Zimmer. Vorsichtig gehe ich hinein und rufe: „Alexander?"

Das Licht im Badezimmer ist an. Ein Würgen hallt durch die Luft.

Ich eile zur Tür und bleibe im Rahmen stehen.

Alexanders Gesicht ist über die Toilette gebeugt. Er übergibt sich, dann lehnt er sich zurück an die Wand und wischt sich den Mund ab.

Ich eile an seine Seite und hocke mich hin. „Oh mein Gott! Du bist krank."

Seine blutunterlaufenen Augen starren in meine. Geschwächt und heißer, murmelt er: „Ich komme schon klar."

Ich lege meine Hand auf seine Stirn. „Du glühst ja."

„Ich komme schon klar", sagt er beharrlich.

Ich schalte die Dusche ein. „Spring unter die Dusche. Versuch, dich abzukühlen." Ich verlasse das Bad, um nach dem Thermometer zu suchen. Dann eile ich zurück in sein Schlafzimmer und bleibe an der Tür stehen.

Die Rundungen seines Hinterns sind durch die Milchglasscheibe gerade so zu erkennen.

Mein Herz pocht härter.

Er lehnt sich mit den Unterarmen an die Wand und lässt geschafft den Kopf hängen.

Hör auf zu starren und mach etwas!

Ich rufe: „Ich habe das Thermometer. Sobald du in der Dusche fertig bist, komme ich zurück."

Er antwortet nicht.

Ich sehe nach Ace, aber es scheint ihm gutzugehen, er schläft friedlich. Ich fühle seine Stirn und bin mir ziemlich sicher, dass sein Fieber gesunken ist. Die Röte, die vorhin seine Wangen unnatürlich blass wirken ließ, ist verschwunden.

Dann sehe ich nach Wilder. Bei ihm scheint auch alles okay zu sein.

Ich finde eine Flasche mit Fiebersaft, warte zehn Minuten und betrete dann wieder Alexanders Schlafzimmer. Er sitzt seitlich auf dem Bett in seinen Boxershorts.

Mein Puls schießt in die Höhe. Ich zwinge mich, meinen Blick von seinem Tattoo loszureißen, und sage: „Du bist grün im Gesicht."

„Ich komme schon klar", bekräftigt er.

„Nein", sage ich und halte ihm das Thermometer unter die Nase. Ich drücke den Knopf und befehle: „Aufmachen."

Er gehorcht, und ich schiebe das Thermometer in seinen Mund.

Sobald es piept, nehme ich es heraus, lese das Ergebnis und rufe entsetzt: „Es sind 39,2 °C!"

„Ich komme schon klar", murmelt er schwach.

„Du bist sehr krank! Vielleicht sollte ich dich ins Krankenhaus bringen."

Er sieht mich an, als ob ich verrückt wäre. „Nein, ich muss mich nur hinlegen."

„Aber du bist krank. Zu hohes Fieber ist gefährlich."

„Phoebe, ich werde mich erholen", sagt er strenger.

Ich starre ihn einen Moment lang an und weiß nicht, was ich tun soll.

Sein Tonfall wird sanfter. „Ich muss mich einfach ausruhen."

„Okay. Aber wenn es noch weiter steigt, fahren wir ins Krankenhaus."

Er murrt: „Okay."

Ich ziehe die Decke zurück und er klettert ins Bett. Dann ziehe ich ihm das untere Laken bis unter sein Kinn und sage: „Du bekommst die restlichen Decken erst, wenn dein Fieber gesunken ist."

„Okay. Mir ist eh zu heiß."

Ich gehe ins Bad, suche einen Waschlappen und lasse eiskaltes Wasser darüber laufen. Ich falte ihn einmal, als ich zu seinem Bett zurückkehre, und lege ihn ihm in den Nacken.

„Solltest du die kalte Kompresse nicht auf meine Stirn legen?", fragt er.

Ich schüttle den Kopf. „Nein. Wir wollen, dass das Fieber von deinem Gehirn *wegfließt*, nicht *hindurch*."

Er wölbt seine Augenbrauen.

„Das ist bewiesen. Echt", sage ich.

Seine Mundwinkel zucken unmerklich. „Okay, wenn du das sagst."

Ich halte eine Packung Paracetamol hoch und rate: „Du solltest das nehmen, um dein Fieber zu senken. Ich hole dir etwas zu trinken."

Er widerspricht nicht.

Ich gehe in die Küche, fülle ein Glas und bringe es zu ihm. Dann gebe ich ihm eine Tablette und halte ihm das Wasser an die Lippen.

Er schluckt sie hinunter und schließt die Augen. „Danke.“

Ich zögere und sage dann: „Gern geschehen. Ich komme gleich wieder und sehe nach, ob dein Fieber gesunken ist, okay?“

Er murmelt: „Ich komme schon klar.“

„Ich weiß. Du bist groß und stark. Aber ich komme trotzdem bald wieder“, wiederhole ich, verlasse das Zimmer und gehe eine halbe Stunde lang auf und ab, bis es Zeit ist, wieder nach ihm und den Jungs zu sehen.

Alexander

Eine Woche später

Was auch immer Ace hatte, es klebt an mir wie eine Klette. Ich kann mich nicht erinnern, jemals so krank gewesen zu sein, nicht einmal als Kind. Es ist jetzt eine Woche her, seit ich mich angesteckt habe. Gestern hatte ich gehofft, ich könnte wieder arbeiten gehen und den Rest der Krankheitserreger ausschwitzen, aber ich habe es nur zwei Stunden ausgehalten. Dann hatte ich das Gefühl, der Tod sei über mich gekommen. Ich konnte kaum noch stehen oder gehen, also gab ich schließlich auf und legte mich wieder ins Bett, um mich auszuruhen.

Phoebe hat sich ganz wunderbar um die Kinder und mich gekümmert. Jeden Tag überraschen die drei mich mit Genesungskarten oder selbst gemalten Bildern, Papierblumen und anderen Bastelarbeiten. Und Phoebe hat mehr als nur ihren Job als Kindermädchen übernommen. Sie hat zum Beispiel unsere Wäsche gewaschen und kocht für uns. Ich habe ein schlechtes Gewissen, dass sie die ganze Last tragen muss, und entschuldige mich immer wieder, aber sie schüttelt nur den Kopf und rackert weiter.

Ich bin es nicht gewohnt, mich so hilflos zu fühlen. Als ich heute aufwachte und voller Energie strotzte, war ich erleichtert. Außerdem ist heute der Tag des Rennens. Ich habe unsere Wette oder die Zeit, die wir allein auf dem Quad verbracht haben, nicht vergessen.

Der Duft von Pancakes und Bacon weht in mein Zimmer und mein Magen knurrt. Zum ersten Mal in dieser Woche bin ich hungrig.

Ich klettere aus dem Bett, ziehe mich schnell an und stoße zu den anderen in die Küche.

Ace ruft: „Dad, du bist wach!"

„Geht es dir besser?", fragt Wilder hoffnungsvoll.

Phoebe wendet einen Pancake und sieht über die Schulter zu mir. Ein schönes Lächeln ziert ihre Lippen. „Du siehst schon viel besser aus."

„Ich fühle mich auch viel besser." Ich gieße mir eine Tasse Kaffee ein und frage: „Möchtest du mehr Kaffee?"

Sie sieht in ihre Tasse und sagt dann: „Nein, danke. Ich weiß immer noch nicht, wie du den schwarz trinken kannst."

Ich grunze. „Echte Männer trinken ihren Kaffee schwarz."

Ihre Augen funkeln amüsiert. „Männer haben also alle die gleichen Geschmacksnerven?"

Ich gluckse. „Echte Männer schon." Ich nehme noch einen Schluck und die heiße Flüssigkeit brennt in meinem Magen.

„Hast du Hunger?"

Ich nicke. „Ja, ich bin am Verhungern."

„Gut. Dann geht es dir vielleicht wirklich besser." Sie nimmt sich einen Teller und belädt ihn mit Bacon, Eiern und mehreren Pancakes. Dann reicht sie ihn mir.

„Danke. Und ja, ich fühle mich wieder normal." Ich stelle meinen Teller auf dem Tisch ab, drehe mich zu ihr um und füge hinzu: „Bitte, setz dich zu uns und iss. Du hast schon die ganze Woche für alle gesorgt."

Sie belädt einen weiteren Teller und reicht ihn mir lächelnd. „Okay."

Ich ziehe den Stuhl für sie heraus und sie setzt sich. Dann setze ich mich neben sie.

Wilder fragt: „Dad, unternehmen wir heute Abend etwas Cooles?"

„Tante Evelyn kommt mit den Mädchen vorbei. Ihr schlaft heute Nacht im Haupthaus."

„Warum?", fragt Ace überrascht.

„Phoebe und ich gehen zum Rennen", informiere ich meine Jungs.

Sie sieht mich überrascht an und fragt: „Gehen wir trotzdem?"

„Ja, ich fühle mich großartig. Warum also nicht? Es sei denn, du hast keinen Bock darauf", necke ich sie.

Sie lächelt. „Keine Sorge, ich werde dich nicht enttäuschen. Aber weine nicht, wenn ich gewinne."

„Was wirst du gewinnen, Phoebe?", fragt Ace.

Sie blickt mich an.

Ich sage zu den Jungs: „Wir beide haben unterschiedliche Vorstellungen davon, welches Pferd gewinnen wird."

„Oh, auf wen willst du denn setzen?", fragt Wilder und wendet sich interessiert an Phoebe.

„Ähm … äh … ich …"

Ich übernehme wieder die Kontrolle, als ich realisiere, dass sie die Namen der Pferde nicht kennt. „Jungs, was meint ihr, auf welches Pferd Phoebe setzen sollte?"

Wilder und Ace schreien gleichzeitig: „Sweetie Pie!"

Ihr Dezibellevel lässt mich zusammenzucken. „Sweetie Pie? Wie kommt ihr darauf, dass Sweetie Pie gewinnen wird?"

„Sie wird heute Abend alle Rekorde brechen!", schwärmt Ace.

Wilder stimmt dem zu. „Ja, sie ist wirklich gut. Sie hat Tycoon die ganze Woche geschlagen."

„Auf keinen Fall", sage ich und kann es nicht glauben. Ich setze immer auf Tycoon. Er ist unsere goldene Gans und hat mehr Rennen gewonnen, als ich zählen kann. Sweetie Pie habe ich auf die gleiche Weise trainiert wie Tycoon, aber sie ist noch jung und hat ihn noch nie geschlagen.

„Dad, Sweetie Pie wird gewinnen", behauptet Ace selbstbewusst.

„Glaubst du das wirklich?", frage ich und nehme einen Bissen von meinen Pancakes. Das Aroma des Buttersirup zergeht auf meiner Zunge und ich stöhne auf. „Oh Mann, das schmeckt so gut."

„Das liegt daran, dass du in der letzten Woche kaum etwas gegessen hast“, meint Phoebe.

„Vielleicht bist du einfach eine Göttin in der Küche“, erwidere ich und zwinkere dann.

Sie lacht. „Vielleicht hat mir Georgia den ein oder anderen Trick gezeigt. Wir werden die Wahrheit nie herausfinden.“

„Ah. Die Kombination wäre der Traum eines jeden Mannes. Eine Frau, die so gut kocht wie Georgia und so gut malt wie du“, stichle ich.

Schamesröte schleicht sich ihren Hals hinauf und in ihre Wangen, und ich merke, was ich gerade gesagt habe. Schnell füge ich hinzu: „Du weißt schon, was ich meine.“

„Natürlich.“ Sie nimmt einen Schluck Kaffee und wendet sich dann den Jungs zu. „Also, ich setze heute Abend auf Sweetie Pie!“

„Jaaaa!“, schreit Wilder und reckt die Faust in die Luft.

„Sie wird Tycoon fertigmachen!“, ruft Ace aufgeregt.

Ich gluckse. „Ganz ruhig. Du hast Tycoon doch immer geliebt.“

„Aber Sweetie Pie wird gewinnen“, beharrt Ace.

„Ja, ohne Zweifel“, behauptet Wilder und schiebt sich eine weitere Gabel in den Mund.

„Nun, ich denke, Tycoon wird euch allen das Gegenteil beweisen“, erkläre ich, von seinen Fähigkeiten überzeugt. Ich tauche den Bacon in mein Eigelb und beiße die Hälfte ab.

Die Jungen stehen auf, bringen ihre Teller zur Spüle und waschen sie ab.

Ich lehne mich näher an Phoebe. „Was hast du mit meinen Söhnen gemacht?"

Ihre Lippen zucken. Sie flüstert: „Sie verdienen goldene Sterne, wenn sie ihre Hausarbeiten erledigen."

„Ah. Und was bekommen sie dafür?"

Sie zuckt mit den Schultern und gesteht: „Ich habe ihnen gesagt, dass es eine Überraschung ist." Sie wirft einen Blick auf die Jungs und murmelt dann: „Ich muss mir was einfallen lassen." Ihr heißer Atem trifft auf mein Ohr, und ein Kribbeln huscht meine Wirbelsäule hinunter.

Sie lehnt sich zurück, fährt sich mit dem Finger über die Lippen und lächelt.

Der Raum erstrahlt. Mein Herz klopft heftiger in meiner Brust. Ich weiß nicht, was mit mir los ist, aber jedes Mal, wenn sie in dieser Woche in mein Schlafzimmer gekommen ist, habe ich etwas in meinem Bauch gespürt. Ich weiß nicht, was es ist. Es war definitiv nicht der Virus. Also habe ich versucht, es zu verdrängen. Immerhin ist sie das Kindermädchen meiner Kinder und viel jünger als ich.

Meine verstorbene Frau und ich waren gleich alt. Aber Phoebe ist zehn Jahre jünger als ich.

Ich bin sicher, sie denkt, ich bin ein alter Knacker.

Wir haben wahrscheinlich nichts gemeinsam.

Warum denke ich überhaupt darüber nach?

Mein Gott, ich muss mich zusammenreißen.

Ich stehe auf, stelle meinen Teller in die Seifenlauge und nehme meinen Cowboyhut vom Haken. Ich setze ihn auf und verkünde: „Ich mache mich an die Arbeit."

„Bist du sicher, dass es dir heute schon gut genug zum Arbeiten geht?", fragt Phoebe, ihr Blick voller Sorge.

„Ja. Kannst du gegen siebzehn Uhr fertig sein?"

Sie salutiert mir und gurrt: „Aye, aye, Sir."

Ich gluckse und trete nach draußen. Ich atme tief durch und genieße die frische Luft.

Heute ist ein echter Novembertag. Die Luft ist knackig kühl, aber die Sonne scheint hoch am Himmel. Der Wind hat aufgefrischt, aber ich begrüße die kühle Brise. Ich habe diese Woche so viel Zeit in meinem Schlafzimmer verbracht, dass ich dachte, die Wände würden näherkommen.

Innerhalb weniger Minuten stürze ich mich in meine Aufgaben und versuche, alles aufzuholen, mit dem ich im Rückstand bin. Dann verbringe ich mehrere Stunden auf der Koppel, um mit meinen Brüdern die Pferde zu versorgen.

Mason sagt: „Du siehst im Vergleich zu gestern viel besser aus."

„Ich fühle mich auch viel besser."

„Nun, es schien, als wärst du in guten Händen gewesen." Seine Lippen zucken.

Mein Bauch kribbelt. Phoebes Gesicht taucht vor meinem geistigen Auge auf, und mein Blut wird heiß. „Komm nicht auf dumme Gedanken", tadle ich ihn.

Er gluckst und ruft dann einem der Ausbilder zu: „Du lehnst dich nicht richtig rein! Komm schon, du weißt es doch besser!"

Der Tag vergeht wie im Flug, aber auf manche Weise kriecht er auch dahin. Ich freue mich darauf, heute Abend zum Rennen zu gehen. Das liegt wahrscheinlich am Nervenkitzel, meine Pferde in Aktion zu sehen, aber insgeheim kenne ich den wahren

Grund. Ich kann es kaum erwarten, mehr Zeit allein mit Phoebe zu verbringen. Es ist schön, wenn wir allein sind.

Wir.

Der Gedanke, dass Phoebe und ich zusammen sein könnten, schockiert mich. Ich weiß nicht, warum ich solche Gedanken hege. Ich erinnere mich immer wieder daran, dass sie das Kindermädchen meiner Jungs ist und es nur für eine freundschaftliche Wette hält.

Mein Gott, wenn ich daran denke, wie sehr sie die Wände im Haus streichen möchte. Während ich diese Woche im Bett lag, konnte ich nicht anders, als die hellbraunen Wände anzustarren und mir zu wünschen, sie hätten etwas Farbe. Ich redete mir ein, dass es daran lag, dass ich drinnen festsaß, aber alles sah so trist aus, wie ich mich fühlte.

Als es halb fünf ist, pflücke ich eine Handvoll Blumen aus dem Garten und gehe zurück ins Haus. Ich stelle sie in eine Vase und gehe den Flur entlang.

Phoebe kommt gerade mit einem Handtuch um ihren Körper gewickelt aus dem Badezimmer. Das D und das A auf ihrer Brust sind gut zu sehen. Mein Puls schlägt schneller.

Ihr Blick fällt auf die Blumen. „Die sind wunderschön."

„Sie sind für dich."

Ihre Augen weiten sich. „Echt?"

Nervosität schnürt mir die Kehle zu und verschlägt mir die Sprache. Mein Blick wandert zurück zu ihren Tattoos.

Vorsichtig fragt sie: „Sind die wirklich für mich?"

Warum habe ich nicht darüber nachgedacht, was ich ihr sage?

Ich löse meinen Blick von ihrer Brust.

Sie starrt mich fragend an.

Ich nicke. „Ja. Ich dachte, du möchtest vielleicht etwas Farbe in deinem Zimmer haben."

Sie grinst und nimmt sie mir ab. „Dankeschön. Sie sind hübsch."

Mein Blick schweift wieder zu ihren Tattoos und ich sage: „Wirst du mir jemals sagen, was das bedeutet?"

Sie unterdrückt ein Lachen. „Nope. Ich habe dir doch gesagt, dass es keine Geheimnisse gibt."

Ich schüttle den Kopf, lächle halb verärgert, halb amüsiert. „Okay, ich muss duschen. Wir können ein bisschen früher los, wenn du fertig bist."

„Klar. Ich brauche nur noch fünf Minuten. Ich muss mich anziehen."

Oder du kannst das Handtuch fallen lassen und …

Verdammt! Warum schweifen meine Gedanken immer ab?

„Klingt gut. Ich werde mich beeilen." Ich dränge mich an ihr vorbei und gehe in mein Schlafzimmer. Dort dusche ich, spritze mir Parfüm an den Hals, was ich normalerweise nicht tue, wenn ich arbeite, und halte wie erstarrt inne.

Warum gehe ich meine Date-Routine durch?

Das ist eine Art Date.

Nein, es ist alles andere als das.

Ich trete vor meinen Kleiderschrank und ziehe eine Jeans an, die ich nur trage, wenn ich ausgehe. Ich stecke mein T-Shirt in die Hose und schließe die Gürtelschnalle. Als ich fertig bin, trete ich ins Wohnzimmer und bleibe stehen.

Phoebe ist am Handy. Sie sagt: „Ich will nicht mehr darüber streiten."

Ich trete leise zurück in den Flur und drücke mich mit dem Rücken an die Wand. Es ist falsch ihr Gespräch zu belauschen, aber ich kann mir nicht helfen.

Ihr Ton wird immer frustrierter. „Wir haben das doch schon besprochen. Du hörst mir einfach nicht zu."

Mr. Trottel.

Was muss geschehen, damit sie begreift, dass dieser Typ keine Sekunde ihrer Zeit wert ist? Sie ist viel zu gut für ihn.

Ich habe ein ungutes Gefühl bei der Sache und hasse es, dass sie ihm immer noch hinterherläuft.

Warum spricht sie noch mit ihm?

Vorsichtig spähe ich um die Ecke.

Sie legt ihre Hand in ihren Nacken, während sie aus dem Fenster starrt. Sie erklärt: „Ich bin beschäftigt. Ich rufe dich später an." Sie legt auf und seufzt.

Ich ziehe den Kopf zurück, mein Herz schlägt schneller. Ich warte zehn Sekunden und rufe dann: „Bereit?", während ich in den Raum trete.

Sie dreht sich zu mir um und zwingt sich zu einem Lächeln. „Ja."

„Stimmt etwas nicht?", frage ich und komme näher.

Sie lächelt angestrengter und schüttelt den Kopf. „Nein, alles ist großartig. Ich kann es kaum erwarten, das Rennen zu sehen und dich zu schlagen."

Ich gluckse. „Na gut. Dann lass uns von hier verschwinden." Ich gehe zur Tür und öffne sie für Phoebe, nicke ihr zu und sage: „Ladies first."

Sie lächelt weiter, während sie nach draußen geht. Ich lege meine Hand auf ihren unteren Rücken, führe sie zum Auto und öffne ihre Tür.

Sie steigt ein und ich laufe um die Motorhaube meines Trucks.

Sobald ich hinter dem Lenkrad sitze, starte ich den Wagen und aus den Lautsprechern dröhnt Country-Musik.

„Wow." Ich drehe die Lautstärke herunter. „Das tut mir leid."

Sie kichert. „Ist schon gut."

„Weißt du, wer zuletzt mit meinem Truck gefahren ist?", frage ich.

Sie zögert, dann zuckt sie mit den Schultern. „Ich glaube, Jagger. Er musste ihn aus irgendeinem Grund umparken."

„Hm", brumme ich. Ich merke mir, dass ich mit meinem Bruder reden muss. Jagger nimmt gerne grundlos meinen Truck, obwohl er einen eigenen hat. Oft führt das zu Streit, was mir die Stimmung versaut.

Mein Bauch kribbelt während der Fahrt vor Nervosität. Wir machen Smalltalk, bis wir an der Rennbahn ankommen. Ich steige aus dem Wagen, gehe auf ihre Seite rüber, um ihre Tür zu öffnen und nehme ihre Hand, sobald sie aussteigt. Dann führe ich sie zum Wettbüro und frage: „Bist du sicher, dass du auf Sweetie Pie setzen willst? Ich habe ein schlechtes Gewissen, dass ich dich schlagen werde und all deine Träume im Nu zerstöre."

„Oh, von wegen. Sie wird gewinnen und du kannst meine Meinung nicht ändern."

„In Ordnung."

Ich lasse ihre Hand los und ziehe meine Brieftasche heraus. Vorhin habe ich da zwei Riesen reingesteckt. Ich lege sie vor dem Buchmacher hin und sage: „Eintausend auf Tycoon und eintausend auf Sweetie Pie."

Phoebe stellt sich neben mich. Sie scheint sich nicht ganz wohlzufühlen.

Ich flüstere ihr ins Ohr: „Mach dir keine Sorgen um das Geld. Es ist in Ordnung."

Sie atmet angespannt ein. Langsam neigt sie ihren Kopf nach oben, ihr Mund ist nur Zentimeter von meinem entfernt, und haucht: „Okay."

„Lass uns heute Abend Spaß haben", schlage ich vor und sehe ihr in die Augen.

Sie hebt ihr Kinn und strafft die Schultern. „Du hast recht. Ich werde versuchen, mir keine Sorgen mehr zu machen."

„Natürlich habe ich recht. Das wirst du eines Tages noch lernen." Ich zwinkere ihr zu.

Sie lacht. Der Buchmacher gibt uns unsere Lose, und ich gebe ihr das für Sweetie Pie und sage: „Pass gut darauf auf. Wenn du verlierst und ein Wunder geschieht, und du gewinnst – was du nicht tun wirst, weil Tycoon der Champion ist –, dann brauchst du das, um deine Gewinne zu kassieren."

Sie verdreht die Augen. „Du bist so übermäßig selbstbewusst, aber Übermut bringt dein Pferd nicht schneller ins Ziel."

„Das werden wir ja sehen. Ich kenne meine Pferde. Obwohl ich es faszinierend finde, dass meine beiden Jungs glauben, dass Sweetie Pie gewinnen wird", gebe ich zu.

Tycoon gibt beim Training nicht immer alles, aber das ist in Ordnung. Er hebt sich das für die Renntage auf. Er ist einfach ein Adrenalin-Junkie. Und ich habe ihm beigebracht, im Rennen alles zu geben, also mache ich mir darüber keine Sorgen.

Phoebe fragt: „Hast du dir schon eine Farbe ausgesucht?"

„Farbe?", frage ich verwirrt.

„Ja. Für dein Zimmer."

„Nope. Ich habe keine Ahnung von Wandfarben. Du bist die Kreative in diesem Haushalt. Ich überlasse die Auswahl ganz dir."

„Wirklich? Ich habe also freie Hand, wenn ich gewinne?"

„Ja, du hättest freie Hand." Ich lehne mich näher an sie heran. „Aber vergiss nicht, mein Pferd gewinnt, nicht deins."

„Das werden wir ja sehen." Sie strahlt mich an.

Ich ergreife wieder ihre Hand und führe sie durch die Rennbahn zu der Box, die meiner Familie gehört. Drinnen wird uns ein breit gefächertes Angebot an Speisen – Vorspeisen, Hauptgerichte, Desserts – geboten, sowie eine offene Bar.

„Was willst du trinken?", frage ich Phoebe.

„Ein Bier, bitte", sagt sie.

„Trinkst du immer Bier? Sonst nichts?", frage ich.

Sie denkt über meine Frage nach und gibt dann zu: „Nein. Normalerweise trinke ich Martinis, Cosmos oder Margaritas. Lance mag es nicht, wenn ich Bier trinke."

Ich spanne mich an. „Ist das sein Ernst?"

Sie schneidet eine Grimasse. „Habe ich das gerade laut gesagt? Ich glaube nicht, dass ich jemals darüber nachgedacht habe."

„Dir ist also klar, dass das bescheuert ist?", frage ich.

Sie überlegt einen Moment, dann gesteht sie: „Ja, das ist es."

„Und was willst du, Phoebe?"

Sie lässt ihren Blick über die Bar schweifen, dann sieht sie zu mir. „Ich will nur ein Bier."

Ich gluckse. „Okay, dann bekommst du auch ein Bier."

Mit zwei Flaschen in der einen Hand, führe ich sie zu dem großen Fenster, von dem aus man den besten Blick auf die Strecke hat. Dann halte ich meine Flasche hoch, damit wir anstoßen können. „Möge das beste Pferd gewinnen."

„Sweetie Pie, meinst du sicher", sagt sie und stößt mit mir an.

„Du wirkst sehr selbstsicher, für jemanden, der keine Ahnung von Pferden hat."

„Oh, keine Sorge, das bin ich nicht. Aber es macht Spaß. Vor allem, weil es nicht mein Geld ist, das ich verliere, obwohl ich mich trotzdem schlecht deswegen fühle."

„Tue das nicht."

„Trotzdem. Es fühlt sich ein bisschen verschwenderisch an, dein hart verdientes Geld zu riskieren. Nicht, dass ich verlieren werde", korrigiert sie sich.

Ich grunze, nehme einen Schluck von meinem Bier, schlucke, dann sage ich: „Kein Wort mehr über das Geld. Okay?"

Sie atmet tief ein. „Okay."

Ich beginne, ihr einiges über Pferderennen zu erklären, da sie noch nie auf der Rennbahn war, doch schon bald wird der Start des Rennens angekündigt.

Die Pferde werden in Position gebracht.

„Oh, das ist so aufregend", haucht Phoebe, lehnt sich vor und tippt mit der Hand auf ihren Oberschenkel.

Ich ergreife ihre Hand und frage belustigt: „Bist du ein bisschen nervös, dass du falsch gesetzt haben könntest?"

Sie grinst. „Nein. Bald wirst du nur noch eine Staubwolke hinter Sweetie Pie sehen, Alexander."

Ich gluckse und lasse ihre Hand los, als der Startpfiff ertönt. Die Pferde sprinten los.

Wir treten näher an das Fenster heran. Die Pferde fliegen gerade so über die Bahn und die Rufe der Menge werden lauter.

Ich bin an diese Rennen gewöhnt, aber heute Abend ist alles anders. Tycoon läuft gut, aber Sweetie Pie ist ihm eng auf den Fersen. Da es beides Cartwright-Pferde sind, freut mich das, aber ich bin es nicht gewohnt, überrascht zu werden. Wie ich schon sagte, gehe ich normalerweise nur kalkulierte Risiken ein, wenn ich wette. Außerdem kenne ich meine Pferde gut.

Aber so wie das Rennen läuft, wird deutlich, dass Ace und Wilder ein gutes Auge für die Pferde haben. Sweetie Pie und Tycoon liegen plötzlich Kopf an Kopf.

Phoebe ruft: „Komm schon, Sweetie Pie! Du schaffst das!"

Ich reiße meinen Blick von der Strecke los und beobachte ihre Aufregung und Freude, und das macht mich glücklich.

„Komm schon, komm schon, komm schon! So ist es gut! Noch ein bisschen weiter!", drängt sie.

Ich werfe einen Blick zurück und rufe: „Tycoon, beeile dich", weil ich plötzlich befürchte, dass er verlieren könnte.

Sweetie Pie und Tycoon nehmen die letzte Kurve und lassen die anderen Pferde weit hinter sich. Etwa einen Meter vor der Ziellinie übernimmt Sweetie Pie die Führung und überquert die Linie eine Pferdekopflänge vor Tycoon.

„Ja! Oh mein Gott! Ja! Jippie!", schreit Phoebe und jubelt. Dann springt sie überraschend auf, wirft die Arme um mich und ruft: „Sie hat gewonnen!"

Ich schlinge meinen Arm um sie, lege eine Hand auf ihren Hintern und meine andere an ihren Hinterkopf. Bevor sie einen Rückzieher machen oder ich es mir anders überlegen kann, presse ich meine Lippen auf ihre.

14

Phoebe

Die Welt kippt um ihre Achse und meine Knie geben nach. Alexander hält mich an seine warme, harte Brust gedrückt. Seine Zunge übernimmt die Kontrolle und raubt mir den Atem.

Mein Blut entzündet sich in einem feurigen Rausch. Ich fahre mit meinen Händen an seinem Hals hinauf und durch die weichen Haarsträhnen, die unter seinem Cowboyhut hervorschauen.

Seine Handfläche ist so groß, dass sie meinen Hinterkopf umspannt. Sein Daumen streicht hinter mein Ohr und löst ein Kribbeln aus, das mich wohlig erschaudern lässt.

Ein heftiges Zittern erfasst mich, bis ich so stark bebe, dass ich sicher bin, ich würde zu Boden rutschen, wenn er mich nicht festhalten würde. Anstatt mich loszulassen, drückt er mich fester an sich.

Seine Erektion ist hart und drückt gegen meinen Bauch, bis meine Pussy pulsiert. Er knetet sanft meinen Hintern.

Ich wimmere, schließe die Augen und gebe mich seinem Rhythmus hin, den er mit seiner Zunge vorgibt.

Er vertieft unseren Kuss, dann murmelt er gegen meine Lippen: „Braves Mädchen", und überrascht mich mit seinem tiefen Verlangen.

Ich ignoriere die jubelnde Menge um uns herum, verliere mich in ihm, werde von seiner Dominanz verschlungen, an ihn gepresst und sehne mich nach mehr.

Dann weicht er einen Zentimeter zurück. Ich versuche, seinem Mund nachzujagen, aber er hält mich zurück. Ich öffne die Lider und sehe, dass mich seine dunklen Augen studieren, als ob er nach etwas sucht, aber ich weiß nicht, wonach.

In dem Versuch, nach Atem zu ringen, schlucke ich schwer und lächle.

Er gibt mir einen schnellen Kuss auf die Lippen und sagt dann: „Lass uns deinen Gewinn abholen." Er dreht mich zur Tür um, legt seine Hand um meine Taille, hält mich dicht an seiner Seite und führt mich zur Tür.

Die Menge vor der Suite ist groß und voller Energie. Alexander schlängelt sich durch sie hindurch, bedankt sich bei denen, die ihm zum Sieg von Sweetie Pie gratulieren, hält aber nie an, um sich weiter zu unterhalten.

Als wir im Wettbüro ankommen, brummt er: „Gib dem Buchmacher dein Ticket, Pheebs."

Pheebs.

Mein Blut rauscht so stark in meinen Ohren, dass mir schwindelig wird.

„Ticket?" Alexander stupst mich an und reißt mich aus meiner Trance.

Aufgeregt greife ich in meine Tasche, ziehe es heraus und schiebe ihm das Ticket zu.

Der Mann liest es und sagt: „Glückwunsch. Gute Wette."

„Anfängerglück", neckt Alexander mich und zwinkert dann.

„Sieben zu zwei", sagt der Mann und nimmt einen Stapel Hundertdollarscheine in die Hand. Er beginnt sie laut abzuzählen, während er sie auf den Tresen klatscht.

Ich schaue Alexander fragend an.

Er erklärt: „Für je zwei Einsätze auf Sweetie Pie erhältst du das Siebenfache des Betrags. Also 4,50 $ für jeden gesetzten Dollar."

Ich rechne es im Kopf nach und sage dann entsetzt: „Das sind 4.500 Dollar!"

Sein Ausdruck ist amüsiert. „Genau."

Ich starre ihn an.

Er fügt hinzu: „Schade, dass es nicht 10:1 war. Dann hättest du elfmal statt viereinhalbmal so viel gewonnen."

Der Buchmacher zählt zu Ende und sagt dann: „4.500 Dollar. Wollen Sie einen Umschlag?"

Immer noch geschockt, antworte ich: „Ähm … Ja, bitte."

Er schiebt das Geld in einen Umschlag und reicht ihn mir dann. „Gut gemacht."

Ich starre ihn an.

Alexander gluckst. „Du solltest deinen Gewinn nehmen und dich freuen, Pheebs."

Ich nehme das Geld und halte es ihm hin. „Es ist dein Geld."

Er grunzt. „Auf keinen Fall. Eine Wette ist, eine Wette. Steck es in deine Handtasche, wo es sicher ist."

Ich öffne meinen Mund, aber er legt seinen Finger auf meine Lippen. Sie beginnen zu kribbeln und am liebsten würde ich die Zunge ausstrecken, um ihn zu necken.

Er nickt in Richtung der Menge und meint: „Hinter uns ist eine Schlange. Es hat keinen Sinn, sich zu streiten. Steck es weg und dann verschwinden wir von hier."

„Oh. Sorry." Ich stecke den Umschlag in meine Handtasche.

Er übernimmt wieder die Kontrolle und schleust mich schützend durch das Gewühl der Menschen zur Tür hinaus.

Heute Nacht ist es kalt, und man merkt, dass es Herbst ist, und der Wind heult um uns herum. Ich atme tief durch und freue mich über die frische Luft, die mir mein Haar ins Gesicht weht.

Alexander tritt auf meine andere Seite und legt seinen Arm um meine Schulter, um mich vor den rauen Elementen zu schützen. Schnell führt er mich zum VIP-Parkplatz und öffnet mir die Beifahrertür.

Ich greife nach dem Griff, halte mich fest und klettere in den Truck.

Er schließt die Tür, eilt um den Truck herum und steigt ein. Er lässt den Motor an und fragt: „Bist du bereit, nach Hause zu fahren, oder willst du noch in die Stadt?"

Ich grinse. „Oh, Alexander Cartwright, bist du ein Partyhengst, der am Abend die Stadt unsicher macht?"

„Ab und zu", antwortet er und grinst, doch dann verzieht sich sein Gesicht. Mit ernster Miene fragt er: „Dachtest du, dass ich komplett zugeknöpft bin?“

„Ähm … nein. So würde ich es nicht nennen …“

„Wie würdest du es denn dann nennen?“ Er hebt die Augenbrauen.

Ich beiße mir auf die Lippe und erschaudere.

Er stöhnt. „Oh doch, du denkst, ich bin ein absoluter Langweiler.“

Ich lache leise. „Nein! Du bist nur ernst. Aber du trägst eine Menge Verantwortung“, füge ich schnell hinzu.

Er starrt mich einen Moment lang an.

„Ich habe es nicht böse gemeint“, versichere ich ihm und lege meine Hand auf seine.

Er ergreift sie, küsst mich auf den Handrücken und lässt mich dann los. „Die Entscheidung ist gefallen. Wir fahren in die Stadt.“ Er schaltet auf Drive und wir fahren los.

Ich klatsche in die Hände. „Juhu! Wohin gehen wir?“

Er blickt mich an, als er durch die Tore zur Rennbahn fährt. „Nun, Pheebs, das hängt von dir ab.“

„Von mir?“

„Ja. Willst du in eine gute, altmodische texanische Bar oder eher in einen der schicken, neuen Nachtclubs?“

„Sind Nachtclubs dein Ding?“, frage ich neugierig.

Er behält seine neutrale Miene bei. „Sie sind okay.“

„Aber du schüttelst nicht gerne auf der Tanzfläche den Speck, oder?“

„Nicht meine erste Wahl, aber ich kann mich damit arrangieren", behauptet er und legt seine Hand auf meinen Oberschenkel.

Ich lege meinen Arm auf die Konsole und lehne mich näher heran. „Bist du ein anonymer Parkettpoet?"

„Was ist das denn?"

„Du weißt schon, jemand, der alle überrascht und zu Techno durchdreht?"

Er lacht lauthals. „Von Techno bekomme ich Kopfschmerzen."

„Ich auch."

„Gut. Dann können wir Techno von der Liste streichen."

„Abgemacht. Du bist also ein heimlicher Hip-Hop-Liebhaber?"

Seine Lippen zucken. „Ich bin eher ein Country- oder Hard-Rock-Typ, aber Hip-Hop kann ich verkraften."

„Wirklich?"

„Du solltest inzwischen wissen, dass ich viele Seiten habe."

Ich klopfe ihm leicht auf die Schulter. „Richtig, das wusste ich schon."

Ernst sagt er: „Wirklich?" Er fixiert seinen Blick auf mich.

Mein Lachen verklingt. Ich tue es ihm gleich. „Ja. Natürlich."

Etwas geht in ihm vor, ich kann es in seinen Augen sehen. Ich glaube, es ist Erleichterung, aber ich bin mir nicht sicher. Er richtet seinen Blick wieder auf die Straße.

Ich lehne mich in meinem Sitz zurück.

Er brummt: „Wähle dein Gift, Pheebs. Willst du auf die texanische Art leben oder wie in L.A. rumhängen?"

Ich neige meinen Kopf und sehe ihn an. „Wie in L.A.?"

Er zuckt mit den Schultern und grinst. „Ja. L.A. hat eine Menge Clubs."

Ich stöhne. „Ich bin kein großer Fan von L.A."

„Nein?"

Ich schüttle den Kopf. „Nope! Willst du noch ein Geheimnis wissen?"

„Bitte. Spuck's aus."

Ich zögere, dann gebe ich zu: „Clubs sind nicht wirklich mein Ding."

Er schnappt dramatisch nach Luft. „Wie unkalifornisch von dir!"

Ich fahre mit der Hand über mein Gesicht und stöhne. „Verrat es bitte niemandem."

Er gluckst. „Dein Geheimnis ist bei mir sicher. Aber Gott sei Dank hast du das gesagt, denn wenn du gewollt hättest, wäre ich in einen Club gegangen, aber ich würde viel lieber in einer Bar feiern."

Ich neige den Kopf, mustere ihn genauer und frage herausfordernd: „Du würdest in einen Club gehen, wenn ich es wollte, obwohl du nicht dort sein willst?"

Er sieht zu mir rüber und sagt dann: „Ja."

Ich erinnere mich an all die Momente, in denen ich eine Kunstgalerie besuchen oder ein neues Restaurant ausprobieren wollte, und schürze die Lippen. Lance hat mich nie an Orte begleitet, wo *er* nicht hinwollte. Ich musste immer allein oder mit Freunden gehen.

„Habe ich etwas Falsches gesagt?", fragt Alexander.

Ich atme tief durch und schüttle den Kopf. „Nein."

Er drückt meinen Oberschenkel und lässt mich dann los. Alexander dreht das Lenkrad und biegt auf einen vollen Parkplatz ein. „Dann lass es uns auf texanische Art machen." Er parkt, stellt den Motor ab und springt aus dem Truck. Er macht sich auf den Weg um die Motorhaube.

Ich werfe einen Blick auf das rosa Neonschild mit der Aufschrift *Boots*. Aus dem Gebäude schallt Country-Musik. Eine Schlange windet sich um die Vorderseite des Backsteingebäudes.

Alexander öffnet mir die Tür und hält mir die Hand hin. „Bist du bereit für die Nacht deines Lebens?"

„Kannst du das garantieren?", frage ich herausfordernd.

„Ja, ich bin keine Schlaftablette", behauptet er.

Ich nehme seine Hand und hüpfe zu Boden. „Ich habe doch gesagt, dass ich nie so über dich denken würde."

Er gluckst. „Komm schon, Pheebs." Er nimmt wieder seine schützende Haltung ein und führt mich in Richtung der Bar. Doch anstatt sich hinten anzustellen, führt er mich zum Türsteher.

„Alexander. Ist eine Weile her!", sagt der große Mann mit Tattoos am ganzen Hals und streckt seine Hand aus.

Alexander ergreift seine Pranke und antwortet: „Ja. Auf der Ranch war viel los. Schön, dich zu sehen, Matt."

Matt sieht zu mir, dann wieder zu Alexander: „Und wer ist das?"

Alexander zieht mich näher an sich heran. „Das ist Phoebe. Phoebe, Matt."

„Schön, dich kennenzulernen, Phoebe", sagt er.

„Gleichfalls", erwidere ich.

Matt hakt das schwarze Seil aus der Stange und tritt zurück. „Viel Spaß."

„Danke, Mann", bedankt sich Alexander und Matt klopft ihm auf die Schulter, als wir an der Schlange vorbei in die Bar gehen.

Der Lärm ist ohrenbetäubend. Die Atmosphäre ist energiegeladen. Eine Live-Band spielt auf der Bühne und geht in einen Rocksong über, als wir reinkommen. Die Tanzfläche ist voll und es gibt keinen freien Sitzplatz.

Alexander bahnt uns den Weg durch die Menge und ruft: „Carter!"

Ein Mann um die zwanzig, mit einem Tattoo über den ganzen Arm, großen Tunnelohrringen und einer Goldkette schaut auf. Er grinst und lehnt sich über die Bar. Er hebt beide Hände, schiebt sie zwischen zwei Menschen durch und ruft: „Geht zur Seite."

Die Menschenmenge gehorcht.

Alexander schiebt mich vorwärts und hält mich schützend zwischen seinen Armen. Er ruft: „Bier oder was anderes?"

„Bier", antworte ich.

Er hält zwei Finger hoch und klatscht ein paar Scheine auf die Bar.

Carter füllt zwei Gläser und stellt sie vor uns ab. Er schüttelt Alexander die Hand, nickt mir zu und nimmt dann das Geld.

Alexander reicht mir ein Bier und nimmt das andere. Dann führt er mich zu einem runden Stehtisch, an dem eine zierliche Brünette und ein stämmiger Mann stehen. Er stellt sein Glas ab.

Ihre Augen leuchten auf. Der Mann fragt: „Sieh mal einer an, wen wir hier haben? Alexander, wo hast du dich die ganze Zeit versteckt?"

Alexander antwortet: „Die Ranch hält mich auf Trab. Katie, schön, dich zu sehen."

„Ebenfalls!" Sie strahlt.

„Katie, Dean, das ist Phoebe", stellt Alexander mich vor. Seine Finger streichen über meinen Rücken.

Katie legt ihre Hand auf meinen Arm. „Freut mich, dich kennenzulernen."

„Gleichfalls."

„Phoebe." Dean nickt mir zu.

Ich lächle ihn an und nehme einen Schluck Bier.

Alexander trinkt von seinem eigenen Bier und sagt dann: „Wir drei sind zusammen zur Schule gegangen."

Katie lehnt sich dicht an mein Ohr. Ihre braunen Augen funkeln und sie scherzt: „Ja, ich weiß alles über Alexander – all seine schmutzigen Geheimnisse."

Ich lache. „Na, erzähl doch mal!"

„In diesem Sinne sollten wir uns verabschieden", sagt Alexander, nimmt noch einen großen Schluck und ergreift dann meine Hand. Er führt uns durch die Menge, bis wir auf der Tanzfläche sind.

Die Band wechselt zu einem bekannten Rockklassiker aus den 70ern, und die Bar bricht in Jubel aus, während andere mitsingen.

Alexander wirbelt mich auf der Tanzfläche herum und überrascht mich mit seinen Moves.

Er ist kein guter Tänzer – er ist ein großartiger Tänzer. Wir tanzen für mehrere Lieder und er führt mich so gut, dass ich mich gar nicht wie mein übliches unbeholfenes Selbst fühle. Normalerweise meide ich die Tanzfläche um jeden Preis, aber mit ihm fühle ich mich überhaupt nicht befangen.

Der Sänger der Band ruft: „Das nächste Lied ist für die Turteltauben unter uns."

Anstatt mich von der Tanzfläche zu führen, zieht Alexander mich dicht an sich. Die Atmosphäre wird ruhiger und die Lichter werden abgedunkelt. Mein Körper schmiegt sich an seinen, und ich lege meine Wange an seine Brust. Sein Herz klopft an meinem Ohr und Schmetterlinge füllen meinen Magen.

Der aphrodisierende Duft von Moschus, Schweiß und allem, was Alexander ausmacht, umgibt uns, vermischt sich mit dem Geruch von Bier und wird durch die Hitze noch intensiviert. Ich tauche tiefer ein, schließe die Augen und verschmelze mit diesem Mann, der so gut zu mir ist.

Ein Lied geht in das nächste über, und Alexander hält mich in seinen Armen und wiegt mich im Takt der Musik. Als der Rhythmus wieder schneller wird, fragt er: „Willst du ein kaltes Bier?"

Ich nicke, und ehe ich mich versehe, haben wir zwei frische Gläser in der Hand. Er führt mich durch die Bar, durch die Hintertür hinaus und in einen kleinen Innenhof.

Über uns leuchten Lichterketten und in den Ecken flackern Wärmelampen. Es gibt nur zwei Tische – einen mit Sitzplätzen und einen zum Stehen. Drei Leute sitzen an dem Picknicktisch und unterhalten sich.

Wir stellen unsere Biere auf dem anderen Tisch ab.

Alexander sagt: „Es fühlt sich gut an draußen zu sein. Ich brauchte frische Luft."

„Dito." Ich nehme einen großen Schluck.

Der Wind frischt auf, und mein Haar fliegt mir ins Gesicht.

„Wow!" Alexander wechselt die Seite, um mich vor den Elementen zu schützen.

„Danke! Der Wind ist heftig!"

„Gerne", antwortet er, fährt mit dem Finger über meine Wange und streicht mir eine Strähne hinters Ohr. Seine Augen huschen über meine, bevor sein Blick zu meinen Lippen sinkt.

Mein Herz hämmert heftiger. Ich bin mir ziemlich sicher, dass mein Höschen durchnässt ist.

„Sorry, wir müssen mal durch", sagt ein Mann.

Der Blickkontakt bricht, als Alexander mich näher an die Wand drückt.

Die Leute am Tisch hinter uns sind aufgestanden und ich sehe mich um. Sie öffnen die Tür, um wieder hineinzugehen, und die Musik wird für einen Augenblick lauter.

Sie verschwinden im Inneren der Bar und die Tür fällt zu. Ich drehe mich um, und Alexanders scharfer Blick ist wieder auf mich gerichtet.

Diesmal bin ich es, die ihren Blick schweifen lässt und ich schaue auf seine Lippen. Adrenalin schießt durch meinen

Körper. Ich atme tief ein, dann begegne ich langsam seinem Blick.

Er dreht mich so, dass ich mit dem Rücken an der Mauer stehe, fährt mit der Hand durch mein Haar und senkt sein Gesicht zu meinem. Er hält wenige Zentimeter vor meinem Mund inne und sein heißer Atem kitzelt mein Kinn.

Mein Brustkorb hebt und senkt sich schneller. Ich öffne meinen Mund, aber es kommt nichts heraus.

Sein Kiefer spannt sich an. Er drückt seinen Körper gegen meinen, legt seine Hand an meine Wange und streicht mit seinem Daumen über mein Kinn. Blaue Flammen flackern in den tiefen seiner Augen und werden mit jeder Sekunde, in der er mich ansieht, heißer.

Die Musik wird wieder lauter, als sich die Tür hinter uns öffnet. Stimmen erfüllen den Innenhof.

Alexander dreht seinen Kopf weg. Eine betrunkene Menge sprudelt aus der Bar.

„Sorry, ich muss mal durch", ruft eine Frau.

Vor Verärgerung schürzt er die Lippen. Er drängt sich näher an mich heran, damit sie vorbeikommt, und fragt dann: „Willst du wieder reingehen, oder bist du bereit, nach Hause zu gehen?"

„Nach Hause, hört sich gut an", antworte ich, enttäuscht, dass wir unterbrochen wurden, und wünsche mir nichts sehnlicher, als mit Alexander allein zu sein.

Er verschwendet keine Zeit, führt mich in die Bar, und bringt mich sicher zum Wagen. Er öffnet die Tür, ich steige ein, und er eilt zur Fahrerseite.

Auf dem Heimweg sagen wir kein Wort, doch seine Hand liegt die ganze Zeit auf meinem Oberschenkel. Country-Musik läuft leise im Hintergrund und die Schmetterlinge in meinem Bauch flattern mit jeder Sekunde, in der wir der Ranch näherkommen, stärker.

Alexander

Thanksgivinglaternen lassen die Ranch in einem heimeligen Licht erstrahlen und heißen uns voller Wärme zu Hause willkommen. Ich fahre durch das Tor, mein Schwanz ist hart und schmerzt wie nie zuvor. Die Country-Musik, die im Radio des Trucks spielt, nehme ich kaum wahr. Phoebes blumiger Duft macht mich wild und raubt mir fast den Verstand.

Ich parke vor dem Haus, steige aus und gehe um den Wagen herum. Dann öffne ich die Tür, und mein Herz hämmert noch stärker gegen meine Brust.

In Phoebes Augen spiegelt sich eine Wildheit, die ich schon am ersten Tag in ihnen gesehen habe. Doch darunter ist noch etwas anderes gemischt.

Ich helfe ihr beim Aussteigen und schließe dann die Tür. Als ich sie genauer betrachte, kommt sie mir ein wenig nervös vor.

Ich denke nicht nach, ich reagiere einfach. Ich drücke sie gegen den Truck und hebe ihr Kinn an. „Hey."

„Hey", antwortet sie leise, ihre Augen glänzen im Mondschein.

„Ich glaube, ich habe etwas in der Bar vergessen."

Sie hebt die Augenbrauen. „Echt? Müssen wir zurückfahren?"

„Nein." Ich streiche mit dem Daumen über ihre Lippen und brumme: „Es ist genau hier."

Ihre Mundwinkel zucken. Sie atmet tief ein.

Ich senke meinen Kopf und lasse meine Zunge in ihren Mund gleiten, während der Wind um uns herum heult. Ich schmiege mich enger an sie und mein Blut brodelt so heiß in meinen Adern, dass ich den frischen Luftzug kaum spüre.

Ihre Zunge taucht tiefer in meinen Mund ein und spielt mit mir. Phoebe schlingt ihre Arme um meinen Hals und streichelt sanft meine Haut. Ein leidenschaftliches Wimmern entringt sich ihrer Kehle.

Heute Abend, mit ihr, fühle ich mich so lebendig. Es ist, als wäre ich die letzten Jahre innerlich tot gewesen und sie hat mir wieder Leben eingehaucht.

Ich ziehe mich zurück, unterbreche unseren Kuss, doch halte einen Zentimeter von ihrem Gesicht entfernt inne und murmle: „Gut, dass ich das wieder habe."

Sie lächelt, das Blau ihrer Augen wird strahlender, ihre Haut leuchtet, und die Strähnen ihres magentafarbenen Haars wehen um ihr engelsgleiches Gesicht.

Ich gebe ihr einen Kuss auf die Stirn und drehe mich dann so, dass ich sie vor dem Wind abschirmen kann. Ich lege meinen Arm um sie und führe sie ins Haus.

Die Flammen im Kamin spenden ein beruhigendes Licht. Jemand von der Ranch muss rübergekommen sein und ihn angemacht haben, was nicht ungewöhnlich ist, wenn ich nicht zu Hause bin. Ich mache mir nicht die Mühe, das Licht einzuschalten, sondern frage: „Willst du ein Bier?"

„Gern, aber zuerst muss ich diese Stiefel loswerden", antwortet Phoebe.

„Tun dir die Füße weh?", frage ich besorgt.

Sie wirft einen Blick auf ihre Füße und gibt dann zu: „Ich glaube, sie sind eine halbe Größe zu klein."

„Warum trägst du sie dann?"

Sie zuckt mit den Schultern und meint: „Sie sind wunderschön und ein unglaublich aufmerksames Geschenk von Willow."

Ich starre sie an.

Sie sagt nervös: „Ich hätte nichts sagen sollen. Bitte sag nichts zu deiner Schwester."

„Pheebs, du musst nicht leiden, anstatt meiner Schwester zu sagen, dass deine Stiefel zu klein sind."

„Mir geht es gut. Ich leide nicht. Vergiss, was ich gesagt habe", echauffiert sie sich.

Ich seufze, nehme ihre Hand und führe sie zur Couch. „Setz dich", befehle ich.

Sie gehorcht, doch dann platzt sie heraus: „Ich will ihre Gefühle nicht verletzen. Und die Stiefel sind wunderschön. Ich glaube, ich muss sie nur etwas ausdehnen oder so."

Ich knie vor ihr nieder und ziehe ihr einen Stiefel nach dem anderen aus. Dann zeige ich auf das leere Sofakissen neben ihr. „Leg dir Füße hoch."

„Warum?“

„Mach es einfach.“

Sie bringt sich in Position und ich hebe ihre Füße an, um mich hinzusetzen und sie in meinen Schoß zu heben. Dann beginne ich, ihren rechten Fuß zu reiben.

Sie stöhnt und wirft ihren Kopf in den Nacken. „Oh mein Gott, das fühlt sich zu gut an.“

Ich gluckse und prahle: „Ich bin ein Mann mit vielen Talenten.“

„Ich hätte nie gedacht, dass du das kannst“, sagt sie.

Ich konzentriere mich auf ihr Mienenspiel, massiere ihren Fuß und hoffe, dass ich es noch draufhabe.

„Wow …“ Sie schnappt nach Luft und ihr Mund formt ein perfektes O.

Ich fahre mit dem Daumen über dieselbe Stelle, unterdrücke ein Grinsen und frage belustigt: „Was ist los, Pheebs? Fehlen dir die Worte?“

„Ich … äh … Oh!“ Sie schließt genüsslich dich Augen.

Mein Gott, ich will hören, wie sie bettelt.

Ich widme mich noch einen Moment dem gleichen Fuß, dann konzentriere ich mich auf den anderen. Es dauert zwei Sekunden, bis ich die gleiche erogene Zone gefunden habe.

„Oh mein … oh mein Gott“, haucht sie und ihre Lippen beben.

Ich habe es immer noch drauf. Im Geiste gebe ich mir selbst ein High Five.

„Alles in Ordnung?“ Ich spanne meinen Kiefer an, als sich mein Schwanz bei ihrem Stöhnen gegen meinen Reißverschluss drückt.

Sie antwortet nicht, schluckt schwer und schließt für einen kurzen Moment wieder die Augen.

Ich lasse ihren Fuß los und lasse meine Hand ihre Wade hinaufgleiten, dann streiche ich über die Rückseite ihres Knies.

Phoebe atmet flach, ihre Wangen röten sich charmant. Sie murmelt: „Was tust du mit mir?"

„Willst du, dass ich aufhöre?", frage ich.

Sie öffnet ihren Mund, aber es kommt nichts heraus.

Ich lasse meine Hände auf ihre Oberschenkel gleiten und ziehe sie näher, sodass ihr Kopf auf dem Polster der Couch liegt. Sie quiekt überrascht auf.

Ich gluckse und drücke auf die Innenseiten ihrer Oberschenkel.

„Heilige ..." Ihre Wangen laufen rot an. Ein Schauer ergreift ihren Körper. Das Feuer im Kamin knistert und der helle Schein flackert über ihre Züge.

„Warum hast du mich die ganze Nacht provoziert, Pheebs?", frage ich.

„W-was?" Ihr bleibt der Mund offen stehen, dann schließt sie die Augen und atmet langsam aus.

Ich fahre fort: „Du hast mich gehört." Ich streiche mit meinen Fingern über ihre Oberschenkel, bewege mich auf ihre Pussy zu und dann wieder weg.

Sie blinzelt mehrere Male.

„Gibt es etwas, das du von mir brauchst?" Ich lasse meine Finger wieder nach oben gleiten, doch halte eine Haaresbreite vor meinem Ziel inne. Wärme dringt durch ihre Jeans und ich weiß, dass sie erregt ist.

Sie stottert: „I-ich … Ich weiß nicht, was du meinst", behauptet sie, leckt sich über die Lippen und schluckt schwer.

Ich lache in mich hinein. „Natürlich tust du das. Du hast mich die ganze Nacht gequält."

Sie zieht die Augenbrauen zusammen, blickt auf meine Hände und sieht dann wieder zu mir.

Mit meinem Zeigefinger fahre ich leicht über ihren Schlitz, der von ihrer Jeans bedeckt wird.

Sie keucht überrascht auf.

Adrenalin strömt durch meine Adern. Ich zwinge mich, meine Hand wieder auf ihren Unterschenkel zu legen und brumme: „Ich glaube, du warst heute Abend ein so böses Mädchen, dass du mir etwas schuldest."

Ihre Augen weiten sich. Sie flüstert: „W-was denn?"

Ich packe ihre Hüften und ziehe sie näher an mich heran.

„Alexander!", keucht sie.

„Pheebs!", brumme ich, ziehe ihr Oberteil aus der Jeans und fahre mit den Fingern um ihren Bauchnabel.

Sie wimmert.

Ich fixiere sie mit einem Blick. „Willst du, dass ich aufhöre?"

Sie antwortet nicht, aber schüttelt den Kopf in kleinen Bewegungen.

Ich spanne meinen Kiefer an und knöpfe ihre Jeans auf. Langsam ziehe ich den Reißverschluss nach unten und entblöße ihren rosafarbenen Slip. „Ups."

Sie blickt an sich herunter und dann wieder zu mir.

Ich gleite mit meinen Fingern über den feuchten Stoff zwischen ihren Schenkeln.

Sie winselt.

Mein Puls schießt in die Höhe. Ich unterdrücke ein Stöhnen und fordere: „Ich will meinen Gefallen, Pheebs."

„Was wünschst du dir?", fragt sie und ihre Haut wirkt taufrisch gerötet.

Ich lege meine Hände an ihre Jeans bekleideten Hüften, ziehe am Stoff und grolle: „Ich will, dass du mir erlaubst, deine Pussy zu lecken."

Sie starrt mich an.

Ich ziehe ihr die Jeans bis zu den Knöcheln herunter und streife sie über ihre Füße. „Was ist los? Hat dich noch nie jemand geleckt?"

„Ich … ähm …" Sie beißt auf ihre Lippe.

„Was ist los? Gefällt es dir nicht?"

„Nein."

„Nein, es gefällt dir oder nein, du magst es nicht?"

„Ich …" Sie schaut weg, dann wieder zu mir und platzt heraus: „Es fühlt sich nicht sehr gut an."

Ich zucke entsetzt zurück. „*Was?*"

Phoebe scheint peinlich berührt, während sie meinem Blick ausweicht. Sie zuckt mit den Schultern.

„Moment mal, du meinst das Ernst?", frage ich, unfähig, ihre Worte zu begreifen.

Sie nickt.

Ich springe von der Couch, beuge mich über sie und schiebe meine Arme unter ihren Rücken.

„Was machst du da?", quiekt sie.

Ich küsse sie und lasse meine Zunge so schnell in ihren Mund gleiten, dass sie eine Sekunde braucht, bevor sie meinen Kuss erwidert. Ich trage sie ins Schlafzimmer und lege sie auf mein Bett. Dann lege ich mich vorsichtig auf sie und erkläre: „Mir ist gerade klar geworden, dass du noch nie mit einem Mann zusammen warst."

Sie schnappt erschrocken nach Luft.

Ich küsse sie erneut, dann fahre ich mit meinen Lippen zu ihrem Ohr und murmle: „Ich werde jeden Zentimeter deiner süßen Pussy lecken. Wenn du willst, dass ich aufhöre, sag es mir, aber ich garantiere dir, dass es nie dazu kommen wird."

„Wirklich?", flüstert sie.

Ich lächle gegen ihre Haut, dann lecke ich an ihrem Ohrläppchen entlang und wandere langsam ihren Hals hinunter. Ihr Oberteil ist mir im Weg und ich sage: „Das muss weg", dann ziehe ich es ihr über den Kopf. Mit einer Hand fahre ich unter ihren Rücken und öffne ihren BH, dann lasse ich die Träger sanft über ihre Arme hinuntergleiten, bis sie nur noch in ihr Höschen gekleidet unter mir liegt.

Ich lasse meine Lippen über ihre Brüste gleiten, fahre mit der Zunge um eine Brustwarze und halte dann inne, um ihre Tattoos anzustarren.

One day at a time. Ein Tag nach dem anderen.

„Das ist kein Männername", platze ich heraus.

Sie lacht. „Gut erkannt!“

„Darüber reden wir später“, brumme ich, dann vergrabe ich mein Gesicht in ihrer Brust und sauge an ihren Nippeln, bis sie ihren Rücken krümmt und ihre Hände in mein Haar krallt.

Ich gleite an ihrem Körper hinunter, küsse ihren Bauch und halte dann zwischen ihren Schenkeln inne, um zu ihr aufzusehen. „Soll ich aufhören?“

Sie schüttelt den Kopf.

„Sag es, Pheebs.“ Ich schiebe meinen Finger unter ihr Höschen und streichle ihre Klit.

Sie haucht: „Hör nicht auf, Alexander.“

Gott sei Dank!

Ich küsse sie oberhalb ihres Höschens und lobe: „Braves Mädchen“, dann ziehe ich meinen Finger zurück und umfasse ihre Hüften, um mein Gesicht zwischen ihre Schenkel zu pressen. Ich atme ihren Duft ein, schließe für einen Moment die Augen und mir läuft das Wasser im Mund zusammen. Dann fahre ich mit den Lippen über die dünne Barriere, durchbreche sie aber noch nicht.

Ein weiteres Wimmern entreißt sich ihrer Kehle. Sie windet sich, ihre Finger fahren über meine Kopfhaut und ihr Slip wird immer feuchter.

„Fuck, du bist perfekt“, murmle ich, dann schiebe ich den nassen Satinstreifen zur Seite, enthülle ihre glitzernden rosa Pussylippen und murmle: „Heilige Mutter Maria.“ Langsam fahre ich mit meiner Zunge von ihrem Loch zu ihrem Kitzler.

„Oh mein Gott!“, ruft sie selbst verloren.

Ich gluckse, dann fixiere ich sie mit einem Blick. „Ich dachte, du magst das nicht.“

Sie starrt mich an.

„Soll ich aufhören?“, necke ich sie, umkreise ihre Klit einmal mit meiner Zunge und lasse sie dabei nicht aus den Augen.

„Neeeeein!“

Ich schiebe meinen Finger in sie hinein, necke ihre Klit noch ein wenig und nehme dann einen weiteren Finger hinzu.

„Alexander“, wimmert sie.

Ich lasse meine Finger in sie hineingleiten und sauge an ihrer Lustperle.

„Oh … oh … bitte!“

Meine Ohren haben noch nie etwas Süßeres gehört. Das Ziehen in meiner Leistengegend wird stärker. Ich grunze. „Verdammt, ich liebe es, wie du schmeckst, Baby Girl.“ Ich schnippe meine Zunge gegen ihren Lustknopf, intensiviere mein Saugen und lasse meine Zungenspitze kreisen.

Sie zerrt an meinen Haaren und windet sich unter mir.

Ich erstarre, schaue auf und frage belustigt: „Soll ich aufhören?“

„Wage es ja nicht!“, schreit sie.

Ich knabbere sanft an ihrer Lustperle und sage dann herausfordernd: „Ich dachte, du magst das nicht, Baby.“

„Ich liebe es!“

„Bist du sicher?“

„Jaaaa!“

Ich schnippe mit meiner Zungenspitze und sie wird wild.

„Oh … mein … Goooott!"

„Bist du sicher, dass du willst, dass ich weitermache?", necke ich sie, meinen Mund auf ihrer Pussy.

„Bitte! Hör nicht auf!", ruft sie verzweifelt und bohrt ihre Nägel in meine Kopfhaut.

Ich sauge so stark an ihr, dass ihre Hüften hochschnellen. Doch sie kommt nicht weit. Ich halte sie fest, und unzusammenhängende Laute sprudeln aus ihr heraus.

Ich stöhne und genieße jede Minute ihres Vergnügens. Und so sehr ich auch in ihr sein möchte, warte ich ab, denn ich weiß, dass sie mir noch mehr geben kann.

Ich warte, bis sie von ihrem Hoch herunterkommt, schiebe meine Hände unter die dünnen Seitenstreifen ihres Höschens und ziehe daran. Sie reißen ganz leicht.

Phoebe keucht.

Ich stürze mich auf sie, lasse meine Zunge in ihren Mund gleiten und küsse sie, bis sie an meiner Gürtelschnalle reißt.

„Ich will, dass du mein Gesicht reitest", brumme ich.

Sie erstarrt. „W-was?"

„Du hast mich gehört, Pheebs. Du wirst deinen süßen Hintern auf mein Gesicht verfrachten und mit deiner tropfnassen Pussy meinen Mund reiten, bis du nichts mehr kannst."

Sie starrt mich sprachlos an.

Ich ziehe mein Hemd aus, rolle mich auf den Rücken, klopfe mir auf die Brust und befehle: „Steig auf."

„Ähm …“

„Lass mich nicht warten, Baby Girl.“

Sie gibt nach, hält sich am Kopfende des Bettes fest und positioniert sich rittlings über mir.

Der Duft ihrer Erregung umspielt meine Sinne und scheint noch stärker als während des Oralsexes. Ich stöhne auf, will sie wieder schmecken.

Sie bewegt sich nicht.

Ich knete ihren Hintern und befehle: „Jetzt schwing die Hüften und zeige mir, wie sehr du es liebst, auf meinem Gesicht zu reiten.“

Sie atmet zittrig vor Nervosität ein.

Ich umkreise ihren Kitzler mit meinem Daumen und lasse meine Zunge in ihr Loch gleiten.

Sie stöhnt.

Mit der freien Hand packe ich ihre Hüfte und ziehe sie über mich, bis sie sich ohne meine Hilfe an mir reibt. „So ist es gut, Pheebs. Sei ein braves kleines Mädchen und reite mein Gesicht, schön feucht für deinen Hengst.“

Sie erstarrt und sieht mich mit einem fragenden Blick an.

„Du hast doch nicht geglaubt, dass ich mir etwas tätowieren lasse, was nicht stimmt, oder?“, frage ich.

Sie öffnet ihren Mund, aber es kommt nichts heraus.

Ich gebe ihr einen Klaps auf den Hintern.

Sie atmet erschrocken ein.

Ich warne: „Das ist nur der Vorgeschmack, Baby Girl. Dein Hengst wird dich die ganze Nacht wachhalten. Ich will, dass du so hart und oft kommst, dass du mich morgen noch spüren kannst." Ich schiebe meine Zunge in sie hinein und ziehe sie wieder heraus, während ich mit meinem Daumen ihren Kitzler umkreise. Dann fahre ich mit der Hand an ihrem Oberkörper hinauf und streichle ihre Brust, bevor ich ihre Brustwarze zwicke.

Sie haucht: „Alexander …"

Mein Körper brennt, der Schweiß auf meinem Oberkörper vermischt sich mit ihrem. Ich verliere die Geduld und schließe meinen Mund um ihre Lustperle und lasse nicht locker.

Ihr lautes Stöhnen bringt mein Blut in Wallung. Ein Lusttropfen sickert an meinen Schlitz. Ein Erdbeben erschüttert sie, bricht über mich herein, während sie mich in ihrem Saft ertränkt.

Mit ziemlicher Sicherheit bin ich gestorben und im Himmel gelandet. Sie ist perfekt, und wenn ich jeden Moment damit verbringen könnte, sie in die orgastische Stratosphäre zu schie-ßen, würde ich glücklich sterben.

„Ich kann nicht mehr!", wimmert sie.

Ich umklammere ihre Hüfte und sage, ohne locker zu lassen: „Du kannst."

Der nächste Orgasmus überrumpelt sie und als sie wieder zu sich kommt, lasse ich sie los. Ihr Atem geht stoßweise, ihr Gesicht ist scharlachrot, und ihre Haut glänzt vor Schweiß. Sie steigt vorsichtig von mir runter und lässt sich neben mich in die Laken fallen.

Ich ziehe sie in meine Arme und gebe ihr einen Kuss aufs Haar.

Wir sagen einige Augenblicke lang nichts. Dann schaut sie auf und hebt den Kopf. Sie küsst mich zärtlich, dann geht der Kuss tiefer. Sie greift nach meiner Gürtelschnalle, aber ich ergreife ihr Handgelenk, um sie aufzuhalten.

Ihre Augen weiten sich. Sie sieht mich fragend an.

Ich grinse. „Du bekommst meinen Hengst nur, wenn du mich morgen zum Frühstück deine Pussy lecken lässt."

16

Phoebe

Ein Hochgefühl durchfährt mich. Ich kichere, dann presse ich meine Lippen auf seine und murmle: „Wenn du das willst."

Er grunzt, erwidert meinen Kuss, zieht sich dann zurück und fragt: „Kann man sagen, dass ich deine Meinung über Oralsex geändert habe?"

Meine Wangen brennen vor Verlegenheit. Ich hatte nur wenige Liebhaber in meinem Leben. Nicht ein einziges Mal habe ich es genossen, wenn sie mich geleckt haben. So gut wie immer war es mir unangenehm und ich konnte es meistens nicht erwarten, dass es vorbei ist.

„Phoebe?", fragt er und streicht mit einer Hand über meinen Hintern.

Ich schaue zu ihm auf und gebe zu: „Ich mag es mit dir."

Seine Augen leuchten selbstzufrieden. Er dreht mich unerwartet schnell auf den Rücken.

Ich schreie und lache auf.

Alexander entledigt sich seiner Jeans und schmiegt sich dann der Länge nach an mich. Er küsst mich mit einer neuen Intensität, hält aber plötzlich inne, zieht sich zurück und mustert mich.

„Warum starrst du mich so an?", frage ich.

Er zeichnet mit den Fingerspitzen mein Oberschenkeltattoo nach, dann runzelt Alexander die Stirn und fragt: „Läufst du? Ich habe dich nicht joggen sehen oder so etwas in der Art."

Amüsiert antworte ich: „Nope! Das war nie mein Ding."

Verwirrung macht sich in seinen Zügen breit. „Warum steht dann auf deinem Oberschenkel *Marathon*?"

Meine Belustigung verblasst und meine Emotionen schnüren mir die Luft ab. Ich gestehe: „Es soll mich daran erinnern, dass das Leben ein Marathon ist und kein Sprint, und dass ich nicht aufgeben darf."

Sorge ersetzt seine Verwirrung.

Ich füge schnell hinzu: „Ich habe mir das stechen lassen, nachdem meine Mutter in die Psychiatrie eingewiesen wurde. Sie hatte versucht, sich etwas anzutun. Ich dachte nur ..." Ich schlucke den Kloß in meinem Hals hinunter und atme tief ein. „Ich wusste nicht, ob ich mich jemals so hoffnungslos wie sie fühlen würde. Also dachte ich, mein Tattoo könnte mich daran erinnern, dass das Leben ein Marathon ist und dass es gute und schlechte Zeiten gibt. Wenn ich mich dann jemals so fühle wie meine Mutter, kann ich es mir ansehen und werde nicht aufgeben." Ich blinzle heftig und wünsche mir, dass Moms Selbstmordversuch nicht so wehtun würde.

Mitgefühl füllt Alexanders blaue Augen. Er streichelt meine Wange und sagt sanft: „Das mit deiner Mom tut mir leid."

Ich nicke und schlucke. Tränen bilden sich in meinen Augenwinkeln, und ich versuche, sie wegzublinzeln.

Er küsst mich zärtlich auf die Lippen, dann wirft er mir einen bewundernden Blick zu.

Ich frage nervös: „Was ist?"

Seine Mundwinkel zucken. „Nichts. Ich habe nur darüber nachgedacht, wie viel Bedeutung dein Tattoo hat und du eindeutig bessere Entscheidungen in der Hinsicht triffst als ich."

Ich breche in schallendes Gelächter aus und mir laufen die Tränen über die Wangen.

Er stimmt ein und wischt sie zärtlich weg.

Als wir uns wieder beruhigen, ziehe ich sein Gesicht zu mir heran und lasse meine Zunge gegen seine gleiten. Er bewegt sich zu meinem Hals und ich sage: „Ich finde dein Tattoo heiß."

Er hebt skeptisch eine Augenbraue.

Meine Wangen werden heiß.

Er grinst breitspurig, lehnt sich an mein Ohr und murmelt: „Du wirst mir sagen müssen, ob ich meine Fähigkeiten überschätze oder ob es wahr ist." Er schnippt mit seiner Zunge gegen mein Ohrläppchen und drückt seinen Schwanz gegen meine Klit.

Ein lautes Wimmern dringt aus meiner Kehle. Ich bin immer noch empfindlich von der ganzen Aufmerksamkeit, die er mir bereits geschenkt hat, und meine Klit pulsiert, als er meine Lust erneut zum Leben erweckt.

Er gluckst und stützt sich auf seine Unterarme über mir. Übermut blitzt in seinen Augen auf und Schmetterlinge machen sich in meinem Bauch breit. Sein heißer Atem vermischt sich mit meinem. Er genießt es, mich zu necken, gleitet langsam über mich hinweg, dann wird er schneller.

Adrenalin breitet sich in mir aus und ich schließe meine Augen, um in den Empfindungen zu schwelgen, die er in mir hervorruft.

„Sieh mich an, Pheebs", fordert er und bewegt sich wieder langsamer.

Ich gehorche, mein Brustkorb hebt und senkt sich schneller. Meine Lippen beben. Ein Stöhnen entweicht mir, das ich nicht zurückhalten kann und ich bin von seinem Blick wie gefesselt, während er mich zu meinem nächsten Höhepunkt bringt. Die Endorphine brechen wie eine gewaltige Welle über mir zusammen und reißen mich mit sich, bis sich meine Lider wie von selbst schließen und ich mich nur noch mitreißen lassen kann.

„So ist es gut, Baby Girl", lobt er, als hätte ich etwas von historischem Ausmaß geleistet.

Meine Fingerspitzen graben sich in seine Schultern. Er bewegt sich weiter, sodass ich keine Chance habe, mich zu erholen. Ich lasse meine Finger durch sein Haar gleiten und ziehe ihn zu mir heran, um seine Zunge mit verzweifeltem Verlangen zu umkreisen.

„Du bist so schön, wenn du kommst", flüstert er gegen meine Lippen.

Ich schließe meine Arme fester um ihn, lasse meine Zunge tiefer in seinen Mund eindringen und atme den aphrodisierenden Duft ein.

Er unterbricht unseren Kuss, legt beide Hände an meine

Wangen und zieht seine Hüften zurück. Dann fesselt er mich mit einem erhitzten Blick und gleitet langsam in mich hinein.

„Oh!", rufe ich, schnappe nach Luft und sehe Sterne.

Er stöhnt, stößt dann langsam in mich hinein und wieder heraus und murmelt: „Was machst du nur mit mir, Pheebs?"

Ich bewege meine Hüften, falle mühelos in den Rhythmus, den er vorgibt und bringe kaum ein gehauchtes „Alexander ...", zustande.

Er streichelt meine Wange, dann senkt er sein Gesicht und verschlingt meine Lippen in einem Ansturm der Leidenschaft, von dem ich nicht wusste, dass es so zwischen einem Mann und einer Frau sein kann.

Ich klammere mich mit einer Hand an seinen Hintern und mit der anderen an sein Haar und reiße ihn jedes Mal wieder an mich, wenn er sich aus mir zurückzieht.

„Gieriges Mädchen. Du liebst meinen Hengst", sagt er neckisch gegen meine Lippen, dann nimmt er meine Hand von seinem Arsch und drückt sie über meinen Kopf. Er zögert unseren Höhepunkt weiter hinaus und gleitet noch langsamer in mich hinein und wieder heraus.

Ein wohliger Schauer läuft mir über den Rücken und innerlich stehe ich in Flammen. „Oh ... mein ... oh ..."

Alexanders Blick bleibt die ganze Zeit auf mich gerichtet, als wäre ich das Einzige, das er sieht. Er richtet seine volle Aufmerksamkeit auf mich, als wäre es die wichtigste Aufgabe in seinem Leben. Er stößt noch einige Male zu. Die Wertschätzung in seinem Blick wächst mit jedem unkontrollierten Laut, der aus meinem Mund kommt.

Ich bäume mich auf und lasse meine Zunge über seine Lippen gleiten. Er presst sie aufeinander und lässt nicht zu, dass ich ihn tiefer küsse.

Dann beschleunigt er sein Tempo, mustert mich wieder und sagt leise: „Du bist wunderschön, Pheebs."

Mein Herz schlägt höher. Noch nie hat mir jemand das Gefühl gegeben, etwas Besonderes zu sein oder begehrt zu werden. Ich kann mich auch nicht erinnern, jemals solchen Sex genossen zu haben. Ich versuche, nach Atem zu ringen, aber es gelingt mir nicht. Der Orgasmus durchfährt mich unerwartet, und meine Augen rollen in meinem Kopf zurück.

Alexander grunzt. „So ist es gut, mein Mädchen. Gib deinem Hengst alles, was du hast."

„Das tue ich", sage ich, wölbe meinen Rücken durch und drücke mich gegen ihn.

Er stöhnt und stößt tiefer in mich hinein.

Das Beben ergreift meinen ganzen Körper und ich stöhne lauter. Ich versuche, nach etwas zu greifen, mich an etwas festzuhalten, um den Sturm zu überstehen, aber er hat mein Handgelenk immer noch fest im Griff.

Also kralle ich mich an ihn und verschränke unsere Finger. Ich drücke fest zu und grabe meine Nägel in seinen Handrücken. Schließlich senkt er seine Lippen auf meine.

Unsere Küsse werden unkoordiniert, unsere Zungen sind wild, unsere Augen sind wie im Rausch aufeinander gerichtet. Ich begegne jedem seiner Stöße mit mehr Enthusiasmus als dem Vorherigen, verzweifelt danach, jeden Zentimeter seines Körpers in mich aufzunehmen.

Schweiß bricht auf unserer Haut aus und wir verschmelzen miteinander. Die Luft wird stickig und ist vom Duft unserer Erregung erfüllt. Die blinkenden orangefarbenen Thanksgivinglaternen und der strahlende Mond scheinen durch das Fenster und tauchen uns in ein sanftes Licht.

„Alexander!", schreie ich, eine Welle der Lust und Endorphine prasselt so stark auf mich ein, dass ich fast das Bewusstsein verliere.

„Schhh, lass los. Ich kümmere mich um dich", murmelt er in mein Ohr und packt meine Hüfte. Er beschleunigt seine Bewegungen, stößt schneller zu, bewegt mich, wie er es braucht, da ich nichts anderes mehr tun kann, als mich zu winden und vor lauter Entzücken zu stöhnen.

Mein Orgasmus lässt nach, nur um von neuem zu beginnen. Er lässt meine Hand los und schiebt meinen Schenkel höher, stößt irgendwie noch tiefer in mich hinein.

Meine Stimme klingt heiser und gebrochene Laute erfüllen das Schlafzimmer. Meine Lider flattern immer wieder und Flammen brennen in meiner Seele.

Sein Stöhnen wird lauter. Alexanders Schwanz wird nur noch härter, dehnt mich bis zum Äußersten und versetzt mich in Ekstase. Er drückt seinen Mund auf meine Schulter, seine Zähne sinken in meine Haut. Ein tiefes Stöhnen vibriert durch ihn hindurch. Sein Körper zuckt heftig über mir und sein Schwanz pumpt sein heißes Sperma in mich hinein.

Adrenalin schießt durch mich hindurch und klettert in unbekannte Höhen. Ich kralle meine Nägel in seine Schultern und schreie auf, mein Körper bebt unerbittlich unter seinem.

Sein Orgasmus scheint ewig anzuhalten, während er mich mit

seinem Sanft füllt. Die Luft wird drückend heiß und seine Zunge kehrt zu meiner zurück.

Als unsere Bewegungen durch die Anstrengung langsamer werden, werden auch unsere Küsse träger. Schließlich rollt er sich von mir herunter, dreht sich auf den Rücken, wiegt mich in seinen Armen, küsst meinen Kopf und streicht mit einer Hand über meine Wirbelsäule.

Wir ringen beide nach Atem, während der Duft unserer Vereinigung uns einhüllt. Es dauert eine Weile, bis sich sein Herzschlag auf ein normales Tempo verlangsamt.

Er lässt seine Handfläche über meinen Hintern gleiten, hält mich fest und fährt mit seinem Daumen durch meinen empfindlichen Schlitz. „Wollen wir unter die Decke kriechen?"

„Du schmeißt mich also nicht raus?", frage ich neckisch.

„Dich rausschmeißen?", wiederholt er, mit einem Anflug von Verwirrung und Verachtung in seiner Stimme.

Ich schaue auf. „Es war nur ein Scherz."

„Oh."

„Tut mir leid. Es war nicht sehr witzig."

Er küsst mich auf die Stirn. „Jupp, der war nicht gut." Er gibt mir einen Klaps auf den Hintern und sagt: „Lass mich die Decke zurückziehen." Alexander steigt vom Bett und zieht sie zum Fußende, während ich lediglich meinen Hintern anhebe. Er deckt mich zu und schlüpft dann auf der anderen Seite darunter. Dann dreht er sich auf die Seite und zieht mich an sich.

Ich schmunzle und sage neckisch: „Alexander Cartwright, bist du ein anonymer Knuddelbär?"

Er lässt seine Hand über meinen Oberschenkel gleiten und küsst mich hinters Ohr. Sein warmer Atem kitzelt auf meiner Haut, als er sagt: „Nur mit der richtigen Frau."

Die Schmetterlinge in meinem Bauch legen einen Stepptanz hin. Ich drehe meinen Kopf und grinse ihn an. „Du schmeißt also doch ein paar Frauen aus deinem Bett?"

Er grunzt. „Nein, aber ich bringe auch keine Frauen mit in das Haus, in dem meine Kinder leben."

Mein Puls beschleunigt sich. Ich platze heraus: „Du hältst deinen Hengst also zölibatär?"

Er lacht so ungezügelt, dass er sich die Tränen aus den Augen wischen muss. Als sein Lachen verklingt, sagt er: „Du wirst mich meine Jugendsünde nie vergessen lassen."

„Nein", stimme ich lächelnd zu.

Er murmelt in mein Ohr: „Aber du kannst dich nicht beschweren, oder?"

Hitze steigt in meinen Wangen auf. Es ist albern, nach allem, was wir gerade geteilt haben, verlegen zu sein, aber ich bin es. Ich dachte, ich wüsste, was guter Sex ist, aber jetzt wird mir klar, dass ich keine Ahnung hatte.

Er klingt verletzlich, als er fragt: „Soll ich mich beim nächsten Mal mehr anstrengen?"

Ich küsse ihn auf die Lippen und schüttle den Kopf. „Nein. Ich habe keinen Grund, mich zu beschweren."

Er grinst. „Gut. Wir werden sehen, ob du morgen früh noch genauso denkst."

Ich presse die Lippen aufeinander, um mir ein glückliches

Lächeln zu verkneifen, während meine Wangen förmlich in Flammen stehen.

Er grunzt und küsst mich auf die Lippen. „Du bist süß, wenn du verlegen bist.“

„Findest du wirklich?“

„Auf jeden Fall.“ Er zieht mich näher zu sich heran und kuschelt seinen Kopf auf das Kissen neben meinem. „Ich glaube, ich werde heute Nacht wie ein Stein schlafen.“

„Ich auch“, stimme ich zu und entspanne mich an seiner Brust.

„Ich hatte heute Abend viel Spaß, Pheebs. Danke, dass du mit mir ausgegangen bist.“

Mein Herz schlägt höher. „Das war das beste Date aller Zeiten, Alexander.“

„Wirklich?“

„Ja!“

Er gibt mir einen keuschen Kuss auf die Schulter. Meine Haut ist noch gerötet von seinem Liebesbiss, aber es ist ein süßer Schmerz. Er sagt: „Gut. Finde ich nämlich auch.“

Sein Geständnis macht mich glücklich.

Einige Augenblicke lang herrscht Schweigen und ich denke, er ist eingeschlafen. Doch dann fragt er verschlafen: „Was hast du mit deinem Gewinn vor?“

Schuldgefühle überkommen mich wieder. „Ich werde dir das Geld zurückgeben.“

Er grunzt. „Einen Teufel wirst du tun. Eine Wette ist eine Wette. Außerdem bin ich kein Spielverderber und halte mein Wort, auch wenn ich lieber gewinne.“

„Irgendwie verlierst du bei unseren Wetten immer."

„Und trotzdem werde ich dein Geld nicht annehmen. Also, was wirst du damit machen?"

Ich denke darüber nach, aber mir fällt nichts ein. „Ich habe keinen Schimmer."

„Versuch, etwas zu tun, was dir Spaß macht und vergiss für einen Moment all deine Sorgen."

„Warum?"

Er fährt mit seinen Daumen über meine Schulter und erklärt: „Glücksspielgewinne sind zum Spaß haben da. Wenn du das Geld brauchst, um deine Rechnungen zu bezahlen, kann es schnell gefährlich werden. Daran erkennt man, wenn ein Spieler ein Problem hat."

„Nun, es war nicht mein Geld", erinnere ich ihn behutsam.

„Stimmt, aber es ist immer noch ein Gewinn. Mach etwas damit, das dir Freude bringt. Sei jung und frei. Und sag mir Bescheid, wenn du dich entschieden hast, wofür du es ausgeben willst", bittet er.

Das bringt mich zum Lachen. „Okay. Ich werde es dich wissen lassen."

„Gut." Er küsst mich auf die Wange und dreht dann seinen Kopf auf dem Kissen. „Schlaf gut, Baby Girl."

„Nacht", antworte ich und fühle mich geborgen, zufrieden und fast ein wenig aufgedreht vor Glück. Ich schließe meine Augen und schlafe innerhalb von Sekunden ein, während ich mich in Alexanders Arme schmiege.

17

Alexander

Phoebes blumiger Duft kitzelt meine Nase. Ich öffne die Augen, blinzle ein paar Mal und atme tiefer ein. Wir liegen immer noch aneinander geschmiegt im Bett und sie schläft friedlich in meinen Armen, während ihr magentafarbenes Haar in alle Himmelsrichtungen absteht.

Letzte Nacht war also kein Traum.

Schwaches Morgenlicht dringt durch die Vorhänge. Der Hahn der Ranch kräht und signalisiert, dass es Zeit ist, aufzustehen, aber dank meiner inneren Uhr werde ich immer um diese Zeit wach. Ich kann nie ausschlafen und stehe normalerweise gerne auf, um meinen Tag früh zu beginnen, aber nicht heute.

Am liebsten würde ich den ganzen Tag mit Phoebe im Bett verbringen, wenn ich könnte. Aber es gibt einiges zu tun, und wenn ich nicht bald aufstehe, werden meine Brüder durch die Haustür stürmen und fragen, warum ich nicht draußen bin.

Ich beobachte sie und überlege, ob ich sie aufwecken oder schlafen lassen soll.

Ich bin hungrig.

Sie kann später noch etwas schlafen.

Ich ziehe meinen Arm unter ihrem Kopf hervor und drehe sie auf den Rücken. Ihre Lider flattern. Sie lächelt und murmelt verschlafen: „Hey. Guten Morgen." Sie beißt sich auf ihre Lippe.

„Morgen", antworte ich und gebe ihr einen keuschen Kuss.

Sie fragt: „Wie spät ist es?"

„Ungefähr halb fünf. Ich muss bald zur Arbeit."

„Vier Uhr dreißig! Stehst du jeden Tag so früh auf?"

Ich gluckse. „So ziemlich, ja." Ich küsse sie erneut, nur dass dieses Mal meine Zunge im Spiel ist.

Sie schlingt ihre Arme um mich und zieht mich an sich, und das ist das schönste Gefühl, das ich seit langem gespürt habe.

Ich gestehe, ich bin kein Heiliger. In der Stadt lebt eine Frau namens Cheyenne und wir haben eine Art Freunde-mit-gewissen-Vorteilen-Vereinbarung, aber es ist nur Sex.

Genau wie mit Phoebe.

Kann man das wirklich miteinander vergleichen?

Ich betrachte Phoebe und frage mich, was das zwischen uns ist. Es ist etwas anderes als mit Cheyenne; ich habe sie nie mit auf die Ranch genommen. Meine Kinder sind hier, und ich werde sie nicht verwirren, indem ich mein Sexleben in die Gleichung einbringe. Und ich bin immer zurück, bevor sie aufwachen und es Zeit ist, mit der Arbeit zu beginnen.

Doch mit Phoebe fühlt sich alles anders an.

Sie lebt hier und hütet meine Kinder.

Das ist sogar noch gefährlicher.

„Alexander? Ist alles in Ordnung?", fragt sie und reißt mich aus meinen Gedanken.

„Ja, Baby Girl. Ich bin am Verhungern", sage ich, unfähig, aufzustehen und das Zimmer zu verlassen.

Ihre Augen weiten sich. „Soll ich dir etwas machen, bevor du gehst?"

Ich grinse. „Ich rede nicht von Frühstück."

Sie öffnet den Mund, dann schließt sie ihn wieder, und ihre saftigen Lippen wölben sich.

„Ich habe dich gewarnt", necke ich sie und gleite unter die Decke.

Sie kichert und ich vergrabe meinen Kopf in ihrer Pussy und lecke sie mit Inbrunst.

„Oh mein ... oh mein Gott", schreit sie heraus und greift nach meinem Haar.

Ich habe leider nicht so viel Zeit, wie in der Nacht zuvor. Also verschlinge ich sie förmlich, bis mein Gesicht klatschnass von ihrer Erregung ist.

Ich reibe mit meinem Finger über ihre Lustperle und schiebe meine Zunge in sie hinein, um keinen Tropfen zu verschwenden.

„Alexander!", ruft sie und ihr Körper spannt sich an.

Alles, was ich rieche und schmecke, ist Phoebe. Und am liebsten möchte ich den Rest des Tages damit verbringen, mich an ihr gütlich zu tun, aber das geht nicht.

Sie kommt von ihrem Orgasmus herunter, und ich beuge mich über sie und befehle: „Küss mich und probier mal, was deinen Hengst steinhart macht."

Verzweifelt drängt sie ihre Zunge in meinen Mund und umspielt damit die meine.

Dann klopft es an der Haustür und ich stöhne.

Sie erstarrt und ihr panischer Blick erinnert mich an den eines Kindes, das mit der Hand in der Keksdose erwischt wurde.

Ich ziehe mich zurück und sage: „Gott sei Dank habe ich gestern Abend zugeschlossen."

Sie sieht aus dem Fenster. Mason und Jagger gehen gerade auf den Roundpen zu, in dem bereits zwei Pferde traben.

„Ich muss los. Ich bin schon spät dran."

„Nein", jammert sie und schmollt.

Ich gluckse. „Ruh dich etwas aus. Wir sehen uns dann beim Frühstück im Haupthaus, ja?"

„Klar", erwidert sie und öffnet dann den Mund, um mehr zu sagen, aber klappt ihn wieder zu und sieht mich fragend an.

Ich streiche ihr eine Strähne ihres magentafarbenen Haares hinters Ohr. „Was ist los, Baby Girl?"

„Wie handhaben wir das, Alexander?"

„Du meinst auf der Arbeit?", frage ich, und mir wird flau im Magen. Sie hat die eine Frage gestellt, auf die ich keine Antwort habe. Ich brauche Zeit, um darüber nachzudenken.

Plötzlich dämmert mir im zunehmenden Licht des Morgens, was ich getan habe.

Ich habe das Kindermädchen meiner Söhne gevögelt.

Ich schließe kurz die Augen und mein Herz sinkt.

Was habe ich nur getan?

„Nun, das war nicht gerade der Jubelgesang, den ich mir erwartet habe", murmelt sie.

Ich reiße mich zusammen. „Tut mir leid, so habe ich das nicht gemeint."

„Nein?", fragt sie und legt den Kopf schief, während sich ihre Enttäuschung in ihren Zügen widerspiegelt.

Ich schüttle den Kopf. „Nein, ich mache mir nur Sorgen um die Jungs. Sie haben mich noch nie mit einer Frau gesehen."

Ihre Augen weiten sich. „Niemals?"

„Nein. Nicht seit ihre Mom …" Ich halte inne.

Phoebe legt mir beruhigend eine Hand auf den Arm.

Ich schüttle wieder den Kopf und fahre fort: „Nicht mehr, seit ihre Mom gestorben ist, und sie waren beide noch klein. Sie erinnern sich nicht wirklich an sie, um ehrlich zu sein."

Phoebe sieht mich mitfühlend an und sagt: „Das muss sehr schwer für euch alle gewesen sein."

Ich kann ihrem Blick nicht lange standhalten. Ich hasse Mitleid. Ich werde ständig so angesehen, wenn jemand Neues herausfindet, dass ich Witwer bin. Es wird nie einfacher werden, aber ich straffe die Schultern und versichere ihr: „Den Jungs und mir geht es gut."

„Ja, aber das heißt nicht, dass die Situation euch nicht mitgenommen hat", sagt sie.

Ich stimme schnell zu. „Ja, das ist wahr."

Sie mustert mich genauer.

„Die Jungs mögen dich wirklich, und ich glaube, sie hängen schon an dir. Ich will nicht, dass sie auf falsche Gedanken kommen, wenn sie uns zusammen sehen."

„Was für Gedanken?" Sie wölbt die Augenbrauen.

Ich verstricke mich weiter. „Sie sind sehr beeinflussbar. Du bist aus Kalifornien und ich bin von hier. Ich weiß, du hast dein Leben, und wir haben unseres. Ich will nicht, dass sie etwas erwarten und dann enttäuscht werden."

Ihre Miene wird steinern und sie dreht den Kopf zum Fenster, während sich ihre Brust schneller hebt und senkt.

„Scheiße. Das kam nicht richtig rüber, Pheebs", versuche ich es erneut und raufe mir die Haare.

Sie steigt aus dem Bett und zieht das Laken mit sich. „Ist schon gut. Ich verstehe."

„Nein, Pheebs –"

„Nein, es ist alles in Ordnung. Mach dir keine Sorgen. Wir hatten Spaß. Ich werde dich nicht vor ihnen berühren oder so." Sie schenkt mir ein angespanntes Lächeln.

„Phoebe, so habe ich das nicht gemeint", sage ich flehentlich.

Sie zwingt sich zu einem breiteren Lächeln und sagt viel zu fröhlich: „Es ist alles okay. Ich werde jetzt duschen gehen. Wir sehen uns später im Haupthaus. Mach dir keine Sorgen. Dein Geheimnis ist bei mir sicher."

„Pheebs –"

„Du solltest die anderen nicht länger warten lassen", trällert sie förmlich und verschwindet aus meiner Schlafzimmertür.

Scheiße, Scheiße, Scheiße!

Ich sitze am Ende des Bettes, sauer auf mich selbst und frage mich, warum ich das gesagt habe.

Was genau wollte ich damit bezwecken?

„Verdammt", murmle ich und fahre mir mit den Händen übers Gesicht.

Das ist alles Neuland für mich. Ich bringe keine Frauen mit auf die Ranch, mit denen ich schlafe, und schon gar nicht Frauen, die eine wichtige Rolle im Leben meiner Kinder spielen.

Was habe ich nur getan?

Ich muss das in Ordnung bringen.

Aber zuallererst muss ich meine Söhne schützen.

Das war nicht geplant. Es ist einfach passiert.

So ein Quatsch. Ich will sie schon in meinem Bett, seit ich sie zum ersten Mal zu Gesicht bekommen habe.

Nein, das ist Unsinn, sage ich mir, obwohl ich weiß, dass es eine weitere Lüge ist.

Solange ich nicht weiß, was zwischen Phoebe und mir läuft und was das bedeutet, dürfen die Jungs nichts davon erfahren.

Ich trete in den Flur und klopfe an die Badezimmertür, aber die Dusche läuft. Ich drehe den Türknauf, aber finde ihn verschlossen.

Großartig. Gut gemacht, Alexander.

Ich gehe zurück in mein Zimmer, dusche schnell, ziehe mich an und putze mir die Zähne. Dann kehre ich zum Bad zurück, aber Phoebes Föhn braust auf der anderen Seite der Tür.

Ich beschließe, dass es am besten ist, uns beiden ein wenig Zeit zu geben und herauszufinden, was genau ich sagen will oder sogar, was ich mir für uns beide wünsche.

Dann fällt mir ein, dass das nirgendwo hinführen kann. Sie wird in weniger als zwei Monaten die Ranch wieder verlassen. Und sie hat immer noch einen Trottel als Freund, auch wenn sie gerade eine Beziehungspause einlegen.

Wenn es nach mir ginge, wäre er nicht mehr lange ihr Freund.

Er kann sie nicht haben. Sie ist mit mir zusammen.

Ist sie das?

Was läuft da zwischen uns?

Meine Gedanken drehen sich im Kreis, was meine Frustration nur noch steigert. Also verlasse ich das Haus und trete an die frische Luft. Das rosafarbene Morgenlicht taucht die Ranch in einen hellen Schein und macht mir Hoffnung, dass alles gut werden wird.

Ich treffe meine Brüder am Roundpen.

Jagger grinst rotzfrech und sagt: „Sieh an, sieh an, sieh an. Wie war dein Date mit Phoebe?"

„Hat dein Bett letzte Nacht geschaukelt?", fragt Mason.

Ich versuche, Jagger und Mason gleichzeitig einen Klaps auf den Hinterkopf zu heben, aber sie ducken sich rechtzeitig. „Haltet die Klappe", brumme ich missmutig. „Ich werde euch nicht noch einmal sagen, dass ihr Phoebe respektieren sollt."

„Ihr habt ziemlich vertraut ausgesehen, als ihr zurückkamt", meint Jagger.

Ich erstarre, mein Herz hämmert in meiner Brust. „Wovon redest du?"

Er grinst. „Ich habe euch zwei gesehen. Sah aus, als ob ihr euch küssen würdet."

Am liebsten würde ich ihm die Ohren langziehen.

Er springt zurück und hält die Hände in die Luft. „Hey, beruhige dich. Ich mache dir keinen Vorwurf. Ich würde die kleine Miss Nanny auch übers Knie legen, wenn sie in meinem Haus leben würde."

Ich packe ihn am Kragen und ziehe ihn dicht an mich heran. „Sprich nie wieder so über sie!", knurre ich.

Er stößt mich zurück und befiehlt: „Lass mich los."

Als ob ich auf ihn hören würde. Stattdessen sage ich warnend: „Hör mir jetzt genau zu. Du hast nichts gesehen. Hast du mich verstanden?"

Er wirft mir einen beißenden Blick zu. „Klar, ich hab mir das alles nur eingebildet."

Mason drängt uns auseinander. „Beruhige dich, Alexander."

„Ich meine es ernst. Ich kann mir das nicht leisten", fauche ich.

Mason meint: „Es ist keine große Sache, also entspann dich."

Ich drehe mich zu ihm um. „Das *ist* eine große Sache. Meine Jungs hängen schon an ihr. Ich will nicht, dass sie sich etwas in den Kopf setzen, was da nicht ist. Versteht ihr mich?"

Jagger schürzt die Lippen. „Ah. Du gibst also zu, dass du sie gevögelt hast?"

Ich drehe mich in seine Richtung und hole nach ihm aus, aber er lehnt sich zurück und der Schlag trifft seine Schulter.

„Herrgott, Alexander, beruhige dich, verdammt noch mal", befiehlt Mason.

„Ihr zwei hütet besser eure Zungen", sage ich und stapfe wütend in den Stall.

Was zum Teufel habe ich getan?

Erinnerungen an alles, was ich in der Nacht zuvor mit Phoebe gemacht habe, füllen meinen Kopf. Mein Schwanz wird hart und ich stöhne. Das habe ich mir selbst eingebrockt. Es wird schwer sein, ihr zu widerstehen und sie nicht über meine Schulter zu werfen, um sie zurück in mein Bett zu tragen.

Ich öffne die Stalltür und Calypso macht ein paar Schritte nach vorne. Ich streichle ihn und gurre: „Hey, Kumpel." Dann lege ich ihm das Geschirr an und nehme die Zügel. Ich führe ihn aus der Scheune und in den Roundpen.

Mason und Jagger arbeiten heute mit drei Pferden, die gerade im Kreis laufen. Sie ignorieren mich und halten ihre Tratschmäuler, aber ich weiß, wie sie sind. Während der Arbeit denke ich darüber nach, wie ich mein Verhältnis mit Phoebe vor den Jungs verbergen kann, damit sie nicht auf falsche Gedanken kommen.

Die Kuhglocke am Haupthaus läutet und Willow ruft: „Frühstück."

Ich schaue auf.

Phoebes magentafarbenes Haar weht im Wind. Sie hat sich einen übergroßen Pullover angezogen und trägt ihre Skinny Jeans und die viel zu kleinen Stiefel, in die sie sich am Abend zuvor gequetscht hat.

Sie geht schnell auf das Haus zu, und ich starre sie an und möchte am liebsten zu ihr rennen und sie küssen.

Ich muss mich kontrollieren.

Warum habe ich nur meinen Zeh in die Pfütze des Satans getaucht?

Jagger reißt mich aus meinen Gedanken und stößt mich in die Schulter: „Deine Nanny sieht heute verdammt heiß aus."

„Ich schwöre bei Gott, du bist zwei Sekunden davon entfernt, dir dein eigenes Grab zu schaufeln", warne ich ihn.

Er gluckst und sagt: „Beruhig dich. Wir werden nichts sagen. Stimmt's, Mason?"

Mason schüttelt den Kopf. „Nein. Wir behalten es für uns."

„Sicher, dass ihr das könnt?", frage ich, ohne ihnen so recht zu glauben.

„Versprochen", schwört Mason.

„Ich meine es ernst. Ihr dürft nichts sagen. Keine Anspielungen, keine Witze, nichts zu Phoebe oder den Kindern oder sonst jemandem. Verstanden?"

Jagger nickt. „Verstanden. Entspann dich einfach, okay? Du kannst da nicht reinstürmen, als wärst du ein eingesperrter Tiger."

Ich atme tief ein und warne: „Wehe, ihr lügt mich an." Ich weiß, wie meine Brüder sind, und mein Bauchgefühl sagt mir, dass ich ihnen nicht trauen sollte.

Meine Familie kann nie ein Geheimnis bewahren. Sie verraten es immer zu den unpassendsten Zeiten.

Mason behauptet: „Wir halten dir den Rücken frei."

„Versprochen? Denn wenn ihr etwas sagt, werden die Jungs vielleicht am Ende verletzt. Sie sind eure Neffen", erinnere ich sie.

Die Mienen meiner Brüder werden ernst.

Mason wiederholt: „Wir versprechen es, Alexander. Wir wollten dich nur traktieren. Keine Sorge, wir werden nichts sagen."

Ich mustere die beiden einen Moment lang und beschließe, dass sie es ernst meinen.

Jagger fügt hinzu: „Du weißt, dass wir nichts tun würden, was den Jungs schaden könnte."

Erleichterung macht sich in mir breit. „Danke."

„Ich sagte *Frühstück*", ruft Willow und läutet erneut.

„Lasst uns gehen. Ich bin hungrig", verkündet Jagger und schließt das Tor zum Roundpen.

Zu dritt machen wir uns auf den Weg zum Haus. Wir gehen hinein und waschen uns die Hände.

„Dad, weißt du was?", ruft Ace und läuft auf mich zu.

„Hey, Kumpel." Ich streiche ihm durch die Haare. „Was ist denn?"

„Wir planen ein geheimes Projekt mit Phoebe."

„Echt? Was ist es?", frage ich.

„Wir sagen es dir nicht. Es ist eine Überraschung", ruft Wilder und tritt neben seinen Bruder.

„Echt?", sage ich, werfe Phoebe einen Blick zu und frage mich, was sie in petto hat.

Sie steht mit dem Rücken zu mir und unterhält sich mit Willow in der Küche. Mein Herz schlägt schneller, je länger ich sie anstarre.

„Ja, es wird dir gefallen", behauptet Ace.

„Okay, ich kann es kaum erwarten, euer Geheimnis zu erfahren", erwidere ich und wir betreten das Esszimmer.

Alle setzen sich. Ich ziehe Phoebes Stuhl heraus, damit sie sich neben mich setzen kann, doch sie schaut ihn nur an und setzt sich dann auf Masons linke Seite.

Meine Brust zieht sich zusammen.

Sie ist immer noch wütend auf mich.

Warum musste sich alles, was aus meinem Mund kam, so falsch anhören?

Meine wichtigste Aufgabe im Leben ist es, meine Kinder zu beschützen. Wenn sie das nicht verstehen kann, dann weiß ich nicht, was ich ihr sagen soll, versuche ich unser missglücktes Gespräch vom Morgen zu rechtfertigen.

Paisley sieht Phoebe an und fragt: „Wie war das Rennen gestern Abend?"

Phoebe sieht mich nicht an, als sie antwortet. „Es hat Spaß gemacht."

„Wer hat die Wette gewonnen?", fragt Willow.

„Pheebs hat gewonnen", gebe ich zum Besten.

„*Pheebs?*", murmelt Mason leise in seinen Bart.

Ich trete ihn unter den Tisch gegen das Schienbein. Er verschluckt sich und mir wird klar, dass mir der Spitzname nicht hätte herausrutschen dürfen.

Es ist nur ein Name. Viele Menschen geben anderen Leuten Spitznamen.

Ja, wenn sie jemanden mögen.

Hör auf, dir darüber Gedanken zu machen.

„Jaaaaa! Ich sagte doch, dass Sweetie Pie gewinnen würde!", brüstet sich Wilder.

„Ja! Wir wussten, dass sie sie alle schlagen würde!", fügt Ace hinzu, der seinen Bruder in nichts nachstehen will.

„Phoebe hatte einen Einsatz von sieben zu zwei. Und ihr beiden habt ein gutes Auge für Gewinner", sage ich und lobe meine Söhne.

„Ich habe es zuerst gesagt", behauptet Wilder.

„Nein, das hast du nicht. Ich habe dir erzählt, dass sie bereit ist, zu gewinnen", meint Ace.

Ich stöhne. „Hört ihr beiden jemals auf zu streiten?"

„Er bekommt immer die ganze Anerkennung. Aber ich habe es zuerst gesagt", beschwert sich Ace.

„Genug. Lasst uns in Ruhe frühstücken", schimpfe ich.

Wilder schneidet eine Grimasse in Ace Richtung, und Ace streckt ihm die Zunge raus.

„Kommt schon, hört auf", befehle ich.

„Und wie viel Geld hast du gewonnen?", fragt Paisley.

„4.500 Dollar", antwortet Phoebe, wie aus der Kanone geschossen.

„Fantastisch. Was wirst du damit machen?", erkundigt sich Willow.

Phoebe lächelt. „Ich habe ein paar Ideen, aber ich lasse es dich wissen, wenn ich eine Entscheidung getroffen habe."

„Mit Geheimnissen macht man sich keine Freunde", trällert Willow.

Phoebe lacht und mein Herz schmerzt. Ich hasse es, nicht neben ihr sitzen zu können, ihre Hand zu halten und so zärtlich zu sein, wie ich es möchte.

Sie strahlt. „Tut mir leid. Ich werde es dir sagen, sobald ich sicher bin."

Willow stöhnt. „Das ist so lahm, aber okay."

„Was habt ihr nach dem Rennen gemacht?", fragt Paisley.

„Ja, Alexander, was habt ihr danach gemacht?", mischt sich Jagger ein und zieht die Augenbrauen hoch.

Ich werde ihn umbringen.

Er ist ein toter Mann.

Ich schaue Phoebe an, aber sie stochert auf ihrem Teller herum. „Wir waren bei *Boots* etwas trinken."

Willow ruft sofort: „Ich liebe diese Bar! Ihr hättet mich anrufen und mir Bescheid sagen sollen, damit wir uns dort treffen!"

Ich grunze. „Ich dachte, du wärst mit einem der Bullenreiter unterwegs."

Sie lächelt. „War ich auch, aber ich hätte ihn dazu überredet, mit mir in die Bar zu gehen."

„Willow, reich mir bitte die Wurst", sagt Jagger.

Sie reicht ihm den Teller und sagt: „Mom und Dad kommen in zwei Tagen nach Hause. Wir haben viel zu tun, um uns auf Donnerstag vorzubereiten."

Das Gespräch wendet sich schnell der bevorstehenden, einwöchigen Thanksgivingfeier zu. Ich verbringe das ganze Frühstück damit, Phoebe in ein Gespräch zu verwickeln, aber sie geht nicht auf meine Versuche ein.

Verflucht. Es ist meine eigene Schuld. Ich habe es vermasselt und jetzt muss ich es in Ordnung bringen. Doch ich bin noch dabei, genau herauszufinden, was ich in Ordnung bringen will. So wie ich das sehe, bin ich auf jeden Fall aufgeschmissen, egal welchen Weg ich einschlage.

18

Phoebe

Mit jedem Wort, das Alexander sagt, bedaure ich letzte Nacht mehr.

Wie konnte ich nur so dumm sein?

Er stellt mir ständig Fragen, aber ich kann ihm kaum ins Gesicht sehen. Ich wünschte, ich könnte ihm sagen, dass er die Klappe halten soll, aber das würde alles nur noch schlimmer machen. Außerdem wäre es nicht richtig, das vor seinen Söhnen oder dem Rest der Familie zu machen.

Das ganze Frühstück über lasse ich alles Revue passieren, was wir gemacht haben. Alexander versucht immer wieder, mich in ein Gespräch zu verwickeln, aber ich antworte kurz und knapp, und leite die Fragen dann an die anderen weiter.

Es fühlt sich an, als würde es nie enden. Ich kann kaum etwas schmecken. Irgendwie schaffe ich es, Alexander so weit wie möglich zu ignorieren, doch tief im Inneren fühle ich mich benutzt.

Er wollte nur Sex.

Ich hatte zwar keine Erwartungen und ich dachte auch nicht, dass ich mit ihm im Bett landen würde, aber es ist klar, dass ich nur eine weitere Kerbe in seinem Bettpfosten bin. Und dachte er wirklich, ich würde den Jungs erzählen, dass ich mit ihm geschlafen habe? Ich weiß, es ist ein heikles Thema, aber im Ernst!

Seine Erklärung wird mich noch in meinen Träumen verfolgen. Sie hat sich in einer Dauerschleife in meinem Kopf eingenistet. *Du bist aus Kalifornien und ich bin von hier. Ich weiß, du hast dein Leben, und wir haben unseres.*

Jedes Mal, wenn ich daran denke, dreht sich mir der Magen um. Es ist klar, dass ich ihm nichts bedeute. Alexander sieht in mir nichts weiter als jemanden, der seinen Hengst reiten kann.

Verachtung für mich selbst erfüllt mich. Ich habe mit meinem Boss geschlafen. Ich wünschte, ich könnte die Uhr zurückdrehen. Hätte ich gewusst, wie es endet, wäre ich nicht mit ihm zum Rennen oder in die Bar gegangen. Und auf keinen Fall hätte ich mit ihm geschlafen.

Als alle endlich mit dem Essen fertig sind, trage ich meinen Teller in die Küche. Ich brauche frische Luft und ich kann es nicht erwarten, aus dem Haus zu kommen.

Alexander folgt mir und tritt so nah hinter mich, dass sein Atem die kleinen Härchen in meinem Nacken kitzelt. Und ich hasse mich noch mehr. Ich sollte nichts für ihn empfinden, aber ich kann die Anziehungskraft zwischen uns nicht einfach abstellen.

„Pheebs –"

„Nicht", warne ich mit zittriger Stimme.

Er hält inne und sieht über seine Schulter. Er senkt seine Stimme noch weiter und behauptet: „Alles, was ich gesagt habe, kam falsch rüber. Du verstehst nicht, was ich gemeint habe."

Ich lache freudlos. „Ich verstehe sehr gut. Du hast mir ganz klar gesagt, wo du stehst." Ich räume meinen Teller in den Geschirrspüler, dränge mich an ihm vorbei, verlasse die Küche und kehre ins Esszimmer zurück.

Dort zwinge ich mich zu einem Lächeln und rufe: „Ace. Wilder. Seid ihr bereit aufzubrechen?"

Sie springen auf.

Ich zeige auf ihre Teller. „Ihr kennt das Spiel."

Sie schnappen sich ihr Geschirr und verschwinden in der Küche.

Ich gehe auf die Haustür zu und nehme mir die Schlüssel vom Haken; sie gehören zu dem SUV, mit dem ich laut Ruby fahren darf, wann immer ich will.

Alexander taucht wieder auf. „Wohin gehst du?"

Ich atme tief durch und meine Nasenflügel blähen sich. Ich werde mich mit ihm auseinandersetzen müssen. Er ist immer noch mein Boss. Egal, was zwischen uns passiert ist, ich liebe meinen Job immer noch und die Kinder bedeuten mir sehr viel. Außerdem bin ich noch nicht bereit, zurück nach Kalifornien zu gehen. Ich kann nirgendwo hin und ich habe nicht einmal genug Geld gespart, um eine Anzahlung für eine Wohnung zu leisten.

Was ist mit den Glücksspielgewinnen?

Nein, sie gehören nicht mir, erinnere ich mich.

Ich schaue ihm in die Augen. „Ich fahre mit den Kindern in die Stadt. Wir gehen einkaufen."

Er wölbt die Augenbrauen. „Einkaufen?"

„Ja, Eure Lordschaft, ist das okay?", frage ich und schneide dann eine Grimasse, als ich höre, wie das klingt. Ich seufze. „Sorry, ich wollte nicht schnippisch sein."

Er tritt näher. „Pheebs –"

„Wohin fährst du, Phoebe?", fragt Jagger und unterbricht uns.

Alexander funkelt ihn verärgert an.

„Geht ihr zusammen?" Jagger grinst, als er fragt.

Mein Magen verkrampft sich so heftig, dass ich eine Hand auf meinen Bauch lege. Das Blut rinnt aus meinem Gesicht bis zu meinen Zehen. Dann brennen meine Wangen.

Jagger weiß von letzter Nacht.

Eine Gänsehaut breitet sich auf meiner Haut aus. Meine Lippen beginnen zu beben. Ich sehe zu Alexander auf und murmle: „Du hast es ihm gesagt?"

Alexanders Augen weiten sich. Er schüttelt den Kopf. „Nein, natürlich nicht", sagt er eindringlich.

Ich glaube ihm nicht.

Er dreht sich zu seinem Bruder um. „Sie fährt in die Stadt. Wir sehen uns draußen." Er zieht eine Braue hoch und nickt in Richtung Roundpen.

Jaggers wissender Blick schweift über mich und ich möchte mich am liebsten in ein Loch verkriechen.

Sobald sich die Tür hinter ihm schließt, platze ich vor Wut. „Du hast es deinen Brüdern erzählt? Wie konntest du nur?"

Alexander tritt näher und ergreift meinen Arm. Er zieht mich ins Wohnzimmer, schließt die Tür und setzt zum Sprechen an: „Pheebs –"

„Hör auf, mich so zu nennen", fauche ich mit zusammengebissenen Zähnen.

„Phoebe, ich habe ihnen nichts gesagt. Versprochen."

„Ihnen? Wer weiß noch davon?"

Er schneidet eine Grimasse.

„Wer, Alexander?"

„Nur Mason."

„Du Idiot! Wie konntest du nur?"

„Ich habe ihnen nichts gesagt!"

„Woher wissen sie es dann?"

Er sieht zur Decke, schüttelt den Kopf und schließt die Augen.

„Woher?", wiederhole ich, den Tränen nahe und versuche, sie zurückzuhalten.

Er öffnet seine blauen Augen und sagt: „Er hat uns gestern Abend draußen beim Küssen beobachtet, als wir nach Hause kamen."

Ich starre ihn an, fühle mich wie eine totale Idiotin und schäme mich mehr denn je für meinen Ausrutscher. Seine Brüder denken wahrscheinlich, dass ich ständig mit meinen Vorgesetzten schlafe.

Er versucht, mich zu beruhigen. „Sie werden nichts sagen."

„Bestimmt", sage ich sarkastisch.

Er tritt näher. Ehe ich mich versehe, schlingt er seine Arme um mich und drückt meinen Kopf an seine Brust. Ich versuche, ihn wegzustoßen, aber er hält mich fest. Dann murmelt er in mein Ohr: „Alles ist gut. Du verstehst das, was ich gesagt habe, falsch. Ich weiß, dass es nicht richtig rübergekommen ist, aber lass Jagger nicht deinen Tag versauen. Es ist alles in Ordnung."

Einen Moment lang schmiege ich mich an ihn, doch dann ziehe ich mich ruckartig zurück. „Ich muss gehen."

„Phoebe –"

Ich sehe ihm direkt in die Augen und sage ruhig: „Alexander, ich kann das jetzt nicht. Wenn du das Bedürfnis hast, darüber zu reden, dann machen wir das ein anderes Mal, okay?"

Er mustert mich einen Moment lang und nickt dann. „Okay. Aber bitte glaub mir, es tut mir leid, dass ich das gesagt habe."

Ich reagiere nicht. Ich gehe einfach aus der Tür und trete zum SUV.

Die Jungs kommen hinter mir hergerannt.

Alexander folgt und fragt: „Brauchst du Geld für den Einkauf?"

„Nein", antworte ich.

„Hast du die Kreditkarte?"

„Ich brauche sie nicht."

„Dad, wir haben es im Griff", sagt Ace.

Alexander mustert uns misstrauisch.

„Kommt, Jungs, lasst uns gehen", sage ich und steige in den SUV.

Wilder springt vorne rein und Ace setzt sich nach hinten.

„Schnallt euch an", bitte ich sie.

Sie folgen meiner Aufforderung und wir fahren in Richtung Stadt los.

Wilder fragt: „Wir können also jede beliebige Farbe für unsere Zimmer wählen?"

„Ja. Weißt du, wie du es streichen willst?", frage ich.

„Hmm, vielleicht rot."

„Ich mag grün", verkündet Ace.

„Hellgrün oder dunkelgrün?", hake ich nach.

„Ich weiß nicht. Vielleicht etwas in der Mitte."

Ich lächle ihn im Rückspiegel an. „Grün ist eine schöne Farbe. Rot auch. Was ist mit dir, Wilder? Willst du eher ein helles oder ein dunkles Rot?"

„Ich weiß noch nicht. Wenn ich den richtigen Farbton sehe, sage ich Bescheid", beschließt er.

Ich lächle. „Okay, kein Problem."

Als wir in der Stadt ankommen, hat sich meine Wut gelegt. Ich schiebe Alexander und meine Probleme beiseite und konzentriere mich auf die Kinder. Wir gehen in einen Baumarkt und schnappen uns ein paar Farbmuster.

„Legt los", sage ich und breite mehrere Muster vor ihnen heraus, um zu sehen, wie sie zueinanderpassen.

Wilder fragt: „Welche Farbe willst du in deinem Zimmer haben, Phoebe?"

„Ich weiß noch nicht. Das hängt davon ab, was wir mit dem Rest des Hauses machen."

Ace fragt: „Hast du vor, die gleiche Farbe wie in der Küche oder so zu nehmen?"

„Haha, nein", sage ich, als ob es eine Sünde wäre.

„Gut. Das wäre ja langweilig", beschließt er.

Ich lache und suche mir mehrere helle und ein paar gedeckte Farben aus.

Ace wählt ein Apfelgrün und Wilder ein Kirschrot aus. Wir gehen zu dem Mitarbeiter hinter der Farbtheke, und ich lege alle Farbmuster hin und sage ihm, welche Farben wir in welcher Menge haben wollen.

Er zeigt auf einen Aussteller. „Möchten Sie einen dezenten Glanz, seidenglänzend, Hochglanz oder eher matt?

Ich schaue mir die Glanzgrade an und beschließe: „Seidenglanz, bitte. Können Sie die kratzfeste Farbe nutzen?"

Er nickt. „Na klar. Ich brauche etwa zwanzig Minuten, um das alles anzumischen."

„Kein Problem, wir haben Zeit", antworte ich.

Die Jungs und ich schlendern durch die Gänge des Baumarktes und suchen uns ein paar neue Lampen für unsere Zimmer aus.

Dann kehren wir in die Malerabteilung zurück, holen unsere Bestellung ab und gehen zur Kasse, um unsere Einkäufe zu bezahlen, für die vieles von meinem Gewinn von der Rennbahn draufgeht.

Wir machen uns auf den Weg zum Auto und die Jungs laden die ganze Farbe hinten in den SUV. Sobald wir im Inneren sitzen, frage ich sie: „Seid ihr bereit für mehr Shopping?"

„Ja, das macht Spaß", jubelt Ace und grinst.

„Dad wird so überrascht sein", fügt Wilder hinzu.

Ich denke an Alexanders und mein Herz zieht sich schmerzhaft zusammen. Ich verdränge diese Gedanken wieder und sage: „Okay, dann lasst uns keine Zeit mehr verlieren."

Ich schmeiße den Motor an und wir fahren die Straße runter. Es dauert nicht lange, bis wir bei einem Möbelhaus ankommen und ich auf den Platzplatz einbiege. Die Jungs und ich suchen uns Poster und gerahmte Bilder für ihre Wände aus. Ich nehme eine Handvoll leerer Leinwände mit, damit wir alle etwas Individuelles für unser Zimmer gestalten können.

Dann machen wir uns auf die Suche nach Gardinen, coole Bettwäsche und Bettdecken für alle Betten und ein paar Überwürfe fürs Wohnzimmer. Als wir fertig sind, sind noch 820 Dollar von meinen Gewinneinnahmen übrig.

„Ich glaube nicht, dass noch etwas anderes in den SUV passt", schätzt Ace.

„Nope. Wir haben Glück, wenn wir selbst noch Platz finden! Habt ihr Hunger? Wollt ihr einen Happen essen gehen?"

„Können wir zu *Piggly's* gehen?", schlägt Wilder vor.

Ace nickt. „Ja, da schmeckt es echt lecker."

Ich war noch nie bei *Piggly's*, also frage ich: „Wo ist das?"

„Wir wissen, wo es langgeht. Wir sagen dir, wo es langgeht, während du fährst", sagt Wilder.

„Ich sitz vorn!", ruft Ace aus dem Nichts und rennt wie von der Tarantel gestochen zur Beifahrertür.

Wilder stöhnt. „Jüngere Geschwister sollten immer hinten sitzen."

Ich zerzause ihm das Haar. „Keine Chance. Du sitzt hinten. Lass deinen Bruder auch mal vorne sitzen."

Er murrt, steigt aber hinten ein. Sie sagen mir, wo ich hinfahren muss, und wir halten vor *Piggly's*. Es ist ein nettes kleines Diner und es sind viele Leute drinnen. Wir müssen fünf Minuten warten, dann führen sie uns zu einem Tisch. Ace sitzt neben mir und Wilder setzt sich uns gegenüber.

Er fragt: „Können wir heute mit dem Streichen beginnen?"

Ich schaue auf meine Uhr. „Ich weiß nicht. Es ist bald Thanksgiving und wir haben noch viel zu tun. Wir sollten Willow und Paisley fragen was noch vorbereitet werden muss, wenn wir zurückkommen", antworte ich.

„Ich bin so froh, dass wir diese Woche keine Schule haben", meint Ace.

„Voll! Ich habe keine Lust mehr auf Schule", stimmt Wilder zu.

„In die Schule zu gehen ist gar nicht so schlecht, vor allem bei deiner Schule. Sie ist modern und du hast tolle Lehrer. Außerdem musst du lernen. Deine Schulbildung wird dir viel helfen, wenn du älter bist", sage ich.

Wilder zuckt mit den Schultern. „Ich weiß nicht, wozu ich das alles brauchen soll, was wir lernen, wenn ich die Ranch leite."

„Na ja –"

„Wilder. Ace. Wie geht's euch? Schön euch zu sehen", ruft eine Blondine mit lockigem Haar.

„Hey, Cheyenne", grüßt Wilder sie.

„Hi! Kennst du schon unser Kindermädchen Phoebe?", fragt Ace sie.

Sie sieht mich an, und mir dreht sich der Magen um. Sie streckt ihre Hand aus und sagt: „Oh, ja. Ich habe gehört, es wohnt jemand Neues auf der Ranch. Du warst doch gestern Abend im *Boots*, oder?“

Mein Herz klopft heftig. Ich nehme ihre Hand und antworte: „Ja.“

„Sie ist mit Dad beim Rennen gewesen. Er hat eine Wette verloren und sie hat ganz groß gewonnen!“, prahlt Ace.

Ich sehe zu ihm hinüber und wünsche mir, dass er das für sich behalten hätte. Ich weiß nicht, warum, aber sie gibt mir kein gutes Gefühl.

„Woher kennt ihr euch?“, frage ich sie, als ich wieder aufblicke.

Ihre Lippen verziehen sich zu einem schmalen Lächeln. Sie sagt: „Ich bin mit Alexander befreundet. Wir kennen uns schon sehr, sehr lange. Und sehr gut.“

Die Art und Weise, wie sie es sagt, gibt mir zu denken.

Wilder fügt hinzu: „Sie sind zusammen zur Schule gegangen.“

„Oh, das ist schön. Nett, dich kennenzulernen“, erwidere ich.

Ihr Blick schweift abschätzend an mir herab, dann sieht sie mir wieder in die Augen. „Ja, es war sehr nett, dich kennenzulernen. Ich bin sicher, wir sehen uns wieder.“

„Okay. Klingt gut“, sage ich, aber alles in mir sagt mir, dass ich diese Frau nicht wiedersehen möchte. Sie scheint ganz nett zu sein, aber mein Bauchgefühl sagt mir, dass etwas im Busch ist.

Sie verabschiedet sich gerade, als unsere Kellnerin an den Tisch tritt.

„Willkommen bei *Piggly's*. Ich bin Martha und du bist neu in der Stadt“, sagt die ältere Frau und lächelt mich freundlich an.

„Martha, das ist unser Kindermädchen, Phoebe. Sie ist fantastisch", ruft Ace aufgeregt.

Ich lache. „Danke, Ace! Das ist ein tolles Kompliment."

Marthas warmes Lächeln lässt mich aufatmen. „Es ist schön, dich kennenzulernen. Jungs, ich habe euch schon so lange nicht mehr gesehen. War euer Dad zu beschäftigt, um euch in die Stadt zu bringen?"

„Ja, und Grandma und Grandpa kommen erst am Dienstag zurück", meint Wilder.

„Ich habe gehört, dass sie auf eine Missionsreise gegangen sind. Ich war überrascht, dass sie über die Feiertage wegfahren", gibt Martha zu.

„Sie kommen für Thanksgiving und Weihnachten zurück", lasse ich sie wissen.

Martha lächelt erleichtert. „Das ist gut. Die Feiertage ohne Ruby und Jacob wären einfach nicht dasselbe. Also, was kann ich euch zu trinken bringen?"

Ich bestelle Wasser und die Jungs wählen Limonade.

Martha fragt: „Magst du Reuben-Sandwiches? Die haben wir heute im Angebot."

„Die habe ich noch nie probiert", gestehe ich ihr.

Sie reißt gespielt schockiert die Augen auf und schnappt dramatisch nach Luft. „*Was?* Dann musst du eins probieren. Sie sind absolut köstlich. Das garantiere ich dir."

Ich lache. „Okay, dann nehme ich ein Reuben-Sandwich."

„Ich möchte den Cheeseburger mit Pommes, bitte", bestellt Ace.

Wilder sagt: „Ich nehme das käseüberbackene Bacon-Sandwich mit Tomatensuppe, bitte."

„Alles klar. Lasst mich eure Getränke holen und die Bestellung aufgeben. Es wird nicht lange dauern. Ich lege euren Bestellzettel ganz obenauf, dann wird er als Erstes abgearbeitet." Martha zwinkert den Jungs zu.

Ich grinse. „Klingt gut. Danke."

Sie klopft mir auf die Schulter. „Schön, dich kennenzulernen, Phoebe. Schön, dass sich jemand um die Jungs kümmert."

„Danke."

Sie macht sich ans Werk und ich schaue mich im Restaurant um. Meine Brust zieht sich zusammen.

Cheyenne starrt mich mit zusammengekniffenen Augen an und tippt mit den Fingern auf den Tisch. Jetzt hat sie ihre nette Maske abgelegt und spielt niemandem mehr etwas vor.

Ich wende den Blick ab und unterhalte mich mit den Jungs, aber ich spüre, wie sich ihr Blick in mich bohrt. Ich schaue auf und fange ihren Blick ein.

Warum sieht sie mich so an?

Mein Herz beginnt zu rasen.

Martha stellt gerade unser Essen ab, als Cheyenne aufsteht. Sie kommt zu uns herübergeschlendert und wartet, bis Martha gegangen ist, dann sagt sie: „Grüß Alexander von mir."

„Okay, mache ich", antworte ich und hoffe, dass sie einfach verschwindet.

Ihre Lippen verziehen sich zu einem bösartigen Lächeln. „Gut. Und lass ihn wissen, dass ich mal wieder Lust habe, seinen Hengst zu reiten."

19

Alexander

Am liebsten würde ich mich wieder ins Bett verkriechen und den Reset-Knopf drücken. Was wie ein toller Tag begann, hat sich schnell zum Schlechten gewendet. Ich habe Phoebe verletzt, und es ist ihr peinlich, dass meine Brüder von letzter Nacht wissen. Ich wünschte, ich könnte den Schaden, den ich angerichtet habe, irgendwie ungeschehen machen, aber ich weiß nicht wie.

Das Einzige, was mir übrig bleibt, ist, mich in meine Arbeit zu stürzen. Also treibe ich die Pferde hart an, besonders Calypso, und trainiere sie für das nächste Rennen.

Mason schreit: „Genug! Du riskierst eine Verletzung, wenn du so weitermachst."

Ich schätze die Situation neu ein. Er hat recht. Ich habe Calypso bereits vier Runden mehr als normal laufen lassen.

Ich seufze und trete in den Roundpen. Sobald ich ihm am Geschirr habe, befestige ich die Zügel und streichle über seine nasse Stirn, und gurre: „Gut gemacht, Kumpel."

Er schmiegt sich an meine Brust und prustet.

Ich hole einen Apfel aus meiner Tasche und halte ihn ihm hin. Er ist hellauf begeistert und kaut hungrig darauf herum. Ich führe ihn zum Wassertrog und lasse ihn ein paar Minuten lang trinken, bevor ich ihn zurück in den Stall bringe und abreibe.

Mein Handy vibriert, sobald ich das Tor zu seiner Box schließe. Ich zücke es aus meiner Westentasche und lese die Nachricht, die ich bekommen habe.

> Cheyenne: Ich habe eben dein Kindermädchen kennengelernt.

Die Härchen auf meinen Armen stellen sich auf. Es ist eine kleine Stadt und jeder kennt jeden. Soweit die Jungs wissen, ist Cheyenne nur meine ehemalige Klassenkameradin, und nichts weiter.

Und sie kennt meine Grenzen in Bezug auf meine Kinder und hat sie immer respektiert, sodass ich mir nie Sorgen gemacht habe, wenn wir ihr in der Stadt oder bei Veranstaltungen begegnet sind.

Bevor ich antworten kann, schreibt sie mir erneut.

> Cheyenne: Sie ist süß. Eher ein Künstlertyp, aber sie wirkt munter.

> Cheyenne: Ihr Nasenstecker ist ein netter Touch.

Ich schließe meine Faust, starre auf den Bildschirm und überlege, wie ich antworten soll.

Ich: Sie ist großartig für die Jungs.

Cheyenne: Hast du heute Abend Zeit? Ich habe Lust zu reiten.

Ich: Tut mir leid, ich kann die Kinder nicht allein lassen. Es ist zu viel los.

Cheyenne: Auf der Ranch oder mit der Nanny?

Ihre Antwort hinterlässt einen bitteren Beigeschmack. Das Letzte, was ich brauche, ist, dass Cheyenne eifersüchtig auf Phoebe ist. Sie weiß nicht einmal, was zwischen uns passiert. Selbst wenn sie eine Ahnung hätte, haben wir lediglich ein beidseitig einvernehmliches Arrangement. Mehr nicht. Sie hat kein Anrecht auf mich. Wenn sie mit jemand anderem vögelt, mische ich mich auch nicht ein. Ich bin mir durchaus darüber im Klaren, dass unsere kleine Vereinbarung jederzeit enden kann.

Cheyenne: Ich hätte nicht gedacht, dass sie dein Typ ist. Du überraschst mich.

Ich: Hör auf, Dinge rumzuerzählen, von denen du keine Ahnung hast.

Cheyenne: Dann komm her und bestrafe mich. Ich war ein böses Mädchen.

Cheyenne schickt mir ein Bild davon, wie sie ihre nackte Pussy streichelt.

Normalerweise würde das mein Blut in Wallung bringen, und ich würde einen Weg finden, einen schnellen Quickie dazwischenzuschieben, selbst wenn ich nur zwanzig Minuten Zeit hätte. Aber im Moment nervt es mich nur.

Ich: Sorry, ich bin beschäftigt. Wir reden später.

Cheyenne: Aber ich brauche den Hengst. Und du schuldest mir was.

Mein Puls schießt in die Höhe. Der Hengst will niemanden außer meiner Pheebs.

Wovon redet Cheyenne?

Ich: Ich schulde dir etwas?

Cheyenne: Ja. Ich habe dich vor ein paar Wochen gevögelt, obwohl ich mich schon fürs Ausgehen fertig gemacht hatte. Ich musste meine Haare und mein Make-up neu stylen.

Ich: Ich habe keine Zeit für deine Spielchen. Wir hören uns.

Sie versucht, mich anzurufen.

Ich lasse die Mailbox einspringen.

Sie schickt mir drei weinende Emojis.

Das ärgert mich noch mehr. Ich stecke mein Handy in meine Tasche und laufe aus dem Stall. Ich bin auf halbem Weg über den Hof, als Phoebes SUV durch das Tor rollt.

Ace springt vom Beifahrersitz und rennt auf mich zu. „Dad, du wirst nicht glauben, was wir gekauft haben! Ich wette, du bist überrascht."

„Willst du mir verraten, was das für eine Überraschung ist?", frage ich lachend.

„Nope! Du musst woanders hingehen, damit wir ausladen können", antwortet er aufgeregt.

„Ich darf nicht gucken?“

„Nein! Du wirst noch unsere Überraschung ruinieren!“

Ich gluckse. „Na gut. Ich bin gleich wieder weg. Habt ihr Jungs euch benommen?“

„Sie waren Musterknaben. Ace, hilf deinem Bruder, alles auszuladen“, ruft Phoebe ihm zu.

Er gehorcht.

Ich schaue sie an. „Ich bin froh, dass die Jungs dir keinen Ärger gemacht haben. Und ich kann es kaum erwarten, diese Überraschung zu sehen.“

Sie lächelt, aber es erreicht ihre Augen nicht. Dann sagt sie: „Ich habe deine Freundin Cheyenne getroffen.“

„Wir sind zusammen zur Schule gegangen.“

„Ja, das habe ich gehört. Ich soll dir sagen, dass sie deinen Hengst wieder reiten will.“ Phoebes Lächeln ist wie versteinert.

Scheiße.

Verdammt, Cheyenne.

Ich öffne den Mund, aber es kommt nichts heraus.

Phoebe schürzt die Lippen und schüttelt den Kopf, bevor sie auf dem Absatz kehrt macht. Sie gesellt sich zu den Jungs, die den SUV ausladen.

Mein Bauch zieht sich zusammen. Ich atme ein paar Mal tief durch.

Sie wird alles verstehen, wenn ich ihr mein Arrangement mit Cheyenne erkläre.

Außerdem ist sie immer noch mit Mr. Trottel zusammen, soviel ich weiß. Sie hat nicht das Recht, auf mich sauer zu sein, weil ich Sex hatte, bevor wir uns kennengelernt haben.

Ich gehe auf den SUV zu und hoffe, Phoebe zur Seite ziehen zu können, doch Wilder ruft: „Dad, du kannst nicht herkommen! Du würdest die Überraschung verderben."

Ich erstarre, nicht sicher, was ich tun soll.

Ace ruft besorgt: „Geh weg! Wir wollen dich überraschen!"

„Du darfst erst reinkommen, wenn es draußen dunkel ist", bestimmt Wilder.

Ich sage leise zu Phoebe: „Wir müssen uns unterhalten."

Sie legt den Kopf schief und zieht die Augenbrauen zusammen. „Müssen wir das?"

„Ja, das sollten wir", entgegne ich ernst.

„Klar doch. Was immer du sagst, Boss", erwidert sie überfreundlich. „Kommt schon, Jungs. Lasst uns mit unserem Projekt beginnen." Sie führt sie ins Haus, und ich stapfe zum Roundpen zurück.

Jagger fragt: „Was ist los?"

„Nichts."

Er legt den Kopf schief. „Es sah nicht danach aus, Mann."

„Kümmere dich um deinen eigenen Kram", entgegne ich und sehe mich nach meinem Vollblüter Trojan um. Er steht noch im Stall. Sobald ich ihn gesattelt habe, stelle ich meinen Fuß in den Steigbügel und ziehe mich hoch. Ich werfe mein Bein über seinen Rücken und reite los.

Wir drehen eine Runde um den See, um die nächsten Stunden totzuschlagen. Das ist das Einzige, was mich immer auf andere Gedanken bringen kann … außer heute. Ich weiß nicht, wie ich die Situation klären kann, in der ich mich so unverhofft wiederfinde.

Rational gesehen sollte ich mich in Bezug auf Cheyenne für nichts entschuldigen müssen, aber es fühlt sich trotzdem so an, als hätte ich etwas falsch gemacht. Und ich verfluche mich dafür, dass ich so verantwortungslos war.

Phoebe ist unser Kindermädchen. Ich bin ihr Boss und sie ist für die beiden Menschen verantwortlich, die ich mehr liebe als alles andere auf dieser Welt. Es ist meine Aufgabe, sie zu beschützen und mich zuletzt um meine eigenen Bedürfnisse zu kümmern, und das habe ich letzte Nacht vergessen.

Die Sonne sinkt hinter den Horizont und die Dämmerung bricht herein. Der Ausritt hätte helfen müssen, mich abzukühlen, aber ich bin immer noch wütend über die ganzen Missverständnisse und das Chaos, sodass ich mich fühle, als könnte mir der Kopf platzen. Ich versuche mich nicht in die Sache reinzusteigern, aber es gelingt mir nicht und ich kann an nichts anderes mehr denken.

Der See ist der eine Ort, an dem ich die Kontrolle verlieren und mich in Selbstmitleid suhlen kann, aber ich hasse es. Ich erlaube mir nicht oft, mich so gehen zu lassen. Doch heute Abend habe ich mit den Schattenseiten von *Was wäre, wenn* und *Warum ich* und *Das Leben ist so ungerecht* zu kämpfen.

Am liebsten würde ich nicht umkehren, einfach weiterreiten, aber ich weiß, dass ich mich der Musik stellen und versuchen muss, das Missverständnis aus der Welt zu schaffen.

Ich treibe Trojan hart an, bis der Stall in Sicht kommt. Dann springe ich von ihm herunter, nehme seinen Sattel ab, reibe ihn trocken, führe ihn in seine Box und gehe dann zum Haus. Die orangefarbenen leuchtenden Lampen und die automatischen Bewegungsmelder gehen an und weisen mir den Weg zur Veranda.

Als ich die Haustür öffne, schlägt mir der Duft von selbstgebackenen Cookies entgegen. Fröhliches Gelächter dringt an meine Ohren und ich halte schmunzelnd inne.

Vielleicht sollte ich da nicht reingehen und ihnen den Spaß verderben.

„Das wird Dad gefallen!", ruft Ace aufgeregt und reißt mich aus meinem inneren Kampf.

Ich gehe in mein Schlafzimmer und frage: „Was wird mir gefallen?" Dann halte ich wie vor den Kopf gestoßen inne.

Das Lachen verstummt. Meine Kinder und Phoebe starren mich mit riesigen Augen an.

Ich lasse den Blick durch das Zimmer schweifen. Die Wände sind in einem beruhigenden Blau gestrichen. Auf meinem Bett liegt eine neue, bunte Tagesdecke und auf dem Nachttisch steht eine Glasvase. Gegenüber von meinem Bett hängt eine riesige Leinwand mit einem Truthahn und den Namen der Jungs darunter an der Wand. Über meinem Bett hängt eine silberne Pferdeskulptur aus gehämmertem Silbermetall. Darunter steht „Hengst" geschrieben.

Wilder schreit: „Überraschung!"

„Ist es nicht toll geworden, Dad?", fragt Ace aufgeregt.

Phoebe atmet tief durch und lächelt leicht.

Verblüfft nehme ich alles in mich auf und gebe zu: „Das sieht großartig aus."

„Als Nächstes ist mein Zimmer an der Reihe; ich habe den längeren Strohhalm gezogen! Die Wände werden rot, Dad", informiert mich Wilder.

„Dann streichen wir meins! Meine Wände werden grün!", meldet sich Ace zu Wort.

Ich schaue Phoebe in die Augen. „Das ist wirklich schön."

„Gefällt es dir?"

„Es ist unglaublich."

Ihr Lächeln wird breiter. Sie haucht leise: „Gut."

Ich werfe einen Blick auf den Hengst über dem Bett, dann sehe ich zurück zu ihr. Meine Augenbraue hebt sich wie von allein und mein Herz schlägt schneller.

Sie beißt sich auf ihre Lippe, ihre Wangen werden rosa.

Plötzlich entweicht mir ein Lachen und ich kann nicht mehr aufhören. Vielleicht ist es der Stress des Tages. Vielleicht fühle ich mich in meinem eigenen Haus so fehl am Platz, dass ich im Moment nicht weiß, wie ich mit irgendetwas fertigwerden soll. Vielleicht liegt es an der unbestreitbaren Anziehung zwischen Phoebe und mir, auch wenn ich mir den ganzen Tag über eingeredet habe, dass ich das Gefühl kontrollieren muss.

Vielleicht will ich aber auch nur das Glücksgefühl von vor vierundzwanzig Stunden wieder spüren, bevor ich meine große Klappe aufgemacht und alles zerstört habe.

Egal woran es liegt, ich lache weiter. Phoebe stimmt plötzlich mit ein und mir laufen Tränen über die Wangen. Ich wische sie weg, kann aber nicht aufhören zu prusten. Meine Seiten beginnen zu stechen.

Ace fragt verwirrt: „Worüber lacht ihr?"

Ich kann ihm nicht antworten. Ich schaue wieder zum Hengst über meinem Bett und Phoebe schnaubt. Auch sie wischt sich Tränen von den Wangen.

„Ich habe keine Ahnung, was bei denen falsch läuft", meint Wilder zu seinem Bruder.

Unser Gelächter dauert noch ein paar Minuten an, bis wir uns beruhigen können. Ich knie mich hin und lege meine Arme um die Jungs. „Danke. Das ist wirklich schön geworden."

Wilder erklärt: „Es war alles Phoebes Idee."

„Sie hat gesagt, wir müssen zuerst dein Zimmer machen", fügt Ace hinzu.

„Ja. Sie meinte, du hättest es verdient, weil du so hart für uns alle arbeitest", meint Wilder.

Ich fixiere sie mit meinem Blick. „Danke, Phoebe. Das war sehr aufmerksam von dir."

„Gerne."

Wir sehen uns einen Moment schweigend an.

Dann knurrt Aces Magen. Er verkündet: „Ich bin am Verhungern. Was kocht Tante Willow?"

Phoebe antwortet: „Heute ist Steakabend."

„Jippie! Mein Lieblingsessen", ruft Wilder und reißt seinen Arm in die Luft.

„Warum lauft ihr zwei nicht schon rüber? Phoebe und ich kommen gleich nach. Ich muss mal kurz mit ihr reden."

„Wer zuerst im Haupthaus ist, hat gewonnen", schreit Ace und rennt aus meinem Schlafzimmer.

„Du schummelst!", ruft Wilder ihm hinterher und folgt ihm.

Die Haustür knallt zu und ich stelle mich vor Phoebe. Sorge schleicht sich erneut ein und schnürt mir die Brust zu. Ich platze heraus: „Wo hast du das Pferd gefunden?"

Ihre Mundwinkel zucken. „Im Möbelhaus in der Stadt."

Ich schaue wieder über mein Bett und gluckse. „Es ist … schön."

„Ich dachte mir schon, dass es dir gefallen würde", sagt sie und atmet tief ein. Ihr Lächeln verblasst.

Eine Million Gedanken schießen mir durch den Kopf. Ich setze zum Sprechen an: „Sieh mal, ich …"

Sie wartet.

„Ich habe heute Morgen Mist gebaut und mich falsch ausgedrückt."

„Alexander, ich will nicht nur eine weitere Kerbe in deinem Bettpfosten sein."

Ich schließe den Abstand zwischen uns und streichle ihre Wange. „Das bist du auch nicht."

„Nein?"

„Nein. So würde ich dich nie behandeln."

Die Spannung zwischen uns steigt.

Ich streiche mit dem Daumen über ihre Lippen und füge hinzu: „Ich mag dich … sehr sogar. Aber ich weiß nicht, was zwischen uns passiert. Ich bin nicht an … nun, an all das gewöhnt. Ich will meinen Söhnen nicht wehtun, wenn … Ich weiß nicht mal, ob du noch mit diesem Arschloch zusammen bist."

Sie presst die Lippen aufeinander, aber sagt nichts.

Mein Puls schießt in die Höhe. Ich dränge: „Bist du noch mit ihm zusammen?"

Sie zuckt langsam mit den Schultern. „Ich weiß nicht, wo ich mit ihm stehe."

Mein Herz sinkt in meine Hose. „Ich spanne anderen Männern nicht die Freundinnen aus."

Phoebe räuspert sich. „Was ist mit Cheyenne? Klingt, als würdest du sie im biblischen Sinne kennen."

„Wir haben ein Arrangement. Freunde mit gewissen Vorzügen, wenn du weißt, was ich meine. Nichts weiter."

Phoebe zuckt zurück. „Machen Leute das wirklich?"

Ich zucke mit den Schultern. „Ich habe eine Menge Verantwortung mit den Jungs und der Ranch, aber ich habe auch Bedürfnisse. Was soll ich sagen?"

Sie hält inne und nickt dann. „In Ordnung."

„Das ist alles sehr kompliziert und ich weiß nicht, wie ich alles unter einen Hut bringen soll."

„Nun, es hilft nicht, dass ich die goldene Regel gebrochen habe."

Verwirrt sehe ich sie an. „Begegne anderen mit Respekt oder …?"

Sie schüttelt den Kopf. „Nein. Ich rede von *Schlaf nicht mit deinem Boss.*"

„Ich bin nicht gerade unschuldig. Wir haben beide die Entscheidung getroffen", meine ich.

Wir sind einen Moment lang still.

Sie legt ihre Hand auf meine, mit der ich ihre Wange streichle, und schließt die Augen. Dann flattern ihre Lider und sie sagt: „Vielleicht ist es das Beste, wenn wir nur Freunde sind. Wir haben beide Dinge, die wir bewältigen müssen, also ist es wahrscheinlich am besten, wenn wir letzte Nacht vergessen."

Mir dreht sich der Magen um, aber ich kann ihr nicht widersprechen. Langsam ziehe ich ihre Hand an meine Lippen und gebe ihr einen Kuss. „Okay."

Sie lächelt.

„Du hasst mich also nicht?", frage ich.

Sie seufzt. „Nein."

„Gut. Es war ein ziemlich beschissener Tag. Ich wollte dich nicht verletzen", gebe ich zu.

„Ich gebe zu, ich hatte auch schon bessere Tage als heute."

Ich schaue mich im Zimmer um. „Das war echt aufmerksam von dir."

„Danke. Ich hatte ein super engagiertes Team, das mir geholfen hat", sagt sie.

„Sollen wir essen gehen?", frage ich.

„Okay."

Ich nicke ihr zu, dass sie vorneweg gehen soll und lege ihr fast die Hand auf den Rücken, halte mich aber zurück.

Wir sind nur Freunde.

Es mag schwer sein, nicht *mehr* zu wollen, aber Phoebe hat recht. Keiner von uns ist an einem Punkt im Leben, an dem wir uns auf den anderen einlassen können. Irgendjemand würde verletzt werden, vielleicht meine Jungs und das kann ich nicht zulassen.

Wir verlassen das Haus, ohne etwas zu sagen, und laufen über den Hof zum Haupthaus. Als wir drinnen ankommen, ist das

Abendessen schon vorbereitet. Meine Familie sitzt im Esszimmer und wartet auf uns.

Wir setzen uns einander gegenüber, und im Gegensatz zum Frühstück verfallen wir wieder in unser übliches Geplänkel. Es fühlt sich gut an, und doch kann ich nicht anders, als mir zu wünschen, dass die Dinge anders wären, auch wenn ich weiß, dass das nicht unsere Realität ist.

Phoebe

Thanksgiving

Das Aroma von frisch gebrautem Kaffee und Bacon lockt mich aus dem Schlaf. Langsam öffne ich die Augen, stöhne und schließe sie schnell wieder. Kleine Männchen hämmern mit ihren Äxten gegen meine Schädeldecke und meine Zunge ist so pelzig, als wäre etwas in meinem Mund gestorben.

Ich blinzle ein paar Mal, dann setze ich mich langsam auf und schaue aus dem Fenster. Eissterne zieren die Ecken der Scheibe, und große Schneeflocken fallen auf der anderen Seite nieder.

Ich zwinge mich, aus dem Bett zu kriechen, meinen Morgenmantel über meinen Schlafanzug zu ziehen und die Füße in meine Hausschuhe zu stecken. Dann schlurfe ich ins Bad, putze mir die Zähne und gurgle die halbe Flasche Mundwasser.

Schließlich mache ich mich langsam auf den Weg in die Küche.

Alexander lehnt mit einer Tasse Kaffee in der Hand an der Theke. Er muss heute Morgen schon draußen gewesen sein – er hat Stiefel an und trägt seinen Cowboyhut. Seine Lippen zucken amüsiert, doch sein Blick ist von Mitleid erfüllt.

Auch wenn ich mich beschissen fühle, schlägt mein Herz bei seinem Anblick und seinem Lächeln höher. Ich wünschte, er wäre nicht so sexy, denn egal, was wir vereinbart haben, ich will ihn immer noch. Wir haben unser Bestes getan, damit alles wieder zum Alten wird, aber es ist schwer. Mehrere Male in der vergangenen Woche wollte ich die Hand ausstrecken und ihn berühren, bis ich mich daran erinnert habe, dass er tabu ist.

„Wie fühlst du dich, Pheebs?"

Ich stöhne. „Wie viele Biere habe ich getrunken?"

Er gluckst. „Ich habe nicht mitgezählt. Besonders nachdem du diese Wette mit Sebastian abgeschlossen hast."

Welche Wette?

Ich versuche mich an die Ereignisse der letzten Nacht zu erinnern, doch mein Kopf ist in Watte gepackt. Grau erinnere ich mich daran, wie die Cartwrights meinen Namen rufen, um mich anzufeuern. „Ohje", jammere ich, schüttle den Kopf und zucke dann zusammen, als ein Schmerzensstich durch ihn hindurchfährt.

„Vorsichtig", warnt Alexander. Er dreht sich um und schenkt eine weitere Tasse Kaffee ein. Er stellt sie auf den Tisch und sieht mich an. „Setz dich."

Ich gehorche und schließe meine Hände um die angenehm warme Tasse.

Er greift in einen der Hängeschränke, holt eine Packung Ibuprofen heraus und drückt zwei davon in seine Handfläche, bevor er sie mir hinhält und brummt: „Hier, nimm die. Die helfen gegen Kopfschmerzen."

Ich nehme sie ihm ab und er stellt mir ein Glas Wasser hin.

Sobald ich die Tabletten geschluckt habe, frage ich: „Um was genau hat Sebastian gewettet?"

„Oh, es war nicht Sebastian, der dich herausgefordert hat", verrät Alexander mir und versucht nicht zu lachen.

Ich runzle die Stirn und gebe zu: „Ich habe keine Ahnung, wovon du sprichst. Kannst du etwas genauer sein?"

Alexanders Mundwinkel zucken amüsiert. „Du hast damit angegeben, dass du ein Bier schneller auf ex trinken kannst als er. Es war deine Herausforderung."

Ich fahre mir mit der Hand übers Gesicht und stöhnte: „Wirklich?"

Alexanders Lippen zucken. „Ja, du hast dir das selbst zuzuschreiben."

Ich nehme einen Schluck von meinem Kaffee. Die heiße Flüssigkeit brennt sich einen Weg in meinen Bauch und hat schon mal besser geschmeckt. Ich zucke zusammen und fasse mir an den Bauch.

Alexander setzt sich neben mich, legt seine Hand auf meinen Rücken und lässt sie kreisen. „Pheebs, du bist ganz grün im Gesicht."

„Ich komme schon klar."

Er trinkt einen Schluck Kaffee und sagt dann: „Falls es hilft, ich habe noch nie jemanden gekannt, der Sebastian geschlagen hat. Du kannst ernsthaft ein ganzes Bier in einem Zug hinunterkippen."

Ich erinnere mich schwach daran, wie ich ein Loch in eine Dose stach und sie mir dann an den Mund hielt, während alle um uns herum jubelten. Ich verschränke meine Arme auf dem Tisch und vergrabe mein Gesicht vor Scham in meinen Händen. Dann murmle ich mit geschlossenen Augen: „Deine Familie ist schuld. Der Gruppenzwang ist enorm."

Alexander gluckst. „Ist das die Geschichte, an der du festhältst?"

Ich zwinge mich, seinen Blick zu erwidern. „Ja."

Er grinst und legt dann seine Hand auf meinen Oberschenkel. Er lehnt sich näher. „Du weißt, dass sie heute Abend weiterfeiern wollen, oder?"

Ich sehe ihn verzweifelt an. „Ernsthaft?"

Er grinst. „Jepp. Willst du ein Konterbier? Das kann Wunder wirken."

„Das klingt eklig", jammere ich.

„Deine Entscheidung." Er lehnt sich amüsiert zurück und trinkt einen weiteren Schluck Kaffee.

Ich zwinge mich, den Kopf von der Tischplatte zu lösen, schaue aus dem Fenster und murre: „Es sieht als, als würden wir eine Menge Schnee bekommen."

„Ja. Es hat, kurz nachdem wir nach Hause kamen, damit angefangen."

„Wirklich?" Ich ziehe die Augenbrauen zusammen und versuche mich daran zu erinnern, wie ich vom Haupthaus nach Hause gekommen bin, aber ich kann mich an nichts mehr erinnern.

„Du erinnerst dich nicht daran, dass ich dich getragen habe, oder?", fragt Alexander belustigt.

Meine Wangen werden heiß. „Nein. Wie schlimm war es?"

„*Schlimm* ist das falsche Wort. Du warst einfach nur ziemlich lebhaft", neckt er.

„Es tut mir *sooo* leid. Nicht sehr verantwortungsvoll von mir. Als Kindermädchen sollte ich es besser wissen."

Er lacht. „Du warst nicht im Kindermädchen-Modus, Phoebe. Es ist Thanksgiving. Happy Thanksgiving, übrigens."

„Happy Thanksgiving", antworte ich und nehme noch einen Schluck von meiner Tasse.

„Hast du Hunger? Etwas Toast könnte helfen", schlägt er vor.

Mein Magen protestiert. „Nein. Wenn ich jetzt esse, muss ich mich übergeben."

„Ohh", gurrt er, rückt näher und legt seinen Arm um mich. „Jetzt fühl ich mich schlecht, weil ich dich so viel trinken lassen habe."

Ich schließe meine Augen und lehne mich an seine Brust. „Es ist nicht deine Schuld."

„Trotzdem ..."

„Mir geht es gut", sage ich mit etwas mehr Nachdruck. Dann frage ich: „Warum hast du mich getragen?"

„Nach der dritten Runde mit Sebastian hattest du ein klitze-kleines Problem, im Schnee voranzukommen."

Ich starre ihn an.

Er grinst, dann schlägt er vor: „Warum schläfst du nicht noch ein bisschen und lässt die Kopfschmerztabletten wirken? Es ist eh noch früh."

Ich zwinge mich, meinen Kopf zu heben und aufzuschauen. „Wie spät ist es?"

„Kurz nach acht."

„Ich muss beim Essen kochen helfen."

Er grunzt. „Du wirst die nächsten paar Stunden nichts verpassen. Ruh dich etwas aus, damit du den Tag genießen kannst. Außerdem fordere ich nach dem Essen meinen Gewinn ein."

„Deinen Gewinn?"

Er nickt und beobachtet mich aufmerksam.

Mein Herz sinkt und ich habe Angst zu fragen, wovon er redet, aber ich muss es wissen. „Um was haben wir gewettet?"

„Etwas Lustiges. Du wirst schon sehen." Er steht auf und kippt den Rest seines Kaffees hinunter. „Ich muss noch etwas erledigen."

„Du willst es mir ernsthaft nicht verraten?"

Er spült seine Tasse aus und stellt sie in den Geschirrspüler. „Nein. Da du dich nicht erinnerst, bleibt es eine Überraschung. Aber gestern hast du dich darauf gefreut."

„Wirklich?"

„Ja."

Ich zermartere mir das Hirn, aber ich kann mich an nichts von der Wette erinnern.

„Bist du sicher, dass du keinen Toast willst?", hakt er nach.

„Nein, es ist besser, wenn ich nüchtern bleibe."

„Okay. Geh wieder schlafen."

„Wo sind die Jungs?", frage ich.

„Alle Kinder sind draußen und spielen in diesem Wetterphänomen. Ein texanischer Schneesturm im November. Kannst du das glauben?"

„Schneit es hier sonst nie?"

„Es kommt selten vor, aber normalerweise nicht so früh im Jahr. Die Kinder haben Schneemänner gebaut, bevor sie eine Schneeballschlacht gemacht haben. Die anderen sind im Haupthaus und du kannst gern zu ihnen stoßen, wenn du bereit bist. Du solltest aber erst zurück ins Bett gehen und dich noch ein wenig ausruhen."

Ich gebe nach und nicke. „Okay. Wenn du dir sicher bist?"

„Absolut. Außerdem schlafen Paisley und Willow wahrscheinlich noch."

Eine Erinnerung an schallendes Gelächter und Paisleys Bitte um eine Plane aus dem Stall schießt mir durch den Kopf. Und ich muss einfach fragen: „Haben wir letzte Nacht etwas mit einer Plane gemacht?"

Alexanders Augen leuchten auf. „Ihr habt womöglich versucht, eine Rutschbahn im Schnee zu bauen."

„Eine Rutschbahn?"

Er nickt. „Jepp."

Mir kommt ein weiterer Flashback. Entsetzt frage ich: „Bin ich fast erfroren, und du hast mich unter dir heiße Dusche gesteckt?"

„Wieder richtig!", sagt er.

Alle Farbe weicht mir aus dem Gesicht. Ich stöhne. „Mist. Tut mir leid."

Er gluckst. „Schon okay."

„Haben die Jungs mich so gesehen?"

„Nein. Alle Kids sind mit meinen Eltern im Haupthaus geblieben. Das ist Tradition."

Erleichterung durchströmt mich. „Gott sei Dank!"

Alexander gluckst. „Ruh dich aus, Pheebs."

Er geht zur Tür und ich starre seinen knackigen Hintern an, während mir ein Dutzend Fragen durch den Kopf gehen.

Was ist unter der Dusche passiert?

Plötzlich erinnere ich mich, wie Alexander mir meinen Schlafanzug anzieht, ich meine Arme um ihn werfe und lallend rufe: „Zeig mir deinen Hengst."

Die Blamage ist fast zu viel. Ich halte mir wieder die Hände vors Gesicht, mein Herz rast und mein Kopf dröhnt.

Ich bleibe in der Küche sitzen und versuche, mich an mehr zu erinnern, aber mir fällt nichts anderes ein. Schließlich zwinge ich mich aufzustehen und wieder ins Bett zu gehen. Ich stelle mir den Wecker und schlafe dann schnell ein.

Als mein Wecker zwei Stunden später klingelt, versuche ich ihn wie eine lästige Fliege zu erschlagen – mit gemischtem Erfolg – und öffne langsam meine Augen. Ich warte auf die Kopfschmerzen, aber sie bleiben aus und scheinen verschwunden zu sein.

Dann steige ich aus dem Bett und erstarre.

Eine weiße Schachtel liegt auf meiner Kommode. Ein orangefarbenes und braunes Seidenband ist darum gewickelt und ein Umschlag steckt unter der extravaganten Schleife.

Mein Herz klopft schneller. Ich greife nach dem Umschlag und ziehe die Karte heraus.

Auf der Vorderseite ist ein Truthahn abgebildet, darunter steht *Gobb-Gobb.*

Ich lächle und öffne die Karte. Die Inschrift lautet: Happy Thanksgiving. Auf der linken Seite hat Alexander etwas geschrieben.

Pheebs,

Das bleibt unser Geheimnis.

Verrat Willow nichts davon.

Alexander

Die Schmetterlinge in meinem Bauch spielen verrückt. Ich hebe den Deckel von der Schachtel und ziehe ein Paar identische Stiefel heraus, wie die, die Willow mir geschenkt hat. Schnell schaue ich auf das Etikett. Sie sind genau eine halbe Größe größer.

Mein Puls hämmert in meinen Ohren, aber ich bin auch etwas wehmütig. Es ist so ein aufmerksames Geschenk. Zum millionsten Mal in dieser Woche wünsche ich mir, dass unsere Situation nicht so kompliziert wäre und ich mit Alexander zusammen sein könnte.

Ich lege die Stiefel auf mein Bett und packe dann die, die Willow mir gegeben hat, in die Schachtel. Diese verstaue ich hinten in meinem Schrank, dann gehe ich duschen, putze mir die Zähne, kämme mir die Haare und schminke mich.

Ich ziehe mich an und stecke die Füße in meine neuen Stiefel. Sie passen perfekt. *Ich bin so glücklich.* Obwohl die Stiefel, die Willow mir geschenkt hat, zu klein waren, habe ich sie täglich getragen. Ich liebe sie. Außerdem lebe ich auf einer Ranch. Schlamm und Dreck gehört zu meinem neuen Alltag. Es wäre dumm, etwas anderes als Stiefel zu tragen.

Ich ziehe mir den Wintermantel, die Handschuhe und die Mütze an, die ich Anfang der Woche gekauft habe, und stapfe dann durch den Schnee zum Haupthaus. Als ich den warmen Vorbau betrete, stapfe ich mit den Füßen und ziehe meine Winterausrüstung aus.

Es ist immer noch ein komisches Gefühl, die Stiefel nicht im Eingang auszuziehen, aber Ruby hat mir erzählt, dass sie es schon vor Jahren aufgegeben hat, sich um ihre Böden zu sorgen. Sie meinte, dass Bauernhäuser aus einem guten Grund Holzdielen haben.

Ich hänge meinen Mantel auf und höre die Frauen in der Küche plaudern, also gehe ich zu ihnen.

Es herrscht blankes Chaos. Die ganze Küche ist voll und es finden mehrere Gespräche gleichzeitig statt.

Georgia dreht sich um und ihr Gesicht leuchtet auf, als sie mich sieht. „Wie geht es dir, Phoebe?"

Alle halten in der Bewegung inne und wenden sich mir zu.

Ich antworte: „Inzwischen geht es mir etwas besser. Alexander hat mir ein paar Ibus gegeben."

„Ich glaube nicht, dass sich Sebastians Ego jemals wieder erholen wird", neckt sie mich.

Ich fahre mit der Hand übers Gesicht und merke, wie meine Wangen heiß werden. Ich murmle in meinen imaginären Bart: „Ich will es gar nicht wissen."

Gelächter liegt in der Luft.

„Mach dir keine Sorgen. Paisley ist auch verkatert", sagt Ruby.

Paisley ist blass. Ihre Wange ruht auf ihrem Unterarm, während sie sich über den Tisch beugt. Sie murmelt: „Ich kann euch hören."

„Ach, das wird schon wieder", lacht Ruby und klopft ihr auf die Schulter.

Sie zuckt zusammen. „Mom, das tut weh!"

„Oh. Sorry. Ich schätze, das wird dich lehren, keine Planen im Schnee auszulegen."

„Hast du dich verletzt?", frage ich sie geschockt.

„Es ist nur ein blauer Fleck."

Evelyn schnaubt. „Von wegen. Ihr ganzer Arm und ein Teil ihres Rückens sind blau."

„Es ist halb so wild", murrt Paisley und schließt wieder die Augen.

Willow sagt: „Mir wäre die Prellung lieber als das Date mit Cyril gestern Abend."

Georgia bemerkt meinen Blick und verbeißt sich ein Lächeln.

Ich frage Willow: „Warum?"

Sie rümpft die Nase. „Man sollte meinen, dass ein Mann, der einen Stier reiten kann, auch weiß, wie man bei einem Date die Führung übernimmt."

„So schlimm?", frage ich.

„Vielleicht solltest du ihm noch eine Chance geben. Vielleicht ist er nur schüchtern", schlägt Ruby vor.

Georgia kichert.

„Ich fand ihn nett", gebe ich zum Besten. Er kam auf der Ranch an, bevor meine Erinnerung etwas unscharf wird. „Ich wusste nicht, dass es irgendwelche Probleme gab."

„Er mag keine Bars, also sind wir an der größten Bar-Nacht des Jahres früh nach Hause gekommen", beschwert sich Willow.

„Und das ist etwas Schlechtes?", fragt Ruby.

Willow schürzt die Lippen. „Oh Gott, Mom." Sie wedelt mit einer Karotte durch die Luft, zeigt damit auf mich und sagt: „Phoebe, lass dir das eine Lehre sein, warum man nicht die erste Person sein sollte, die mit einem Bullenreiter ausgeht, wenn er neu in die Stadt kommt. Man weiß nie, was sie für Macken haben. Wenn man erst ein paar andere Frauen mit ihnen ausgehen lässt, weiß man alles über sie und spart sich viel Zeit und Energie. Sei also nicht so dumm wie ich. Letzte Nacht hat er mir fast ein Ohr abgekaut." Sie rollt mit den Augen.

Georgia fragt: „Was hat er denn für Macken?"

„Er ist noch nicht über seine Ex hinweg."

„Oh, das ist scheiße", sagt Georgia mitfühlend.

„Er mag keine Menschenmengen."

„Dann war er definitiv nicht die richtige Wahl für ein Date am Abend vor Thanksgiving", meint Paisley und erhebt sich. „Ich brauche ein Glas Wein, um die Eskapaden der letzten Nacht zu kontern. Möchte noch jemand was?"

Ich überlege es mir, aber bei dem Gedanken wird mir schlecht und ich lehne ab.

Willow schnappt sich den Staudensellerie und hält ihn unter fließendes Wasser, um ihn zu waschen. „Ich konnte ihn nicht schnell genug loswerden. Ein Glück wart ihr hier, sonst wäre der Abend völlig in die Hose gegangen."

„Ich bin sicher, du findest bald jemand anderen", sagt Ruby.

„Tut mir leid, dass es so ein Fehlgriff war. Womit kann ich helfen?", frage ich.

„Die Kartoffeln müssen alle geschält werden, wenn du mitmachen willst", sagt Evelyn.

„Klar." Ich stelle mich neben sie und beginne, die gekochten Kartoffeln zu schälen.

Die nächsten Stunden verbringen wir damit, alles für das Essen vorzubereiten. Von Zeit zu Zeit rennen die Kinder in die Küche und gegen vierzehn Uhr ist endlich alles fertig.

Paisley sagt: „Ich gehe die Glocke läuten."

Es dauert eine weitere halbe Stunde, bis alle drinnen sind und sich die Hände gewaschen haben.

Alexander bittet mich, mich neben ihn zu setzen und zieht mir den Stuhl raus. Die Schmetterlinge in meinem Bauch heben ab, weil ich ihm so nahe bin. Ich setze mich und sein aphrodisierender Duft – eine Mischung aus Moschus, Schweiß und Natur – umhüllt mich wie meine persönliche Lustwolke. Ich schlage meine Beine übereinander und drücke sie fest zusammen.

„Geht es dir besser?", fragt er.

Ich nicke. „Ja. Danke für die Kopfschmerztabletten."

„Kein Problem."

Ich lehne mich näher und flüstere: „Und für die Stiefel."

„Passen sie gut?"

„Wie angegossen!"

„Toll." Er zwinkert mir zu.

Die Schmetterlinge spielen verrückt.

Jacob spricht ein Gebet und dann sagen alle nacheinander, wofür sie dankbar sind.

Als ich an der Reihe bin, sage ich: „Ich bin dankbar, dass ihr mir die Chance gegeben habt, das Kindermädchen für Ace und Wilder zu sein, und dass ich so freundlich in eurer Familie aufgenommen worden bin. Danke." Meine Gefühle nehmen überhand und mir kommen die Tränen.

Plötzlich wird mir klar, dass ich mich noch nie so willkommen gefühlt habe wie in diesem Haus. Die Cartwrights schätzen und lieben einander, und ich habe mich bei ihnen von Anfang an wie zu Hause gefühlt. Und manchmal fällt es mir schwer, zu glauben, dass ich in etwas mehr als einem Monat wieder nach Kalifornien zurückkehren und mir einen neuen Job suchen muss.

Je länger ich nichts von Lance höre, desto mehr wird mir klar, dass ich nicht mehr mit ihm zusammen sein will.

Ich will einen Mann wie Alexander. Jemand, der mich so gut behandelt, wie er es tut. Und es ist scheiße, dass wir nicht zusammen sein können.

Ich habe noch nie eine solche Chemie mit jemandem gespürt. Jetzt, da ich sie mit ihm hatte, weiß ich, wie es sich anfühlt. Aber ich bin mir nicht sicher, ob sie nur mit ihm existiert. Fest steht, dass ich sie mit Lance nie hatte und wahrscheinlich auch nie haben werde. Was ich für gute Zeiten hielt, war nur das bare Minimum.

Ruby strahlt mich an. „Das ist so süß. Wir sind so froh, dich hier zu haben, Liebes."

„Ja. Es ist viel besser, seit du hier bist", fügt Ace hinzu und bringt mein Herz fast zum Überlaufen.

„Finde ich auch", fügt Wilder hinzu und zwinkert mir zu.

Ich lache. Die Geste hat er von seinem Onkel Jagger, der ein riesiges Ego hat, aber bei Wilder passt es irgendwie und wirkt weniger eingebildet.

Jacob sagt: „Du bist dran, Alexander."

Er zieht die Schultern zurück und sieht mir dann in die Augen, bevor er selbstbewusst sagt: „Ich bin dankbar für Pheebs. Die Jungs und ich wären in den letzten paar Wochen ohne sie verloren gewesen. Mom, es war richtig, dass ihr sie eingestellt habt."

Mein Herzschlag schießt in die Höhe. Meine Stimme versagt, aber ich bringe ein krächzendes „Danke" zustande.

„Es ist wahr." Er sieht mich noch ein paar Sekunden lang an, dann wendet er sich wieder dem Tisch zu.

Jagger erklärt: „Nun, ich bin auch für Pheebs dankbar."

„Arschloch", murmelt Alexander in sich hinein und ich verkneife mir ein Lachen.

Jagger grinst und sagt: „Und ich bin dankbar für all die Frauen, die mich noch nicht kennengelernt haben, aber unbedingt kennenlernen wollen." Sein Grinsen wird überlebensgroß.

Georgia stöhnt. „Hast du das nicht schon letztes Jahr gesagt?"

Er zuckt mit den Schultern. „Ja. Und es gibt immer noch eine Menge Frauen auf der Welt, die darauf brennen, mich zu treffen und von mir ausgeführt zu werden."

„Du bist so eingebildet", tadelt Evelyn ihn.

„Und stolz drauf", sagt er und nimmt einen Schluck von seinem Bier.

Der Rest der Familie bringt vor, wofür sie dankbar sind, und die Stimmung beim Essen bleibt fröhlich. Alexander und ich unterhalten uns mit allen, aber was er gesagt hat, geht mir nicht aus dem Kopf. Ich wünschte, es wäre anders zwischen uns, aber gleichzeitig hasse ich meine Schwäche, weil ich ihn so sehr will.

Ein paar Mal legt er seine Hand auf meinen Oberschenkel und nimmt sie dann schnell wieder weg, als hätte er vergessen, dass wir nur Freunde sind. Jedes Mal, wenn er es tut, spanne ich meine Schenkel an und wünsche mir, dass das Pochen zwischen meinen Schenkeln aufhört, aber das tut es nicht.

Wir essen auf und dann gibt es Nachtisch. Danach helfe ich den Frauen beim Aufräumen und trete aus der Küche.

Alexander sagt: „Du hast noch eine Rechnung bei mir offen, Phoebe."

„Okay?"

„Ja. Komm schon. Zieh deinen Mantel, Handschuhe und deine Mütze an."

„Was hast du vor?", frage ich, unsicher, was hier vor sich geht. Ich ziehe mir alles an und er führt mich nach draußen.

Es hat aufgehört zu schneien und die Ranch sieht aus wie ein Winterwunderland. Die Lichter sind an, aber erstrahlen nun in weihnachtlichen Rot- und Grüntönen.

Bewundernd sehe ich mich um und sage: „Es ist so schön hier."

„Stimmt. Komm mit." Er nimmt meine Hand und führt mich zum Stall

„Die Lichter waren nicht das, was du mir zeigen wolltest?"

„Nein, auch, aber nicht ganz."

„Was ist es dann?"

„Du wirst schon sehen."

Wir gehen in den Stall und Alexander öffnet eine Boxentür, bevor er das Zaumzeug eines großen Pferdes packt. „Du kennst doch Trojan, oder?"

„Ja?", sage ich halb fragend, nervös über seine Absichten mit dem Doppelsattel auf dem Rücken des Pferdes.

„Super. Lass uns eine Runde drehen."

„Was?"

„Es gibt nichts Schöneres als einen Ritt im Schnee", erwidert er.

„Auf keinen Fall."

„Du hast mir gestern Abend gesagt, dass du es willst, nachdem du die Wette verloren hast", sagt er.

Ich starre ihn an.

Er gluckst. „Ich schwöre beim Leben meiner Kinder, dass du das gesagt hast."

„Das musst du geträumt haben."

„Ernsthaft, das hast du gesagt", versichert er mir.

Ich lasse meinen Blick über sein Pferd gleiten und meine Brust zieht sich zusammen.

„Komm schon, Phoebe. So eine Chance bekommst du vielleicht nie wieder. Der Schnee ist perfekt und es ist gerade windstill. Vertrau mir. Du wirst es nicht bereuen und ich verspreche, dass ich dich beschützen werde", garantiert er.

Ich sehe wieder zu Trojan. Er ist ein riesiges Pferd und sieht grimmig aus. Ich schüttle den Kopf. „Nein, danke."

„Vertraust du mir nicht?", fragt Alexander mit Enttäuschung in seiner Stimme.

„Nein, ich vertraue dir. Ich habe nur –"

Er tritt vor und legt seine Hand an meine Wange. „Dann komm mit mir. Du wirst nicht alleine im Sattel sitzen. Es wird alles gut werden und du wirst es lieben. Vertrau mir."

Trojan schnaubt und mein Blick huscht zurück zu dem Pferd.

„Man lebt nur einmal, Pheebs. Und ich verspreche dir, dass ich nichts Verrücktes tun werde. Wir werden es langsam angehen lassen."

Ich atme tief ein und aus und nicke abrupt. „Okay."

Seine Miene erhellt sich. „Ja? Du kommst mit?"

„Wenn du versprichst, dass du mich nicht fallen lässt."

„Pfadfinderehrenwort", sagt er und streckt drei Finger in die Luft.

Ich lache nervös, weil ich nicht glauben kann, dass ich das ernsthaft in Erwägung ziehe. „Okay. Wie komme ich da hoch?"

21

Alexander

Trojan schmiegt seinen Kopf an meine Brust und schnaubt.

„Können Pferde Schnupfen bekommen?", fragt Phoebe skeptisch.

Ich hebe meine Augenbrauen. „Das können sie. Warum fragst du?"

„Es kommt mir nur so vor, als würde er besonders viel niesen."

Ich gluckse. „Trojan ist einfach nur froh, dich zu sehen."

Er schmiegt sich fester an meine Brust und schnaubt lauter.

„Es sieht aus, als würde er auf dich stehen, ehrlich", stichelt Phoebe.

„Du hältst uns hin. Zeit aufzusteigen." Ich greife nach dem

Steigbügel und sage: „Stell deinen Fuß hier rein und schwing dein Bein über den Sattel."

Ihr Blick schweift zwischen Trojan und mir hin und her. „Warum lassen wir ihn sich nicht ausruhen, wenn er erkältet ist?

„Er ist nicht erkältet. Und jetzt komm schon. Wir bekommen nur selten so viel Schnee."

Sie atmet angstvoll ein und legt dann ihre Hand auf meine Schulter und stellt den linken Fuß in den Steigbügel.

„Auf drei musst du dich hochdrücken. Ich werde dir helfen", weise ich sie an.

„Bist du dir sicher, dass du das willst?" Sie beißt sich auf ihre Lippe.

„Ja. Eins, zwei, drei." Ich packe ihren Hintern und schiebe.

Phoebe kreischt und schwingt ihr Bein über den Sattel. Dann beugt sie sich vor und schlingt ihre Arme fest um Trojans Hals. Sie kneift ihre Augen zu und fleht ihn an: „Bitte schmeiß mich nicht ab. Liebes Pferdchen."

Ich stelle meinen Fuß in den Steigbügel und steige hinter ihr auf, schlinge meinen Arm um ihre Taille und ziehe sie aufrecht und näher zu mir. Dann flüstere ich ihr ins Ohr: „Keine Sorge, Pheebs. Ich werde nicht zulassen, dass dir etwas zustößt." Ich ergreife die Zügel und schnalze zweimal, um Trojan anzutreiben.

Trojan setzt sich in Bewegung.

„*Wow!*", ruft Phoebe erschrocken.

Ich ziehe sie näher an meine Front. „Ganz ruhig. Lehn dich in mich hinein." Ich führe Trojan aus dem Stell und über den schneebedeckten Hof. Ich lasse es langsam angehen, damit sich mein Pferd an den kalten, nassen Untergrund gewöhnen kann.

Als wir uns dem Wald nähern, entspannt sich Phoebe endlich.

„Siehst du, gar nicht so schlimm, oder?", frage ich, überrascht, dass ich sie endlich davon überzeugen konnte, mit mir auf ein Pferd zu steigen.

Sie dreht sich leicht, sieht zu mir hoch und lächelt. Leise gesteht sie: „Nein. Es ist … es ist schön."

Euphorie durchströmt mich. Ich gebe ihr einen schnellen Kuss auf die Lippen.

Sie runzelt die Stirn.

Mein Herz rast. Vielleicht war sie gestern Abend betrunkener, als ich dachte. Aber sie hat mir klipp und klar gesagt, dass sie nicht mehr mit Lance zusammen sein will. Sie will meine Freundin sein, hat sie lautstark verkündet.

Doch nach mehreren Bieren habe ich mich auch nicht allzu sehr bemüht, meine Gefühle geheim zu halten. Ich sagte ihr ganz offen, dass ich mit ihr zusammen sein will und es nicht mehr aushalte, nur mit ihr befreundet zu sein. Doch ich glaube nicht, dass sie sich an unser Gespräch erinnert.

Sie bettelte darum, bei mir im Bett zu schlafen, aber ich zwang mich dazu, *Nein* zu sagen, weil sie so betrunken war. Ich wollte nicht, dass sie aufwacht und es bereut. Meine Klamotten blieben an ihrem Platz, und ich saß bis zum Morgengrauen bei ihr, dann schlich ich mich aus ihrem Zimmer.

Ich platze heraus: „Es macht mich so glücklich, dass du es magst, mit mir auszureiten."

Sie strahlt mich an, dann dreht sie sich wieder nach vorn. „Du hattest recht. Es ist schön."

„Traust du mir genug, um ein bisschen schneller zu reiten?", frage ich.

Sie atmet tief durch, zieht die Schultern zurück und sagt dann: „Ja, ich vertraue dir. Ein bisschen schneller geht schon."

Ich spanne meine Schenkel an, um Trojan anzutreiben und schnalze erneut.

Er erhöht sein Tempo. Sein warmer Atem bildet eine Wolke in der kalten Luft.

Ich weiß, dass er am liebsten losgaloppieren will, bis wir über die Ranch fliegen, aber Phoebe ist noch nicht so weit. Das Letzte, was ich will, ist, sie zu erschrecken und sie so sehr zu verängstigen, dass sie nie wieder reiten will.

Ich halte Phoebe die Zügel hin und fragte: „Willst du die Führung übernehmen?"

Sie schüttelt den Kopf. „Auf keinen Fall!"

Glucksend presse ich die Lippen aufeinander. „Okay, kein Problem." Ich ziehe leicht am Zügel und verlagere mein Gewicht nach links, um uns auf den Pfad zu lenken, und wir traben durch die schneebedeckten Bäume.

„Es ist so schön", haucht Phoebe.

„Ich dachte mir schon, dass es dir gefallen würde. Wir haben nicht oft die Gelegenheit, im Schnee auszureiten. Wahrscheinlich geht es dir in Kalifornien genauso, was?"

„Ja. Es ist wie ein Winterwunderland aus den Weihnachtsfilmen. Danke, dass ich mitkommen durfte", bedankt sie sich.

Ich lege einen Arm um ihre Mitte und mein Herz schlägt schneller. „Du solltest dich öfter von mir ausführen lassen."

Sie dreht sich um und wackelt mit den Augenbrauen. „Wie auf ein Pferdedate meinst du?", neckt sie mich.

Ich starre sie an, atme ihren blumigen Duft ein und mein Schwanz wird hart.

Ihre Wangen röten sich, als sie es merkt. Sie konzentriert sich wieder auf den Pfad vor uns und murmelt: „Sorry. Das sollte ein Scherz sein."

Wir müssen unbedingt reden.

„Halt dich fest", befehle ich, schnalze zweimal und treibe Trojan weiter.

Er wird schneller, und ich lenke uns aus dem Wald heraus und überquere eins der kleineren Felder.

„Was ist das?", fragt sie und deutet auf eine alte Schlafbaracke.

„Das ist das alte Mannschaftsquartier der Rancharbeiter", antworte ich und zügle Trojan einige Meter vor der Veranda. „Willst du es von innen sehen?"

„Gern."

Ich springe von Trojans Rücken und gebe die Anweisung: „Stell deinen Fuß in den Steigbügel, dann schwing dein Bein rüber."

Sie meistert die Aufgabe perfekt und ich lobe sie: „Schau, wie gut du das schon kannst!"

Phoebe strahlt. „Das war gar nicht so schlecht für mein erstes Mal, oder?"

„Gut gemacht!" Ich schlinge die Zügel um einen Pfosten und nehme dann ihre Hand. „Komm mit." Ich führe sie die Treppe hinauf und öffne die Tür.

„Es ist nicht abgeschlossen?", fragt sie.

Ich gluckse. „Auf der Ranch ist es sicher.“

„Ich weiß, aber trotzdem …“

Vergnügen erfüllt mich. Ich habe mich auf der Ranch nie unsicher gefühlt. Alles ist eingezäunt und wir haben das Tor. Außerdem würde niemand versuchen, sich mit meiner Familie anzulegen.

Also zwinkere ich ihr zu und sage: „Du bist nicht mehr in Kalifornien.“

„Wahrscheinlich hast du recht“, sagt sie.

Ich lege den Lichtschalter um und eine einzelne Glühbirne flackert über unseren Köpfen, bevor sie an bleibt.

„Es sieht nicht verlassen aus. Und es riecht auch nicht so“, meint Phoebe und sieht sich im Raum um.

Ich gebe zu: „Das liegt daran, dass ich ziemlich oft hierherkomme.“

Sie hebt eine Augenbraue. „Wirklich?“

„Ja.“

„Aber warum, Alexander?“

Meine Brust spannt sich an. Ich brauche einige Augenblicke, um meine Gedanken zu sammeln, dann gestehe ich: „Ich liebe meine Familie, aber manchmal brauche ich etwas Zeit allein.“

Sie mustert mich kurz, dann sagt sie: „Das ergibt Sinn.“

Ich lege meine Hand auf ihre Wange. „Seit dem Morgen, an dem ich mit dir in meinem Bett aufgewacht bin, wollte ich dich mit hierhernehmen.“

Sie schluckt schwer und öffnet dann ihren Mund. Nichts kommt heraus.

Mein Puls summt in meinen Ohren. Ich streiche mit dem Daumen über ihr Kinn. „Ich glaube, wir müssen reden.“

Sie holt tief Luft, ihre Wangen sind rot. „Alexander …“ Sie beißt auf ihre Lippe.

„Ich denke, wir haben die falsche Entscheidung getroffen und sollten darüber reden.“

Sie blinzelt ein paar Mal, ihr Brustkorb hebt und senkt sich schneller.

Scheiß drauf.

Ich fahre mit der Hand durch ihr Haar, ziehe sie an mich und beuge mich vor. Ihr heißer Atem trifft auf meinen, und ich lasse meine Zunge schnell in ihren Mund gleiten.

Sie keucht, dann erwidert sie meinen Kuss, bis wir beide außer Atem sind.

Ich weiche etwas zurück und murmle: „Wir brauchen ein anderes Arrangement.“

Sie flüstert: „Arrangement? Wovon redest du?“

„Ja. Du und ich.“

„Du und ich …“ Sie schaut weg und runzelt die Stirn.

Mein Magen verkrampft sich. Ich drehe ihr Kinn so, dass sie meinem Blick nicht ausweichen kann. „Ich mag dich.“

„Ich glaube nicht, dass es daran hapert“, sagt sie und erschaudert dann.

Ich führe sie zur Couch. „Setz dich.“

Sie gehorcht.

Ich wickle eine Decke um ihre Schultern und erkläre: „Ich werde ein Feuer machen und dann werden wir das klären." Bevor sie widersprechen kann, trete ich vor den Kamin, schichte das Holz auf und nehme die Streichholzschachtel vom Sims. Ich zünde das darunter zerknüllte Zeitungspapier an, bis die Zündscheite Feuer fangen, und es auf die größeren Scheite übergreift. Als ich sicher bin, dass das Feuer weiterbrennt, setze ich mich zu ihr auf die Couch.

Sie platzt heraus: „Ich glaube nicht, dass wir darüber reden sollten."

Mir stockt der Atem. „Warum nicht?"

Sie legt den Kopf schief, ihr Gesichtsausdruck verrät nichts. „Ich dachte, du wolltest die Jungs nicht verwirren."

„Das ist auch immer noch so."

Sie schaut weg und trommelt mit den Fingern auf ihren Oberschenkel.

Ich ergreife ihre Hand. „Pheebs, du verstehst nicht, was ich sage."

Sie wendet sich mir zu, ihre Augen sind zu Schlitzen verengt. „Ich verstehe dich sehr gut, Alexander."

Mein Herz klopft so stark gegen meine Brust, dass ich glaube, es könnte explodieren. Ich verlange: „Dann sag mir, was du glaubst, was ich dir sagen will."

„Du denkst, wir sollten Freunde mit gewissen Vorzügen sein, bis meine zwei Monate um sind", erklärt sie und ihre Wangen werden feuerrot.

Ich zucke zurück. „Wie kommst du auf so etwas?"

Phoebes Lippen beben.

Das läuft nicht so, wie ich es mir vorgestellt habe.

Ich ziehe sie über die Couch und auf meinen Schoß. „Pheebs, sag mir, warum du denkst, dass ich das will."

Sie blinzelt schnell und wendet den Blick ab.

Ich sage leise: „Du hast mich völlig falsch verstanden."

Sie dreht sich zurück und durchbohrt mich mit einem Blick. „Wir haben miteinander geschlafen. Als ich aufgewacht bin, hast du gesagt, dass ich aus Kalifornien komme und du von hier. Du hast sogar gesagt, dass du dein Leben hast und ich meines. Deutlicher hättest du nicht sagen können, dass du nur eine Nacht voll Spaß wolltest. Nun, wir hatten Spaß. Und jetzt ist es vorbei. Ich will mir nicht noch mal anhören müssen, wieso du mich so ungeeignet findest."

„Ungeeignet? Ich habe dich nie ungeeignet genannt."

Sie lacht freudlos. „Du hast es angedeutet." Sie steht von meinem Schoß auf und geht zum Fenster, wo sie die Arme schützend vor ihrer Brust verschränkt. Ihre Stimme zittert, als sie sagt: „Warum reden wir überhaupt darüber? Ich dachte, wir hätten unsere Lektion gelernt. Wir sind gerade wieder zum Status quo zurückgekehrt. Wieso machst du jetzt alles kaputt?"

Ich erhebe mich von der Couch. „Letzte Nacht hat alles verändert."

Sie dreht sich um und verzieht verwirrt das Gesicht. „Letzte Nacht?"

Ich schließe den Abstand zwischen uns. „Du wolltest die ganze Nacht bei mir bleiben."

Ihr fällt die Kinnlade herunter und ihre Wangen nehmen diesen schönen Rotton an, den ich an ihr so gernhabe.

Ich lege meine Hand auf ihre Wange und trete näher, bis sie an der Wand lehnt. Dann beuge ich mich vor, bis unsere Lippen sich fast streifen, sehe tief in ihre Augen und wünsche mir, dass sie sich an alles erinnert, was sie gestern Nacht zugegeben hat.

Phoebe atmet zittrig ein. „Wovon redest du?"

Mein Blick fällt auf ihre Lippen, bevor ich verrate: „Wir waren uns beide einig, dass es schwer ist, uns voneinander fernzuhalten und wir uns nicht mehr dagegen wehren wollen."

Sie erstarrt und hält den Atem an.

Ich streiche mit dem Daumen über ihre Lippen. „Es ist wahr. Wir sind beide unglücklich. Geben wir es zu."

Ihre Lippen beben unter meiner Berührung, doch es ist, als hätte sie ihre Zunge geschluckt.

„Es tut mir leid, dass ich dich verletzt habe. Das wollte ich nie. Ehrlich gesagt dachte ich, dass wir das aus der Welt geschafft haben, als wir vereinbarten, nur Freunde zu sein."

„Das haben wir. Aber jetzt –"

„Pheebs, du bedeutest mir mehr als nur Freundschaft. Und ich weiß, dass du auch Gefühle für mich hast. Also lass uns aufhören, dagegen anzukämpfen", flehe ich und lasse meinen Blick auf ihr ruhen.

Sie verengt ihre Augen zu Schlitzen. „Was ist mit Cheyenne?"

„Was ist mit ihr?"

Zorn flackert in Phoebes Blick auf. „Ich werde keine von deinen Eroberungen sein, Alexander."

Mir entkommt ein Glucksen. „Ich habe keine Eroberungen. Und wieso gerade Cheyenne? Ich habe sie nicht mehr gesehen oder an sie gedacht, sogar bevor du die Ranch betreten hast.

Und lass mich hinzufügen, dass ich auch kein Verlangen danach habe."

Sie starrt mich an.

Ich frage: „Glaubst du mir nicht?"

„Sollte ich?"

„Habe ich dich jemals belogen?", frage ich, beleidigt, dass sie denkt, ich würde bei so etwas Wichtigem lügen. Ich gehöre nicht zu den Typen, die mit mehreren Frauen gleichzeitig schlafen und dann darüber lügen.

Sie lässt den Kopf hängen und gibt zu: „Nein, das hast du nicht."

Hoffnung erfüllt mich wieder. „Dann solltest du mir einen Vertrauensvorschuss geben."

Sie seufzt und nickt. „Okay. Du hast ja recht."

Ich dränge weiter. „Was hast du sonst noch für Einwände, jetzt, da Cheyenne aus der Welt ist?"

Sie schließt die Augen und atmet tief durch.

Ich küsse sie sanft und murmle: „Ich vermisse dich. Jetzt sei ein braves Mädchen und sag mir, wie sehr du mich und meinen Hengst vermisst hast."

Sie fängt an zu lachen.

„Das ist viel besser. Ich hasse es, wenn du wütend auf mich bist", gebe ich zu.

Ihr Lachen verklingt.

Ich küsse sie erneut. Diesmal warte ich, bis sie meine Zuneigung erwidert, dann ziehe ich mich zurück. „Wir sind mehr als nur Freunde, Pheebs."

„Was ist mit den Jungs? Du hast gerade noch zugegeben, dass du sie nicht verwirren willst."

„Das stimmt."

„Dann –"

Ich lege meinen Finger auf ihre Lippen. „Ich habe den ganzen Tag nur darüber nachgedacht. Und es stimmt, ich will nicht, dass sie verletzt werden. Sie lieben dich bereits. Das kann jeder sehen, der Augen hat, und ich habe immer darauf geachtet, keine Frau mit nach Hause zu bringen, die nicht bleibt. Ich weiß also nicht, wie ich sie schützen soll. Aber ich weiß auch, dass niemand in dem Wissen eine Beziehung eingeht, dass er sich wieder trennen wird. Also gehen wir es vielleicht langsam an. Wir hängen es nicht an die große Glocke, bis wir uns beide sicher sind, was das zwischen uns ist."

Sie sieht mich durchdringend an, aber sagt kein Wort.

Mein Herz rast. „Pheebs, ich versuche, ein verantwortungsvoller Erwachsener zu sein. Glaub mir, wenn ich alle Vorsicht über Board schmeißen könnte, würde ich es tun. Aber ich kann es nicht. Ich bin ihr einziger verbleibender Elternteil."

Ein weiterer Moment vergeht, bevor Phoebe etwas sagt. Sie streichelt sanft meine Wange und antwortet leise: „Ich glaube dir. Und ich würde ihnen nie absichtlich wehtun."

„Können wir also bitte aufhören, so zu tun, als ob wir nichts füreinander empfinden würden, und sehen, wie es läuft?"

„Du meinst im Geheimen? Wir sollen allen anderen gegenüber so tun, als wäre unsere Beziehung rein platonisch, aber insgeheim sind wir zusammen?", fragt sie vorsichtig.

Ich stöhne. „Das klingt falsch."

„Aber das ist es doch, worum du mich bittest, oder etwa nicht?"

Ich knirsche mit den Backenzähnen. Das klingt ihr gegenüber nicht fair. Darüber bin ich mir wohl bewusst, aber ich weiß nicht, wie wir das, was zwischen uns ist, erforschen und meine Jungs trotzdem schützen können.

„Das bedeutet nicht, dass ich es dir übel nehmen kann. Es ist schlau, es vorerst für uns zu behalten", sagt sie schließlich.

„Meinst du das ernst?"

Sie nickt. „Ja. Wir müssen die Jungs schützen."

„Heißt das also ..."

Sie leckt sich über die Lippen und beißt dann darauf.

Ich frage: „Bist du mit diesem Arrangement einverstanden oder willst du, dass ich aufhöre zu flirten?"

Sie kichert. „Flirten? Ist es das, was du hier machst?"

Ich ziehe sie an mich und antworte an ihren Lippen: „Nein, aber ab jetzt lege ich mich mehr ins Zeug." Ich lasse meine Zunge in ihren Mund gleiten und greife nach ihrem Hintern, um sie gegen meinen Unterleib und meinen harten Schwanz zu drücken.

Ich küsse sie mit allem, was ich habe. Ehrlich gesagt, kann ich mich nicht daran erinnern, jemals jemanden so sehr gewollt und das Gefühl gehabt zu haben, dass ich sie nie bekommen könnte.

Phoebes Knie geben nach. Sie umklammert meine Schultern und erschaudert wohlig.

Ich ziehe mich zurück, bleibe aber nahe genug, dass ich ihren Atem auf meiner Haut spüren kann und brumme: „Sag mir, dass wir auf derselben Wellenlänge sind, Baby Girl."

Ihre Lippen sind geschwungen. „Okay."

„Ja?", frage ich enthusiastisch.

Sie lacht. „Jaaaa."

„Gut, also –"

Mein Handy klingelt und unterbricht mich.

Ich stöhne.

Phoebe schmunzelt amüsiert. „Sollen wir wetten, welches deiner Familienmitglieder anruft?"

„Nein, da habe ich keine Chance zu gewinnen", sage ich und gehe ran. „Hallo."

„Dad, wo bist du?", erkundigt sich Ace.

„Ich bringe Pheebs das Reiten bei", antworte ich.

In seiner Stimme schwingt Aufregung mit, als er fragt: „Sie ist freiwillig auf ein Pferd gestiegen?"

Ich grinse und drücke ihr einen Kuss auf die Lippen. „Das ist sie. Ehrenwort."

„Fantastisch!"

Evelyns Stimme erklingt im Hintergrund, „Sag ihm, wieso du anrufst."

Die Härchen auf meinen Armen stellen sich auf. Ich frage besorgt: „Ace, was ist los?"

Ein Moment der Stille entsteht.

Enttäuschung ersetzt meine Hochstimmung. „Lass mich dich nicht zweimal bitten."

Er stöhnt und gesteht: „Ich habe etwas angestellt und stecke möglicherweise, vielleicht ein bisschen in Schwierigkeiten."

„In Schwierigkeiten?"

Phoebes Augen weiten sich.

Ich küsse sie auf die Stirn und frage dann: „Was hast du angestellt?"

Er zögert.

„Sag es ihm", befiehlt Evelyn.

Er antwortet: „Vielleicht habe ich Wilder etwas in sein Getränk getan."

Ich erstarre.

„Was ist passiert?", flüstert Phoebe.

Ich stelle den Anruf auf laut und sage: „Ace, du hast fünf Sekunden Zeit, mir zu sagen, was du in sein Getränk getan hast."

„Er meinte, ich würde mich nicht trauen, Onkel Jagger etwas in sein Getränk zu tun, aber Wilder hat das falsche Glas ausgetrunken", erklärt Ace uns.

Phoebes Augen weiten sich.

Mein Herz sackt mir in die Hose. „Ace, was hast du in sein Getränk getan? Und ich werde nicht noch einmal fragen."

„Es ist alles Wilders Schuld, Dad! Er hat die Augentropfen aus dem Medizinschrank geholt und mich herausgefordert, sie in Onkel Jaggers Getränk zu schütten!"

Entsetzen erfüllt Phoebes Miene.

Wut überkommt mich. „Du hättest jemanden umbringen können!"

Ace Stimme bricht. „Aber ich habe Wilder nicht umgebracht! Ich schwöre es! Er kackt sich nur die Seele aus dem Leib!“

Phoebes Hand fliegt zu ihrem Mund.

Ich versuche, meine Verärgerung unter Kontrolle zu halten, während ich frage: „Warum wolltet ihr das Onkel Jagger antun?“

„Er meinte, er hat einen Magen aus Stahl. Wilder hat mit ihm gewettet, dass er falsch liegt“, behauptet Ace.

Ich platzte heraus: „Du hast das wegen einer Wette gemacht?“

Evelyns Stimme kommt über die Leitung. Sie muss Ace das Handy abgenommen haben. „Kommst du bald zurück? Der Arzt hat gesagt, dass Wilder es problemlos überstehen sollte, da Ace zugegeben hat, dass es nur zwei oder drei Tropfen waren, aber er ist schon eine Weile im Bad.“

Ich schüttle den Kopf und sage zu Phoebe: „Tut mir leid.“

Sie zuckt mit den Schultern und lächelt.

Zu meiner Schwester sage ich: „Wir sind auf dem Weg.“ Ich lege auf und entschuldige mich wieder bei meiner Begleiterin.

Phoebe schnaubt vor Lachen. „Es tut mir leid. Ich sollte nicht lachen. Es ist nicht witzig.“

„Sie bekommen beide Hausarrest.“ Ich küsse sie auf die Stirn und lösche das Feuer. Dann geselle ich mich in der Nähe der Tür zu ihr.

Sie macht Anstalten sie zu öffnen, doch ich presse die Hand dagegen und schließe sie wieder.

Sie zuckt zusammen und dreht sich zu mir um.

Ich überbrücke den Abstand zwischen uns, balle eine Faust in ihrem Haar und neige ihren Kopf zurück.

Ihre Augen beginnen mit einem inneren Feuer zu leuchten.

Ich starre auf ihre Lippen und warne: „Du solltest immer auf der Hut sein, wenn wir wieder im Haus sind.“

„Auf der Hut?“, fragt sie verwirrt, ihr Blick verträumt.

Ich nicke und fahre mit einem Finger über ihren Kiefer.

Sie erschaudert.

„Ja. Sobald ich eine dunkle Ecke finde, ziehe ich dich hinein, und nehme mir, was ich will.“

22

Phoebe

Eine Woche später

Mein Handy klingelt. Ich werfe einen Blick aufs Display und mein Bauch zieht sich zusammen.

Lances Name blinkt mir entgegen. Es ist das fünfte Mal, dass er heute versucht mich zu erreichen. Gestern Abend hat er mir betrunken Nachrichten hinterlassen, in denen er schreckliche Dinge sagte, dann davon schwafelte, wie sehr er mich liebt, bevor er wieder anfing, mich zu kritisieren.

Ich habe genug von seinen Stimmungsschwankungen. Diesmal ist er zu weit gegangen. Ich will nichts mehr mit ihm zu tun haben. Soweit es mich betrifft, sind wir nicht mehr zusammen.

Ich beschließe, ihm genauso zu antworten wie vor ein paar Tagen.

Ich: Hör auf, mich anzurufen. Wir sind fertig miteinander.

Lance: Mach dich nicht lächerlich.

Ich: Wenn du mich weiter kontaktierst, werde ich deine Nummer blockieren.

Lance: Warum tust du mir das an, Phoebe?

Ich: Ich will nicht darüber reden. Geh und schlaf deinen Rausch aus. Ich muss zur Arbeit. Ruf mich nicht mehr an, oder ich warne dich, ich werde dich blockieren.

Ich stelle mein Handy auf lautlos und stecke es in meine Handtasche. Dann ziehe ich meine Jeans, meinen übergroßen roten Pullover und meine Stiefel an. Ich betrachte mich im Spiegel, trage etwas Gloss auf meine Lippen auf, bürste ein letztes Mal mein Haar und verlasse das Schlafzimmer. Ich trete in den Flur und gehe ins Wohnzimmer.

Wilder ruft aufgeregt: „Komm schon, Phoebe. Wir kommen noch zu spät.“

„Tut mir leid“, erwidere ich verlegen.

„Du brauchst ganz schön lange, um dich fertig zu machen“, meint Ace.

„Sorry“, wiederhole ich und schwöre, dass ich demnächst früher aufstehen werde. Seit Alexander und ich zusammen sind, verbringe ich mehr Zeit damit, mich hübsch zu machen.

„Hört auf, auf Phoebe herumzureiten. Sie sieht gut aus, nicht wahr, Jungs?“, sagt Alexander, der in Jeans und grünem Button-Down-Hemd aus der Küche kommt.

Die Schmetterlinge in meinem Bauch spreizen ihre Flügel und heben ab. Ich schaue zu ihm rüber und versuche, nicht zu erröten, weil ich mich daran erinnere, wie er mich letzte Nacht mit seiner Hand über meinem Mund zum Orgasmus gebracht hat, damit die Jungs uns nicht hören.

Aber dann musste ich mich wieder in mein Zimmer schleichen, was ätzend war.

Wilder schenkt mir eins seiner frechen Jagger-Lächeln und sagt: „Du siehst toll aus, Phoebe. Können wir jetzt gehen? Es ist Partytime."

Ich gehe zur Tür und sage: „Ich bin bereit. Kommt ihr?"

„Heute wird großartig werden", fügt Ace hinzu, eilt zur Haustür und reißt sie auf.

Kalte Luft bläst ins Haus.

Er grinst. „Nach dir!"

„Vielen Dank!", sage ich, zerzause ihm die Haare, trete hinaus und eile zum Truck.

Wilder überholt mich und öffnet mir die Beifahrertür.

„Danke!" Ich strahle ihn an und mein Herz schwillt an. Alexander bringt den Jungs bei, sich wie Gentlemen zu verhalten.

Die Jungen und Alexander steigen ein. Er lässt den Motor an, fährt aus den Toren und biegt auf die Straße ein.

Es ist der letzte Schultag vor dem neuen Jahr und die Kinder haben die ganze Woche über ihre Party gesprochen. Die Schule suchte Freiwillige, die bei den Vorbereitungen helfen wollen, also habe ich Alexander gefragt, ob er sich den Tag freinehmen könnte. Ich wusste nicht, ob er Lust haben würde, aber er überraschte mich und sagte zu. Die Jungen waren begeistert, als wir sie damit überraschten.

Wilder und Ace plappern die ganze Fahrt über aufgeregt. Alexander und ich verhalten uns, als wäre unsere Beziehung ganz platonisch. Es ist schwer, unsere aufkeimende Beziehung zu verbergen, aber wir schaffen es irgendwie, es unter Verschluss zu halten. Es ist jetzt eine Woche her, seit er mich in die Arbeiterunterkunft mitgenommen hat, und wir nutzen jede Gelegenheit, die sich uns bietet, um allein zu sein. Doch die Angst, dass uns jemand erwischt, ist immer da und wir können uns nur selten davonstehlen.

Alexander fährt auf den Parkplatz vor der Schule und die Jungs reißen die Türen auf, bevor er den Truck überhaupt abstellen kann. Er knurrt: „Kann ich bitte zuerst parken?"

Sie nicken, aber springen heraus.

Wilder öffnet meine Tür.

Ich steige aus und sage: „Danke!"

„Klar. Komm schon, Phoebe", ruft er, nimmt meine Hand und zieht mich zum Eingang.

Ace und Alexander folgen dicht auf unseren Fersen. Wir betreten die Schule und gehen direkt in die Turnhalle.

„Wir müssen heute nicht einmal zum Unterricht. Wir tun und lassen, was wir wollen", erklärt Ace uns.

Alexander gluckst und die Jungs rennen los. Er legt seine Hand auf meinen unteren Rücken und führt mich durch die Schule.

Meine Haut kribbelt unter seiner Hand und ein wohliger Schauer läuft mir den Rücken hinunter. Das passiert mir jedes Mal, wenn er mich berührt. Er lehnt sich dicht an mein Ohr und murmelt. „Wenn du einen Putzmittelraum siehst, sag mir Bescheid.“

Ich grinse. „Böser Junge.“

Er zwinkert mir zu und mein Herz wird zu Gelee.

Wir betreten die Turnhalle und erstarren beide.

Es ist ein organisiertes Chaos. Die gesamte Schülerschaft füllt die Halle, zusammen mit Lehrern und allen Freiwilligen. Tische und Stühle sind zu Bastel- und Spielstationen aufgestellt worden.

Alexander schaut sich im Raum um und sagt dann: „Wir sollten dort drüben zuerst Halt machen.“

„Wo meinst du?“

„Die Überlebensstation.“ Er führt mich zu einem Tisch, auf dem Styroporbecher stehen und er nimmt sich zwei. „Ich nehme an, du willst Kaffee?“

Ich lache. „Du bist mein Held.“

Er füllt den ersten Becher und reicht ihn mir. Alexander füllt gerade den zweiten, als eine Lehrerin auf uns zukommt.

Sie ist eine ältere Frau mit dunklem, rötlich-grauem Haar und einer dicken lila Brille. „Mr. Cartwright, es ist schön, Sie hier zu sehen.“

Er dreht sich zu ihr um. „Danke, Mrs. Linsley. Und das ist Phoebe, das Kindermädchen der Jungs.“

Mein Herz zieht sich schmerzhaft zusammen. Ich weiß nicht, warum. Ich *bin* das Kindermädchen der Jungs, aber ich fände es toll, wenn er mich als seine Freundin vorstellen würde.

Bin ich seine Freundin?

Ja. Alexander will mit mir zusammen sein.

Er hat mich noch nie so genannt.

Das kann er nicht.

Hinter verschlossenen Türen müsste er sich nicht zurückhalten.

Warum stelle ich seine Absichten auf einmal infrage?

Mrs. Linsley strahlt. „Es ist toll, Sie kennenzulernen. Ich habe schon viel von Ihnen gehört." Sie streckt ihre Hand aus.

Ich schüttle ihre überrascht. „Wirklich?"

„Ja. Ace schwärmt ständig von Ihnen."

„Echt?", frage ich und kann nicht verhindern, dass mein Grinsen noch breiter wird.

„Das tut er. Es scheint, als hätten Sie einen Glücksgriff gemacht, Mr. Cartwright. Danke, dass Sie sich heute freiwillig gemeldet haben", sagt sie, klopft mir auf die Schulter und geht.

„Definitiv ein Glücksgriff", sagt Alexander und führt mich zu Wilder, der voller Tatendrang ist.

Auf dem Tisch vor ihm liegen verschiedene Keramikornamente, Kleber, Glitzer, Aufkleber und kleine Schmuckanhänger. Die Kinder sitzen auf Stühlen und dekorieren bereits.

Alexander hebt ein Pferd hoch. „Ich glaube, ich mache das hier für dich, Phoebe."

Wilder blickt auf. „Ja. Phoebe braucht ein Pferd, Dad. Du solltest ihr eins kaufen."

„Ein Pferd?", rufe ich erschrocken.

Wilder nickt. „Ja. Jetzt, da du reiten kannst, brauchst du dein eigenes Pferd."

Alexander gluckst.

„Ich würde nicht gerade sagen, dass ich reiten kann", brumme ich mürrisch.

„Aber sicher doch. Und ich kann dir beibringen, wie du noch besser reiten kannst. Das ist ganz einfach. Du wirst sehen. Jetzt, da du keine Angst mehr hast, dich auf ein Pferd zu setzen, sind dir keine Grenzen mehr gesetzt", meint Wilder.

Ich behaupte: „Ein Pferd ist eine ziemlich große Verantwortung. Dazu bin ich noch nicht bereit."

„Doch", sagt Alexander mit schelmischem Grinsen.

Wilder dreht den Kopf und ruft: „Ace, Dad kauft Phoebe ein eigenes Pferd!"

„Jaaaaa!", jubelt Ace und reckt seinen Arm in die Luft.

Mehrere Leute schauen zu uns herüber.

Ich hebe die Hände in die Luft. „Wow, ganz ruhig. Das hat er nicht gesagt. Und ich bin nicht bereit für ein eigenes Pferd", wiederhole ich, weil ich mir nicht vorstellen kann, dass mir jemand ein Pferd kauft. Es ist bestimmt teuer, aber es ist auch eine große Verantwortung.

Alexander sagt neckisch: „Die Jungs sind Feuer und Flamme für die Idee. Und du weißt, dass ich sie nicht gerne enttäusche."

„Nein, nicht! Es gibt genug Pferde auf der Ranch, wenn ich mich doch entscheide zu reiten."

„*Wenn?*" Er reißt die Augen auf, als hätte ich gesündigt.

„Ich brauche kein eigenes Pferd", versuche ich es erneut.

„Vielleicht kaufen wir dir alle ein Pferd." Er wackelt mit den

Augenbrauen, senkt seinen Blick auf meine Lippen und starrt mich dann mit einem jungenhaften Glitzern in den Augen an.

Ich habe diesen Blick schon zu oft gesehen. Hitze steigt mir in die Wangen und ich presse meine Oberschenkel zusammen.

„Dad, komm schon. Hilf mir, meinen Hut zu machen", ruft Ace.

Alexander gluckst und erhebt sich. Er legt seine Hand auf meinen Rücken. „Du übernimmst den Schmuck und ich den Hut."

Ich nicke. „Klingt gut."

Wilder und ich basteln unsere Ornamente. Dann nimmt er meine Hand, zieht mich durch die Turnhalle und ruft: „Phoebe, lass uns zum Lebkuchenhausbasteln gehen."

Ich lache fröhlich. „Okay!"

Wir gehen zu dem betreffenden Tisch und setzen uns. Die nächste Stunde verbringen wir damit, ein wirklich imposantes Lebkuchenhaus zu bauen. Wilder taucht seinen Zahnstocher in den Zuckerguss und fügt die Initialen seines Dads, von Ace und seine eigenen in der Nähe der Eingangstür hinzu.

„Sieht gut aus", lobe ich.

Er fügt meine Initialen neben die ihren und verkündet: „Jetzt ist es fertig."

„Oh, danke, dass ich auch darin wohnen darf."

„Was wollen wir jetzt machen?"

Freude und Liebe durchströmen mich. Die Jungs wollen mich immer einbeziehen, was mir das Gefühl gibt, Teil der Familie zu sein.

Vielleicht werde ich es eines Tages sein.

Ich schelte mich für den Gedanken. Alexander und ich lernen uns noch kennen und ich sollte nicht so vorschnell sein. Keiner von uns will die Jungs verletzen, falls es nicht klappt.

Warum sollte es nicht klappen?

Es ist, wie Alexander gesagt hat. Niemand geht in dem Wissen eine Beziehung ein, dass er sich wieder trennen wird.

Träum nicht von einer Beziehung, solange ihr nicht fest zusammen seid.

Ich sollte mir keine zu großen Hoffnungen machen!

Nur wenn wir es seiner Familie erzählen.

Werden wir es schaffen?

Natürlich werden wir das.

Und was, wenn nicht?

Wilder reißt mich aus meinen Gedanken. „Phoebe, lass uns zum Plätzchentisch gehen!"

Ich verdränge meine Sorgen und konzentriere mich auf die anstehende Aufgabe.

Die Schulklingel läutet und jemand verkündet über den Lautsprecher: „Mittag."

Alle stehen auf und Alexander ruft: „Wilder! Phoebe!" Er winkt uns zu Ace und ihm rüber.

Wir kommen ihnen auf halbem Weg entgegen.

Alexander fragt: „Wollt ihr noch bleiben, Jungs, oder Mittagskinder sein?"

„Mittagskinder", schreien Ace und Wilder gleichzeitig.

Ich lache.

„Toll. Lass uns bei *Piggly's* Mittag essen", schlägt er vor.

„Wer zuletzt beim Truck ankommt, ist ein faules Ei", schreit Ace und rennt los.

Wilder rennt ihm hinterher.

Alexander und ich legen einen Zwischenstopp im Sekretariat ein. Er unterschreibt das Abmeldeformular, um sie früher aus der Schule zu nehmen, und wir treffen die Jungs im Truck.

Sie sind jetzt noch aufgeregter als heute Morgen.

Wilder schreit: „Weihnachtsferien! Keine Hausaufgaben mehr!"

Ace meldet sich zu Wort: „Ein Monat schulfrei!"

„Ich kann es nicht glauben, dass sie dieses Jahr einen Monat schulfrei haben! Schnallt euch an", erinnert Alexander sie, bevor er ausparkt.

„Warum haben sie noch eine Woche hinzugefügt?", frage ich.

Er zuckt mit den Schultern. „Wer weiß."

Piggly's ist nicht weit von der Schule entfernt, und schon bald sitzen wir an einem Tisch und lassen uns von Martha bedienen.

Wir brauchen etwa eine Stunde, dann kehren wir zur Ranch zurück. Sobald wir bei Alexander ankommen, bringe ich meine Handtasche in mein Schlafzimmer und geselle mich dann zu den anderen. Alexander tritt vor mich, die Hände hinter dem Rücken versteckt. Er sagt: „Wähle eine Hand."

„Oh, ich weiß nicht, ob ich den Druck aushalten kann", sage ich theatralisch.

Ein albernes Grinsen umspielt seine Lippen. Ich tippe auf seine rechte Schulter und er streckt mir seine rechte Faust hin. Er dreht seine Hand und öffnet sie.

Ich schmolle. „Oh, sie ist leer. Jetzt gehe ich leer aus."

Er versteckt seine Hand wieder hinter seinem Rücken. „Versuch's noch mal."

Diesmal tippe ich auf seine linke Schulter.

Er öffnet seine Hand und der Pferdeschmuck liegt darin. Auf der Vorderseite steht mein Name in Rot und Grün. „Nur für dich", sagt er zwinkernd.

Meine Wangen laufen rot an. Ich betrachte es und hauche: „Wow, das hast du toll bemalt. Ich bin schockiert, wie gut du malen kannst."

„Ich habe viele Fähigkeiten", prahlt er.

Meine Wangen werden noch heißer. Er muss viel Zeit darin investiert haben, das Ornament zu bemalen. Es ist makellos. Ich stimme zu: „Ja, das tust du."

„Dreh es um", befiehlt er.

Ich drehe das Pferd um und lese laut vor: „Ein Hengst für jeden Anlass."

„Du solltest Phoebe einen Hengst kaufen!", ruft Ace aufgeregt.

„Ja! Kauf ihr einen weißen Hengst!", fügt Wilder hinzu.

Alexander sagt: „Weiße Hengste sind schwer zu finden, aber ich kann es versuchen."

„Was? Das ist verrückt!", werfe ich ein.

Alexanders Grinsen wird breiter. „Du bist in den Sattel gestiegen. Jetzt gibt es kein Zurück mehr!"

Ich schüttle den Kopf, kann aber nicht verhindern, dass ich so breit lächle, dass mir das Gesicht wehtut. Alles mit Alexander scheint zu schön, um wahr zu sein. Die Chemie stimmt einfach zwischen uns. Er behandelt mich wie Gold. Seine Kinder lieben mich und ich liebe sie. Er beschützt und kümmert sich um mich, aber ich habe Angst, dass es zu Ende geht. Mit Lance lief es im ersten Jahr super, dann hat er mir sein wahres *Ich* gezeigt.

Nein, das erste Jahr war nicht super. Es war nie so schön, wie zwischen Alexander und mir, erinnere ich mich. Ich sollte die beiden Beziehungen also nicht miteinander vergleichen.

Unsere Beziehung ist ein Geheimnis.

Der Gedanke nagt an mir. Ich sehne mich nach einer Zukunft, in der wir uns nicht mehr verstecken müssen. Die letzte Woche war eine zuckersüße Qual. Jeder heimliche Blick, jede Berührung und jedes Rendezvous hat mein Herz höherschlagen lassen, aber mich auch beunruhigt. Ich erinnere mich, es ruhig angehen zu lassen, aber es ist schwer. Ich bin es nicht gewohnt, mich zu verstellen, und unsere Situation fühlt sich in gewisser Weise wie eine Lüge an.

„Zeit, das Haus zu dekorieren", sagt Alexander und reißt mich aus meinen Gedanken. Er geht zum Schrank und fängt an, Kartons herauszuholen.

In der nächsten Stunde stellen wir den Baum auf und schmücken ihn. Die Jungs hängen ihre Strümpfe an den Kaminsims und Alexander starrt sie konzentriert an.

„Sieht toll aus", lobe ich.

„Nope! Da fehlt noch etwas."

„Was? Es sieht perfekt aus", sage ich begeistert und betrachte die Girlande auf dem Sims und die leuchtend roten und weißen Strümpfe, auf denen ihre Namen gestickt sind, daran hängen.

Alexander schnippt mit den Fingern. „Ich weiß was fehlt! Warte kurz.“ Er verschwindet und kommt mit der Hand auf dem Rücken zurück.

„Was hast du hinter deinem Rücken?“, frage ich.

Er grinst und holt dann einen Strumpf mit der Aufschrift *Pheebs* und einen passenden Rentierhalter hinter seinem Rücken hervor.

Ich starre ihn an.

Er gluckst. „Warum siehst du mich so seltsam an?“

Ich schlucke die Emotionen herunter, die in mir hochgekommen sind, und blinzle heftig. Lances Familie hatte auch Strümpfe mit ihren Namen darauf über dem Karmin hängen. Aber für mich hat nie jemand einen Strumpf dazugehängt, geschweige denn einen mit meinem Namen versehen.

„Ich will ihn aufhängen“, ruft Wilder und nimmt ihn seinem Dad ab. Er schiebt Alexanders Strumpf zur Seite und hängt dann das silberne Rentier zwischen Aces und sein eigenes. Dann hängt er meinen an den Haken.

Ich unterdrücke meine Tränen und bringe gerade noch heraus: „Das ist wirklich aufmerksam von dir.“

Ace hält den Stern hoch und schlägt vor: „Ich finde, Phoebe sollte ihn dieses Jahr auf die Spitze des Baums setzen.“

„Wirklich?“, hauche ich total gerührt.

„Ja, natürlich“, sagt Wilder mit ernster Stimme.

Alexander klopft auf die Sprossen der Leiter. „Na, dann komm schon. Rauf mit dir.“

Ich nehme den Stern von Ace und klettere drei Sprossen der Leiter hinauf.

Alexander tritt direkt hinter mich und legt seine Arme auf beide Seiten der Leiter.

Ich schaue zu ihm hinunter.

Der schelmische Gesichtsausdruck, den ich so sehr liebe, steht ihm ins Gesicht geschrieben. Er fügt hinzu: „Ich stelle nur sicher, dass die Leiter sicher ist."

Ich konzentriere mich wieder auf meine Aufgabe, befestige den Stern an der Spitze des Baums.

Er leuchtet auf, als die Jung den Stecker reinstecken und Ace verkündet: „Jetzt ist Weihnachten!"

Wilder meint: „Wir sollten zu Grandma und Grandpa gehen. Sebastian und Georgia sind gerade angekommen!" Er deutet aus dem Fenster.

„Geht schon mal vor, ihr zwei. Wir kommen gleich rüber", sagt Alexander.

Sie rennen aus der Tür.

Ich steige von der Leiter und drehe mich zu Alexander um.

Er legt seine Arme wieder auf beide Seiten der Leiter und schmiegt seinen Körper an meinen. Er murmelt: „Gott sei Dank. Endlich sind wir allein."

Die Schmetterlinge in meinem Bauch beginnen aufgeregt zu flattern. Ehe ich mich versehe, presst er seine Lippen auf meine, seine Hand liegt in meinem Haar, und seine Zunge erkundet eindringlich jeden Teil meines Mundes. Meine Knie geben nach, und er hält mich an sich gedrückt, sein Schwanz drängt sich hart gegen meinen Bauch.

Er stöhnt. „Wir sollten besser gehen, sonst kommen sie gleich wieder, um uns zu suchen."

Enttäuschung macht sich in mir breit. Am liebsten würde ich mit ihm in seinem Schlafzimmer verschwinden, aber ich nicke. „In Ordnung."

Er hilft mir in meinen Mantel und ich ziehe meine Stiefel, Handschuhe und meine Mütze an. Er führt mich über den Hof zum Haupthaus.

Als wir reinkommen, hängt ein zweiter Strumpf mit meinem Namen am Kaminsims neben Alexanders.

„Warst du das?", frage ich.

Er zuckt mit den Schultern, verschwindet und kommt mit zwei Kisten mit Weihnachtsdeko zurück, gefolgt von seinen Brüdern.

Die Cartwrights dekorieren stundenlang ihr ganzes Haus, was komisch ist, weil schon so viel Weihnachtsdeko rund um die Ranch angebracht ist.

Ich entschuldige mich und gehe auf die Toilette. Als ich herauskomme, wartet Alexander im Flur auf mich.

„Hey", sage ich.

Er antwortet nicht. Stattdessen schiebt er mich in die Abstellkammer unter der Treppe, bevor er die Tür schließt. Es ist dunkel und es gibt nur einen kleinen Bereich, in dem er aufrecht stehen kann, weil er sich sonst den Kopf stößt.

„Was –?"

Seine Lippen landen auf meinen, seine Hände gleiten hinten in meine Hose, sein Schwanz drückt in meinen Bauch. Er murmelt: „Scheiße, du hast mir gefehlt", dann schiebt er seine Zunge wieder in meinen Mund und drückt mich gegen die Wand. Ehe ich mich versehe, hängt meine Hose um meine Knöchel und seine auch. Er tritt auf meine Jeans und befiehlt: „Heb deinen Fuß."

Ich gehorche und ziehe meinen Fuß aus meiner Jeans.

Er hebt mich hoch und ich schlinge meine Beine um seine Taille. Er dringt mit einem Stoß in mich ein und grunzt: „Mein Hengst will schon den ganzen Tag in deine enge Pussy."

Er stößt in mich hinein und zieht sich zurück, bis ich so heftig zittere und stöhne, dass ich Angst habe, die anderen könnten uns hören.

Alexander fährt mit seinen Lippen über mein Ohr, sein Atem geht stoßweise und er befiehlt: „Sei leise, Baby Girl." Er stößt schneller in mich, was das Unterfangen aussichtslos macht.

Adrenalin wütet durch meinen Körper, bis ich mich meinem Orgasmus hingebe.

Er stößt tiefer und härter in mich, dann stöhnt er wie ein wildes Tier in mein Ohr und zittert so stark, dass ich mich fest an ihn klammere.

Alexander überschwemmt mich mit seinem Orgasmus und murmelt: „Fuck, Baby Girl. Du bist so gut."

Er stößt langsam in mich, bis er mir alles gegeben hat, und erst dann halten wir schweißgebadet und zitternd inne.

Der Knauf zur Abstellkammer dreht sich und ruckelt, und wir erstarren.

Willows Stimme ruft: „Ist die Tür verklemmt?"

Ich schnaufe.

Alexander legt seine Hand auf meinen Mund. Er lässt mich langsam auf den Boden sinken, hockt sich hin und hilft mir in mein Hosenbein. Er steht auf und zieht seine Hose hoch, dann murmelt er in mein Ohr: „Alles in Ordnung, Pheebs?"

Ich atme zitternd ein und nicke. Er küsst mich noch einmal und versucht dann, die Tür zu öffnen, aber findet den Knauf nicht. Er macht das Licht an.

Ich blinzle ein paar Mal.

„Die Tür klemmt", lügt er.

„Alexander? Du bist da drin?", fragt Willow.

„Ja. Phoebe und ich sind reingegangen, um mehr Deko zu holen, aber die Tür klemmt."

Seine Schwester rüttelt erneut an der Tür und versucht den Knauf zu drehen.

Alexander hält ihn fest, um den Anschein zu wecken, als würde die Tür immer noch klemmen. Ich erinnere mich vage daran, dass er vor unserem Intermezzo abgeschlossen hat.

Willow versucht es noch einmal und Alexander dreht den Schlüssel im Schloss. Die Tür fliegt auf.

„Gott sei Dank. Es wird heiß hier drinnen", ruft Alexander und drängt sich an ihr vorbei.

Sie starrt mich an, wirft einen Blick über ihre Schulter zu ihrem Bruder und sieht dann wieder zu mir. Sie verengt ihre Augen und fragt langsam: „Geht es dir gut?"

„Ja. Es ist wirklich heiß hier drin. Und wir haben die Tür nicht aufbekommen", flunkere ich, doch fühle mich schuldig. Willow ist mir neben Alexander und den Jungs am meisten ans Herz gewachsen. Wir sind gute Freundinnen geworden. Ich hasse es, Geheimnisse vor ihr zu haben, besonders wenn es um ihren Bruder geht.

Sie legt den Kopf schief. „Wirst du krank? Du siehst verschwitzt aus und bist rot im Gesicht."

„Wie ich schon sagte, es ist heiß hier drinnen."

Sie kommt zu mir in die Abstellkammer. „Fühlt sich nicht heiß an."

„Echt nicht? Dann musst du niedrigen Blutdruck haben", scherze ich, trete heraus und gehe weiter in Richtung Wohnzimmer, weil ich befürchte, dass sie ahnt, dass etwas vor sich geht.

23

Alexander

Eine Woche später

„Jagger, übernimm du", rufe ich und gehe zu Phoebe hinüber, die gerade nach draußen gekommen ist. „Hey."

„Hey. Die Jungs wollten mit Evelyn und den Kindern in die Stadt fahren. Ist das okay?"

Ich nicke. „Sicher. Das gibt uns Zeit, etwas zu trainieren."

„Ähm …"

Ich hebe herausfordernd eine Augenbraue und sage: „Ich habe eine Wette für dich."

Sie legt den Kopf schief und kneift die Augen zusammen. „Oh? Worum wetten wir?"

„Ich hoffe, du gehst gern zum Weihnachtsquiz."

„Was ist das?“

„Das ist wie *Trivial Pursuit* für Weihnachten, aber in einer Bar.“

Sie lacht. „Okay. Ab wann und wo gilt die Wette?“

„Ab heute Abend.“

„*Was?* So spät?“

„Ja. Hör gut zu, damit du die Wette verstehst.“

„Okay, erzähl's mir.“ Ihre Mundwinkel zucken.

Ich schaue hinter mich und fahre dann mit zwei Fingern über ihr Schlüsselbein.

Sie atmet stockend ein.

Ich trete näher und brumme: „Das Risiko ist hoch.“

„Geht es hier um mehr Geld, das ich nicht habe? Ich mag es nicht, dein Geld zu verwetten“, schmollt sie.

Ich gluckse. „Es ist kein Geld im Spiel.“

„Okay, gut.“

Ich schaue wieder hinter mich, um mich zu vergewissern, dass niemand in der Nähe ist, dann sehe ich ihr tief in die Augen. „Wenn ich gewinne, darf ich deine Pussy lecken.“

Sie prustet amüsiert los und wischt sich dann die Tränen aus dem Augenwinkel, als ihre Anspannung bricht. Sie fragt: „Und was bekomme ich, wenn ich gewinne?“

Ich lehne mich vor, streiche mit meinen Lippen über ihr Ohr und hauche: „Dann darf ich immer noch deine Pussy lecken.“ Ich ziehe mich zurück und versuche, eine ernste Miene zu bewahren.

Sie unterdrückt ihr Lachen und fragt dann: „Also gewinne ich so oder so?"

„Nein. *Ich* gewinne so oder so", korrigiere ich sie.

Sie beißt auf ihre Lippe, ihre Wangen werden rot.

„Also, haben wir einen Deal oder hast du Angst davor, herauszufinden, wie gut meine Weihnachts-Trivia-Kenntnisse sind?"

Sie mustert mich und behauptet: „Ich wusste nicht, dass du Weihnachten so ernst nimmst."

„Oh, wir Cartwrights nehmen das lokale Weihnachtsquiz sehr ernst."

Sie fragt: „Machen die anderen auch mit?"

Ich schüttle den Kopf. „Nein. Rate mal, wer auf die Jungs aufpasst?"

Sie überlegt einen Moment und sagt dann: „Evelyn."

„Nein."

„Willow und Paisley im Haupthaus?"

„Nein."

„Wer dann?", fragt sie.

Ich verkünde: „Ace ist bei Mason und Wilder bei Jagger."

Sie verzieht das Gesicht. „Sie übernachten bei Mason und Jagger?"

„Ja."

„Sie haben nie erwähnt, dass sie bei ihren Onkel übernachten. Tun sie das oft?"

Meine Brust schwillt vor Stolz. „Nein, eher weniger. Hauptsächlich weil meine Brüder normalerweise nachts unterwegs sind, aber heute nicht."

Sie betrachtet mich genauer. „Also … haben sie sich freiwillig gemeldet, um jeweils einen der Jungs zu nehmen?" Sie wölbt skeptisch ihre Augenbrauen.

Mein Bauch flattert. Ich senke meine Stimme weiter. „Du weißt doch, dass sie über uns Bescheid wissen, oder?"

Ihr Lächeln verblasst.

Ich füge schnell hinzu: „Erinnerst du dich, dass sie uns nach unserem Date küssen gesehen haben?"

„Ja, ich wollte es eigentlich verdrängen", gibt sie zu.

Ich fahre fort. „Okay, ich habe also eine Wette mit ihnen abgeschlossen und sie haben verloren."

„Du hast ein echtes Glücksspielproblem", neckt sie mich.

„Ich habe gewonnen", sage ich stolz.

„Ja, aber du wettest in letzter Zeit sehr viel."

„Ich gehe nur kalkulierte Risiken ein … Wetten, bei denen ich sicher bin, dass ich sie gewinnen kann", sage ich selbstbewusst.

„Aber du hast das Rennen und dein Geld an mich verloren", erinnert sie mich.

Ich fuchtle mit der Hand in der Luft herum. „Kleiner Rückschlag. Egal, sie haben verloren. Die Jungs bleiben heute Nacht bei ihnen, und wir haben ein heißes Date."

Ihre Miene erhellt sich. Sie fragt: „Wie heiß wird es denn?"

„Superheiß und voller Weihnachtstrivialitäten."

Sie bricht erneut in Gelächter aus.

Ich wackle mit den Augenbrauen. „Das war ziemlich schlau von mir, oder?" Ich grinse noch breiter.

Sie kichert. „Ja. Ziemlich schlau."

Ich schaue mich um und lehne mich dann zurück an ihr Ohr. „Also, gehst du mit mir auf ein Date? Und wenn ich gewinne, fordere ich meinen Preis. Wenn sich eine höhere Gewalt einmischt und ich verliere, werde ich meine Strafe wie ein guter Junge akzeptieren."

Sie dreht ihren Kopf, sodass ihr Mund nur Zentimeter von meinen Lippen entfernt ist. „Ich bin dabei."

Fast hätte ich sie geküsst, aber ich halte mich zurück. Es könnte jeden Moment jemand rüberschauen, also ermahne ich mich, zu warten, bis wir heute Abend allein sind. „Ich hole dich um sieben ab." Ich zwinkere ihr zu und stolziere dann über den Hof, weil ich mich darauf freue, mit Phoebe Zeit zu verbringen.

Außerdem haben wir heute Abend das Haus für uns allein. Es ist schwer, ständig herumzuschleichen. Irgendjemand aus meiner Familie kommt immer um die Ecke, bereit, uns einen Strich durch die Rechnung zu machen.

Wir sind inzwischen seit zwei Wochen zusammen und ich hasse jeden Moment, in dem ich so tun muss, als ob wir nur platonisch befreundet wären. Wir sind nicht einmal annähernd nur Freunde.

Ich gehe hinüber zum Roundpen. Mason und Jagger stehen drinnen und trainieren drei unserer Pferde. Ich lehne mich an den Zaun und analysiere die Lage. Ein paar Minuten vergehen, und dann stellt sich Phoebe neben mich.

„Pheebs, kann ich etwas für dich tun?"

„Ja. Wohin fahren wir, damit ich weiß, was ich anziehen soll?"

„Zieh an, was du willst ... oder gar nichts", schlage ich vor und zwinkere ihr zu.

Sie wedelt tadelnd mit dem Finger vor meinem Gesicht herum: „Äh-äh-äh, das wäre nicht sehr angebracht, oder?"

Ich gluckse. „Nur wenn wir zu Hause sind und niemand anderes da ist."

Sie fragt: „Und was ist Garderobe?"

„Was immer du willst. Wir gehen in eine Bar, also zieh etwas Ähnliches an wie das, was du anhattest, als wir auf der Rennbahn waren, okay? Es sei denn, du willst unbedingt in etwas anderes als Jeans schlüpfen."

Sie schneidet eine Grimasse und gesteht: „Ich habe nichts außer Jeans und Alltagsklamotten dabei."

„Perfekt. Wir gehen irgendwohin, wo es leger zugeht, also kein Grund zur Sorge. Außerdem" – ich sehe mich um, dann senke ich meine Stimme – „siehst du in allem, was du trägst, heiß aus. Oder auch nicht." Ich zwinkere wieder.

Sie stößt mich mit ihrem Ellbogen in die Seite. „Wir sehen uns dann um sieben."

„Klingt gut."

Ich sehe zu, wie sie weggeht, starre auf ihren Hintern und denke daran, wie oft ich sie heute Nacht über jede freie Fläche in meinem Haus beugen werde, bis sie diese Laute macht, die ich so sehr liebe.

Der Rest des Tages scheint im Schneckentempo zu vergehen. Jeden Moment verbringe ich damit, an Phoebe zu denken, bin über unser Date aufgeregt, und freue mich, dass sie bis zum Morgen in meinem Bett schlafen kann.

Und, ich weiß, es klingt kitschig, aber ich mag das jährliche Weihnachtsquiz. Ich liebe die Feiertage. Man kann kein Cartwright sein und es nicht lieben. Doch seit dem Tod meiner Frau vor so vielen Jahren war ich nicht mehr so glücklich wie jetzt. Dieses Jahr fühle ich mich zum ersten Mal wieder glücklich, seit sie an Krebs erkrankt und gestorben ist.

Seit Phoebe in mein Leben getreten ist, fühlt sich der typische, normale Stress nicht mehr so unerträglich an. Sie bringt mich zum Lachen, selbst wenn wir unsere Beziehung vor den anderen verstecken müssen. Und wahres Glück habe ich schon seit Jahren nicht mehr empfunden.

Nachdem ich Feierabend gemacht habe, gehe ich ins Haus. Sie ist im Badezimmer, aber die Tür ist verschlossen, und sie lässt mich nicht rein. Also gehe ich in mein eigenes Bad und dusche. Als ich herauskomme, steht sie am Fenster und starrt hinaus.

Ich trete hinter sie, lege meinen Arm um ihre Taille und reibe meine Wange an ihrer, bevor ich ihren Hals küsse.

Sie schaudert leicht und dreht ihren Kopf.

„Du riechst gut und siehst unglaublich aus", sage ich und lasse meinen Blick zu ihren Lippen wandern.

Ihr schönes Gesicht erhellt sich. Sie stichelt: „Nun, das ist gut. Es wäre ein beschissenes Date, wenn du denken würdest, dass ich schlecht aussehe und übel rieche."

Ich gluckse. „Das stimmt." Ich gebe ihr einen schnellen Kuss. „Bist du bereit?"

„Weihnachtsquiz wir kommen", zwitschert sie und reckt die Faust in die Luft.

Ich lache und führe sie zum Auto, wobei ich darauf achte, ihr nicht zu nahezukommen. Ich hasse es, dass ich mir all unsere Nähe so bewusst sein muss, aber ich weiß nicht, wer uns beobachtet.

Wir kommen zum Truck und ich öffne die Beifahrertür. Sie steigt ein und ich drehe mich um, hüpfe praktisch um die Motorhaube, bevor ich mich daran erinnere, nicht zu glücklich auszusehen, aber es fällt mir schwer. Ich springe hinter das Lenkrad und wir fahren in die Stadt.

„Wie ernst nehmt ihr hier dieses Weihnachtsquiz?", erkundigt Phoebe sich. „Nimmt jeder in der Stadt daran teil, und es steht viel auf dem Spiel?"

„So etwas in der Art."

„Sind wir im selben Team?"

„Nein. Gegensätzliche Teams. Denk dran, wenn ich gewinne, lecke ich deine Pussy. Wenn ich verliere, lecke ich deine Pussy", erinnere ich sie.

Sie lacht. „Ach ja, ich vergaß."

„Ernsthaft? Ich glaube, ich muss mich mehr anstrengen."

Ihr Gesicht wird rot und sie gibt mir einen Klaps auf den Bizeps.

Ich gluckse amüsiert.

„Okay, also du gegen mich. Aber keine Sorge, ich kenne mich mit Weihnachten aus", behauptet sie.

Ich grunze. „Das werden wir ja sehen."

Wir flirten und necken einander auf dem ganzen Weg zur Bar. Als wir in der Stadt ankommen, parke ich parallel ein, steige aus, gehe um die Motorhaube herum und öffne ihr die

Tür. Ich helfe ihr heraus, halte ihre Hand und wir gehen hinein.

Die halbe Stadt ist im *Stomping Ground* und ich kenne so gut wie jeden. Ich stelle Phoebe einigen Leuten vor, und dann setzen wir uns an einen Tisch in der hinteren Ecke. Sie rutscht auf ihren Stuhl und ich setze mich neben sie.

Carrie, eine der üblichen Kellnerinnen, kommt auf uns zu. Sie trällert: „Hey, Alexander, ich habe dich schon lange nicht mehr gesehen."

„Carrie, wie geht's? Das ist Phoebe."

„Oh, ich habe schon von dir gehört. Du bist das Kindermädchen, richtig?", fragt sie.

Phoebe versteift sich neben mir.

Ich lege meine Hand auf ihren Oberschenkel und antworte: „Ja, das ist sie. Und sie ist toll mit den Jungs. Pheebs, willst du ein Bier?"

„Ja, bitte."

Ich konzentriere mich wieder auf Carrie. „Können wir zwei Bier bekommen, bitte?"

„Sicher. Freut mich, dich kennenzulernen, Phoebe", sagt Carrie.

„Gleichfalls", antwortet Phoebe und nickt ihr freundlich zu.

Carrie lächelt und wendet sich der Bar zu.

Phoebe fragt: „Woher weiß jeder in der Stadt, was ich mache?"

„Es ist eine kleine Stadt, lass dich davon nicht aus der Ruhe bringen. Die Leute lieben es, zu tratschen", versuche ich sie zu beruhigen.

„Was ist, wenn jemand etwas zu den Jungs sagt?", fragt sie leise.

Mein Magen zieht sich unwohl zusammen. „Das werden sie nicht.“

Ihre Miene ist besorgt. „Woher willst du das wissen?“

„Jeder in der Stadt weiß, dass meine Kinder für mich an erster Stelle stehen. Sie wissen, dass ich sie unter allen Umständen beschütze. Niemand würde das Risiko eingehen“, sage ich beharrlich.

Sie sieht mich an, als wäre sie sich nicht so sicher. Ich nehme ihre Hand und küsse ihren Handrücken. „Mach dir keine Sorgen. Überleg lieber, wie wichtig dir der Gewinn ist.“

Ihre Lippen zucken. „Oh, ich werde gewinnen. Denk dran, ich gewinne so oder so.“ Sie grinst.

Ich schiebe meine Hand zwischen ihre Schenkel und fahre mit dem Mittelfinger über ihren Schlitz.

Sie atmet schockiert ein.

Ich frage: „Wirklich? Bist du sicher, dass du gewinnst? Oder bin *ich* so oder so der Gewinner?“

Ihr Blick schweift an mir vorbei.

Ich drehe mich um und lehne mich dann zurück.

Carrie kommt mit zwei Bieren auf einem Tablett auf uns zu. Ich ziehe meine Hand zurück, bevor sie den Tisch erreicht. Sie stellt sie ab und reicht uns zwei Quizblätter. „Ich nehme an, ihr spielt heute Abend mit?“

„Natürlich“, erwidere ich und nehme einen Schluck Bier.

„Ich werde Alexander zeigen, dass er in Wahrheit keine Ahnung von Weihnachten hat“, sagt Phoebe, was einer Kampfansage gleichkommt.

Carrie lacht. „Dann lasse ich euch zwei mal allein. Ich komme später wieder."

Ich nicke. „Danke, Carrie."

Sie geht und Peter, ein Bekannter aus der Stadt, ruft ins Mikrofon: „Es ist wieder so weit. Wer ist bereit für unser Weihnachtsquiz?"

Der Raum bricht in Jubel aus.

Ein Weihnachtslied beginnt zu spielen. Er fragt: „Welches beliebte Weihnachtsgetränk wird auch Milchpunsch genannt?"

„Das ist einfach", sagt Phoebe und schreibt ihre Antwort auf.

Ich schreibe meine auf und sage: „Finde ich auch. Wenn du das falsch hast, hast du keine Ahnung von Weihnachten."

„Auf jeden Fall", stimmt Phoebe zu.

Peter fragt: „Was haben die anderen Rentiere Rudolph wegen seiner leuchtenden roten Nase nicht machen lassen?"

Phoebe meint: „Die Kinder wären in diesem Quiz richtig gut."

„Ja. Normalerweise gewinnen sie es", gebe ich zu, und wir schreiben unsere Antworten auf.

Leise sagt sie: „Oh. Ich finde es schade, dass sie dieses Jahr nicht dabei sind."

Ich grunze. „Mach dir keine Sorge. Wir können beim nächsten Familienabend unser eigenes Weihnachtsquiz veranstalten."

Sie strahlt. „Das ist eine großartige Idee."

Ich halte mein Bier hoch und sage aufgeregt: „Jetzt habe ich dich ganz für mich allein. Auf unseren Date-Abend."

Eine leichte Röte schleicht sich in Phoebes Wangen. „Auf unseren Date-Abend." Wir stoßen an und nehmen beide einen Schluck Bier.

Peter ruft: „Wie viele Geister tauchen in *Eine Weihnachtsgeschichte* von Charles Dickens auf?"

Ich stöhne.

„Oh, kennst du die Antwort auf diese Frage nicht?", fragt Phoebe spöttisch und tippt mit dem Ende ihres Bleistifts gegen ihren Kiefer.

„Diese Frage beantworte ich immer falsch", gestehe ich. „Ich möchte vier sagen, aber es sind drei. Vergangenheit, Gegenwart und Zukunft."

„Oh, du kennst die Zeitformen. Schlauer Junge", neckt sie mich.

„Ich mochte die Schule zwar nicht, aber meine Englischlehrerin in der dritten Klasse war heiß."

Ihr Blick ist amüsiert. „Oh? Warst du in sie verknallt?"

Ich zucke mit den Schultern und verrate: „Sie war frisch von der Uni und roch gut."

Phoebe lacht herzlich.

Ich debattiere, schreibe dann *drei* auf, streiche es durch und schreibe *vier* hin, nur um dann wieder drei hinzukritzeln.

Peters Stimme schallt durch die Bar. „Die Inspiration zu *Das Wunder von Manhattan* stammt von einem echten Kaufhaus. Wie heißt es?"

„Das ist einfach", sagt Phoebe, und wir schreiben unsere Antworten auf.

Peter sagt: „Elvis wird keine weißen Weihnachten feiern. Sondern welche Farbe?"

Die Menge ruft: „Blue", und der Song beginnt zu spielen.

Phoebe hebt die Augenbrauen. „Wow. Peter weiß, wie man die Menge aufmischt."

„Hey, ich habe nicht gesagt, dass sich alle an die Regeln halten", gebe ich zu, aber ich liebe es trotzdem.

„Das war die letzte Hilfestellung!", ruft Peter und fragt dann: „Wie heißt der Zweig, unter dem man steht, wenn man unbedingt einen Kuss will und ihn nicht anders bekommen kann?"

Phoebe kichert, dann schreibt sie ihre Antwort auf.

Peter fügt hinzu: „Ich lege jetzt eine Pause ein, trinke ein Bier und komme dann zurück. Gebt euren Kellnern ordentlich Trinkgeld. Und nicht schummeln! Denkt dran, es ist Weihnachten."

Aus den Lautsprechern ertönt die Stimme von Mariah Carey, die *All I Want for Christmas is You* aus voller Kehle singt.

„Ich liebe dieses Lied!", ruft Phoebe und singt dann die nächsten Zeilen mit.

Ich starre sie voller Ehrfurcht an.

„Tut mir leid, ich habe mich ein wenig hinreißen lassen", sagt sie verlegen.

„Entschuldige dich nicht. Und lass dich von mir nicht aufhalten. Du singst echt gut."

Sie nimmt einen Schluck Bier.

Ich frage: „Hast du Hunger?"

„Ich könnte etwas essen."

„Soll ich ein paar Häppchen bestellen oder möchtest du mehr?"

„Ein paar Snacks wären gut. Ich gehe schnell mal auf die Toilette."

„Okay, kein Problem." Ich stehe auf und ziehe ihr den Stuhl zurück, und sie verschwindet in der Damentoilette.

Dann sehe ich auf, um Carries Aufmerksamkeit zu erregen, doch werde von Cheyenne unterbrochen, die sich mir gegenüber hinsetzt und gurrt: „Sieh an, sieh an, wen haben wir denn hier, Fremder."

Ich stöhne innerlich auf. Die letzte Person, die ich sehen will, ist Cheyenne. Ich sage: „Hey, ich bin auf einem Date, also ..."

Stumm hoffe ich, dass sie den Wink mit dem Zaunpfahl versteht, denn ich mag ihre Mätzchen nicht. Was sie das letzte Mal gemacht hat, als sie Phoebe gesehen hat, war nicht cool. Sie hat mir vor einer Woche geschrieben und ich habe ihr gesagt, dass unser Arrangement Geschichte ist.

Sie schmollt. „Ach, behandelt man so eine alte Freundin? Besonders eine so zuvorkommende Freundin?" Sie klimpert mit den Wimpern.

„Cheyenne, du musst gehen", sage ich.

Sie beugt sich vor und legt ihre Hand auf meine. „Was ist denn in dich gefahren, Alexander? Ich weiß, dass du auf dieses Kindermädchen stehst, aber komm schon, hattest du nicht deinen Spaß? Du langweilst dich doch sicher schon? Ich weiß genau, dass sie dir nicht alles bieten kann, was du von mir gewöhnt bist."

Ich öffne den Mund, aber Phoebes Stimme schneidet durch die Luft. „Cheyenne, schön, dich hier zu sehen."

Cheyenne belässt ihre Hand auf meiner und schaut langsam zu Phoebe. Ihre Lippen verziehen sich zu einem kalten Grinsen.

Ich ziehe meine Hand zurück. „Cheyenne wollte gerade gehen, stimmt's?"

Ihre Augen weiten sich zu einem unschuldigen Ausdruck. „Ach? Wollte ich das? Ich dachte, du wolltest mit mir kommen."

Ich sehe Phoebe an und sage kalt: „Sie lügt." Ich stehe auf und lege meine Hand auf Phoebes unteren Rücken, um ihr zu signalisieren, dass sie sich setzen soll.

Sie tut es nicht. Sie starrt Cheyenne wütend an, ohne zu blinzeln.

Ich befehle leise: „Pheebs, setz dich."

Sie blickt mich an. Ich gebe ihr einen kurzen Kuss auf die Lippen. „Setz dich hin."

Phoebe nimmt ihren Platz ein, doch Cheyenne bleibt uns gegenübersitzen. Ich deute mit dem Daumen über meine Schulter in Richtung Tür. „Verschwinde, Cheyenne. Sofort."

Cheyenne ignoriert mich. Sie lehnt sich zurück und sieht Phoebe an. „Du kommst also aus Kalifornien, hm?"

Phoebe antwortet nicht.

Cheyenne fragt: „Oh, hast du deine Zunge verschluckt?"

„Cheyenne, das ist genug", tadle ich sie.

Phoebe lehnt sich über den Tisch. „Es ist ziemlich offensichtlich, dass du hier nicht willkommen bist, oder? Alexander will dich nicht. Und offen gesagt, gehst du uns ganz schön auf die Nerven. Hast du noch etwas auf dem Herzen, was du sagen möchtest, bevor du gehst?"

Cheyennes Blick ist schockiert.

Ich wiederhole: „Cheyenne, Zeit zu gehen."

Sie bewegt sich nicht, starrt Phoebe an.

Ich brülle: „Cheyenne! Los!"

„Komm schon, Alexander, genug mit den Spielchen. Ich weiß, dass du eine richtige Frau willst", behauptet sie, und das mag für andere selbstbewusst klingen, aber ich kenne sie. Sie klingt verzweifelt, was mich noch mehr abschreckt.

Wie konnte ich jemals mit ihr zusammen sein, und sei es nur zum Sex?

Ich hatte Phoebe noch nicht kennengelernt.

Sie schmollt. „Hör auf mit den Spielchen. Ich bin bereit für deinen Hengst." Langsam blickt sie Phoebe an, ihre Lippen verziehen sich.

Mein Blut kocht vor Wut.

Phoebes Miene wird eisig.

Höchste Zeit, von hier zu verschwinden. Cheyenne wird die ganze Nacht Ärger machen, wenn wir bleiben.

Ich greife in meine Brieftasche und ziehe ein Bündel Scheine heraus. Ich nehme mehrere Zwanziger und lege sie auf den Tisch, bevor ich nach Phoebes Hand greife. „Komm."

Sie starrt Cheyenne angewidert an und bewegt sich nicht.

„Pheebs, lass uns gehen", beharre ich.

Sie unterbricht langsam ihren Blickabschlag und nimmt meine Hand, bevor sie aufsteht und ich sie aus der Bar führe.

Wir gehen ein paar Schritte und ich öffne die Tür zum *Corral*. „Versuchen wir es mit dieser Bar."

„Nein, ich habe genug. Lass uns nach Hause fahren", sagt Phoebe, marschiert vor mir her zum Truck, bevor ich sie aufhalten kann.

24

Phoebe

Wut, Eifersucht und zu viele schlechte Erinnerungen zehren an mir. Ich habe zu oft zu Hause gesessen und mich gefragt, ob Lance mich betrügt, und die Begegnung mit Cheyenne lässt die alten Geister wieder zum Leben erwachen.

Das Schlimmste daran ist, dass Alexander das genaue Gegenteil von Lance ist. Mit ihm habe ich mich immer sicher gefühlt und war begeistert von dem, was sich zwischen uns entwickelt hat.

Bis jetzt.

Die Gedanken, die mir im Moment durch den Kopf gehen, stoßen das Messer tiefer.

Warum sollte eine Frau so sehr um einen Mann kämpfen, wenn er ihr gesagt hat, dass er nicht interessiert ist?

Das würde sie nur tun, wenn er ein Hintertürchen offen lässt.

Vielleicht liege ich falsch.

Wie wahrscheinlich ist das?

Sei nicht so dumm wie beim letzten Mal.

Alexander würde mir das nie antun.

Als wir zusammenkamen, dachte ich auch nicht, dass Lance das tun würde.

Ich stapfe zum Truck, reiße die Tür auf und springe auf den Beifahrersitz. Ich schlage die Tür fest zu und meine Wut wächst.

Wie kann sie es wagen?

Warum war er überhaupt mit ihr zusammen?

Findet er sie wirklich attraktiv, obwohl sie so dreist und aufdringlich ist?

Der Gedanke an die beiden zusammen macht mich krank. Ich steigere mich immer tiefer in meinen Verdacht hinein.

Wenn er in sie verliebt war, kann er mich nicht lieben, oder?

Warum war? Was ist, wenn er immer noch etwas für sie empfindet.

Vielleicht ist er immer noch in Cheyenne verknallt und hat nur so getan, als wolle er, dass sie geht?

Die Fragen und Zweifel, die ich vor Cheyennes Auftauchen nicht hatte, drehen sich immer schneller in meinem Kopf. Ich blinzle heftig und zwinge die Tränen in die Knie.

Alexander setzt sich hinters Lenkrad. „Pheebs –"

„Nicht!", warne ich.

„Das ist nicht fair", beschwert er sich.

Ich schnaube verärgert. „Was ist nicht fair? Deine Freundin unterbricht unser Date, setzt sich dir gegenüber und hält deine Hand. Und du sitzt da und lässt sie gewähren!"

„Ich war genauso schockiert wie du. Ich habe ihr gesagt, sie soll gehen. Und ich habe meine Hand weggezogen! Du hast es gesehen!", argumentiert er.

Ich lache höhnisch. „Ja, sobald du wusstest, dass ich hinter dir stehe."

„Ich dachte, ich hätte mich klar ausgedrückt, dass ich kein Interesse mehr an ihr habe und auch nichts mehr mit ihr zu tun haben will. Ich habe es ihr mehrere Male gesagt. Du hast es mit deinen eigenen Ohren gehört. Ich bin mir also nicht sicher, wie deutlich ich noch werden soll", sagt er.

„Sie war ziemlich deutlich, dass sie noch einmal auf deinem Hengst reiten will!", fauche ich.

Sein Gesicht wird rot.

Ich füge hinzu: „Mit Sicherheit würde sie ihre Beine für dich breit machen, wenn du jetzt wieder reingehst."

Er stöhnt. „Komm schon, Phoebe."

„Oh, tu nicht so, als ob ich übertreiben würde! Sie hat kein *Nein* akzeptiert!"

„Ja, aber ich will sie nicht. Ich habe mich klar und deutlich ausgedrückt, dass ich nichts mit ihr zu tun haben will. Oder hast du diesen Teil überhört?" Er zieht die Augenbrauen hoch.

Ich starre ihn weiter an, verärgert über die ganze Situation. Und ich kann nicht anders, als mich zu fragen, wie er auf mich stehen kann, wenn er so eine attraktive Frau gevögelt hat, die ihn wahrscheinlich alles mit sich machen ließ.

Alexander greift nach meinem Oberschenkel.

Ich rutsche weiter zur Tür rüber. „Fass mich jetzt nicht an."

„Pheebs, komm schon. Es ist vorbei mit ihr und ich habe es ihr direkt ins Gesicht gesagt. Lass sie nicht unseren Abend ruinieren."

Ich neige meinen Kopf. „Ich soll sie nicht unseren Abend ruinieren lassen? Sie ist in der Bar und redet über deinen Schwanz, Alexander."

Er presst seine Lippen zusammen und starrt mich an.

Innerlich bebe ich noch stärker. Ich senke meine Stimme und sie zittert, als ich sage: „Sie scheint zu glauben, dass ihr noch zusammen seid."

Er behauptet: „Wir waren nie zusammen. Ich habe dir gesagt, worum es in unserem Arrangement ging und dass es vorbei ist."

Ich verliere die Fassung und schreie: „Warum denkt sie dann, dass ihr noch zusammen seid? Oh, warte, vielleicht weil ihr Freunde mit Zusatzleistungen seid und du sie noch nicht abserviert hast. Oder hältst du sie dir für den Fall warm, dass ich gehe?"

Seine Augen werden zu Schlitzen. „Gehen? Wovon redest du?"

Ich schließe den Mund, mir ist übel, weil mein Inneres so stark zittert. Ich starre aus dem Fenster und balle meine Hände zu Fäusten.

Er mildert seinen Tonfall und fragt: „Pheebs, wohin gehst du?"

„Mein Arbeitsvertrag läuft in zwei Monaten aus, das weißt du genauso gut wie ich."

Schweigen erfüllt den Truck. Ich warte darauf, dass er mir sagt, dass ich nicht gehen muss, wenn die zwei Monate um sind, dass das zwischen uns echt ist und er will, dass ich bleibe, aber je länger das Schweigen andauert, desto schlimmer wird es. Ich blinzle heftig, aber die Tränen siegen.

Und ich fürchte, es ist wahr. Was ist, wenn das für Alexander nur eine weitere Affäre ist, auch wenn er behauptet, dass wir mehr sind?

Vielleicht schiebt er mich in zwei Monaten genau wie Cheyenne beiseite.

Das geschieht dieser Frau recht.

Wie konnte er jemals mit ihr zusammen sein?

„Pheebs." Er greift nach meiner Hand.

Ich schließe meine Augen, atme mehrmals tief durch und wische mir die Tränen von der Wange.

Er befiehlt streng: „Phoebe, sieh mich an."

Langsam sehe ich zu ihm rüber und frage: „Was findest du eigentlich an ihr?"

Er presst seinen Kiefer zusammen.

Ich lache spöttisch. „Was? Darf ich nicht fragen? Sie ist in der Bar und redet über deinen Hengst, und ich soll die Klappe halten?"

„Hör auf, über meinen Schwanz zu reden. Und das hätte sie nicht sagen sollen", fügt er hinzu.

Noch mehr Wut erfasst mich. „Ach, findest du? Oder hätte sie es einfach nicht sagen sollen, weil ich jetzt sauer bin? Wie viele andere Frauen in der Stadt wissen eigentlich von deinem Hengst?"

Er starrt mich lang an, atmet flach und beißt die Zähne zusammen.

Ich warte ab.

Er knurrt: „Ich vögle mich nicht durch die Stadt, Phoebe.“

„Nein, du fickst sie!“, werfe ich ihm vor.

Seine Stimme wird lauter. „Ich will Cheyenne nicht mehr ficken. Ich habe dir gesagt, dass es zwischen uns aus ist.“

„Warum denkt sie dann, dass du mit ihr nach Hause gehen wolltest?“, frage ich.

Er atmet frustriert aus und brummt: „Phoebe, wenn sie sich weiter zum Narren machen will, kann ich nichts dagegen tun. Aber ich habe ihr gesagt, dass es vorbei ist.“

„Wann hast du ihr gesagt, dass Schluss ist?“

„Das letzte Mal als sie mir geschrieben hat, nachdem wir beschlossen hatten, dass wir sehen wollen, wie es zwischen dir und mir weitergeht. Und ich für meinen Teil will sehen, wohin das zwischen uns führt. Aber was ist mit dir? Willst du nicht mehr mit mir zusammen sein, weil Cheyenne sich wie ein bockiges Kind aufführt?“, fragt er.

Mein Herz schlägt schneller. Mein Puls trommelt in meinen Ohren. Meine Brust zieht sich so eng zusammen, dass ich kaum noch atmen kann. Alles in mir schreit nach ihm. Ich drehe mich zum Fenster und fahre mir mit der Hand über das Gesicht, unfähig den Tränenfluss zu stoppen.

Alexander legt seinen Arm um meine Schultern. „Phoebe, komm schon, so sollte der Abend nicht ablaufen. Ich würde dich nie verletzen. Ich habe dir von meiner Vereinbarung mit Cheyenne erzählt, und mehr gibt es dazu nicht zu sagen. Ehrlich, ich habe ihr gesagt, dass es vorbei ist. Ich zeige dir die

Nachricht, die ich ihr das letzte Mal geschickt habe, als sie mich kontaktiert hat."

Ich schniefe und versuche, nicht mehr zu weinen.

Er dreht mein Kinn zu sich und fragt: „Willst du die Nachrichten sehen? Ich habe immer wieder das Gleiche geschrieben: 'Es ist vorbei. Hör auf, mich zu kontaktieren.' Willst du sie sehen?"

„Ich weiß nicht, was ich will." Meine Stimme bricht.

Er verzieht das Gesicht.

Die Spannung zwischen uns steigt.

Ich ertrage seinen Blick nicht mehr. Ich wende mich wieder dem Fenster zu und frage leise: „Können wir bitte nach Hause fahren?"

„Pheebs …", sagt er mit Verzweiflung in der Stimme.

„Bitte, ich will nach Hause", sage ich und hasse mich dafür, dass ich so überreagiere. Ich verabscheue es, dass Cheyenne so getan hat, als wäre ich ein Nichts und es geschafft hat, meine alten Geister wieder auszugraben. Und ich verabscheue die Art, wie Alexander mich ansieht.

Alles, was ich will, ist Alexander. Aber der Gedanke an ihn mit dieser Frau, vor allem, wenn sie so selbstbewusst behauptet, sie wisse, was er brauche, macht mich wahnsinnig. Dazu kommen ihre unnachgiebigen Andeutungen, dass ich nicht gut genug für ihn bin. Plötzlich frage ich mich, ob ich genug für ihn bin.

Was wenn sie besser für ihn ist als ich?

Er greift nach mir und legt seine Hand auf meinen Oberschenkel. „Pheebs, sieh mich an."

Ich versuche es, aber ich kann es nicht. Ich schaue weg, und weitere Tränen rollen über meine Wangen.

„Bitte sieh mich an", fleht er.

Ich gebe zu: „Ich kann jetzt nicht. Bitte, lass uns einfach nach Hause fahren."

Ein weiterer Moment vergeht. Langsam hebt er seine Hand von meinem Oberschenkel und startet den Wagen. Country-Musik dröhnt aus dem Radio und er schaltet es schnell wieder aus.

Wir fahren schweigend nach Hause. Ich nehme meine Umgebung kaum wahr. Draußen ist es dunkel, doch ich kann den Blick nicht vom Fenster abwenden. Ich versuche die ganze Zeit, mich zu beruhigen, atme tief durch und versuche mir einzureden, dass Cheyenne und das, was sie gesagt hat, nicht von Belang sind.

Ich versuche zu glauben, dass er nichts mit ihr zu tun haben will, aber es ist schwer. Sie schien nicht zu denken, dass er das wirklich möchte. Und ich kann mir immer noch nicht vorstellen, was für eine Frau dasitzen und einen Mann weiter anbaggern kann, der ihr bereits gesagt hat, dass er nicht mit ihr zusammen sein will.

Die Fragen kommen und kommen und prasseln auf mich ein, bis ich mich halb verrückt fühle. Als Alexander den Truck parkt, fühle ich mich weder besser noch ruhiger. Ich weine immer noch still vor mich hin.

Er steigt aus, und ich blinzle ein paar Mal und starre in die Dunkelheit hinaus, weil ich nicht weiß, wo wir sind. Er kommt um den Wagen herum und öffnet meine Tür.

„Wo sind wir?", frage ich und wische mir die Tränen aus dem Gesicht.

Alexander schnallt mich ab und dreht mich zu sich. Er legt seine Hände auf meine Wangen und antwortet: „Wir sind auf einem unserer Grundstücke an der Nordseite der Ranch.“

„Ist das der Ort, an dem du meine Leiche vergraben wirst?“, versuche ich zu scherzen, aber meine Stimme bebt.

Seine Lippen zucken. „Ich begrabe dich erst, wenn ich bereit bin, mich danebenzulegen.“

„Sag so etwas nicht“, platze ich heraus.

Er wölbt eine Augenbraue. „Pheebs –“

„Sag das nicht zu mir. Du weißt nicht einmal, was das zwischen uns ist. Du findest es noch heraus. *Ich* finde es noch heraus. Ich hasse es, wenn du etwas Längerfristiges andeutest, als wolltest den Rest deines Lebens mit mir verbringen“, schelte ich ihn.

Er starrt mich an. Die Stille wird mir plötzlich zu viel. Die Spannung nimmt zu, und mir kommt der Gedanke, dass ich nicht weiß, wo das alles endet.

Wird er mich nach Ablauf meines Vertrags rausschmeißen? Ist es dann aus zwischen uns? Werde ich mit einem gebrochenen Herzen überlegen müssen, wohin ich gehe, während ich nach einer neuen Stelle suche?

Ich schelte mich selbst für diese Gedanken und versuche, meinen Verstand davon zu überzeugen, dass wir noch nicht lange genug zusammen sind, um ein gebrochenes Herz zu haben, aber ich merke, dass es zu spät ist.

Ich bin in Alexander Cartwright verliebt, und auch wenn er mich nicht liebt, hoffe ich, dass er es eines Tages tun wird. Aber vielleicht ist es aussichtslos, weil er es gewohnt ist, zwanglose Affären zu haben, und ich weiß nicht einmal, wer ich wirklich bin.

Alexander zieht mich näher an sich heran, sodass meine Beine zwischen seinen Schenkeln eingeklemmt sind. Er fährt mit der Hand durch mein Haar und lehnt sich näher zu mir, bis er nur noch wenige Zentimeter von meinem Gesicht entfernt ist. Sein heißer Atem trifft meine Lippen. Sein herausfordernder Blick bleibt an mir haften. Er befiehlt: „Hör mir jetzt gut zu, Phoebe. Da ist nichts zwischen Cheyenne und mir. Ich habe dir gesagt, wir waren nur Freunde mit Zusatzleistungen. Ich habe *nie* tiefe Gefühle für sie gehabt. Und ich *werde* auch nie tiefe Gefühle für sie haben."

„Was soll das überhaupt bedeuten?"

„Was meinst du?", fragt er überrascht.

„Tiefe Gefühle?", frage ich und habe Angst, dass ich nicht die gewünschte Antwort bekomme.

Er zögert nicht und sagt entschlossen: „Es bedeutet, dass du mir wichtig bist. Es bedeutet, wenn ich an die Person denke, mit der ich zusammen sein möchte, bist du es, nicht sie oder irgendeine andere Frau. *Du.* Verstehst du das?"

Seine Worte sollten mir helfen, mich zu beruhigen und unser Zerwürfnis zu heilen, aber ein kleiner Teil von mir ist nicht zufrieden. Ich möchte, dass er mir sagt, dass er mich liebt, so wie ich ihn liebe, aber das tut er nicht, sonst würde er es mir gestehen. Und ich frage mich, ob er das jemals tun wird.

Bin ich wieder in einer Beziehung, in der ich allein gelassen werde und mich fragen muss, was ich mit dem Mann in meinem Leben falsch gemacht habe?

Alexander presst seine Lippen auf meine. So sehr ich mich auch dagegen wehren möchte, ich kann es nicht. Seine Zunge drängt gegen meine, und innerhalb von Sekunden gebe ich mich ihm hin und küsse ihn, während die kalte Luft uns umspielt.

Er zieht sich zurück. „Pheebs, ich werde es nur noch einmal sagen. Du musst mir zuhören, mir wirklich zuhören. Hast du das verstanden?"

Ich atme zittrig ein und nicke. „Okay."

Er beteuert: „Du bist diejenige, die ich will, keine andere. Es ist mir egal, was Cheyenne sagt oder wie laut sie es von den Dächern schreit. Zwischen uns war nie etwas anderes als Sex, und es wird auch nie etwas anderes geben."

„Vermisst du es?", platze ich heraus und erschaudere dann. Ich hasse es, dass ich ihm alle meine Ängste offenbare.

Sein Gesicht verzieht sich. „Abgesehen davon, dass Cheyenne unser Date mit ihren Lügen unterbrochen hat, habe ich dir irgendeinen Grund gegeben, an meinen Gefühlen für dich zu zweifeln?"

Mein Inneres bebt noch stärker. Ich frage: „Aber was ist mit dem Sex?"

Er grunzt und meint: „Ich vermisse nichts an Cheyenne, auch nicht den Sex. Ich liebe alles, was wir zusammen haben."

Er liebt alles zwischen uns.

Aber liebt er mich?

Es ist nicht dasselbe wie „Ich liebe dich" zu sagen.

Ich muss ihm einfach mehr Zeit geben.

Er fährt fort: „Ich meine es ernst, Phoebe. Du bist diejenige, die ich will. Also, was muss ich tun, damit du mir das glaubst?"

Ich schlucke schwer und verdränge Cheyennes Stimme aus meinem Kopf, zusammen mit dem Blick, den sie mir zuwarf, der mir verriet, dass ich wertlos bin und sie alles für ihn ist.

Alexander drängt: „Sag es mir.“

Ich antworte leise: „Küss mich einfach noch mal.“

Er grinst, und innerhalb von Sekunden bin ich wieder im Nirwana von Alexanders Lippen und Zunge überall auf mir. Ehe ich mich versehe, zieht er mir die Hose aus, und ein lautes Klirren hallt in der Dunkelheit wider – seine Gürtelschnalle, die auf das metallene Sideboard schlägt.

Ich drücke ihn fester an mich, ertrinke in ihm, will ihn ganz für mich allein haben.

Alexander senkt sein Gesicht und drückt mich zurück, sodass meine Ellbogen auf der Konsole ruhen. Dann streicht seine Zunge über meine Klit.

Er stöhnt, als ich zu zittern beginne. Nur dieses Mal ist es nicht aus Wut oder Trauer. Es ist das Adrenalin, das sich in jedem Teil meines Körpers aufbaut.

Meine Finger gleiten durch sein Haar, klammern sich hinein und drücken ihn näher an mein Zentrum. Meine Schenkel pressen gegen seine Wangen und ich zittere.

Er schnippt und saugt, und ich habe das Gefühl, von einem Tornado erfasst zu werden, der alles in seinem Weg zerstört.

Unzusammenhängende Laute kommen aus meinem Mund. Adrenalin erfüllt mich, während die Welt um mich herum unscharf wird. Ehe ich mich versehe, ist er in mir.

Sein Schwanz gleitet hinein und heraus. Er schiebt seine Zunge in meinen Mund, der Geschmack meines Orgasmus ist überall. Er murmelt: „Du bist die Einzige, die ich will, Baby Girl. Nur dich.“

Ich stöhne, eine weitere Welle von Endorphinen schießt durch meine Adern.

Er schnalzt mit der Zunge an meinem Ohrläppchen und fügt hinzu: „Den ganzen Tag denke ich nur an dich und alles, was ich mit dir machen will."

„Was zum Beispiel?", hauche ich.

Er murmelt: „Ich denke darüber nach, wie es sich anfühlt, in deiner engen kleinen Pussy zu sein. Denke an die Geräusche, die du machst, wie jetzt gerade. Alles. Wie du mich berührst, wie du mich küsst. Wie du mich heimlich ansiehst, wenn niemand anderes schaut. Alles, Pheebs. Verstehst du das?"

„Ja", bestätige ich mit angehaltenem Atem und blinzle heftig, weil das weiße Licht mir die Sicht raubt.

Er stößt härter in mich, dringt tiefer ein und dehnt mich so weit, dass ich das Gefühl habe, ich könnte explodieren.

Meine Arme schließen sich um seinen Hals. Ich verschränke meine Finger in seinem dichten Haar und ziehe daran. Mein Körper zuckt heftig unter seinem.

Er stöhnt und erklärt: „Scheiße, mein Hengst liebt nur dich. Hast du mich verstanden?" Dann entlädt er alles, was er hat, und bevor ich antworten kann, stöhnt er: „Verdammte gierige Pussy. Du willst alles, was ich dir geben kann, nicht wahr, Baby Girl?"

„Ja, ich will dich ganz."

Alexander keucht heftig gegen meinen Hals. Er stößt härter und härter zu, bis ich in Ekstase schreie.

Alles wird weiß, dann schwarz und wieder weiß. Dann beruhigt sich das Zittern, während sich seine Atmung verlangsamt.

Ich sollte ihn gehen lassen, aber ich kann nicht. Ich will ihn niemals gehen lassen. Und ich realisiere, dass ich komplett aufgeschmissen bin.

Wenn Alexander sich nicht in mich verliebt, werde ich nie wieder lieben. Die Enttäuschung über Lance ist nicht annähernd so schlimm wie das.

Er verharrt eine Weile in der gleichen Position, und es ist, als könne er mich auch nicht loslassen. Als er sich schließlich zurückzieht, sieht er mir tief in die Augen und hält mich fest. Unnachgiebig behauptet er: „Du bist diejenige, die ich will, Pheebs. Vergiss das nicht. Hast du das verstanden?"

Ich nicke. „Ja."

Er grinst langsam. „Gut. Und jetzt lass uns nach Hause fahren. Wir werden heute Abend eine neue Wette abschließen."

Ich kichere. „Oh ja?"

Der Schalk steht ihm ins Gesicht geschrieben. „Ja. Wir werden unser Weihnachtsquiz zu Ende spielen. Und zwar nackt. Allerdings mit neuen Einsätzen."

Ich lächle etwas glücklicher und frage: „Um was wetten wir diesmal?"

„Wenn ich verliere, mache ich dir Abendessen, nackt. Dann lecke ich deine Pussy."

Ich neige meinen Kopf. „Und wenn du gewinnst?"

Sein Lächeln wird intensiver. „Dann kochst du nackt für mich. Und dann lecke ich deine Pussy."

Ich lache noch lauter. „Abgemacht."

Er starrt mich noch einen Moment an, gibt mir einen tiefen Kuss und streichelt dann meine Wange. „Ich bin froh, dass wir das geklärt haben." Er zwinkert mir zu.

„Ich auch", gestehe ich.

Er gibt mir noch einen kurzen Kuss und hilft mir dann wieder in meine Hose. Er zieht seine Jeans hoch, geht um den Wagen herum und setzt sich auf den Fahrersitz.

Ich lege meinen Sicherheitsgurt an.

Alexander lässt den Motor an, stellt die Musik an und ergreift meine Hand. Er küsst sie, und alles fühlt sich wieder richtig an, bis auf eine Sache.

Ich tue mein Bestes, um es zu verdrängen, aber ich bin in Alexander verliebt. Das Problem ist, dass ich nicht weiß, ob er jemals das Gleiche für mich empfinden wird oder ob er mein Herz in Millionen von Stücken brechen wird.

Alexander

Eine Woche vor Weihnachten

„Bis später!", ruft Wilder, als die Jungs aus der Tür rennen. Meine Schwestern haben sich bereit erklärt, mit ihnen in die Stadt zu fahren, um eine Weihnachtsschnitzeljagd zu veranstalten, und sie werden fast den ganzen Tag weg sein.

Ich drehe mich zu Phoebe um und starre sie an.

Sie stützt ihre Hand auf ihre Hüfte. „Was?"

„Warum haben wir dein Zimmer noch nicht gestrichen?"

Sie zuckt mit den Schultern. „Ich weiß nicht. Wir waren sehr beschäftigt."

„Alle anderen Zimmer im Haus sind gestrichen, aber deines ist immer noch trist. Du hast sogar das Wohnzimmer und die Küche gestrichen", weise ich sie darauf hin.

Ihre Lippen zucken. „Also gibst du zu, dass das Beige langweilig war?"

„Nachdem du mich darauf hingewiesen hast, ja", gebe ich zu.

Sie fragt etwas unsicher: „Du magst es aber wirklich, oder? Du sagst nicht nur, dass es dir gefällt?"

Ich gluckse. „Ja, Baby. Ich würde nicht lügen, wenn mir etwas nicht gefällt. Und du hattest recht. Wir brauchten definitiv etwas Farbe in unserem Leben."

Sie strahlt. „Gut!"

„Meinst du nicht, dass es an der Zeit ist, dein Zimmer zu streichen?"

„Heute?", fragt sie.

„Ja, heute. Was du heute kannst besorgen, das verschiebe nicht auf morgen. Außerdem sind die Jungs weg. Wir können nackt malern, wenn wir wollen."

Sie lacht. „Du willst nackt mein Zimmer streichen?"

Ich wackle mit den Augenbrauen und gestehe: „Ich würde am liebsten alles nackt mit dir machen."

Sie rümpft die Nase. „Vielleicht sollten wir unsere Klamotten anbehalten, da deine Familie hier ständig ein und aus geht."

„Ich könnte die Türen abschließen."

„Hast du vergessen, dass sie Schlüssel haben? Wenn wir abschließen, rennen sie uns die Tür ein."

Ich seufze. „Okay, wir werden angezogen streichen. Aber im Ernst, wir müssen dein Zimmer fertig bekommen. Welche Farbe hast du dir eigentlich ausgesucht?"

„Ein blasses Gelb", verrät sie mir.

„Und es ist hier? Du hast alles gekauft, als du in der Stadt warst, richtig?"

Sie nickt. „Ja. Der Farbeimer ist in der Speisekammer."

„Okay, dann zieh deine Malersachen an. Wir werden dein Zimmer heute fertig bekommen", schwöre ich.

Ihr Gesicht leuchtet auf. Sie klatscht in die Hände und jubelt: „Juhu!"

Ich stöhne und ärgere mich, dass ich nicht schon früher darauf bestanden habe, ihr Zimmer zu streichen. Sie hat deutlich gesagt, dass sie mehr Farbe haben will. Ich hätte nicht zulassen dürfen, dass sie alle Zimmer außer ihrem streicht, aber ich war zu sehr damit beschäftigt, die Pferde für das nächste Rennen vorzubereiten. „Phoebe, wir hätten dein Zimmer zuerst strei-chen sollen."

„Nein, dein Zimmer war viel wichtiger", sagt sie beharrlich.

Ich trete vor, lege meine Hand an ihre Wange und schlinge meinen anderen Arm um ihre Taille. Ich streichle ihren Hintern und ziehe sie an mich. „Ich finde es toll, was du mit meinem Zimmer gemacht hast. Das war sehr süß von dir, aber du musst aufhören, dich an letzte Stelle zu setzen."

„Tue ich nicht."

Ich lege ihr einen Finger auf die Lippen. „Schhh. Du setzt dich immer an die letzte Stelle und machst uns zu deiner Priorität."

Sie zuckt mit den Schultern. „Es ist mein Job, euch an die erste Stelle zu setzen."

Ich schüttle den Kopf. „Nein. Das ist nicht richtig, Pheebs."

„Ich beschwere mich nicht. Ich kümmere mich gerne um euch alle."

Mir wird warm ums Herz und ich gebe zu: „Ich liebe es, dass du dich um uns kümmerst."

Ihre Lippen verziehen sich. „Wirklich?"

„Mmhmm. Ich liebe es, wenn du dich um meine Jungs kümmerst. Ich liebe es, wenn du dich um mich kümmerst." Ich küsse ihren Kiefer, dann fahre ich hinüber zu ihrem Ohr und füge hinzu: „Ich liebe es besonders, wenn du dich um meinen Hengst kümmerst."

Sie lacht und drückt gegen meine Brust. „Halt deinen Hengst von mir fern, wenn wir mein Zimmer heute streichen wollen."

„Okay, ich ziehe mir schnell etwas an, das dreckig werden kann. Im Gegensatz zu dir kleckse ich überallhin."

Sie schnappt gespielt schockiert nach Luft. „Wirklich?"

„Ja. Du musst die Ränder vorziehen, oder wir müssen Klebeband besorgen."

„Nein, ich brauche kein Klebeband. Ich bin gut darin, gerade Ecken vorzuziehen", schwört sie.

„Warum bin ich nicht überrascht?", frage ich grinsend. Ich gebe ihr einen Klaps auf ihren Hintern. „Okay, zieh dich um. Wir sehen uns in deinem Zimmer."

„Okay."

Ich pfeife fröhlich vor mich hin und gehe ins Schlafzimmer, weil ich mich freue, dass wir etwas Zeit allein verbringen können, auch wenn wir nur streichen. Ich liebe jede Minute, die ich mit Phoebe verbringen kann, aber normalerweise sind wir von Menschen umgeben und tun so, als ob nichts zwischen uns wäre. Und da es eine Woche vor Weihnachten ist, wird es mit den Feierlichkeiten noch schwerer sein als sonst. Meine Familie wird überall sein, sodass dies der letzte

Tag ist, an dem Phoebe und ich ein wenig Zeit für uns haben werden.

So sehr ich auch versucht bin, sie ins Bett zu zerren und den ganzen Tag zu spielen, so sehr ärgert es mich auch, dass ihr Zimmer nicht gestrichen ist. Und ich liebe alles, was sie mit dem Rest des Hauses gemacht hat. Die Zimmer der Jungs sind genau so, wie sie es sich gewünscht haben, und sie schwärmen immer von ihnen. Sie hat geduldig damit gewartet, ihr Zimmer zu streichen, und ich hasse es, dass ich nicht darauf bestanden habe, dass sie ihr Zimmer gleich in Angriff nimmt.

Ich ziehe eine kurze Hose und ein altes T-Shirt an, das mir nicht mehr passt. Dann gehe ich in ihr Schlafzimmer.

Sie zieht sich gerade ihr T-Shirt über die Brust, als ich eintrete.

„Musst du das anziehen?", frage ich anzüglich.

Sie klimpert mit den Wimpern. In einem schrecklichen texanischen Akzent meint sie: „Oh, Alexander Cartwright, wie forsch von dir."

„Das war ein guter Versuch mit dem Akzent", flunkere ich.

„Findest du? Kann ich die Leute überzeugen, dass ich aus Texas komme?", fragt sie.

Ich bringe es nicht übers Herz, sie zu enttäuschen, also ermutige ich sie. „Wenn du weiter daran arbeitest, wirst du alle hinters Licht führen."

Sie strahlt. „Wirklich? Ich dachte immer, meine Imitation wäre schlecht."

„Ich weiß nicht. Ich bin voreingenommen", sage ich und werfe einen Blick auf den Haufen aus Planen. Ich frage: „Sollen wir die in die Mitte des Raums ziehen und den Boden abdecken?"

„Wow! Mein Mann ist superschlau!“ Sie klimpert mit den Wimpern.

„Ab und zu habe ich meine Momente“, behaupte ich.

Wir verbringen eine Stunde damit, das Bett, die Kommoden und den Schreibtisch umzustellen. Wir legen Planen auf dem Boden aus und dann sage ich: „Zeit zu streichen.“

„Der Eimer ist noch in der Speisekammer.“

„Okay, ich werde ihn holen.“ Ich gehe in die Küche und hole die Farbe. Dann schnappe ich mir einen Schraubenzieher aus der Schublade und gehe zurück in ihr Zimmer.

Ihr glückliches Lächeln, so voller Vorfreude, bringt mein Herz zum Strahlen. Sie ruft: „Ich bin so aufgeregt.“

Ich gluckse. „Das sehe ich. Genau deshalb hätten wir dein Zimmer zuerst streichen sollen.“

Sie schüttelt den Kopf. „Nope! So läuft der Hase nicht.“

„Hmm. Nun, vielleicht sollte ich dich dafür belohnen, weil du so geduldig warst.“

Sie grinst. „Reden wir von einer neuen Wette?“

Ich lasse meinen Blick lüstern von Kopf bis Fuß über sie gleiten, dann sehe ich ihr in die Augen. „Durchaus möglich.“

Ihr Gesicht errötet, aber ihr Lächeln wird breiter, und mein Herz springt mir fast aus der Brust.

Mein neues tägliches Ziel ist es, Phoebe glücklich zu machen. Ich wache buchstäblich auf und überlege, was ich an diesem Tag tun kann, um sie zum Lächeln zu bringen. Und jedes Mal, wenn sie es tut, wird mir ganz warm ums Herz.

„Oh, ich muss die Pinsel holen gehen. Warte kurz." Sie verschwindet und kommt mit einer Handvoll Pinsel und einem Rührstab zurück.

Ich öffne den Eimer und rühre das Hellgelb um, bis es gleichmäßig aussieht. Dann gieße ich etwas davon in eine Farbschale mit Abstreifgitter.

Sie reicht mir eine Rolle. „Du rollst, ich kümmere mich um die Ecken."

„Abgemacht, aber wir werden eine Leiter brauchen."

„Oh, na klar", sagt sie.

Ich gluckse wieder. „Ich werde sie holen." Ich verlasse das Haus und gehe in die Garage. Dort schnappe ich mir eine Trittleiter und bringe sie ins Schlafzimmer.

Sie ist bereits dabei, den unteren Teil der Wand zu streichen. Ich beobachte sie eine Minute lang, beeindruckt von ihren Fähigkeiten, und murmle: „Das ist verrückt."

Sie hält inne und dreht den Kopf. „Was meinst du?"

Ich zeige auf die Wand und sage: „Ich verstehe nicht, wie du das ohne Klebeband machen kannst. Das ist eine absolut gerade Linie. Du hast nicht gekleckert und du brauchtest kein Klebeband."

„Ja, ich weiß", zwitschert sie keck vor sich hin.

„Verrückt", wiederhole ich und nehme die Rolle. Ich rolle sie durch die gelbe Farbe und bringe sie dann zur Wand. Nachdem die Hälfte der Wand gestrichen ist, trete ich zurück und frage: „Gefällt dir die Farbe noch?"

„Ich liebe es. Das helle Gelb ist superfröhlich."

Ich stimme zu. „Das ist es. Genau wie du.“

Sie klimpert mit den Wimpern. „Alexander Cartwright, ich habe das Gefühl, du versuchst, mich zum Erröten zu bringen.“

„Oh, nein. Ich würde dich nackt ausziehen, wenn ich wollte, dass du rot wirst“, necke ich sie und mache mich wieder an die Arbeit. Als ich mit allen vier Wänden fertig bin, hat sie schon den unteren Teil fertig. Ich lege die Rolle ab und klopfe grinsend auf die Stufe der Leiter. „Schwing deinen Hintern hier hoch.“

„Okay, Dear“, gurrt sie und stolziert mit schwingenden Hüften zu mir herüber.

Ich stöhne und warne: „Mach das nicht, sonst bleibt der obere Spalt unter der Decke beige.“

Sie lächelt. „Warum?“

Ich packe sie bei der Taille und ziehe sie an mich. Sie atmet heftig ein. Ich senke mein Gesicht und streife ihre Nase mit meiner. „Weil ich etwas mit deinem Hintern anstellen werde.“

Sie kichert. „Zieh mich nicht auf.“

Mein Schwanz wird hart, als ich ihren Hintern berühre.

Sie stößt mich weg und wackelt mit dem Finger. „Nein, nein, nein. Wir müssen das fertig machen.“

„Ja, Ma'am“, brumme ich und deute auf die Leiter.

Sie klettert hinauf, und ich küsse ihren Hintern, während sie aufsteigt.

Sie erstarrt, dann wedelt sie mit dem Pinsel nach mir und schimpft: „Mach das nicht. Ich werde noch die Decke anmalen.“

Ich schnaufe. „Was? Du bist so gut. Du schaffst das doch sicher."

„Im Ernst, Alexander. Ich werde mich vermalen und dann müssen wir die Decke streichen. Du musst dich benehmen!"

Ich stöhne. „Okay, ich werde mich zurückhalten."

„Danke!" Sie konzentriert sich wieder auf ihre Aufgabe und zieht langsam den Pinsel in einer geraden Linie unter der Decke entlang.

Ich starre voller Ehrfurcht. „Das könnte ich nie tun."

„Hm, aber du kannst viele andere Dinge tun, die ich nicht kann."

„Was zum Beispiel?"

„Männerdinge", sagt sie.

Ich gluckse. „Männerdinge? Da musst du schon etwas genauer werden."

Sie kichert. „Nun, ich habe gesehen, wie du deinen Brüdern ordentlich Feuer unter den Hintern gemacht hast."

Ich grunze. „Ja, sie haben es meistens verdient, wenn ich das mache."

„Ich frage mich immer, was sie angestellt haben, wenn ich über den Hof sehe und dich dabei erwische."

„Oh, du starrst mich also den ganzen Tag an?"

„Nein, das habe ich nicht gesagt", grummelt sie und verdreht die Augen.

Ich lache amüsiert.

Sie fügt hinzu: „Und dann ist noch diese Sache mit dem Seil, die du so gut kannst."

„Was für eine Sache?“

„Du weißt schon, was ich meine. Diese Sache mit dem Seil, dass du über deinem Kopf kreisen lässt, bevor du es wirfst.“

Ich lache so sehr, dass mir die Tränen aus den Augen kullern.

Sie starrt von der Leiter auf mich herab. „Warum lachst du? Was ist daran so lustig?“

Ich wische mir mit der Rückseite meiner Hand eine Träne von der Wange. „Ich habe noch nie gehört, dass jemand das Lasso-werfen so beschreibt. Das ist niedlich.“

„Ich kann mir auch andere nette Dinge ausdenken, die ich mit dir machen kann, wenn du willst“, neckt sie.

Mein Schwanz wird wieder hart. „Wirklich? Und welche?“

Sie blickt grinsend zu Boden und verrät: „Erinnerst du dich an das, was meine Zunge mit deinem Hengst macht?“

Mein Schwanz zuckt. Ich stöhne und behaupte: „Red nicht darüber, außer du hast vor, Taten folgen zu lassen.“

Sie wirft mir einen unschuldigen Blick zu und sagt: „Wer sagt denn, dass ich es nicht später machen werde?“

Mental juble ich. Ich liebe es, wenn Phoebe mir einen Blowjob gibt. Alle Empfindungen sind so intensiv. Sie weiß immer genau, wie sie mich lecken und saugen und necken kann, bis ich sie anflehe und ihren Kopf festhalte.

Ich glaube nicht, dass ich jemals mit einer Frau zusammen war, bei der ich mich so wohlfühlte, wie bei ihr, wenn sie meinen Schwanz lutscht. Sie hat schon beim ersten Mal herausgefun-den, wie sie mich ganz in sich aufnehmen kann, was eine weitere Sache ist, mit der die meisten Frauen normalerweise

Schwierigkeiten haben, also sage ich: „Für diesen Trick bekommst du tausend Extrapunkte."

„Okay, zurück an die Arbeit! Konzentrier dich", befiehlt sie.

„Dann mach deinen Job", erwidere ich und zeige an die Decke.

„Ja, Sir." Sie wackelt mit ihrem Hintern vor meinen Augen und ich gebe ihr einen Klaps. Sie jault auf und sagt dann: „Ich muss mich jetzt konzentrieren. Versuch keine komischen Sachen."

„Ich werde mich benehmen", schwöre ich und beobachte, wie sie eine weitere perfekte Linie zwischen der Wand und der Decke zieht.

Wir brauchen eine halbe Stunde, um ihr Zimmer fertigzustellen. Dann gehen wir in die Küche und essen ein Sandwich zum Mittag. Wir gehen zurück ins Zimmer und tragen eine weitere Schicht auf. Als wir fertig sind, treten wir zurück und starren die Wände an.

Ich drehe mich im Kreis, um die Farbe auf mich wirken zu lassen. „Das sieht toll aus."

„Finde ich auch", haucht sie.

Ich schnippe mit den Fingern. „Warte kurz, ich habe noch etwas für dich."

„Was meinst du?"

„Ich habe etwas für dich. Warte hier", bitte ich sie und gehe in mein Schlafzimmer. Ich trete an den Schrank und hole die Skulptur heraus, die ich in der Stadt gefunden habe. Es ist ein Unendlichkeitszeichen, durch das mehrere Herzen gefädelt sind. Ich nehme sie mit ins Schlafzimmer und reiche sie ihr. „Das ist für dich."

Ihre Augen weiten sich. Sie hält das Zeichen vor sich hoch. „Wo hast du das gefunden?“

„Ace hat mir gesagt, dass du so was liebst. Ich habe es in der Stadt gesehen, also habe ich es für dich gekauft“, gestehe ich ihr, obwohl ich tagelang online danach gesucht habe. Ich weiß nicht, warum ich ihr das nicht sagen will, aber ich bleibe bei meiner kleinen Lüge.

„Alexander, das ist … Wow“, haucht sie und starrt es wieder an.

„Es gefällt dir also?“

Sie lächelt glücklich. „Ob es mir gefällt? Willst du mich verarschen? Das ist von meinem Lieblingsmetallschmied. Ich habe dieses Stück online gesehen und Ace hat mich danach gefragt, aber …“ Sie starrt mich an.

„Was?“, frage ich.

„Das hast du aus der Stadt?“

Ich nicke und lüge wieder. „Ja.“

Sie sieht mich genauer an. „In welchem Laden hast du es gekauft?“

Ich gluckse. „Das geht dich nichts an. Magst du es?“

„Ja, ich liebe es! Aber das ist zu viel!“, meint sie bescheiden.

Ich schüttle den Kopf. „Nein, ist es nicht. Also, wo sollen wir es aufhängen?“

Phoebe betrachtet es erneut, dann legt sie das Unendlichkeitszeichen aus Metall auf ihr Bett. Sie wirft ihre Arme um mich, küsst mich und sagt dann: „Ich liebe es. Danke.“

Ich ziehe sie näher an mich heran und wir küssen uns lange, bis ich murmle: „Ich muss dir mehr Geschenke kaufen, wenn du so reagierst."

Sie zieht sich aus dem Kuss zurück. „Du musst mir keine Geschenke machen. Das weißt du doch, oder?"

„Natürlich. Und ich weiß, dass du nichts erwartest. Aber ich überrasche dich gerne. Vor allem mit Dingen, die du wirklich willst."

Sie starrt mich an und beißt sich auf die Lippe.

„Mach dich nicht verrückt, weil ich dir ein Geschenk gemacht habe. Du solltest deine Einstellung zu Geld ohnehin ändern", füge ich hinzu.

„Was meinst du?"

„Nun, du denkst immer noch, dass du arm bist. Du hast Geld und kannst dir was leisten."

Sie lacht ungläubig. „Es ist nicht einfach, eine Wohlstandmentalität anzunehmen, wenn man nie viel hatte."

„Ich weiß nicht. Ich wette, wir können deine Denkweise ändern", schätze ich.

Sie lacht und salutiert ein wenig vor mir. „Aye, aye, Sir."

„Aber ich bin froh, dass es dir gefällt."

„Ja, das tut es", bekräftigt sie.

„Gut." Ich küsse sie erneut, und innerhalb weniger Minuten ziehe ich ihr das Oberteil aus und öffne ihren BH.

Ihr Handy klingelt und spielt das neue Lied, das sie letzte Woche als Klingelton eingestellt hat. Sie weicht einen Schritt von mir zurück.

„Musst du da rangehen?", frage ich und ziehe sie wieder zu mir.

„Nein." Sie küsst mich wieder und das Klingeln verstummt, aber dann klingelt es wieder. Sie zieht sich zurück und runzelt die Stirn. „Vielleicht sollte ich mal nachsehen."

„Okay. Mach das."

Sie geht zu ihrem Schreibtisch, nimmt ihr Handy und verdreht genervt die Augen.

„Wer ist es?", frage ich.

„Keiner. Lass uns zu dem zurückkehren, was wir gerade gemacht haben." Sie macht zwei Schritte auf mich zu, und ihr Handy klingelt wieder. Ihr Gesicht verzieht sich, und dann macht sich Irritation in ihrem Ausdruck breit. Sie nimmt ihr Handy wieder in die Hand und tippt auf *Ignorieren*.

„Baby Girl, wer ist es?", frage ich etwas dringlicher.

Sie schürzt die Lippen. „Es ist Lance."

Meine Brust zieht sich zusammen und wird von Wut erfüllt. „Lance? Warum ruft er dich an?"

Sie schüttelt verärgert den Kopf. „Um mich zu nerven, warum sonst?"

Eifersucht flammt in mir auf. „Ich wusste nicht, dass du noch Kontakt zu ihm hast."

„Habe ich nicht."

„Warum ruft er dich dann an?"

Ihr Kopf ruckt zurück. Sie hält ihre Hände in die Luft. „Ich weiß es nicht. Er ruft an und versucht, mich zurückzubekommen. Aber ich nehme seine Anrufe nicht an."

Die Eifersucht explodiert in mir. „Du hast dich über Cheyenne aufgeregt, mit der ich nichts gemacht habe, seit du hier angekommen bist, und du hast immer noch Kontakt zu Lance?"

„Ich habe nicht gesagt, dass ich mit ihm in Kontakt stehe."

„Woher weißt du dann, dass er dich zurückgewinnen will?"

Sie gibt zu: „Weil er mir ständig schreibt und anruft und mir Nachrichten auf meiner Mailbox hinterlässt."

Mein Herz klopft schneller. „Warum hast du ihn nicht blockiert, wenn er dich belästigt?"

Sie zuckt mit den Schultern. „Ich weiß es nicht. Ich ignoriere ihn normalerweise einfach."

„Warum ist er immer noch Teil deines Lebens?"

„Das ist er nicht."

„Hört sich für mich aber so an", stoße ich hervor, als ihr Handy erneut klingelt.

Sie wirft einen wütenden Blick darauf und sieht dann zu mir, drückt darauf herum, und stoppt das Klingeln. Sie verkündet: „Er ist nicht mehr Teil meines Lebens. Ich habe dir doch gesagt, dass …"

Das Handy klingelt wieder.

„Geh ran", knurre ich.

„Nein, ich gehe nicht ran."

„Warum nicht?"

Phoebe drückt erneut auf den roten Hörer und schaltet ihr Handy aus. Sie wirft es auf das Bett. „So. Er wird uns nicht mehr belästigen."

„Warum gehst du nicht ran, Phoebe?“

„Ich will nicht mit ihm reden. Es gibt nichts mehr zu sagen.“

Mein Hass auf ihn überwältigt mein Urteilsvermögen. Ich platze heraus: „Aber du hast ihn nicht blockiert. Magst du die Aufmerksamkeit? Ist es das?“

Schmerz erfüllt ihren Blick. „Was? Warum sagst du das?“

„Du lässt dich immer noch mit ihm ein. Du lässt eine Hintertür offen“, werfe ich ihr vor, weil ich Angst habe, dass er wieder in ihr Leben tritt und sie mir wegnimmt.

Sie schreit: „Das tue ich nicht! Ich will nichts mehr mit ihm zu tun haben.“

„Bist du dir da sicher?“, brülle ich, als die Eifersucht die Oberhand erringt. Ich habe diesen Kerl von dem Moment an gehasst, als ich von ihm hörte. Als ich ihn kennenlernte, konnte ich ihn erst recht nicht ausstehen. Aber zu wissen, dass er sie immer noch kontaktiert? Warum hat sie ihn nicht blockiert?

Sie beteuert fest: „Alexander, zwischen Lance und mir läuft nichts.“

„Wirklich?“

Mein Handy klingelt. Sie wirft einen Blick auf ihren Schreibtisch, greift danach und faucht: „Vielleicht ist es Cheyenne.“ Sie reicht es mir mit einem starren Blick.

„Wage es ja nicht“, warne ich und nehme ab. „Hallo?“

Masons Stimme dröhnt durch die Leitung. „Bruder, Phoebes Freund ist in der Stadt. Er ist sturzbetrunken. Ich glaube, du solltest besser herkommen.“

Das Blut rinnt mir aus dem Gesicht und die Haare in meinem Nacken stellen sich auf.

Sie fragt: „Alexander, was ist los?"

Mason fragt: „Alexander, hast du mich gehört?"

Ich knurre: „Ja. Beweg dich nicht vom Fleck. Ich bin auf dem Weg."

26

Phoebe

Alexanders Gesicht wird vor Wut so rot wie eine Tomate. Er legt auf, zeigt dann auf mich und befiehlt: „Ruf ihn an."

„Ich rufe ihn nicht an", wiederhole ich.

Seine Augen verengen sich zu Schlitzen, und er wirft mir vor: „Ich habe Cheyenne gesagt, dass es vorbei ist. Aber mir scheint es, als hättest du nicht das Gleiche für Lance getan."

Ich stemmte meine Hand in die Hüfte und sage betont ruhig: „Das stimmt nicht. Ich habe mit ihm Schluss gemacht und das weißt du auch."

Er breitet die Arme weit zur Seite aus. „Warum ruft er dich dann noch an? Cheyenne textet mich nicht dauernd voll oder ruft ständig an, oder?"

„Nein, sie flirtet mit dir persönlich. In meinem Beisein möchte ich hinzufügen. Eine Frau erster Klasse, die du dir da ausgesucht hast! Wirklich."

„Das von der Frau, die vier Jahre lang mit Mr. Trottel zusammen war! Und dieser Zwischenfall ist eine Woche her, Phoebe. Ich habe ihr klipp und klar gesagt, dass ich nur dich will! Nicht ein einziges Mal habe ich einen Hehl darum gemacht, was meine Absichten sind", schreit er.

„Ich habe Lance mehrmals gesagt, dass ich nicht mehr mit ihm zusammen sein will und dass er aufhören soll, mich zu kontaktieren!"

Er zeigt wieder auf mein Handy. „Ruf ihn an." Er wirft mir einen herausfordernden Blick zu.

Ich begegne seinem Blick, ohne mit der Wimper zu zucken, aber dann gebe ich schließlich nach. Ich sage: „Du machst dich lächerlich", und schnappe mir das Handy.

„Tu mir den Gefallen", murmelt er.

„Schön!" Ich schnaube und schalte mein Handy ein. Dann wische ich über das Display und drücke den grünen Hörer. Ich halte es an mein Ohr und es klingelt. Mein Magen kribbelt und mir wird unwohl.

Laute Geräusche erklingen im Hintergrund. Ich kann Lance kaum verstehen, als er lallt: „Phoebe, warum gehst du nicht ran, wenn ich dich anrufe?"

Wut erfüllt mich. Als wir noch zusammen waren, war es für Lance keine große Sache, meine Anrufe zu ignorieren, aber jetzt, da wir uns getrennt haben, denkt er, ich schulde ihm etwas. Ich fauche: „Lance, du musst aufhören, mich anzurufen. Hör auf, mich zu kontaktieren. Ich habe dir gesagt, dass es aus ist."

Die Musik im Hintergrund wird lauter und ich mache Anstalten aufzulegen, doch dann erstarre ich. Eine Gänsehaut macht sich auf meiner Haut breit.

Seit wann hört Lance Countrymusik?

Er brüllt in den Hörer: „Phoebe, das Spiel ist aus. Du kommst mit mir zurück nach Hause."

Panik ergreift mich.

Was meint er mit ʻmit mir zurückʼ? Ist er in Texas?

Das Letzte, was ich will, ist Lance auf der Ranch zu haben. Ich will ihn nicht in meiner Nähe haben; Alexander wird durchdrehen, wenn Lance sich mir nähert.

Bitte, bitte, bitte, sei nicht in der Stadt, wiederhole ich mein Mantra immer wieder. Alexanders Augen verengen sich weiter.

Ich hebe mein Kinn und wiederhole: „Lance, es ist aus zwischen uns. Du musst dich damit abfinden. Ruf mich nicht mehr an."

„Phoebe, ich scherze nicht. Du kehrst mit mir nach Kalifornien zurück und wir werden heiraten. Du hast lange genug das Kindermädchen gespielt. Es ist vorbei", sagt er.

Ich schließe die Augen. „Lance, hör mir jetzt gut zu." Ich atme tief durch, dann öffne ich die Augen und sehe, dass Alexanders Gesichtsausdruck noch aufgebracht ist. Mein Herz hämmert in meiner Brust. „Lance, es ist vorbei. Ruf mich nicht mehr an." Ich lege auf.

Alexander starrt mich an.

An Alexander gewandt frage ich: „Bist du jetzt zufrieden?"

Alexander sagt kein Wort. Er starrt mich einfach nur an.

Ich wische über mein Handy und rufe Lances Kontaktinformationen auf. Sobald ich in der Menüleiste die Möglichkeit sehe, ihn zu blockieren, tue ich das und drehe dann das Handy, um es Alexander zu zeigen. „Ich habe ihn blockiert. Und es ist nicht meine Schuld, wenn er weiter versucht, mich zu kontaktieren. Wir haben Schluss gemacht und du hast gerade gehört, wie ich es ihm noch einmal gesagt habe", rechtfertige ich mich, als ob ich etwas falsch gemacht hätte und ihn überzeugen müsste.

Wahrscheinlich muss ich das auch. Er glaubt mir nicht.

Ich verstehe nicht, wie Alexander denken kann, dass ich meine Beziehung mit Lance weiterführen will. Und warum ist er so verärgert, dass er mich angerufen hat? Es ist ja nicht so, dass ich ihn beachtet habe.

Lance ist in Texas, erinnere ich mich und gerate wieder in Panik.

Er muss zurück nach Kalifornien gehen.

Scheinwerferlichter flackern über das Fenster und ich drehe mich, um das Geschehen besser beobachten zu können. Der SUV parkt in der Nähe des Hauses.

Alexander läuft in sein Zimmer.

Ich folge ihm auf den Fersen und frage: „Was machst du?"

Schnell zieht er sich Jeans und seine Stiefel an. Er wirft sich ein T-Shirt über, zieht es an seiner Brust herunter und geht zur Haustür.

„Wohin gehst du?", frage ich.

Er nimmt seinen Cowboyhut vom Haken, setzt ihn auf und schlüpft in seine Jacke. „Ich werde mich um etwas kümmern, das ich schon lange hätte regeln sollen."

Die Härchen auf meinen Armen stellen sich auf. „Was soll das bedeuten?“

„Wir sehen uns später, Phoebe. Bitte kümmere dich um die Kinder, während ich weg bin.“ Er öffnet die Tür und tritt auf die Veranda hinaus.

„Alexander!“, rufe ich ihm hinterher, dann nehme ich meinen Mantel vom Haken, schlüpfe in meine Hausschuhe und folge ihm nach draußen.

Das ist ein schlimmer Fehler. Es ist schlammig und meine Hausschuhe versinken im Schlamm. Ich versuche, meinen Fuß zu heben, aber ich stecke fest, und rufe: „Alexander!“

Er stürmt auf seinen Truck zu und ignoriert meine Rufe.

Als Ace aus dem anderen Wagen steigt, ruft er: „Dad, wir hatten so viel Spaß!“

Alexander hält inne, als Ace euphorisch auf ihn zustürzt. Sie umarmen sich, er zerzaust Aces Haar und sagt zu ihm und Wilder: „Jungs, ich muss geschäftlich in die Stadt. Bleibt bei Phoebe und euren Tanten, okay?“

„Willst du nicht mit uns abhängen? Du hast gesagt, du würdest dir diese Woche freinehmen“, jammert Wilder.

„Ich werde mich beeilen, keine Sorge“, erwidert er und fügt hinzu: „Ich muss Mason und Jagger abholen. Sie haben zu viel getrunken und können nicht selbst nach Hause fahren.“

„Ich dachte, du meintest, du musst arbeiten“, murrt Ace.

Alexander antwortet: „Deine Onkel machen mir Arbeit. Ich bin bald wieder da, okay?“

„Okay“, lenkt Wilder ein, dann ruft er Ace zu: „Wettrennen“, bevor er sich umdreht und zum Haupthaus rennt.

Ace folgt ihm direkt auf den Fersen.

„Alexander!", rufe ich erneut, aber er ignoriert mich wieder und steigt in seinen Wagen.

Er lässt den Motor aufheulen und rast los.

Ich beobachte, wie er aus dem Tor rauscht, dann erstarre ich.

Willow und Paisley starren mich an. Willows Augen verengen sich zu Schlitzen und sie kommandiert: „Paisley, geh mit den Jungs und fang mit dem Basteln an. Phoebe und ich kommen gleich nach."

Paisley widerspricht nicht. Sie reißt ihren fragenden Blick von mir los und geht in Richtung des Haupthauses.

Willow packt mich am Unterarm und zieht mich zu Alexanders Haus.

Ich lasse meine Hausschuhe im Schlamm zurück. Wir gehen hinein, und sobald sich die Tür schließt, frage ich sie: „Stecke ich in Schwierigkeiten?" Ich versuche, es wie einen Witz klingen zu lassen, aber es kommt nicht so rüber.

Sie legt den Kopf schief und fragt: „Ich weiß nicht? Kommt es dir so vor?"

Ich blinzle heftig und schaue weg. Ich hasse es, Willow anzulügen. Und ich hasse es, dass Alexander sauer auf mich ist. Ich weiß nicht, wohin er unterwegs ist und ich kann es nicht ertragen, dass Lance sich weiter in mein Leben einmischt, obwohl wir uns getrennt haben.

Willow schneidet eine Grimasse, zieht mich in ihre Arme und hält mich fest. „Hey, alles wird wieder gut. Ich weiß nicht, was los ist, aber vertrau mir, alles wird gut."

Ich murmle: „Ich weiß nicht, ob es das wird."

Sie zieht sich zurück und fügt hinzu: „Ich denke, es ist an der Zeit, dass du mir erzählst, was in diesem Haus vor sich geht."

Meine Lippen beben. „Ich weiß nicht, wovon du sprichst."

Sie lächelt, stützt ihre Hand in die Hüfte und legt den Kopf schief. „Glaubst du, ich bin von gestern?"

Ich sage nichts, doch ringe mit den Händen.

„Komm schon." Sie zieht mich in die Küche, zieht einen Stuhl vom Tisch zurück und ordnet an: „Setz dich." Sie ist ihrem Bruder in dieser Hinsicht so ähnlich.

Ich bleibe wie angewurzelt stehen.

„Phoebe, setz dich."

Da ich nicht weiß, was ich sonst tun soll, gebe ich nach.

Willow öffnet den Kühlschrank, holt zwei Bierflaschen heraus und öffnet die Verschlüsse. Sie stellt eine vor mir ab und setzt sich dann neben mich. Sie nimmt einen großen Schluck und nickt dann mit dem Kopf in Richtung meiner Flasche. „Na los, trink schon."

Durcheinander folge ich ihrem Beispiel.

Wir sitzen da und trinken Bier, bis die Hälfte unserer Flaschen leer ist, und sie ihre absetzt. Sie lächelt und fragt dann: „Bist du jetzt bereit, mir zu sagen, was los ist?"

„Was meinst du?", frage ich in dem Versuch, mich dumm zu stellen, was mir aber nicht gelingt.

Sie legt ihren Kopf schief und wirft mir einen wissenden Blick zu. „Phoebe, ich kenne meine Brüder gut. Irgendetwas läuft zwischen dir und Alexander, also sag mir, was es ist. Spuck's aus, lass mich dir nicht jedes Wort aus der Nase ziehen."

„Ich weiß nicht, wovon du redest", flunkere ich, aber sie merkt, dass ich lüge.

Sie trinkt einen weiteren Schluck Bier und tippt mit den Fingern auf den Tisch. „Wie viele Biere braucht es, bis sich deine Zunge lockert?"

Ich stelle meine Flasche ab und starre aus dem Fenster.

Willow ergreift meine Hand. „Phoebe, ist schon gut, sag mir einfach, was los ist. Ich weiß, dass du mit Alexander zusammen bist."

Mein Mund wird trocken. Ich schlucke den Kloß in meinem Hals hinunter und mein Herzschlag beschleunigt sich. Ich sehe zu ihr und meine Augen füllen sich mit Tränen.

Sie rückt näher und legt ihre Hand auf meinen Arm. „Babe, es ist alles in Ordnung. Sag mir einfach, was los ist."

Ich kann mir nicht helfen. Ich hasse Geheimnisse. Und Lügen, und das ist alles, was ich in letzter Zeit getan habe. Willow ist meine Freundin und ich schäme mich, dass ich etwas vor ihr verheimlicht habe. Also sprudelt es nur so aus mir heraus, als der Damm bricht.

„Alexander und ich haben … na ja, ich meine … wir können nichts sagen, wegen der Jungs."

Sie hebt die Augenbrauen. „Was ist mit den Jungs?"

„Er will nicht, dass sie verletzt werden."

Sie nickt. „Okay. Und warum sollten die Jungs verletzt werden?"

Ich platze heraus: „Weil ich bald abreisen werde."

Ihre Miene wird ernst. „Phoebe, planst du ernsthaft, uns zu verlassen?“

„Eure Eltern werden bald von ihrer Missionsreise zurückkehren u-und ich weiß nicht, was ich dann machen soll. Also ich denke schon.“ Die Tränen fließen schneller bei dem Gedanken, die Ranch und die Cartwrights, vor allem aber die Jungs und Alexander zu verlassen.

Willow reibt mir den Rücken. „Babe, ich kann dir eins sagen. Ich kenne meine Familie. Du gehst nirgendwo hin, es sei denn, du rennst weg.“ Sie wackelt mit den Augenbrauen.

Ich lache durch meine Tränen hindurch, aber es ist nur von kurzer Dauer. Ich gebe zu: „Alexander müsste wollen, dass ich bleibe.“

„Das tut er“, entgegnet sie beharrlich.

„Wie kannst du dir so sicher sein? Du wusstest doch bis eben gar nicht, was zwischen uns los ist.“

Sie grinst. „Erinnerst du dich nicht? Ich habe euch unter der Treppe erwischt, Phoebe. Eure Oberteile waren nicht reingesteckt, eure Haare waren zerzaust, und auf Alexanders Wange war Lippenstift. Glaubst du ernsthaft, ich wüsste nicht, was das bedeutet?“

Gänsehaut breitet sich auf meinen Armen aus. Ich starre sie an und Verlegenheit rötet meine Wangen.

Sie nimmt noch einen Schluck Bier, steht dann auf und holt zwei weitere aus dem Kühlschrank. Dann setzt sie sich wieder hin.

Sie lehnt sich vor. „Es ist okay, du kannst dich mir anvertrauen. Ich werde es niemandem sonst erzählen.“

„Du wusstest es also, hast es aber niemandem gesagt?“

Sie lächelt. „Nein. Hältst du mich etwas für Jagger und Mason? Du wolltest offensichtlich nicht, dass es jemand erfährt, und Alexander ist ins Bad gegangen und hat den Lippenstift abgewaschen, bevor er wieder zu den anderen gegangen ist, also" – sie nimmt einen Schluck von ihrem neuen Bier – „ist dein Geheimnis sicher."

„Mason und Jagger wissen es", stoße ich hervor, und mein Puls steigt in die Höhe.

Sie wölbt die Augenbrauen. „Die beiden wissen es und sie haben es geheim gehalten? Wie ist es dazu bekommen?"

„Ich weiß es nicht. Sie haben gesehen, wie Alexander mich an dem Abend nach der Rennbahn geküsst hat. Sie mussten ihm versprechen, nichts zu sagen", vertraue ich ihr an.

Willow schnaubt. „Ich bin schockiert, dass sie ein Geheimnis für sich behalten haben. Sonst können sie es gar nicht schnell genug weitererzählen."

„Aber sie haben es nicht getan?" Ich mache mir wieder Sorgen, dass die anderen es wissen könnten. Alexander wird mich umbringen, wenn er erfährt, dass Willow von uns weiß.

Sie schüttelt den Kopf. „Nein, nicht, dass ich wüsste. Niemand hat etwas zu mir gesagt. Ich wusste es einfach, weil ich euch beide gesehen habe. Außerdem sehe ich, wie mein Bruder dich ansieht. Er ist in dich verliebt."

„Ist er nicht", sage ich mit Nachdruck.

Sie schmunzelt amüsiert. „Von wegen. Ich habe ihn noch nie so glücklich gesehen."

„Meinst du das ernst?"

„Ja. Außerdem träumt er den halben Tag vor sich hin."

„Was redest du da? Er arbeitet so hart.“

„Das auch. Aber ich sehe, wie er dich aus dem Roundpen im Auge behält, anstatt Mason und Jagger anzuschreien. Glaub mir, er ist in dich verliebt“, erklärt sie, als ob das ein Fakt.

Mein Herz setzt einen Schlag aus, aber dann erinnere ich mich an unseren Streit. Ich schüttle den Kopf und sage niedergeschlagen: „Nein. Er denkt, dass zwischen Lance und mir immer noch etwas läuft. Aber das ist nicht mein Vergehen. Ich habe Lance gesagt, dass es vorbei ist, aber er ruft immer wieder an, und dein Bruder ist deswegen supersauer auf mich. Oh, und ich bin mir ziemlich sicher, dass Lance in der Stadt ist, und ich habe Angst, dass er hierherkommen könnte. Alexander wird durchdrehen, wenn er das tut!“

Ihre Muskeln spannen sich an. „Wo wollte mein Bruder hin?“

Ich schüttle den Kopf. „Ich weiß es nicht, er wollte es mir nicht sagen. Irgendjemand hat ihn angerufen. Ich weiß nicht, wer es war, aber ich glaube, es war einer deiner Brüder, denn ich habe ihn *Bruder* sagen hören. Aber das ist alles, was ich mitbekommen habe.“

Sie greift nach ihrer Handtasche. „Okay, lass uns der Sache auf den Grund gehen.“

„Er wird dir nichts sagen, wenn du ihn jetzt anrufst. Und wenn er weiß, dass du eins uns eins zusammengezählt hast, wird er wütend auf mich werden.“

Willow schürzt abschätzend die Lippen. „Ach, mach dir keine Sorgen. Ich sage kein Wort zu ihm, und ich rufe ihn auch nicht an.“

Sie schenkt mir ein verschmitztes Grinsen, das mich an das von Alexander erinnert.

„Wie willst du sonst herauskriegen, wo er hin ist?“

Ihre Lippen kräuseln sich. „Da ich jetzt dein Geheimnis kenne, werde ich dir auch etwas verraten.“

„Oh Gott, was hast du getan?“

„Ich habe alle Handys meiner Brüder mit Peilsendern bestückt.“

Ich zucke geschockt zurück. „Warum solltest du das tun?“

Sie lacht. „Bei Ava und Paisley habe ich das Gleiche gemacht.“

„Aber warum?“

„Weißt du, wie es ist, als Frau in dieser Familie zu versuchen, ungestört auf ein Date zu gehen? Meine Brüder tauchen überall auf, wo ich hingehe, und die Stadt ist klein. Das Letzte, was ich will, ist, ihnen zu begegnen, wenn ich ein heißes Date habe. Wenn ich sie treffe, dann nur, weil ich sie treffen will. Deshalb habe ich Peilsender auf ihren Handys installiert, damit ich benachrichtigt werde, wenn sie sich bewegen. Wenn ich also ausgehe und sich ihr Standort verändert, erhalte ich eine Benachrichtigung. Normalerweise kann ich herausfinden, wo sie sein werden, sodass ich mein Date entweder an einen anderen Ort verlegen oder mich mit ihnen streiten kann. Das hängt von meiner Stimmung ab oder davon, wie viel Alkohol ich getrunken habe oder wie heiß mein Date ist.“ Sie zwinkert mir zu.

Ich lache. „Du bist verrückt.“

„Nein, ich bin eine Cartwright-Frau mit vier älteren Brüdern. Glaub mir, das ist reiner Überlebensinstinkt. Sonst bleibe ich für den Rest meines Lebens single“, behauptet sie.

„Auf keinen Fall. Du bist ein heißer Fang“, sage ich ehrfürchtig.

Sie lächelt. „Danke. Aber sie machen mir trotzdem das Leben schwer. Also, mal sehen …" Sie konzentriert sich wieder auf ihr Handy und tippt auf den Bildschirm. Sie wackelt mit den Augenbrauen und sieht mich an. „Ich weiß, wo er hin ist. Und warte mal …" Sie wischt ein paar Mal über den Bildschirm und verkündet: „Ja, Mason und Jagger sind bei ihm."

Ich frage: „Wo sind sie?"

„Sie gehen ins *Booth*."

„Er geht in eine Bar?" Mir wird flau im Magen und Panik überkommt mich.

„Ja. Warum siehst du plötzlich so grün aus?", fragt sie.

Ich erinnere mich an die Countrymusik während Lances Anruf. „Als Lance mich anrief, war es wirklich laut im Hintergrund. Ich konnte Countrymusik hören und das hört er normalerweise nie. Er bestand dauernd darauf, dass ich mit ihm nach Hause kommen würde. Du glaubst doch nicht …" Mein Herzschlag beschleunigt sich wieder.

Willow scheint amüsiert. „Wir können definitiv nicht hierbleiben und Däumchen drehen."

„Was meinst du?"

„Geh dich anziehen."

„Wofür?", frage ich und senke meinen Blick auf meine Shorts.

„Zieh dir Jeans und ein T-Shirt an. Los geht's."

„Wohin gehen wir?"

„Zum *Booth*. Duh! Mach schon."

„Aber wir haben getrunken. Wir können nicht fahren."

„Paisley wird uns chauffieren."

„Wer wird auf die Jungs aufpassen?“

„Meine Mutter, Dummerchen. Evelyn und Ava sind auch im Haupthaus.“

„Aber Alexander sagte –“

„Es ist mir egal, was Alexander gesagt hat. Komm schon, das lassen wir uns nicht entgehen. Wir müssen uns beeilen.“

„Aber Willow, ich –“

„Zieh dich an, Phoebe“, fordert sie.

Seufzend ziehe ich mich an. Paisley sitzt bereits hinterm Lenkrad, als wir zum SUV kommen. Sie blickt mich misstrauisch an und fragt: „Warum fahren wir zum *Booth*?“

„Das wirst du bald sehen“, antwortet Willow.

„Willow, ich weiß nicht, ob wir das tun sollten“, sage ich, obwohl ich wissen will, was in der Stadt vor sich geht, aber auch Angst vor der Antwort habe.

Was ist, wenn Alexander denkt, dass ich nur wegen Lance komme?

Außerdem wird er wissen, dass Willow alles herausgefunden hat, und jetzt weiß es auch Paisley.

„Mach dir keine Sorgen“, rät Willow mir, während Paisley die Einfahrt hinunterfährt.

Auf dem ganzen Weg klingeln meine Ohren. Ich bekomme nichts von ihrem Gespräch mit. Meine Gedanken- und Gefühlswelt ist ein einziges Chaos.

Wir halten vor dem *Booth* und Paisley sucht sich einen Parkplatz am Ende der Straße. Wir gehen zur Bar, und ich bete, dass Lance nicht drin ist. Insgeheim hoffe ich inständig, dass Mason und Jagger in eine dumme Situation geraten sind, aus der Alexander ihnen heraushelfen muss. Aber mein Bauchgefühl sagt mir, dass es nichts dergleichen ist. Und als ich eintrete, ist es noch schlimmer, als ich mir vorgestellt habe.

Lance steht oben auf der Bartheke. Er hält ein Foto von mir hoch und lallt laut: „Das ist meine Frau. Meine Verlobte. Texas, du kannst sie nicht haben."

„Runter von meiner Bar, du Idiot", schreit der Barkeeper.

Alexander packt Lance am Hosenbein. Er zieht ihn von der Theke zu Boden.

Lance lallt: „Du kannst sie nicht haben. Du willst sie, aber du kannst sie nicht haben."

Alexander ballt die Hand zur Faust. „Nicht!", schreie ich und wünsche mir, dass dieser Albtraum ein Ende nimmt.

Er hält nicht einmal inne und zimmert seine Faust in Lances Gesicht.

Blut spritzt aus seiner Nase. Lance geht zu Boden und die Menge jubelt.

Mason und Jagger stoßen mit ihren frisch gefüllten Biergläsern an und sehen sich vollkommen entspannt das Schauspiel an.

Jagger lobt: „Gut gemacht, Bruder."

Mason steht von seinem Barhocker auf und nimmt das Foto an sich. Er hält es hoch und fragt Alexander: „Was willst du damit machen?"

Alexander wendet seinen Blick nicht von Lance ab.

Sein blutverschmiertes Gesicht beginnt anzuschwellen, aber er lallt wieder: „Sie gehört mir."

„Einen Teufel tut sie. Du verschwindest besser aus der Stadt und kommst nie wieder zurück. Und wenn du sie noch einmal kontaktierst, bringe ich dich um", droht Alexander.

Ich greife nach einem Barhocker, um mich abzustützen, weil ich am ganzen Körper zittere.

Willow legt ihren Arm um meine Taille. Sie flüstert mir ins Ohr: „Siehst du? Du gehst nirgendwo hin. Du bist jetzt eine von uns."

27

Alexander

Lances Gesicht ist blutverschmiert, aber mein Rachedurst ist noch nicht gestillt. Ich ziehe meine Faust wieder zurück.

„Alexander, hör auf!", schreit Phoebe.

Ich erstarre, dann balle ich die Fäuste an meiner Seite und drehe mich zu ihr um.

Verdammt. Was machen sie denn hier?

Phoebe steht mit Willow in der Nähe der Tür, ihre Augen sind vor Entsetzen geweitet, ihr Gesicht ist blass. Willow hat ihren Arm um ihre Taille gelegt. Paisley steht auf ihrer anderen Seite.

Toll, jetzt wissen meine Schwestern von uns.

„Bitte hör auf", fleht Phoebe erneut.

Mason tritt neben mich und brummt: „Ich glaube, das reicht jetzt.“

„Ich erledige den Rest“, meint Jagger und packt Lance unter den Armen.

„Sie gehört mir“, murmelt Lance, dessen Wange so stark anschwillt, dass sein rechtes Auge geschlossen ist.

Ein Grollen entreißt sich meiner Brust.

Mason ergreift meinen Arm und murmelt: „Genug. Ganz ruhig, Bruder“, während er den Frauen zunickt. Dann befiehlt er Jagger: „Schafft ihn hier raus.“

Jagger zerrt Lance zum Hinterausgang.

Die anderen Barbesucher treten zur Seite und machen ihm Platz. Sie jubeln, als Jagger und Lance an ihnen vorbeigehen.

Ich bewege mich nicht.

„Alexander, geh und kümmere dich um deine Frau“, rät mir Mason.

Ich schaue zu Phoebe hinüber. Sie ist blasser als ein Leichentuch. Ihr Blick ist von Sorge erfüllt.

Ich muss sie hier rausschaffen.

Ich atme tief durch, bevor ich mich auf den Weg zur ihr mache.

„Lass uns gehen“, sage ich zu Phoebe.

Sie bewegt sich nicht vom Fleck.

Auch meine Schwestern bleiben standhaft.

„Willow, tritt zur Seite“, fordere ich.

Sie schüttelt enttäuscht den Kopf, aber tritt zurück.

Ich schlinge meinen Arm um Phoebes Taille und führe sie aus der Bar und zu meinem Truck.

„Alexander", sagt sie, aber ich antworte nicht.

Ich öffne die Beifahrertür für sie und befehle: „Steig ein."

Sie gehorcht.

Ich schließe die Tür und gehe zur Fahrerseite, hüpfe hinein und versuche, meine Wut zu zügeln. Ich starte den Truck und fahre auf die Straße, während ich das Lenkrad so fest umklammere, dass meine Knöchel weiß werden.

„Alexander –"

„Ich bin noch nicht bereit zu reden", sage ich und versuche weiter, mich zu beruhigen. Ich bin immer noch sauer, dass Lance in der Stadt ist und mit ihrem Foto hofieren gegangen ist, als ob er irgendwie einen Anspruch auf sie hätte. Er hat so getan, als gehöre sie ihm und ich würde versuchen, sie ihm auszuspannen. Aber ich habe gehört, wie sie ihm gesagt hat, er solle sie in Ruhe lassen, also hat er ganz schön viel Mut, diese Show in meiner Stadt abzuziehen.

Ich bin nicht böse auf Phoebe. Nun, zumindest rede ich mir ein, dass ich es nicht bin, aber tief im Inneren bin ich wütend auf sie.

Wie konnte sie wegen Cheyenne so sauer auf mich sein, wenn er sie immer noch kontaktiert und sie es mir nicht einmal sagt?

Keiner von uns beiden spricht auf dem Heimweg ein Wort. Ich fahre an der Ranch vorbei.

„Wohin fährst du?", fragt sie.

„Irgendwohin wo wir allein sein können", sage ich und biege in einen Feldweg ein.

Ich fahre auf das Feld, auf dem wir in der Nacht des Weihnachtsquiz angehalten haben, parke den Truck und stelle den Motor ab. Ich lehne meinen Kopf zurück, atme tief durch und starre aus dem Fenster.

Sie bricht das Schweigen und fragt: „Willst du mir etwas sagen?"

Langsam drehe ich mich um und sehe sie an. „Warum hast du mir nicht gesagt, dass er dich angerufen hat?"

„Warum sollte ich?", fragt sie.

„*Warum?* Du machst einen riesengroßen Wirbel um Cheyenne und dann verschweigst du mir, dass er dich weiter belästigt?", spucke ich wütend.

Ihre Augen verengen sich. „Wieso hätte ich das tun sollen? Ich habe seine Anrufe nicht beantwortet. Ich habe ihm gesagt, dass es vorbei ist. Warum sollte ich dir das sagen? Ich bin davon ausgegangen, dass ich ihn nie wiedersehen würde!"

„Du hättest es mir trotzdem sagen müssen."

„Warum, damit du wütend werden kannst, so wie jetzt?"

Ich antworte nicht, sondern starre sie an, möchte die Hand ausstrecken und sie küssen, aber ich bin zu wütend. Ich kann es nicht abstellen.

„Warum genau bist du sauer auf mich? Ist es, weil mein Ex-Freund mich anruft oder weil zwischen dir und Cheyenne immer noch etwas läuft und du so deine Schuldgefühle verbergen willst?"

Ich lache voller Sarkasmus. „Du willst mich wohl verarschen."

„Das ist eine berechtigte Frage. Du benimmst dich wie ein Verrückter, obwohl ich nichts falsch gemacht habe", behauptet sie.

„Ein Verrückter? Weil ich deinen Freund verprügelt habe, weil er ein Mistkerl war?"

Sie durchbohrt mich mit ihren Blicken. „Er ist nicht mein Freund."

„Ja? Dann mach mir keine Vorwürfe wegen Cheyenne und mir, obwohl du genau weißt, dass ich nur auf dich stehe."

Sie starrt mich finster an. „Das ist keine Einbahnstraße, Alexander. Zwischen Lance und mir läuft auch nichts mehr. Warum soll ich dir also glauben, aber du stellst meine Integrität weiter infrage?"

Ich platze heraus: „Ich habe nicht gesagt, dass ich dir nicht glaube."

Sie lacht freudlos. „Du hast mich gerade beschuldigt, ihn immer noch zu wollen."

Ich versuche mich mit tiefen Atemzügen zu beruhigen, aber das Fassungsvermögen meiner Lunge scheint in den letzten Minuten geschrumpft zu sein. Sie hat ja recht, aber ich bin auch ein stolzer Mann. Also stoße ich hervor: „Ich hatte dir gesagt, du sollst auf die Jungs aufpassen."

Ihre Augen weiten sich, dann werden ihre Wangen rot. Sie zeigt auf mich. „Versuch nicht, mir ein schlechtes Gewissen einzureden, weil ich gerade nicht auf die Jungs aufpasse. Als wärst du deswegen sauer auf mich."

„Das bin ich. Ich habe dir gesagt, du sollst auf sie aufpassen. Du solltest nicht in der Stadt herumrennen."

Ihre Augen blitzen. „Warum? Damit ich nicht sehe, wie du meinen Ex-Freund in einer Bar blutig schlägst?"

Mein Herz klopft schneller. Ich umklammere das Lenkrad so

fest, dass meine Fingerknöchel weiß werden. „Warum stört dich das so sehr?"

„Ich bin kein großer Befürworter von Gewalt", erklärt sie.

Der ganze Stress bringt mich zum Lachen, bis meine Augen tränen.

„Warum lachst du? Das ist nicht witzig."

„Du bist jetzt in Texas, Baby Girl, nicht in Kalifornien. So machen wir das hier. Entweder man verhält sich wie ein Mann oder man verliert jeglichen Respekt."

„Du hättest ihn also umgebracht, wenn ich nicht in die Bar gekommen wäre und Mason dich davon abgehalten hätte?", fragt sie.

„Mach dich nicht lächerlich."

„Dann solltest du vielleicht aufhören, so einen Müll zu erzählen." Sie verschränkt die Arme und blickt mich herausfordernd an.

Ich lasse mich nicht einschüchtern. „Es geht nicht darum, dass ich Gewalt angewandt habe. Du bist sauer, weil ich deinen kleinen Freund verletzt habe."

„Wag es nicht, mir die Worte im Mund umzudrehen, Alexander. Und hör auf, ihn meinen Freund zu nennen!"

„Ich verdrehe gar nichts. Er stand auf der Theke, mit deinem Foto in der Hand, und behauptete, du würdest ihm gehören!", schreie ich, während Wut und Eifersucht in mir um den ersten Platz pokern.

Sie schüttelt den Kopf. „Hörst du dir gerade selbst zu?"

„Ja, ich höre es laut und deutlich", antworte ich, obwohl ich mir wünsche, ich könnte aufhören, wütend zu sein und alles zwischen uns in Ordnung bringen.

Aber ich kann es nicht.

Wut brodelt in meiner Brust, vermischt sich mit der Eifersucht, bis ich das Gefühl habe, zu explodieren.

Ich hasse den Gedanken an die beiden als ein Paar. Verabscheue ihn, seit ich von ihm gehört habe, als sie mir zum ersten Mal sagte, dass sie sich eine Auszeit nehmen. Aber seit er seine eingebildete Fratze auf meiner Ranch gezeigt hat, ist mein Hass in die Stratosphäre angewachsen.

Sie senkt ihre Stimme. „Ich habe keine Kontrolle über andere Menschen, vor allem nicht über Lance. Ich habe ihm gesagt, dass wir nicht mehr zusammen sind. Ich habe mit ihm Schluss gemacht. Es ist nicht meine Schuld, dass er hier aufgetaucht ist.“

„Er hat allen erzählt, du wärst seine Verlobte!“

„Du weißt, dass ich das nie war, also warum lässt du dich davon stören?“

Ich atme tief ein, dann aus und gebe zu: „Ich dachte, er wäre aus unserem Leben verschwunden.“

„Geht mir genauso!“

„Aber er ist es nicht, oder?“, werfe ich ihr vor.

„Das ist er“, sagt sie wutentbrannt.

Angespanntes Schweigen entsteht zwischen uns. Ich bekomme das Bild der beiden nicht aus dem Kopf. Ich stoße hervor: „Wie konntest du nur mit ihm zusammen sein? Er ist ein totaler Verlierer.“

Ihr Kopf ruckt zurück. „Wage es nicht, mich zu fragen, mit wem ich in der Vergangenheit ausgegangen bin, während du deine 'Freundin mit Zusatzleistungen' gevögelt hast."

„Da haben wir's wieder", brodelt es wütend aus mir heraus. „Du verurteilst mich, als wärst du eine Heilige gewesen."

Sie blinzelt heftig und wendet sich dann ab. „Du gehst zu weit, Alexander."

Ich starte den Motor. „Diese Unterhaltung führt nirgendwohin."

Phoebe dreht sich wieder zu mir um und behauptet: „Nein, du hast recht. Bring mich einfach nach Hause."

„Gerne." Ich fahre ein paar unbefestigte Straßen hinunter und passiere dann unser Hintertor. Allzu bald kommt das Haus in Sicht.

Kaum habe ich geparkt, springt Phoebe aus dem Wagen und stapft ins Haus.

Ich bleibe im Truck sitzen, lehne mich an die Kopfstütze und schließe die Augen.

Ich muss das in Ordnung bringen.

Sie hätte ihm klarmachen müssen, dass er keinen Anspruch mehr auf sie hat.

Genau das hat Phoebe gemacht. Es ist nicht ihre Schuld.

Lance hat ihr Bild der ganzen Stadt gezeigt.

Es ist trotzdem nicht ihre Schuld.

Ich weiß nicht, wie viel Zeit vergeht, bis ich endlich ins Haus und in die Küche gehe.

Phoebe sitzt am Tisch mit einem Erste-Hilfe-Kasten, einer Schüssel Wasser und einem Handtuch. Leise sagt sie: „Du blutest. Setz dich hin."

Meine Faust pulsiert vor Schmerz und ist blutverschmiert. Also setze ich mich hin, mache aber keine Anstalten, mich mit ihr zu unterhalten.

Sie schnappt sich einen Waschlappen, taucht ihn in das Wasser und reinigt vorsichtig meine Knöchel. Dann trägt sie etwas antibiotische Salbe auf die geschundene Haut auf und wickelt eine Binde um meine Hand. Sie fragt: „Was wirst du den Jungs sagen?"

„Worüber?"

Sie deutet auf meine Hand. „Ich rede von deiner einbandagierten Hand."

„Ich werde ihnen sagen, dass ich deinen Ex-Freund verprügelt habe", antworte ich.

Wut blitzt in ihren Augen auf. „Du willst ihnen sagen, dass du meinen Ex-Freund verprügelt hast, aber verheimlichst ihnen weiter, dass wir zusammen sind?"

„Das war nur ein Witz", gebe ich zu.

„Ja, natürlich. Von wegen."

„Fang nicht an, mit mir über die Jungs zu streiten, Phoebe. Du kennst die Regeln unserer Abmachung."

Sie lacht kalt.

„Wieso lachst du?", frage ich.

Sie starrt mich an. „Die Regeln. Was bringen die schon?"

Ich stöhne genervt. „Du kennst unsere Abmachung. Ich will nicht, dass meine Jungs verletzt werden."

Mit Abscheu in ihrem Tonfall sagt die herausfordernd: „Richtig, das passt dir gut in den Kram, was? Damit du mich wegdrängen und mir kündigen kann, wenn es dir passt, ja?“

„Das habe ich nicht gesagt.“

„Nein? Bist du dir da sicher? Denn aus meiner Sicht war das genau, was du gemeint hast“, behauptet sie.

„Das ist also alles, woran du denkst?“, frage ich.

Sie sieht mich schweigend an.

„Du weißt wirklich nichts über mich, oder?“

Sie blickt aus dem Fenster und antwortet: „Wahrscheinlich nicht.“

Ich grolle: „Nun, das ist schade. Ich dachte, ich hätte versucht, dir zu zeigen, wer ich bin.“

„Ja, *ich* bin dann wohl nicht gut genug für dich“, antwortet sie.

Frustriert fahre ich mir mit den Händen übers Gesicht. „Warum sagst du das?“

Phoebe hebt ihre Stimme. „Wirklich, Alexander? Muss ich alles ausbuchstabieren?“

„Anscheinend schon, denn du sprichst in Rätseln, die ich nicht verstehe“, schimpfe ich.

Sie starrt mich an. „Stell dich nicht dumm.“

„Dann sprich Deutsch mit mir“, schnauze ich, schärfer als geplant.

Phoebe zuckt zurück, als hätte ich sie geschockt. Sie blinzelt und ihre Augen werden feucht, als hätte ich ihre Gefühle verletzt.

„Nicht weinen", sage ich und meine es aufrichtig, aber es kommt zu forsch rüber.

Sie steht auf und nimmt die Schüssel und den Lappen mit. Sie geht zum Waschbecken, schüttet das Wasser in den Abfluss und geht dann in die Waschküche. Phoebe taucht mit leeren Händen wieder auf und lehnt sich mit verschränkten Armen an die Wand.

Ich starre sie an.

Phoebe erwidert meinen Blick, ohne etwas zu sagen, was meine Wut schürt.

„Ich warte immer noch darauf, dass du mir sagst, warum du so wütend auf mich bist, außer weil ich deinen Freund geschlagen habe."

„Hör auf, das zu sagen! Er ist nicht mein Freund", faucht sie.

„Er scheint zu glauben, dass er es ist", wiederhole ich und weiß, dass ich mein eigenes Grab schaufle, aber ich kann nicht anders. Alles, was ich vor meinem geistigen Auge sehe, ist dieser Bastard, der vor der halben Stadt mit ihrem Foto herumwedelt.

„Das führt nirgendwohin", sagt sie und seufzt.

Ich nehme an, sie meint unseren Streit, also entgegne ich: „Ich stimme dir vollkommen zu."

Enttäuschung überspült ihr Gesicht. Sie schluckt schwer, blinzelt dann, wendet sich wieder dem Fenster zu und murmelt: „Gut zu wissen."

„Jepp", sage ich in Bezug auf den Streit, nichts ahnend, dass sie etwas anderes meint.

Schweigen breitet sich zwischen uns aus, das nur von dem Ticken der Uhr an der Wand unterbrochen wird.

Insgeheim ärgere ich mich, dass sie gesehen hat, wie ich Lance verprügelt habe. Ich weiß, dass Phoebe Gewalt hasst. Immerhin ist sie Lehrerin. Außerdem bin ich frustriert, weil wir uns streiten. Ich mildere meinen Ton und brumme etwas ruhiger: „Du hättest die Jungs nicht allein lassen sollen, nachdem ich dich gebeten habe auf sie aufzupassen."

Sie schnauzt: „Deine Mutter hat auf die Jungs aufgepasst. Ihnen geht es gut. Aber wenn es dir so wichtig ist, dann zieh es von meinem Gehalt ab."

Ich schüttle den Kopf. „Es geht hier nicht um Geld."

„Mir geht es nicht um Geld. Du bist doch derjenige, der mir unterstellt, dass ich meine Arbeit nicht mache!"

„Ich habe nichts dergleichen gesagt."

Sie schnaubt verächtlich. „Hast du nicht? Gibt es sonst noch etwas, was dir an der Art und Weise, wie ich meine Aufgaben wahrnehme, nicht gefällt?"

Ich knirsche mit den Backenzähnen.

Sie atmet tief ein, ihr Brustkorb hebt und senkt sich schneller. Phoebe sieht mich nicht an, sondern starrt weiter auf den Hof hinaus.

Ich weiß nicht, was ich tun oder sagen soll. Am liebsten würde ich die Zeit zurückdrehen, zu dem Moment, als wir noch gemalt und Spaß gehabt haben – bevor sie diese Anrufe bekam. Jetzt, da wir uns streiten, scheine ich nicht mehr die richtigen Worte zu finden.

Ich habe mich noch nie so hilflos gefühlt. Ich muss das in Ordnung bringen, aber im Moment kann ich nicht klar denken.

Sie geht zur Tür und kündigt an: „Ich werde mal nachsehen, wie es den Jungs geht. Am besten schreibst du dir genau meine

Arbeitszeiten auf, damit du weißt, wie viel du mir zahlen musst."

„Ich habe es nicht so gemeint, Phoebe."

Sie dreht sich um und sieht mich an. „Doch, das hast du. Ich glaube sogar, du hast vieles von dem, was du gesagt hast, ernst gemeint."

Erneut herrscht angespannte Stille zwischen uns.

Sie schüttelt den Kopf. „Ich werde jetzt gehen." Sie öffnet die Küchentür.

„Warte", rufe ich.

Sie bleibt stehen und dreht sich dann langsam um. Ich kann die Hoffnung in ihrem Blick sehen, und das ist der Moment, den ich mit beiden Händen ergreifen sollte, um alles besser zu machen.

Aber stattdessen frage ich: „Was hast du meinen Schwestern über uns erzählt?"

28

Phoebe

Abscheu erfüllt mich. Er hat mich beleidigt und gedemütigt, und jetzt gilt seine größte Sorge dem, was andere über uns wissen.

Ich bin nur sein dreckiges Geheimnis. Seine Geliebte, die in seinem Haus lebt.

Er behauptet, es ginge ihm um die Kinder, aber das stimmt nicht. Es wäre ihm egal, wenn seine Geschwister von uns wüssten, wenn es nur darum ginge, die Jungs zu schützen.

„Phoebe, was hast du meinen Schwestern erzählt?"

Innerlich beginne ich vor Wut zu zittern. „Ich habe ihnen nichts gesagt. Willow wusste es bereits."

„Lüg mich nicht an. Von allen Leuten würde ich hoffen, dass du ehrlich zu mir bist", wirft er mir vor.

„Ich lüge nicht! Willow wusste von uns."

Er grunzt. „Du willst mir also weiß machen, dass sie uns angesehen hat und wusste, dass wir miteinander schlafen?"

Ich stemme meine Hand in die Hüfte. „Nein, sie hat nach unserem Intermezzo unter der Treppe, Lippenstift an deinem Hals und Gesicht gesehen. Und stell dich nicht dumm. Sie hat mir erzählt, dass du ins Bad gegangen bist und wieder herauskamst, und er war weg, also hast du ihn abgewaschen. Außerdem war mein Hemd nicht reingesteckt. Und ich sah etwas zerzaust aus. Stell dich nicht dumm, Alexander!", schreie ich fast.

Er schüttelt den Kopf und spannt den Kiefer an.

„Du hast kein Recht, deswegen sauer auf mich zu sein. Du bist genauso schuld daran wie ich, dass Willow es weiß."

Er murmelt: „Ich will nicht, dass meine Schwestern über uns Bescheid wissen."

„Warum? Weil meine Zeit hier fast abgelaufen ist?", rufe ich.

Seine Augen verengen sich. „Du weißt, worum es mir geht, Phoebe."

Ich lache ätzend. „Oh ja, unsere Abmachung! Ich habe es so satt, dass du mir das vorhältst. Ich bin kein Pferd, Alexander. Es ist zu spät, einen besseren Deal auszuhandeln."

„Wir haben das doch schon besprochen. Du weißt, wie ich darüber denke, meine Jungs zu involvieren. Ich will nicht, dass sie enttäuscht werden", entgegnet er.

Ich lache sarkastisch. Ein paar Tränen kullern aus meinen Augen, aber ich wische sie weg. Ich gestehe: „Ich bin es so leid, deine Ausreden zu hören."

„Das ist keine Ausrede, Phoebe. Ich kann mir nicht den Luxus erlauben, leichtsinnig zu werden.“ Er presst seine Lippen aufeinander.

Ich starre ihn an.

„Sieh mich nicht so an“, befiehlt er.

„Wie soll ich dich sonst ansehen? Du hast gerade gesagt, dass du nicht den Luxus hast, leichtsinnig zu werden. Das ist wirklich schade, Alexander, denn ich bin in dich verliebt, aber danke, dass du mir sagst, was ich für dich bin!“

Seine Augen weiten sich.

Scheiße! Was sage ich da?

Ich drehe mich um und starre aus dem Fenster, halte mich an der Türklinke fest, um mich abzustützen, während ich mich beruhige.

Er sagt leise: „Ich habe nicht gesagt, dass ich dich für leichtsinnig halte. Bitte leg mir keine Worte in den Mund.“

Es ist mir immer noch peinlich, dass ich ihm gesagt habe, dass ich ihn liebe, und verletzt, dass er es nicht erwidert, knurre ich: „Ich lege dir keine Worte in den Mund. Das hast du doch gerade gesagt.“

„Ich bin alleinerziehender Vater, Phoebe. Ihre Mutter ist tot. Alles, was sie haben, bin ich. Das ist alles, was ich meinte“, behauptet er.

Ich verschränke meine Arme vor der Brust und kämpfe gegen das Gefühl an, ungenügend zu sein. Trotzdem lasse ich mich nicht unterkriegen und sage: „Sie haben nicht nur dich. Sie haben eine Familie, die sie liebt. Sie sind von mehr Liebe umgeben, als die meisten Menschen je erfahren werden.“

Er seufzt. „Phoebe, du weißt, dass ich ihr einziges lebendes Elternteil bin. Ich kann keine leichtsinnigen Entscheidungen treffen."

Innerlich zieht sich mir alles zusammen. Ich werfe meine Hände in die Luft und rufe: „Das hört sich an, als würde ich dich dazu verleiten, leichtsinnig zu sein!"

Gespannte Stille erfüllt die Küche. Keiner von uns lenkt ein.

Herzschmerz überkommt mich wellenartig, bis ich das Gefühl habe, kaum atmen zu können. Ich senke meine Stimme. „So siehst du mich also? Als ein kleines Abenteuer?"

Er fährt sich mit den Händen über das Gesicht, dann sieht er mich wieder an und weist meine Worte zurück. „Phoebe, du machst aus einer Ameise einen Elefanten. Das habe ich doch gar nicht gesagt."

„Ich benutze deine Worte, Alexander. Das sind Dinge, die du genau hier und jetzt gesagt hast. Also tu nicht so, als wäre ich eine Verrückte, die sich etwas ausdenkt", erwidere ich.

Er schüttelt den Kopf, starrt auf die Tischplatte und trommelt mit den Fingern auf das Holz. Es vergeht noch mehr Zeit, dann begegnet er meinem Blick erneut und wiederholt: „Du wusstest, was Sache war, als wir zusammenkamen."

Der Schmerz gräbt sich tiefer in meine Seele und eine weitere Träne läuft über meine Wange. Ich wische sie weg.

Er sagt: „Bitte hör auf zu weinen."

Ich presse meine Lippen aufeinander, aber es hilft nichts.

„Wir müssen an die Kinder denken. Wir haben aus guten Grund Regeln festgelegt, als wir zusammenkamen", fügt er hinzu.

Mir wird übel. Ich lege eine Hand auf meinen Bauch und hasse es, dass die Wahrheit so hart ist und mir direkt ins Gesicht starrt. Ich schlucke den Kloß in meinem Hals hinunter und hebe mein Kinn. „Mach dir keine Sorgen, Alexander. Und du hast recht. Ich wusste von Anfang an, was Sache ist. Wahrscheinlich bin ich über das Ziel hinausgeschossen. Ich werde mich auf die Suche nach einem neuen Job machen. Ich wäre dir dankbar, wenn du mir eine gute Referenz geben würdest."

„Phoebe, sei nicht verrückt."

„Nenn mich nicht verrückt."

Er hebt beschwichtigend die Hände. „Okay, schlechte Wortwahl, aber du musst nicht kündigen."

Meine Stimme bebt. „Ich werde nicht kündigen, aber mein Vertrag läuft in ein paar Wochen aus, also muss ich sicher sein, dass ich Arbeit habe, wenn ich gehen muss. Wirst du mir eine gute Referenz ausstellen oder nicht?"

„Natürlich würde ich dir eine gute Referenz geben", sagt er ernst.

„Großartig. Danke."

„Pheebs –"

Ich starre ihn an und warte mit Hoffnung im Herzen darauf, dass er alles wieder in Ordnung bringt, aber er sagt nichts.

Er wird mich nie lieben.

Ich bin nur ein Abenteuer für ihn und jetzt ist es vorbei.

Ich zwinge mich schließlich zu sagen: „Danke. Das weiß ich zu schätzen. Lass uns zu unserem Arbeitgeber-Arbeitnehmer-Verhältnis zurückkehren. Diese Abmachung schadet uns nur."

„Pheebs –", fängt er erneut an, aber wieder einmal kommen keine weiteren Worte aus seinem Mund heraus. Er starrt mich einfach nur mit einer Mischung aus Wut und Hilflosigkeit in seinen Augen an, und ich kann es nicht mehr ertragen.

Ich stähle mich und sage: „Es ist das Beste für alle Beteiligten, und das weißt du."

Er schweigt weiter.

Die ganze Zeit will ich nur, dass er sagt, dass ich nicht gehen soll, dass er will, dass ich für immer bleibe. Aber das tut er nicht. Er sitzt einfach nur da, sagt nichts und starrt mich an.

Ich kann es nicht mehr ertragen. Ich wische mir die Tränen aus dem Gesicht und verlasse schweigend die Küche. Draußen schnappe ich mir meinen Mantel, ziehe ihn an, laufe aus dem Haus und eile in der Kälte zum Haupthaus.

Als ich drinnen ankomme, gehe ich ins Bad, spritze mir etwas Wasser ins Gesicht und vergewissere mich, dass ich nicht wie eine Verrückte aussehe.

Zehn Minuten vergehen, bevor ich mich für salonfähig halte. Ich zwinge mich zu einem Lächeln und finde die Kinder im Wohnzimmer. Sie sind damit beschäftigt, Weihnachtsgeschenke zu basteln. Alexanders Schwestern, Georgia und seine Mutter sitzen in der Nähe und unterhalten sich.

Willow und Paisley sehen mich zuerst und ich möchte am liebsten zusammenbrechen. Sie blicken immer wieder fragend zu mir herüber, aber ich versuche, ihnen auszuweichen.

Ich atme ein letztes Mal tief durch, dann mache ich mich an meine Arbeit und bastle mit Isabella einen Kranz. Bald sind wir fertig und Willow zieht mich zur Seite. Sie führt mich auf den Flur und fragt leise: „Babe, was ist los?"

„Nichts", lüge ich.

„Du brauchst dich nicht zu verstellen, Phoebe. Sag mir einfach, was los ist", drängt sie.

Ich hebe mein Kinn und straffe die Schultern, doch meine Stimme zittert, als ich sage: „Es ist alles in Ordnung. Alexander und ich haben uns getrennt. Ich werde bis zum Ende meines Vertrages arbeiten und mir dann einen neuen Job suchen. Behalt das bitte für dich."

Ihre Augen weiten sich und sie sieht mich geschockt an. „Sei nicht albern. Ihr beide streitet euch doch nur. Jedes Paar streitet sich."

„Wir sind kein Paar."

„Und ob ihr das seid!"

Ich schüttle den Kopf. „Nein, sind wir nicht. Es ist vorbei", bekräftige ich, während ich zu zittern beginne und ich versuche, mir einzureden, dass alles gut werden wird.

„Phoebe –"

„Ich will nicht mehr darüber reden, Willow. Versprich mir, dass die Dinge zwischen uns so bleiben, wie sie sind. Und bitte versprich mir, dass Paisley auch schweigt", flehe ich sie an.

Sie mustert mich.

„Bitte", appelliere ich.

Sie nickt. „Okay. Du hast mein Wort."

„Danke." Ich gehe an ihr vorbei und kehre ins Bad zurück. Dort schließe ich die Tür und lehne mich dagegen.

Tränen rinnen über meine Wangen, ich halte mir den Mund zu und versuche, meine Schluchzer abzudämpfen. Ich weiß nicht, wie lange ich im Bad verharre. Am liebsten würde ich zurück ins Haus rennen und Alexander anflehen, alles wieder in Ordnung zu bringen – wie auch immer das aussehen mag –, aber ich weiß, dass das nicht passieren wird.

Er hat keinen Hehl um seine Meinung zu dem Thema gemacht.

Für ihn ist das nur eine geschäftliche Abwicklung.

Ein lustiges Abenteuer.

Wir sind nichts weiter als Freunde mit gewissen Vorzügen. Ich hätte es besser wissen müssen.

Ich habe seinen Gesichtsausdruck gesehen, als ich ihm versehentlich meine Liebe gestanden habe. Er liebt mich nicht und er wird es auch nie tun. Ich habe mir selbst was vorgemacht, als ich dachte, ich wäre mehr als Cheyenne für ihn. Es war nur bequemer für ihn, weil ich bei ihm wohne.

Ich schließe die Augen, als mir bei dem Gedanken, dass er zu ihr zurückgehen könnte, schlecht wird.

Dann wird mir klar, dass das bedeutet, die Jungs und die restlichen Cartwrights zu verlassen. Es zerreißt mich, und ich weiß nicht, wie lange ich noch weinen kann.

Schließlich zwinge ich mich dazu, mein Gesicht zu waschen, aber meine geröteten Augen lassen sich ohne eine Tonne Make-up nicht verbergen.

Ich verlasse das Bad und treffe auf Ruby. „Oh! Sorry!"

Besorgnis erfüllt ihren Blick. Sie ergreift meinen Arm. „Liebes, geht es dir gut?"

„Ich habe wahrscheinlich etwas Schlechtes gegessen. Mir ist nur schlecht geworden. Vielleicht werde ich mich eine Weile ins

Bett legen, wenn das okay ist?", lüge ich, obwohl ich mich tatsächlich noch nie so elend gefühlt habe.

Sie legt ihre Hand auf meine Stirn. „Du fühlst dich nicht sehr heiß an. Glaubst du, es ist eine Lebensmittelvergiftung?"

Ich nicke. „Ich denke schon."

„Du bist einfach krank geworden?"

Ich hasse mich dafür, dass ich sie belüge. Ruby ist nichts als gut zu mir gewesen ist. Sie hat mich behandelt, als wäre ich eines ihrer eigenen Kinder, und diese ganze Situation macht mich wütend.

Ich habe es vermisst, eine Mutter zu haben, und so sehr ich auch versuche, mich nicht zu sehr an sie zu gewöhnen, war Ruby doch wie eine Mom für mich. Es ist lange her, seit meine eigene Mom geistig in der Lage war, mich zu bemuttern, und mir war nicht klar, wie sehr ich das vermisst habe.

Frische Tränen kullern über meine Wangen. Ich wische sie weg, aber es sind zu viele, um ihnen Einhalt zu gebieten.

„Phoebe, sag mir, was los ist", fordert Ruby und legt ihre Hand auf meine Wange.

„Ich bin nur krank. Sorry, ich will dich nicht anstecken", sage ich und dränge mich an ihr vorbei, weil ich es nicht mehr aushalte.

Ich greife nach meinem Mantel, als ich die Haustür erreiche, dann trete ich hinaus und stürme über den Hof. Wind schlägt mir ins Gesicht.

Alexander tritt auf die Veranda, als ich die Stufen hochstürme.

Ich erstarre, kann die Tränen nicht zurückhalten.

„Phoebe, was ist los?", fragt er alarmiert.

Was ist los? Wie kann er mich das nur fragen?

Ich habe ihm nichts bedeutet.

Es war alles nur gespielt.

„Ich fühle mich nicht gut. Ich werde mich ins Bett legen", erwidere ich und dränge mich an ihm vorbei, bevor ich in mein Schlafzimmer haste und die Tür hinter mir abschließe.

Er klopft dagegen. „Phoebe?"

„Ich fühle mich nicht gut. Kannst du mich bitte einfach in Ruhe lassen?"

„Phoebe, lass mich rein", sagt er und dreht den Knauf, aber die Tür ist fest verschlossen.

„Ich will einfach nur schlafen", rufe ich, weil ich nicht mehr streiten will.

Das hat keinen Sinn.

Ich bin in Alexander Cartwright verliebt, aber er erwidert meine Gefühle nicht. Ich bin für ihn nur ein Zeitvertreib, eine Beziehung, die am Ende nichts anderes tut, als seinen Kindern zu schaden. Und ich verfluche mich dafür, dass ich jemals gedacht habe, wir könnten mehr sein.

Vielleicht kann er niemanden außer seiner toten Frau lieben.

Was ist, wenn ich einfach nicht gut genug bin, und er sucht nach einer Frau, die ihm mehr bieten kann? Was das sein soll, weiß ich nicht.

Egal was seine Gründe sind, Alexander wird nie wirklich mir gehören. Ich kann nicht so weitermachen wie bisher. Es ist aussichtslos.

Er ruft durch die Tür: „Okay. Ich werde heute Abend nach dir sehen und mich vergewissern, dass es dir gut geht."

„Nicht nötig", rufe ich zurück. „Ich schlafe jetzt. Lass mich in Ruhe." Ich setze meine Kopfhörer auf, um alle weiteren Versuche von ihm, mit mir zu sprechen, zu übertönen.

Ich suche mir eine traurige Playlist, weine leise in mein Kissen und wünsche mir, alles könnte wieder so werden wie in dem Moment, als wir mein Zimmer gestrichen haben. Mein Blick schweift über die hellgelben Wände, die mir so viel Freude bereitet haben und jetzt nur noch dafür stehen, dass meine Tage in diesem Haus gezählt sind.

Ich schlafe unruhig ein, aber drehe und wende mich ständig. Schließlich schalte ich die Musik aus und nehme die Kopfhörer ab.

Als der Hahn kräht, höre ich Alexander in seinem Zimmer rascheln, als er aufsteht. Er klopft leise an meine Tür, aber ich rege mich nicht.

Ich warte, bis ich höre, wie die Haustür ins Schloss fällt, und schaue dann aus dem Fenster.

Er geht über den Hof zum Pferdestall. Mason und Jagger führen bereits zwei Pferde aus ihren Boxen.

Ich stehe auf und gehe ins Bad. Nach dem Duschen versuche ich etwas gegen die Schwellung in meinen Augenlidern zu unternehmen, und ziehe mich an. Ich mache mir die Haare und schminke mich, damit die Jungs bei meinem Anblick keinen Schreck fürs Leben bekommen.

Ab heute muss ich mich unter allen Umständen von Alexander fernhalten. Wir müssen streng professionell sein.

Den ganzen Tag über stürze ich mich in die Feiertagsaktivitäten mit den Cartwrights und täusche eine fröhliche Miene vor. Ich vermeide es, mit Willow allein zu sein, weil ich keine ihrer Fragen beantworten will. Jedes Mal, wenn sie mich ansieht, steht es ihr ins Gesicht geschrieben. Ruby ist genauso besorgt, aber ich versichere ihr, dass ich nur einen verstimmten Magen hatte und es mir heute gut geht.

Jeder Moment, den ich mit den Jungs verbringe, bricht mir das Herz. Ich hätte nicht gedacht, dass ich zwei Kinder so sehr lieben kann, aber das tue ich. Ich liebe sie, als wären sie meine eigenen. Bald werde ich sie verlassen müssen. Das ist genauso schmerzhaft wie meine unerwiderte Liebe zu Alexander.

Die unerträgliche Qual gräbt sich tief in meine Seele und vermischt sich mit der Trauer, die ich nicht abschütteln kann. Abends gehe ich zurück in mein Zimmer, meide Alexander und hole meinen Laptop heraus.

Ich suche die Jobseiten durch, weiß aber nicht, wo ich mich bewerben soll. Vielleicht könnte ich in Texas bleiben oder sollte ich in einen anderen Bundesstaat umziehen? Letztendlich beschließe ich, dass es das Beste ist, wenn ich so weit wie möglich von Alexander wegziehe.

Schließlich fällt mir ein Stellenangebot für eine Kunstlehrerin ins Auge. Ich klicke darauf, und mein Herz beginnt zu rasen. Die Stelle ist in Alaska – einem Ort, an dem ich noch nie war. Der kalte Bundesstaat im Norden scheint der perfekte Ort, um sich einzuigeln. Letztendlich bewerbe ich mich auf mehrere Kindermädchenstellen und den Job als Kunstlehrerin.

Ehe ich mich versehe, bekomme ich mehrere Rückmeldungen, obwohl es bald Weihnachten ist. Viele Schulen suchen händeringend nach Lehrern und versuchen verzweifelt bis Beginn des neuen Jahres die offenen Plätze zu füllen.

Ich möchte nicht wirklich ins Klassenzimmer zurückkehren. In einer perfekten Welt würde ich hierbleiben oder eine andere Familie finden, auf deren Kinder ich aufpassen kann, aber ich muss für die Zukunft planen. Ich bin unabhängig und habe niemanden, auf den ich mich verlassen kann, außer mich selbst. Ich kann es mir im Moment nicht leisten, wählerisch zu sein.

An einer Privatschule wird sogar eine Wohnung bezuschusst und sie würden mir den Einkauf bezahlen. Auf dem Papier ist es das perfekte Angebot. Ich sende meine Bewerbung ein.

Ich laufe fünf Minuten lang in meinem Zimmer auf und ab, dann erklingt der Ton für eine eingehende E-Mail. Ich werfe einen Blick auf meinen Laptop und mir dreht sich der Magen um. Ich habe eine Antwort von der Schulleiterin persönlich.

Liebe Miss Love,

Hätten Sie Zeit für ein Vorstellungsgespräch über Videochat? Ich würde gerne besprechen, was unsere Schule jemandem mit Ihren Qualifikationen bieten kann. Außerdem hat Alaska einige sehr gute Vorzüge.

Mit freundlichen Grüßen

Corrine Dillard

Mein Herz hämmert in meiner Brust. Meine Finger zittern, als ich antworte.

Sehr geehrte Mrs. Dillard,

Ja, ein Videochat lässt sich arrangieren. Und ich würde gerne nach Alaska kommen. Wann haben Sie Zeit?

Vielen Dank für Ihre Rückmeldung.

Phoebe Love

Alexander

Zwei Tage vor Weihnachten

Die letzten paar Tage waren schrecklich. Ich kann weder essen noch schlafen. Immer wenn ich versuche, mit Phoebe zu reden, weicht sie mir aus. Aber selbst wenn sie mit mir reden würde, weiß ich nicht, was ich sagen soll.

Ich will nicht, dass sie geht, aber ich kann auch nicht riskieren, dass meine Jungs verletzt werden. Sie bedeutet mir mehr als Cheyenne es je tat, aber ich weiß nicht, wie ich mein Liebesleben mit meinen Kindern in Einklang bringen soll. Sie haben den Kürzeren gezogen, als ihre Mutter starb. Ich will nicht, dass sie traurig sind, wenn ich die Sache mit Phoebe ultimativ in den Sand setze.

Ich habe bereits alles zerstört.

Nein, sie braucht nur etwas Zeit, um sich zu beruhigen. Sobald sie bereit ist zu reden, werden wir das klären.

Ich würde sie am liebsten in die Arme ziehen und versuchen, alles wieder in Ordnung zu bringen, aber so weit sind wir noch nicht. Ohne ein ernstes Gespräch wird sich das nicht klären lassen.

Sie hat gesagt, dass sie mich liebt.

Ich erschaudere, wenn ich daran denke, wie ich ihren Worten aus dem Weg gegangen bin.

Natürlich liebe ich sie. Aber was ist, wenn wir meinen Söhnen von uns erzählen und dann geht alles in die Brüche? Dann wäre nicht nur ich am Boden zerstört, sondern auch meine Kinder. Und ich kann den Gedanken nicht ertragen, sie zu verletzen.

Doch ich hasse es, Phoebes Enttäuschung zu sehen, wenn sie mich ansieht.

Mehrere Male hätte ich sie fast gepackt und festgehalten, bis sie es erwidert. Aber ihr warnender Blick hat mich immer aufgehalten.

Ich muss aufhören, so ein Weichei zu sein und eine Lösung finden.

Ich führe Calypso zurück in seine Stallbox und schließe die Tür. Er schmiegt seinen Kopf an meine Brust, bis mein Handy klingelt.

Ich ziehe es aus meiner Tasche und werfe einen Blick auf den Bildschirm.

Es ist eine Nummer mit einer Vorwahl, die ich nicht kenne. Normalerweise schicke ich unbekannte Anrufe an die Mailbox, aber irgendetwas sagt mir, dass ich da rangehen muss. „Hallo?"

Eine Frauenstimme dringt an meine Ohren. „Sind Sie Mr. Alexander Cartwright?"

Ich seufze und sage: „Danke, aber ich bin nicht interessiert."

„Warten Sie! Ich will Ihnen nichts verkaufen", ruft die Frau.

„In Ordnung. Darf ich fragen, wer Sie sind?"

„Natürlich. Mein Name ist Corrine Dillard. Ich rufe im Namen der Alaskan Higher Hopes Charter School an."

Die Härchen auf meinen Armen stellen sich auf. Langsam frage ich: „Okay, und warum rufen Sie mich an?"

„Mir wurde gesagt, dass Sie Phoebe Loves derzeitiger Arbeitgeber sind, ist das richtig?", fragt sie.

Mein Bauch zieht sich schmerzhaft zusammen und mein Puls schießt in die Höhe. Ich bekomme kaum genug Luft, doch antworte angestrengt: „Ja, das bin ich."

„Großartig", trällert sie.

Ich starre Calypso an, fühle mich, als würde mir der Boden unter den Füßen weggerissen. Ich hätte nie gedacht, dass es nach den letzten paar Tagen noch schlimmer werden könnte, aber ich habe mich geirrt.

Sie fährt fort: „Ms. Love hat sich für eine Lehrerstelle an meiner Schule beworben und das Vorstellungsgespräch gut gemeistert. Sie ist hoch qualifiziert und scheint eine reizende junge Frau zu sein."

Ich muss mich zwingen, ihr zuzustimmen, nicht weil es nicht die Wahrheit ist, sondern weil ich nicht will, dass Phoebe geht, schon gar nicht nach Alaska. Meine Stimme bricht, als ich antworte: „Ja, das ist sie."

„Sie hat mir erzählt, dass sie Ihre Söhne Ace und Wilder betreut?"

„Das ist richtig", bestätige ich und schließe die Augen.

„Es klingt, als würden Sie zwei wunderbare junge Männer großziehen", fügt sie hinzu.

Ich räuspere mich. „Danke."

„Auf einer Skala von eins bis zehn, wie würden Sie Ms. Loves Leistung einschätzen?"

Ich knirsche mit den Backenzähnen und antworte nicht.

„Sir, sind Sie noch dran?", erkundigt sich Corrine.

„Ja."

Ein weiterer Moment vergeht.

„Soll ich die Frage wiederholen?", fragt sie schließlich.

„Nein, Ma'am. Ich würde ihr eine Zehn geben. Nein, das stimmt nicht. Sie ist unersetzbar. Phoebe kümmert sich mit voller Hingabe um meine Kinder, meine Nichten und Neffen. Sie ist ein Supertalent in Sachen Kunst. Außerdem ist sie in Sachen Schule auf dem neuesten Stand, was die meisten Erwachsenen heutzutage nicht mehr verstehen, zum Beispiel den neuen Mathe-Lehrplan in Texas. Aber sie sorgt auch dafür, dass es meinen Kindern Spaß macht, ihre Hausaufgaben zu machen. Sie gibt ihnen also nicht nur Nachhilfe und hilft ihnen beim Lernen, sondern zeigt ihnen auch, dass es lustig sein kann", plappere ich, dann atme ich tief durch.

Ich stelle mir vor, wie diese Frau mit ihrer fröhlichen Stimme strahlt, als sie antwortet: „Großartig. Nun, vielen Dank, Mr. Cartwright."

„Stellen Sie sie ein?", platze ich heraus, bevor ich ein schlechtes Gewissen bekommen kann.

„Nun, ich darf Ihnen nichts sagen, bevor ich Ms. Love benachrichtige."

„Ich werde nichts sagen", schwöre ich und fühle, wie der Verlust meinen Geist erfüllt.

Corrine senkt ihre Stimme. „Okay, Mr. Cartwright. Dann bleibt es unser kleines Geheimnis. Sie dürfen Ihr nie sagen, was ich Ihnen jetzt anvertraue. Aber ja. Ich freue mich, ihr die Stelle anbieten zu können. Und ich freue mich, sie in Alaska willkommen zu heißen. Sie wird es hier lieben."

Phoebe geht nach Alaska.

Mein Magen dreht sich um und Galle steigt mir die Kehle hinauf. Ich schlucke sie hinunter und kneife meine Augen fest zusammen. Mir wird schwindelig und ich halte mich an einem Pfosten fest.

„Vielen Dank für Ihre Zeit, Mr. Cartwright. Ich wünsche Ihnen noch einen schönen Tag."

„Danke, ebenfalls", sage ich und lege auf. Ich starre Calypso an und fühle mich, als hätte sich gerade meine ganze Welt auf den Kopf gedreht.

Die Stimme meines Vaters reißt mich aus meinen Gedanken. „Wann ziehst du endlich den Stock aus deinem Arsch und nimmst dir, was du willst, mein Sohn?"

Ich drehe mich zu ihm um und knurre: „Was soll das heißen?"

Er schüttelt den Kopf, schließt das Stalltor und tritt näher. „Ich glaube, es ist höchste Zeit, dass wir uns unterhalten."

„Ich mag es nicht, belehrt zu werden, Dad."

Er verschränkt die Arme. „Werd erwachsen, Sohn."

„*Was?*", frage ich, da ich keine Lust auf den Scheiß von meinem alten Herrn habe.

Er grunzt. „So wie ich das sehe, muss dich jemand wachrütteln."

„Können wir ein anderes Mal reden?", frage ich, immer noch unsicher, wovon er überhaupt spricht, aber es ist mir egal.

Phoebe geht nach Alaska.

Er hebt die Brauen. „Willst du das Mädchen wirklich nach Alaska gehen lassen?"

Meine Brust spannt sich an.

Er gluckst. „Glaubst du wirklich, dass hier nicht jeder weiß, was zwischen euch beiden vor sich geht?"

Schock durchfährt mich. Woher sollten meine Eltern davon wissen? Sie waren die meiste Zeit, in der Phoebe hier war, weg.

Er wedelt mit der Hand umher. „Komm schon, Sohn. Deine Mutter und ich sind nicht von gestern. Es ist sonnenklar, dass ihr es euch gemütlich gemacht habt, während wir weg waren. Zum Teufel, ihr habt schon rumgemacht, als wir zu Thanksgiving hier waren."

Mein Bauch kribbelt und meine Gedanken rasen eine Meile pro Minute.

Er tritt näher. „Was genau ist das Problem? Du hast eine Frau, die toll mit deinen Kindern umgeht und verrückt nach dir ist. Das ist schwer zu finden, nebenbei bemerkt. Du bist nicht ewig jung."

„Danke, Dad", murmle ich trocken.

Er grinst, dann fährt er fort: „Die ganze Familie liebt sie. Warum in aller Welt gibst du ihr eine Empfehlung, um nach Alaska zu gehen, wenn sie doch hierhergehört?"

Der Gedanke an Phoebe, wie sie dick eingemummelt im Schnee steht und sich in Alaska den Arsch abfriert, während ein anderer Mann versucht, sie zu wärmen, sucht mich heim wie die Geister aus der Weihnachtsgeschichte.

„Ich werde nicht jünger, Sohn", meint mein Dad. „Könntest du meine Frage beantworten?"

„Es ist kompliziert", sage ich schließlich.

Er schnaubt. „Es ist nur kompliziert, wenn du es kompliziert machst."

„Du verstehst mich nicht. Ich habe zwei Kinder, die ihre Mutter verloren haben. Ich kann mir nicht den Luxus leisten, den andere Männer haben. Es wäre fatal, einen Fehler zu machen."

Er schüttelt den Kopf. „Junge, dein Ego ist viel zu groß."

„Was soll das bitte heißen?", schnauze ich.

Er kommt näher und stößt mir mit einem Finger in die Brust. „Muss ich dir alles zweimal sagen?"

„Anscheinend schon", erwidere ich.

„Deinen Kindern fehlt es an nichts. Sie lieben Phoebe. Und sie würde ihnen nie absichtlich wehtun."

„Ich habe nicht gesagt, dass sie ihnen wehtun würde. Aber wenn sie herausfinden, dass wir zusammen sind und es mit uns nicht klappt, werden sie am Boden zerstört sein", argumentiere ich.

Dad zuckt mit den Schultern. „Stimmt, das wären sie. Aber sie werden auch traurig sein, wenn sie geht, und du wirst dir für den Rest deines Lebens Vorwürfe machen, wenn du es nicht verhinderst."

Ich sehe ihn schweigend an, doch mein Puls schießt in die Höhe.

Dad kommt jetzt erst richtig in Fahrt und sagt: „Wilder und Ace geht es gut. Egal ob ihr zusammen seid oder nicht. Aber du musst eine Entscheidung treffen, mein Sohn. Du kannst sie jetzt entweder gehen lassen oder du kannst die Chance ergreifen und einmal in deinem Leben deinem Herzen folgen."

„Einmal in meinem Leben? Das habe ich schon einmal gemacht", erinnere ich ihn.

Er mildert seinen Tonfall. „Alexander, wir haben alle einen Verlust erlitten, als Clara starb. Aber du kannst dein Herz nicht für immer verschließen. Und ich habe euch zusammen gesehen. Du und Phoebe, ihr seid wie Erdnussbutter und Gelee. Ihr passt einfach zusammen. Also hör auf, ein Narr zu sein, und tu was dagegen. Denn wenn dieses Mädchen geht, wirst du keine andere wie sie finden."

Ich starre ihn an und mein Herz schmerzt bei dem Gedanken, dass Phoebe nach Alaska fliegt und ich sie nie wieder sehe. Dann geht mir endlich ein Licht auf.

Ich kann sie nicht gehen lassen.

„Du hast recht", sage ich, gehe an Dad vorbei und reiße das Stalltor auf.

„Gut, aber sie ist nicht hier. Sie ist mit den Kindern zu Evelyn gefahren. Wieso siehst du nicht bei ihnen vorbei?", fragt er mich.

„Danke, aber ich muss zuerst noch etwas erledigen", informiere ich ihn und gehe direkt zum Truck. Ich springe hinters Lenkrad, starte den Motor und fahre vom Hof.

Ich rase in die Stadt, parke vor dem Juweliergeschäft und atme tief durch. Mein Herz klopft schneller.

Was, wenn sie ablehnt?

Sei kein verdammtes Weichei, schelte ich mich und steige aus dem Wagen.

Ich gehe in den Laden. Mein Magen kribbelt vor Nervosität, aber ich weiß, dass es das ist, was ich will.

Der alte Mann hinter der Auslage, Denny, schaut auf. Er lächelt, und seine Falten vertiefen sich. Er brummt: „Alexander, schön, dich zu sehen. Suchst du noch ein paar Weihnachtsgeschenke?“

„Nein, ich suche kein Weihnachtsgeschenk. Ich brauche einen Verlobungsring.“

Seine Augen weiten sich. Er gluckst. „Wer ist die Glückliche? Ist es das Kindermädchen, mit dem du in der Stadt gesehen wurdest?“

Ich stöhne und schüttle den Kopf. „Gibt es irgendetwas, das den Klatschtanten entgeht?“

„Nope. Du weißt doch, wie das hier ist“, sagt er und öffnet eine Vitrine. Er holt eine Auslage mit einem Dutzend Ringen heraus und fragt: „Welche Art von Ring mag deine Freundin?“

Ich trete näher und gebe zu: „Ich weiß es nicht. Sie hat es mir nie gesagt.“

Er gluckst. „Damit bist du nicht allein. Viele Frauen sagen ihrem Mann nicht, was für einen Ring sie wollen.“

„Sie weiß nicht, dass ich hier bin.“

„Das ist gut. Es ist gut, wenn du sie damit überraschen kannst“, versichert er mir.

Meine Handflächen schwitzen, als ich die Ringe betrachte.

Denny sagt: „Lass mich dir helfen, mein Junge. Erzähl mir von ihr.“

„Sie ist wunderschön. Phoebe kümmerts sich voller Hingabe um meine Kinder. Sie lieben sie und sie liebt sie. Sie kümmert sich um uns. Und sie ist eine superbegabte Künstlerin, lustig und immer gut gelaunt. Na ja, außer wenn ich sie in den Wahnsinn treibe. Aber sie ist der tollste Mensch, den ich je getroffen habe." Ich halte inne und merke, wie ich wahrscheinlich klinge. Ich schließe die Augen und atme ein paar Mal tief durch.

Denny nickt. „Klingt, als hättest du deine Partnerin fürs Leben gefunden. Ich glaube, diesen Ring solltest du dir mal ansehen." Er hält ein goldenes Band mit einem Blumenmuster aus Diamanten hoch.

Ich nehme ihn ihm ab, betrachte ihn von allen Seiten und gebe zu: „Er ist wunderschön."

„Kannst du ihn dir an ihrem Finger vorstellen?"

Ich schließe die Augen und überlege. „Ja, das kann ich."

„Stell dir vor, wie ihr Gesicht aufleuchtet, wenn sie ihn sieht. Kannst du es sehen?"

Ich denke daran, wie Phoebes Gesicht aufleuchten würde, wenn ich ihr den Ring zeige, und fühle mich zum ersten Mal seit Tagen wieder besser. Also nicke ich. „Ja, ich denke, sie wird ihn lieben."

Er nimmt einen anderen Ring heraus. Er hat einen großen Diamanten und ist auffälliger. „Und was ist mit dem hier?"

Ich versuche, ihn mir an Phoebes Finger vorzustellen, doch schüttle den Kopf. „Nein, das passt nicht zu ihr."

Er geht die Ringe einen nach dem anderen durch, bis nur noch der Ring übrig ist, den er ursprünglich ausgesucht hat.

„Woher wusstest du, dass das der richtige Ring ist?"

Er gluckst. „Mein Junge, ich mache das jetzt schon seit fast vierzig Jahren. Glaubst du, du bist der erste Mann, der zur mir kam und nicht wusste, was für einen Ring seine Frau will?"

„Ich verstehe", sage ich.

„Großartig. Soll ich den für dich einpacken? Damit es wie ein Weihnachtsgeschenk aussieht?"

Ich schüttle den Kopf. „Nein. Ich habe ihr schon ein anderes Geschenk zu Weihnachten besorgt. Den gebe ich ihr extra."

Er grinst. „Gut." Er steckt den Ring in ein schwarzes Kästchen und reicht es mir. „Pass gut darauf auf. Das ist der einzige seiner Art."

„Das werde ich, Sir."

Ich bezahle den Ring und gehe. Mit dem Ring in meiner Mittelkonsole fahre ich zu Evelyn.

„Dad, was machst du denn hier?", fragt Ace, als ich hereinkomme.

„Ich muss dich und deinen Bruder kurz entführen", antworte ich.

„Wohin gehen wir?", fragt Wilder.

„Das ist eine Überraschung. Kommt mit."

Phoebe sieht mich fragend an und meine Schwester zieht eine Braue hoch.

Evelyn fragt: „Wo geht ihr hin?"

„Das geht dich nichts an. Leg eine Pause ein, Phoebe", sage ich und kann mich gerade noch zurückhalten, sie zu packen und ihr einen Kuss auf den Mund zu drücken.

Sie sieht mich verwirrt an, aber ich führe die Jungs aus dem Haus und zum Wagen.

Wir fahren nach Hause und sie steigen aus. Ich schnappe mir

den Ring und folge ihnen. Wir setzen uns gemeinsam an den Küchentisch.

Wilder fragt: „Dad, hast du uns nur abgeholt, um uns zu belehren?"

Ich gluckse. „Nein, ich habe euch abgeholt, um etwas Ernstes mit euch zu besprechen."

Ace lehnt sich näher vor. „Hast du einen Hengst für Phoebe gefunden?"

Ich lache auf. „Nein. Noch nicht, Sohn."

„Oh, Mann. Das wäre das beste Weihnachtsgeschenk. Alles andere ist nur halb so cool", behauptet er.

„Ich weiß, dass sie sich über die Geschenke freuen wird, die ihr für sie besorgt habt. Und ich habe noch ein Geschenk für sie. Aber es ist nicht für Weihnachten."

„Was ist es?", fragt Wilder.

Ich lange in meine Tasche und lege das Kästchen auf den Tisch.

Die Jungen schauen es an, dann einander. Ich öffne es und warte, um ihre Reaktionen abzuschätzen.

Ace schnappt es sich zuerst. „Du willst Phoebe einen Ring schenken?"

„Ja."

„Wirst du sie fragen, ob sie dich heiraten will, Dad?", fragt Wilder.

„Das werde ich. Was haltet ihr davon?"

„Ja!", jubelt Ace. Er springt auf und reckt seine Arme in die Luft.

„Sie wird also nicht gehen?", fragt Wilder aufgeregt.

Ich halte meine Hände hoch, um sie etwas zu zügeln „Ich bin mir nicht sicher. Freut euch noch nicht zu sehr."

Wilder verengt seine Augen. „Warum?"

„Setz dich wieder hin", sage ich zu Ace.

Er gehorcht und die Jungs werden wieder ernst.

Ich gebe zu: „Ich habe es vielleicht ein bisschen mit Phoebe vermasselt."

„Hattet ihr ein schlechtes Date oder so?", fragt Ace.

Ich nicke. „Ja, so was Ähnliches."

„Was hast du getan, Dad?", fragt Wilder mit missbilligender Miene.

„Das ist eine Sache zwischen Phoebe und mir. Ich weiß also nicht, ob sie meinen Antrag annehmen wird. Ich will nicht, dass ihr enttäuscht seid, wenn sie es nicht tut. Und wenn sie mich nicht heiraten will, liegt das an mir, nicht an ihr. Aber ich dachte, ihr solltet es wissen. Ich will euch nicht länger vorenthalten, dass ich sie liebe."

Ace grinst. „Na, dann sorg dafür, dass sie bleibt, Dad."

„Ja, alle Frauen lieben Diamanten. Gib ihr einfach den Ring. Sie wird ihn lieben", sagt Wilder.

Ich lache und zerzause sein Haar. „Du musst noch eine Menge über Frauen lernen, mein Sohn."

„Dad, geh und frag sie jetzt gleich", befiehlt Ace.

Ich schüttle den Kopf. „So was muss auf die richtige Art und Weise getan werden. Ich muss etwas Romantisches für die planen."

Sie starren mich an.

„Ihr werdet das geheim halten, richtig?", frage ich.

Sie nicken beide zustimmend.

Ace sagt: „Dein Geheimnis ist bei uns sicher."

„Ich werde dafür sorgen, dass er es nicht ausplaudert", fügt Wilder hinzu.

Ace boxt ihm gegen die Schulter. „Ich würde es nie ausplaudern."

Wilder zeigt sein freches Jagger-Grinsen. „Ja, ja. Von wegen."

„Okay, das bleibt also unter uns", sage ich zu ihnen.

Ace fragt: „Wer weiß noch davon?"

„Keiner. Nun, der Juwelier weiß es, weil ich den Ring bei ihm gekauft habe. Sonst niemand. Also wissen es nur wir drei", sage ich.

Wilder grinst und Ace jubelt.

„Aber Dad, frag sie bald", bittet Ace mich.

„Ja, vor Weihnachten, damit es nicht kitschig wird. Und weil du ihr noch ein anderes Geschenk besorgt hast, richtig? Das sollte etwas Besonderes sein", erklärt Wilder.

„Warum ist das wichtig?", fragt Ace.

„Dann bekommt sie mehr Geschenke und wird bleiben wollen", behauptet Wilder.

„Ich glaube nicht, dass Phoebe sich aufgrund der Anzahl der Geschenke entscheiden wird, ob sie bleibt oder geht", meine ich.

„Ich würde mich so entscheiden", sagt Wilder.

Ich schüttle den Kopf und seufze. „Das ist nicht richtig, und eines Tages, wenn du erwachsen bist, wirst du das erkennen."

Er zuckt mit den Schultern.

„In Ordnung. Ich fahre euch jetzt zurück zu Evelyn, aber ihr behaltet das für euch. Okay?"

Sie stimmen zu und ich setze sie wieder ab, ohne sie ins Haus zu begleiten. Den Rest des Tages versuche ich zu überlegen, wann ich Phoebe fragen soll. Ich denke an all die romantischen Dinge, die ich tun könnte und versuche, sie zu verwirklichen, aber die meisten davon kann ich nicht vor Weihnachten auf die Beine stellen.

Außerdem läuft mir die Zeit davon. Die Uhr tickt. Ich weiß nicht, wann Phoebe nach Alaska gehen will. Aber sie wird wohl im neuen Jahr dort sein müssen, wenn sie die Stelle als Lehrerin annimmt.

Den ganzen Tag überlege ich, wie ich sie fragen soll. Als es Zeit fürs Abendessen ist, kommen alle ins Esszimmer.

Ich starre Phoebe an, aber sie weicht meinen Blicken weiterhin aus und blinzelt mehrmals, als hätte sie etwas im Auge.

Ich weiß, dass sie leidet, und es bringt mich um. Als der Tisch abgeräumt und der Nachtisch serviert ist, erhebe ich mich und räuspere mich. „Könnt ihr mir kurz zuhören?"

Alle starren mich an.

Ich trete vor Phoebe und strecke ihr meine Hand hin. „Steh mal kurz auf, Pheebs."

Sie zieht die Augenbrauen zusammen, Sorge steht ihr ins Gesicht geschrieben. „Was hast du vor?"

„Steh einfach auf, bitte!", flehe ich.

Langsam nimmt sie meine Hand und erhebt sich.

Mein Bauch kribbelt und ich verkünde: „Ich muss dir etwas sagen, was ich dir schon vor einer Weile hätte sagen sollen. Vor allem neulich, als wir uns gestritten haben."

Verwirrung ersetzt die Sorgen, als sie zu meiner Familie und dann wieder zu mir blickt.

Ich lege meine Hand an ihre Wange. „Ich liebe dich. Meine Familie liebt dich. Die Jungs lieben dich. Aber vor allem liebe *ich* dich. Ich bin kein Poet. Das weiß jeder." Ich ziehe das Kästchen aus meiner Tasche und öffne den Deckel, bevor ich auf ein Knie sinke.

Sie hält sich die Hand vor den Mund und starrt mich mit großen Augen an.

Ich halte ihre Hand in meiner. „Pheebs, in dem Moment, als du hier ankamst, hast du mein Leben zum Besseren verändert. Unser aller Leben wurde besser. Und ich weiß, dass ich es letzte Woche vermasselt habe. Glaub mir, das ist mir nicht entgangen. Aber ich liebe dich und verdiene dich nicht."

Eine Träne rinnt über ihre Wange und ihre Lippen beben.

Ich fahre fort: „Ich möchte, dass du mir vergibst und meine Frau wirst. Bitte, verzeih mir. Willst du mich heiraten?"

Sie starrt mich an, ihre Hand zittert und sie blickt zwischen dem Ring und mir hin und her.

„Wenn dir der Ring nicht gefällt, können wir ihn austauschen", sage ich.

„Nein! Ich liebe den Ring", haucht sie.

Meine Brust zieht sich zusammen. „Würdest du mir dann die Ehre erweisen und meine Frau werden?"

„Ja, ich werde dich heiraten", ruft sie, und weitere Tränen laufen ihr über die Wange.

Meine Familie bricht in Jubelgeschrei aus.

Ich erhebe mich, ziehe sie in meine Arme und küsse sie, bis Wilder schreit: „Dad, bäääh. Komm schon, das ist eklig."

Ich ziehe mich zurück.

Sie strahlt mich an und lacht.

Den Rest des Abends verbringe ich mit meiner Familie und meiner zukünftigen Frau, die mich mit Liebe in den Augen anschaut. Und alles, was ich mir jemals gewünscht habe, scheint plötzlich Wirklichkeit zu werden.

Phoebe

Heiligabend

Alexander schleicht sich von hinten an mich heran und legt seinen Arm um meine Taille. Er murmelt in mein Ohr: „Was machst du da?"

Ich drehe meinen Kopf und schaue auf, lächle und fühle so viel Freude und Glück. Ich kann immer noch nicht glauben, dass er mich gebeten hat, ihn zu heiraten. „Ich muss mich umziehen."

„Phoebe, ich muss dir eine ernste Frage stellen."

„Warum macht mich das nervös?"

Er grinst. „Warum sind deine Klamotten noch in diesem Zimmer?"

Ich sehe in den Schrank und dann wieder zu ihm: „Ähm ... wo sollten sie sonst sein?"

Alexander schüttelt den Kopf. „Ja, sie sollten in meinem Zimmer sein. Keine Sorge, ich habe viel Platz in meinem Schrank für dich gemacht."

„Wirklich?", frage ich und grinse wie eine Idiotin.

„Ja, die Jungs haben mir heute Morgen geholfen."

„Echt?"

„Natürlich. Und jetzt lass uns deine Sachen rüberbringen." Er lässt mich los, tritt vor meinen Schrank und packt einen Arm voll Klamotten auf Bügeln.

„Ich nehme ihre Schuhe", sagt Ace und läuft in mein Zimmer.

„Soll ich deine Kommode ausräumen?", fragt Wilder.

„Nein, ich kümmere mich um die Sachen in der Kommode", sage ich schnell, weil ich nicht will, dass er meine Höschen durchwühlt.

Alexander tadelt: „Genau, du kannst nicht einfach ihre Kommode durchwühlen. Das ist Privatsache."

Wilder hält beide Hände hoch. „Tut mir leid, ich wollte nur helfen."

Ich streiche ihm durchs Haar. „Schon okay. Ich weiß dein Angebot echt zu schätzen. Wenn es dir nichts ausmacht, hilf deinem Dad bitte mit meinen Klamotten im Kleiderschrank."

„Okay." Er geht hinüber und holt einen Stapel T-Shirts aus dem Regal.

Alexander tritt vor mich und drückt mir einen Kuss auf die Lippen. Dann grinst er mich schelmisch an und stichelt: „Soll *ich* deine Kommode durchwühlen?"

Ich lache. „Nein, ich mache das schon."

„Okay. Ich habe dir in meiner Kommode Platz gemacht.“ Er wackelt mit den Augenbrauen.

Ich lache und platze fast vor Glück. Es ist, als würde ich ein Märchen leben. Ich habe zwei Jungs, die ich liebe, und einen Mann, der viel mehr ist, als ich je hätte ausmalen können.

Es dauert nicht lange, bis alle meine Sachen ordentlich in Alexanders Kleiderschrank und Kommode eingeräumt sind.

Wilder fragt: „Was machen wir jetzt mit deinem Schlafzimmer?“

„Es wird wieder zum Gästezimmer“, vermutet Ace.

„Vielleicht könnte es meine Männerhöhle werden“, meint Wilder.

Alexander zieht die Augenbrauen hoch. „Wozu brauchst du eine Männerhöhle?“

„Ja, jeder Mann braucht eine Männerhöhle.“

„Wer sagt das?“, fragt Alexander.

„*TikTok*, duh.“

Alexander stöhnt. „Ich habe dir gesagt, du sollst diese App löschen. Die setzen dir nur Flausen in den Kopf.“

Wilder zuckt mit den Schultern.

Alexander verschränkt die Arme. „Ich meine es ernst. Ich habe dir doch gesagt, dass du dich nicht auf solchen Apps anmelden darfst, bis du älter bist. Wie bist du da überhaupt reingekommen?“

„Ach komm schon, Dad, alle in der Schule nutzen *TikTok*“, beschwert sich Wilder.

„Die anderen sind mir egal. Wie konntest du dich dort anmelden? Sie haben doch ein Mindestalter“, meint Alexander.

Wilder presst die Lippen aufeinander.

Alexander sagt warnend: „Ich erwarte eine Antwort, Wilder."

Schließlich gibt er zu: „Onkel Jagger und ich haben uns ein paar Reels angeschaut, als ich bei ihm übernachtet habe."

Alexander seufzt. „Das war das letzte Mal, dass du bei ihm geschlafen hast."

„Ach, Dad, komm schon!"

Ich verkneife mir ein Kichern.

Alexander wendet sich mir zu. „Findest du das lustig? Die Reels auf dieser App sind für einen Elfjährigen komplett unangemessen."

Ich versuche, keine Miene zu verziehen und schüttle den Kopf. „Nein. Du hast recht."

„Ich bin fast zwölf!", ruft Wilder dazwischen.

Alexander verengt seine Augen. „Selbst dann ist es noch nichts für dich."

„Das ist so unfair. Die anderen Kinder in meiner Klasse –"

„Ich schlage vor, wir wechseln das Thema", brummt Alexander.

Wilder schnaubt verärgert. „Gut. Aber kann ich Phoebes altes Zimmer in meine Männerhöhle verwandeln?"

Alexander schüttelt den Kopf. „Nein. Und jetzt muss ich mich um die Pferde kümmern. Jungs, wollt ihr mitkommen?"

Sie sprinten praktisch aus der Tür.

Alexander zieht mich zu sich, lässt seine Hand in mein Haar gleiten und gibt mir einen tiefen Kuss, bis ich außer Atem bin.

„Vergiss nicht, dass du mir gehörst, Phoebe", sagt er leise und knetet meinen Hintern.

Ich kichere und tätschle seine Brust. „Werde ich nicht. Und jetzt geh."

Er ergreift meine Hand und starrt den Ring an. „Er steht dir gut. Genau so habe ich ihn mir vorgestellt."

Ich verbeiße mir ein Lächeln. Er hat den perfekten Ring für mich ausgesucht. Ich habe mir nie vorgestellt, wie mein Ring aussehen würde, aber Alexander hat genau ins Schwarze getroffen.

„Gib es zu. Ich habe eine gute Wahl getroffen", protzt er und angelt nach Lob.

Ich stelle mich auf die Zehenspitzen und gebe ihm einen süßen Kuss. „Du hast die perfekte Wahl getroffen", lobe ich ihn.

Er grinst, gibt mir noch einen Kuss und tätschelt meinen Hintern. „Wir sehen uns beim Frühstück."

„Klingt gut."

Ich schlendere zum Haupthaus hinüber und gehe in die Küche. Georgia hat die ganze Woche über für die Familie gebacken und jetzt arbeitet sie an zuckerfreien Muffins für Sebastian.

„Hey", ruft sie und strahlt mich an.

„Hallo. Wo sind denn die anderen?"

„Paisley und Willow sind gestern Abend ausgegangen. Sie sind erst spät nach Hause gekommen." Georgias Lippen zucken. Sie fügt hinzu: „Ruby hat sie aus dem Bett geschmissen und ihnen Ibuprofen eingeflößt. Evelyn hat angerufen und gesagt, dass sie einen Kater hat. Sie kommt erst später rüber."

„Es ist seltsam, nur eine Person in dieser großen Küche zu sehen", sage ich.

Sie nickt. „Ja, ich weiß. Ich glaube, ich war noch nie allein hier drin."

„Wirklich?"

Sie schüttelt den Kopf. „Nein, nicht, dass ich wüsste. Übrigens, ich freue mich, dass du jetzt offiziell zur Familie gehörst."

„Danke, ich mich auch."

„Die Cartwrights sind eine tolle Familie", schwärmt sie.

„Finde ich auch."

Leise fügt sie hinzu: „Wir hatten Glück", und ein trauriger Blick verdunkelt ihre Augen.

Ich stimme vorsichtig zu. „Das hatten wir. Geht es dir gut?"

Sie zwingt sich zu einem Lächeln und antwortet: „Ja, ich werde nur manchmal um die Feiertage herum ein wenig nostalgisch, wenn ich an meine Eltern und Großeltern denke."

Auch mich überkommt eine Welle der Nostalgie. „Das kann ich verstehen."

Sie legt den Kopf schief. „Sebastian sagte, Alexander habe ihm erzählt, dass deine Mom und deine Schwester an verschiedenen Orten wohnen?"

Ich atme tief ein und aus und gebe zu: „Ja, ich wünschte, sie wären näher beieinander. Als ich in Pismo Beach lebte, waren sie zwar auch nicht um die Ecke, aber ich konnte wenigstens zu ihnen fahren. Ich wohnte ungefähr in der Mitte zwischen ihnen."

„Oh, das tut mir leid“, sagt sie und wirft mir einen mitfühlenden Blick zu.

Ich zwinge mich zu einem Lächeln und sage: „Schon okay. Ich habe mich daran gewöhnt.“

„Nun, ich bin froh, dass du zur Familie gehörst.“ Sie umarmt mich und ich drücke sie fest.

„Danke. Ich habe gehört, dass dein Cupcake-Geschäft boomt. Es muss beängstigend gewesen sein, ein Geschäft ganz alleine zu gründen.“

„Das war es, aber ich hatte Sebastian an meiner Seite. Er ist ein Wirtschaftsgenie.“

„Er sagt das Gleiche über dich“, gestehe ich ihr.

Sie lacht. „Ich lerne eine Menge, aber ohne ihn hätte ich das alles nicht geschafft.“

„Es ist schön, dass ihr beide so gut zusammenarbeitet.“

„Ja, das ist es.“ Sie schaltet den Mixer ein.

Ich öffne den Kühlschrank und nehme den Bacon, die Eier und die anderen Zutaten für das Frühstück heraus.

Die anderen Frauen kommen, um zu helfen, und wir verbringen den Vormittag mit Kochen und Lachen. Gegen zehn Uhr läute ich die Glocke und rufe: „Frühstück!“

Die Männer trudeln langsam ein und schon bald sitzen wir alle um den großen Esstisch versammelt, einschließlich der Kinder. Die Cartwrights erfüllen den Raum mit ihrem üblichen Gelächter und fröhlichen Unterhaltungen, und ich sauge jedes Detail in mich auf und kann immer noch nicht glauben, dass dies nun meine Familie sein wird. Ich darf hier bei Alexander und den Jungs und allen anderen bleiben, und nichts hat mich je so glücklich gemacht.

Nach dem Frühstück nimmt mich Alexander beiseite und sagt: „Hey, ich habe eine Überraschung für dich.“

„Wirklich?“

„Ha. Wir müssen allerdings noch etwas erledigen.“

„Am Heiligabend?“, frage ich skeptisch.

Er blickt auf seine Uhr. „Ja. Mach dir keine Sorgen. Wir werden nichts verpassen, und du wirst dich freuen, denke ich.“

„Meinst du?“, frage ich und Nervosität breitet sich in mir aus.

Er runzelt leicht besorgt die Stirn. „Ja, ich bin mir ziemlich sicher.“

„Warum bin ich plötzlich so nervös?“, frage ich.

Er gluckst. „Keine Ahnung. Komm schon.“ Er küsst meine Hand und führt mich zur Haustür. Er hilft mir in meinen Mantel und wir gehen nach draußen und steigen in seinen Wagen.

Alexander schaltet die Countrymusik an und wir singen auf dem Weg in die Stadt alle Lieder mit. Dann hält er auf dem Parkplatz von *Crossroads* und parkt neben einem weihnachtlich geschmückten Eingang.

„Wo sind wir?“, frage ich.

Er sieht mich an, wirkt fast wieder nervös.

„Ich fühle mich auf einmal, als müsste ich einen mysteriösen Fall lösen“, sage ich lachend, aber meine Sorge wächst.

Alexander lächelt, dann wird seine Miene wieder ernst. Er streichelt meine Wange. „Weißt du noch, wie du gesagt hast, dass deine Mom und deine Schwester weit weg sind?“

„Ja", sage ich nickend, unsicher, worauf er hinauswill, und finde es seltsam, dass ich zweimal an einem Tag nach ihnen gefragt werde, obwohl ich sonst nie über sie spreche.

Er beobachtet mich.

Mein Puls schießt in die Höhe. „Alexander, was ist los?"

Er atmet tief durch. „Ich habe eine Führung durch diese Einrichtung arrangiert. Es ist ein Langzeitpflegeheim. Sie haben verschiedene Lösungen für unterschiedliche Bedürfnisse. Und es ist das Beste im ganzen Land."

Ich bekomme eine Gänsehaut. Ich schaue zum Gebäude, dann zu ihm. Immer noch verwirrt, murmle ich langsam: „Okay?"

„Ich dachte, wir könnten deine Mom und deine Schwester hierher verlegen."

Ich starre ihn an und mir rinnt das Blut aus dem Gesicht.

„Würde dir das gefallen?"

„Ist das dein Ernst?", frage ich erschüttert, meine Stimme zittert vor Rührung, meine Augen tränen.

„Ja. Darüber würde ich keine Witze machen."

„Aber ich kann das nicht bezahlen. Das sieht schön und zu teuer aus", sage ich.

Er grunzt. „Mach dir keine Sorgen wegen des Geldes, Pheebs. Wir haben genug."

Ich sehe ihn an, als ob er verrückt wäre.

„Du wirst meine Frau. Deine Familie sollte bei uns sein, genau wie meine."

Tränen laufen mir über die Wangen. „Alexander, meinst du das ernst? Ich schwöre bei Gott, das ist ein wirklich grausamer Scherz, wenn du das nicht ernst meinst.“

Er schüttelt den Kopf. „Nein, Baby Girl. Das hier ist echt. Solange du damit einverstanden bist. Aber lass uns zuerst eine Tour machen, okay?“

Ich kann nicht sprechen. Ich bin zu sehr von meinen Gefühlen überwältigt. Er steigt aus dem Truck und kommt zu mir herum, um mir die Tür zu öffnen. Alexander hilft mir beim Aussteigen, zieht mich dann an sich und küsst mich schnell. „Geht es dir gut?“

„Ich kann einfach nicht glauben, dass es dir ernst damit ist, sie hierherzubringen.“

„Glaub es ruhig.“

„Und wir können uns das auf Dauer leisten, nicht nur für eine Woche oder so?“

Belustigung erhellt seine Züge. „Ja. Ich weiß, wir sind die Finanzen noch nicht durchgegangen, aber das sollten wir bald tun. Warum warten wir damit nicht bis nach den Feiertagen? Ich hasse es, das Geschäftliche mit Weihnachten zu vermischen.“

Ich starre ihn an, als ob er verrückt geworden ist. Mental überschlage ich, was eine solche Einrichtung am Tag kosten könnte, geschweige denn für einen Monat, ein Jahr oder mehrere, und multipliziere das mit zwei.

„Komm schon, Baby Girl“, sagt er und reißt mich aus dem Horrorszenario, das ich mir ausmale. Er legt seinen Arm um meine Taille und führt mich in die Einrichtung.

Shawna, die Leiterin, bittet mich um einige Unterschriften, damit sie Zugang zu den Akten meiner Mom und meiner

Schwester bekommt, und wir ihre Bedürfnisse im Detail besprechen können. Wir verbringen eine Stunde mit dem Rundgang und kehren dann in ihr Büro zurück.

Ihre Assistentin überreicht ihr zwei Mappen. „Hier sind die von Ihnen angeforderten Krankenblätter der Patientinnen."

Mir fällt die Kinnlade herunter.

Shawna nimmt sie. „Danke."

Ihre Assistentin geht und schließt die Tür zum Büro.

Ich platzte heraus: „Wie haben Sie das so schnell bekommen?"

„Ich will nicht angeben, aber wir haben hier ein sehr erfolgreiches Team zusammengestellt", sagt sie und zwinkert freundlich.

Ich starre sie an, immer noch unfähig zu glauben, dass ich dieses Gespräch führe und dass meine Mom und meine Schwester bald in meiner Nähe wohnen werden.

Sie braucht eine Weile, um die Krankenblätter durchzusehen.

Ich sitze wie auf glühenden Kohlen und hoffe, dass nichts meine Mom und meine Schwester davon abhält, in diese Einrichtung zu ziehen. Es ist mehr als schön, und ich habe keinen Zweifel daran, dass sie hier gut versorgt werden würden.

Alexander ergreift meine Hand. Sein anderer Arm liegt um meine Schultern. Er küsst mich beruhigend auf den Kopf.

Ich schaue ihn an.

„Mach dir keine Sorgen", murmelt er.

Shawna blickt zu uns auf und legt die Krankenblätter weg. „Es sieht nicht so aus, als gäbe es hier etwas, womit wir nicht zurechtkommen würden."

„Wirklich?", frage ich aufgeregt.

„Ja. Möchten Sie, dass Ihre Mutter und Schwester hier einziehen? Mr. Cartwright hat mir versichert, dass Sie für einen beschleunigten Krankentransport aufkommen würden."

Ich schaue wieder zu Alexander und sehe ihn überrascht an. Es ist, als hätte er an alles gedacht.

Er gluckst. „Pheebs, du musst antworten."

Ich frage ihn: „Bist du dir sicher? Denn wenn wir das tun, weiß ich nicht, ob ich sie wieder in die Einrichtung zurückbringen kann, in der sie sich jetzt befinden."

Sein Blick wird undurchdringlich. „Ja. Solange deine Mutter und deine Schwester medizinische Hilfe brauchen, werden wir uns um sie kümmern. Sie werden hier in unserer Nähe sein und sie werden die beste Pflege bekommen, die es gibt. Ist es das, was du willst?"

Frische Tränen entweichen aus meinen Augen und laufen über meine Wangen. Ich kann kaum antworten. Von Dankbarkeit und Schock überkommen, nicke ich.

„Du musst einfach nur *Ja* sagen, Baby Girl."

„J-ja. Bitte", würge ich hervor und weine noch stärker.

Er zieht mich an sich, hält mich fest und sagt zu Shawna: „Bitte beginnen Sie den Prozess."

Shawna lächelt. „Toll. Ich gebe Ihnen einen Moment allein." Sie steht auf und verlässt ihr Büro, wobei sie die Tür hinter sich schließt.

Erleichterung überkommt mich in Wellen. Ich schluchze an Alexanders Brust und frage mich, wie ich so viel Glück verdient habe. Jahre der Schuld und Frustration wirbeln in mir auf.

Er lässt mich eine Weile weinen, dann ziehe ich mich schließlich zurück. Er schnappt sich ein paar Taschentücher vom Schreibtisch, tupft mir die Wangen ab und scherzt dann: „Keine Sorge. Das ist nicht dein Weihnachtsgeschenk." Er zwinkert mir zu und seine Augen leuchten auf.

„Du bist verrückt. Das ist mir mehr wert als jedes Weihnachtsgeschenk. Du brauchst mir nie wieder ein Geschenk zu machen", sage ich schnell und meine es ernst.

Er lacht. „Sei nicht albern."

„Alexander, ich weiß nicht, wie ich dir jemals genug danken kann. Das ist mehr als großzügig", sage ich.

„Pheebs, du bist bald meine Frau. Du musst mir nicht danken oder etwas gutmachen. Familie ist wichtig, und wir werden uns umeinander kümmern. Verstehst du?"

Meine Gefühle überwältigen mich. Alexander wischt eine frische Träne weg, die meinem Auge entweicht. „Keine Tränen mehr. Ich bitte dich. Ich wollte dich nicht zum Weinen bringen. Es tut mir leid."

„Daran musst du noch arbeiten", necke ich ihn und wische eine Träne weg. Ich blinzle heftig, bis sie aufhören zu fallen, dann atme ich tief durch.

Er steht auf und greift nach meiner Hand. Ich schmiege mich an seine Seite. Er sagt: „Lass uns nach Hause gehen, Baby Girl. Immerhin …"

Ich wölbe meine Augenbrauen.

„Immerhin ist es Heiligabend!", sagt er vergnügt.

Ich lache und frage mich, womit ich diesen Mann, der mich so sehr liebt, verdiene.

EPILOG

Alexander

Anfang Juni

„Kraft des mir vom Staat Texas verliehenen Amtes erkläre ich Sie nun zu Mann und Frau. Sir, Sie dürfen Ihre Braut jetzt küssen", verkündet Santiago, unser Pfarrer. „Ich präsentiere, Mr. und Mrs. Cartwright."

Ich platze fast vor Glück. Ich starre meine strahlende Frau an, die eine schönere Braut geworden ist, als ich es mir je hätte vorstellen können.

Ihr Haar ist zu einem französischen Zopf geflochten, der ihr Gesicht umspielt. Ihr tailliertes, weißes Spitzenkleid hat einen tiefen Ausschnitt am Rücken, und eine kleine Schleppe, die perfekt für das Juniwetter in Texas ist. Die Sonne scheint über dem See und wir sind von unseren Familien umgeben.

Ich lege meine Hand auf ihre Hüfte und küsse sie, bis ihr die

Knie weich werden, drücke sie fest an mich, und die anderen jubeln laut.

Ich ziehe mich zurück. So glücklich habe ich sie noch nie gesehen, meine Phoebe, meine Frau. Sie strahlt heller als die Sonne, bringt Licht in mein Leben, so wie sie es vom ersten Moment an getan hat, als ich sie sah, auch wenn es mir damals nicht bewusst war.

Wir gehen den Mittelgang hinunter, bis wir das Ende erreichen. Die Gäste gratulieren uns und dann gehen wir ins Zelt.

Im Inneren stehen eine lange Tafel und mehrere hohe Cocktail-tische, die Platz für Gespräche bieten. Im Hintergrund läuft leise Musik, und meine Braut strahlt über beide Ohren, während sie mit ihrer Mutter spricht.

Ein Pfleger ist bei ihr und achtet darauf, dass sie zurechtkommt. Aber seit sie in Texas ist, hat sie sich gut erholt. Das Heim, das wir für sie ausgesucht haben, bietet ihr eine bessere medizini-sche Versorgung. Sie darf sich regelmäßig ohne Unterstützung entfernen und kommt besser zurecht. Phoebe war es wichtig, dass sie heute hier ist.

Die Jungs rennen auf uns zu und ergreifen Phoebes Hände.

Ace ruft: „Wir haben eine Überraschung für dich!“

„Ja, du wirst es lieben“, fügt Wilder hinzu.

Phoebes Augen weiten sich. „Oh, was ist es?“

„Du musst mit uns kommen“, ruft Wilder.

Sie sieht mich an. Ich hebe meine Hände und flunkere: „Ich weiß nichts davon.“

Ihre Augen verengen sich. „Warum habe ich das Gefühl, dass du lügst?“

Ich wackle mit den Augenbrauen.

Sie lacht. „Okay, wohin gehen wir?"

„Du musst die Augen schließen", sage ich.

Ich ziehe ein weißes Tuch aus meiner Hosentasche, binde es ihr um den Kopf und bedecke ihre Augen.

„Wow. Ich weiß nicht, ob ich nervös oder aufgeregt sein soll."

„Sei aufgeregt! Sei wirklich, wirklich aufgeregt!", antwortet Ace.

„Ja. So was gibt es nirgendwo auf der Welt ein zweites Mal. Na ja, oder zumindest an sehr wenigen Orten", fügt Wilder hinzu.

Sie lacht vergnügt. Es klingt sowohl nervös als auch beflügelt und ich liebe es.

Unser Fotograf eilt auf uns zu. „Darf ich ein Foto machen?"

„Klar", sage ich und stelle mich hinter Phoebe. Die Jungs flankieren sie zu beiden Seiten. Sie fragt: „Werde ich jetzt gerade fotografiert?"

„Ja. Lächle, Baby Girl."

Der Fotograf knipst mehrere Bilder, dann sagt er: „Oh, die sind toll geworden. Sie werden Ihnen gefallen, Mrs. Cartwright."

Ihr Grinsen wird breiter. „Danke."

Ich gebe ihr einen Klaps auf den Hintern und sie springt leicht hoch.

„Ich denke, es ist an der Zeit für deine Überraschung."

„Komm schon, Phoebe. Mach dir keine Sorgen. Wir passen auf, dass du nicht fällst oder so", versichert Ace ihr.

„Vielen Dank."

„Ja, wir wollen kein Blut auf deinem weißen Kleid", meint Wilder.

Ich stöhne. „Das ist das schlimmstmögliche Szenario, Sohn. Das lässt man sich eigentlich bis zum Schluss übrig."

Er grinst und wirft mir wieder sein eingebildetes Jagger-Grinsen zu.

Die Jungs führen sie zum Golfwagen.

Ace befiehlt: „Einsteigen."

Phoebe tastet vor sich umher.

Ich sage laut: „Wir sind beim Golfwagen. Setz dich einfach vorsichtig hin." Ich helfe ihr hinein.

Die Jungs und ich steigen ebenfalls ein – die Kids auf dem Rücksitz, ich hinter dem Steuer. Ich lenke den Wagen durch die Bäume und zum Stall. Ich fahre aus dem Wald heraus, parke und sage zu Phoebe: „Warte, bis ich aussteige. Ich will nicht, dass du dir wehtust."

„Okay", stimmt sie zu.

Ich steige aus, eile schnell an ihre Seite und helfe ihr vorsichtig beim Aussteigen.

Ace und Wilder platzen fast vor Aufregung und ich kann mir ein Grinsen nicht verkneifen. Sie konnten es kaum erwarten, ihre Überraschung zu enthüllen. Ich habe sie mehr als einmal Mason und Jagger gerufen, weil sie ihren Onkeln so ähneln, die ihre Klappen auch nicht halten können. Aber das haben sie.

Die Jungs treten neben Phoebe und nehmen wieder jeweils eine ihrer Hände. Ich gehe voran und öffne das Tor.

Sie tritt ein und rümpft die Nase. „Warum rieche ich Heu und Mist?"

„Das ist ein Geheimnis", antwortet Wilder.

„Knick bitte nicht um", warne ich sie und sage dann: „Warte einen Moment." Mir ist klar, dass ihre schicken weißen High Heels nicht für den Stall gedacht sind, also hebe ich sie in meine Arme.

Sie schreit auf und lacht.

„Ich habe dich, Baby Girl."

„Wow, danke", sagt sie und kichert.

„Deine High Heels werden im Mist versinken, wenn du versuchst zu laufen."

„Okay. Warum sind wir im Stall?"

„Du wirst schon sehen. Hab Geduld, wie du immer sagst", tadelt Ace sie.

Sie hebt die Hände in die Luft, als würde sie sich ergeben. „Okay, okay."

Ich küsse sie auf die Lippen und kann es kaum erwarten, sie zu entführen und zum alten Mitarbeiterquartier zu bringen, in der wir unsere erste Nacht als Eheleute verbringen wollen. Ich will ungestört mit meiner Frau schlafen, aber ich weiß, dass ich noch eine Weile darauf warten muss.

Endlich betreten wir die richtige Stallbox und ich frage die Jungs: „Seid ihr bereit?"

Eines der Pferde gibt ein lautes Wiehern von sich und Phoebe zuckt zusammen.

Ich lache. „Mach dir keine Sorgen. Keins der Pferde wird dich beißen."

Phoebe legt den Kopf schief und grinst.

Sie ist eine gute Reiterin geworden. Wir reiten fast täglich aus. Manchmal kann ich mir nicht freinehmen, aber dann begleitet sie nach der Schule einfach die Jungs. Aber sie sitzt jeden Tag auf einem Pferd.

Wilder sagt: „Okay, nimm die Augenbinde ab."

Ich setze sie ab.

Phoebe blinzelt ein paar Mal.

Ace befiehlt: „Schau! Das ist deins!"

Sie starrt das weiße Pferd an.

Wilder ruft aufgeregt: „Es ist nicht nur irgendein Hengst. Er ist superselten! Sieh nur, wie weiß er ist."

Sie starrt das riesige Tier an.

Mir dreht sich der Magen um. „Magst du ihn?" Ich habe überall nach dem Hengst gesucht, und wenn er ihr nicht gefällt, weiß ich nicht, ob die Jungs es verkraften werden. Ich wäre genauso niedergeschlagen.

Sie starrt weiter.

„Freust du dich nicht?", fragt Ace leise. „Der ist für dich!"

Sie starrt noch ein wenig länger, dann sieht sie mich wieder an. „Ist das dein Ernst?"

„Ja, ich dachte, du brauchst einen eigenen Hengst", sage ich frech und zwinkere ihr zu.

Sie lacht und schaut wieder zu ihrem Pferd.

Wilder schlägt vor: „Du solltest ihn satteln ... dich mit ihm vertraut machen."

Ich grunze. „Phoebe wird nicht in ihrem Hochzeitskleid auf ein Pferd steigen."

Sie sieht den Hengst wieder an.

Er tritt auf sie zu.

Sie streckt die Hand aus und streichelt ihn, dann sagt sie: „Wow. Ihr habt mir wirklich einen weißen Hengst besorgt?"

Ace antwortet: „Ja! Aber Dad hat uns nicht erlaubt, ihm einen Namen zu geben. Er hat gesagt, dass du das machen musst."

„Ich darf mir den Namen aussuchen?"

„Ja, es ist dein Pferd", sagt Wilder.

Sie starrt ihren Hengst an und streichelt ihn am Kopf.

Er versucht, sie anzuknabbern, aber ich ziehe sie zurück.

„Ich will nicht, dass du an deinem Hochzeitstag nach Pferd riechst."

„Wie willst du ihn nennen?", fragt Wilder aufgeregt.

„Ich weiß es nicht. Darf ich es mir überlegen? Es ist eine große Entscheidung", sagt Phoebe.

„Okay. Liebst du ihn denn?", fragt Ace.

Sie nickt. „Auf jeden Fall. Ich kann nicht glauben, dass ihr das für mich getan habt."

„Jaaaa! Wir wussten, dass du ihn mögen würdest", ruft Wilder, und Ace gibt ihm ein High Five.

Sie lehnt sich zurück und flüstert mir ins Ohr: „Ich bin so aufgeregt. Jetzt habe ich zwei Hengste." Sie klimpert mit den Wimpern und grinst.

Ich schnaube. „Ja, und der wichtigste von ihnen wartet auf dich. Er wartet schon seit langem auf dich."

Sie strahlt mich an und mein Herz klopft.

Mein Leben ist perfekt. Ich habe meine Kinder, meine Familie, und jetzt habe ich meine Frau. Ich wusste nicht, dass ich sie brauche, bis meine Familie mich zwang, sie einzustellen, aber ich bin glücklicher, als ich mir je hätte vorstellen können.

* * *

Kurze Anmerkung von Maggie Cole

Vielen Dank, dass du Weihnachtsnanny gelesen hast! Ich hoffe
von ganzem Herzen, dass es
dich in Weihnachtsstimmung versetzt hat! Alexanders und
Phoebes Geschichte zu schreiben, hat mir
einen Riesenspaß gemacht und ich hoffe, dass dir die Story
gefallen hat.

Du musst dich noch nicht von Phoebe und Alexander
verabschieden, denn du wirst ihnen und
dem Rest der Cartwright-Familie noch einige Male in Willows
Geschichte Weihnachtsrodeo
begegnen, die am 1. November 2025 herauskommt.

Doch bevor du das Buch zur Seite legst, will ich dich noch auf
Georgias und Sebastians Buch,
Scheinehe des Milliardärs, aufmerksam machen. Falls du es
noch nicht gelesen hast, kannst du es dir
hier runterladen.

Und wusstest du, dass du dir alle Bücher, E-Books und
Audiobücher stark reduziert auf

Maggies Website bestellen kannst? Schau gerne mal vorbei.
https://maggiecolebookstore.com/

WEIHNACHTSRODEO

Bist du bereit für Willow Cartwright? Nein? Dann mach dich bereit, denn diese Weihnachtsromanze wird heiß, heiß, heiß!

Du hast es wahrscheinlich schon geahnt …

Willow ist von Bullenreitern besessen.

Sie kann nicht genug von ihnen bekommen.

KANN ICH SIE UM EINEN GROSSEN GEFALLEN BITTEN?

Wären Sie bereit, mir eine Rezension zu hinterlassen?

Ich wäre Ihnen ewig dankbar, denn eine positive Rezension auf Amazon ist wie ein hundertfacher Kauf des Buches! Die Unterstützung der Leser ist das Lebenselixier für Indie-Autoren und gibt uns das Feedback, das wir brauchen, um den Lesern das zu geben, was sie in zukünftigen Geschichten wollen!

Ihre positive Rezension bedeutet für mich die Welt! Deshalb danke ich Ihnen von ganzem Herzen!

CLICK TO REVIEW

MEHR VON MAGGIE COLE

In deutscher Sprache erhältlich
http://www.authormaggiecole.com/germany

Weihnachtsbücher
Weihnachtsschwindel-Scheinehe des Milliardärs ist eine
Büroromanze
Weihnachtsnanny-Milliardär, alleinerziehender Vater und die
Nanny
Weihnachtsrodeo-1. November 2025

Verlorenes Königreich
Dunkler College-Bully-Roman/ Liebesroman
Saat des Bösen
Dornen des Bösen

Mafiakriege Irland
Illicit King (Brody)
Illicit Captor (Aidan)
Illicit Heir (Devin)
Illicit Monster (Tynan)

Club Indulgence **Duett**
Zwei dunkle Milliardär-Liebesromane
The Auction-Buch Eins
The Vow-Buch Zwei

Mafiakriege New York

Toxic - (Dantes und Bridgets Geschichte) - Buch 1

Immoral - (Gianni und Caras Geschichte) - Buch 2

Crazed - (Massimo und Katiyas Geschichte) - Buch 3

Carnal - (Tristano und Pinas Geschichte) - Buch 4

Flawed - (Luca und Chanels Geschichte) - Buch 5

Mafiakriege - Dark Mafia Romance (Reihe 5)

Um Dmitris und Annas Geschichte zu lesen, lade Secret Mafia Billionaire herunter.

Ivanov Familie

Rücksichtsloser Fremder (Maksims Geschichte) - Buch 1

Gebrochener Kämpfer (Boris' Geschichte) - Buch 2

Grausamer Vollstrecker (Sergejs Geschichte) - Buch 3

Boshafter Beschützer (Adrians Geschichte) - Buch 4

Grimmiger Ermittler (Obrechts Geschichte) - Buch 5

O'Malley Familie

Ungekrönter Herrscher (Liams Geschichte) - Buch 6

Perfekter Sünder (Nolans Geschichte) - Buch 7

Brutaler Verteidiger (Killians Geschichte) - Buch 8

Skrupelloser Hacker (Declans Geschichte) - Buch 9

Unermüdlicher Jäger (Finns Geschichte) - Buch 10

Es ist kompliziert (Chicago Milliardäre)

My Boss the Billionaire - Buch 1

Forgotten by the Billionaire - Buch 2

My Friend the Billionaire - Buch 3

Forbidden Billionaire - Buch 4

The Groomsman Billionaire - Buch 5

Secret Mafia Billionaire - Buch 6

In englischer Sprache erhältlich

https://www.authormaggiecole.com

Behind Closed Doors (Series Four - Former Military Now International Rescue Alpha Studs)

Depths of Destruction - Book One

Marks of Rebellion - Book Two

Haze of Obedience - Book Three

Cavern of Silence - Book Four

Stains of Desire - Book Five

Risks of Temptation - Book Six

Together We Stand Series (Series Three - Family Saga)

Kiss of Redemption- Book One

Sins of Justice - Book Two

Acts of Manipulation - Book Three

Web of Betrayal - Book Four

Masks of Devotion - Book Five

Roots of Vengeance - Book Six

It's Complicated Series (Series Two - Chicago Billionaires)

My Boss the Billionaire - Book One

Forgotten by the Billionaire - Book Two

My Friend the Billionaire - Book Three

Forbidden Billionaire - Book Four

The Groomsman Billionaire - Book Five

Secret Mafia Billionaire - Book Six

All In Series (Series One - New York Billionaires)

The Rule - Book One

The Secret - Book Two

The Crime - Book Three

The Lie - Book Four

The Trap - Book Five

The Gamble - Book Six

Stand Alone Holiday Romances

Judge Me Not

Holiday Hoax

ÜBER DIE AUTORIN

BESTSELLERAUTORIN

Maggie Cole hat es sich zur Aufgabe gemacht, ihren Leserinnen und Lesern dominante Liebhaber zum Mitnehmen zu bescheren. Sie wurde als *literarische Meisterin der erotischen Romantik* bezeichnet. Ihre Bücher sind voller roher Emotionen, Spannung und lassen ihre Leser nach mehr verlangen. Sie ist eine meisterhafte Erzählerin zeitgenössischer Liebesromane und liebt es über Menschen zu schreiben, die am Rande des Abgrundes stehen, aber sich wie ein Phönix aus der Asche erheben.

Sie lebt in Florida, in der Nähe des Golfs von Mexiko mit ihrem Mann, ihrem Sohn und ihrem Hund. Sie liebt Sonnenschein und Wein und verbringt ihre Zeit gern mit Freunden.

Ihre aktuellen Buchreihen wurden in der folgenden Anordnung geschrieben:

In deutscher Sprache:

- Es ist kompliziert (eigenständige Bücher mit sich überschneidenden Charakteren)
- Mafiakriege
- Mafiakriege New York
- Club Indulgence Duetts
- Mafiakriege Irland
- Verlorenes Königreich
- Weihnachtsnanny

In englischer Sprache:

- All In (Stand alone with entwined characters)
- Together We Stand (Brooks Family Saga - read in order)
- Behind Closed Doors (Read in order)
- Judge Me Not-Stand alone Novella
- Holiday Hoax-Stand alone holiday romance
- Club Indulgence Duet-(Read in order)

Maggie Coles Newsletter
Melden Sie sich hier an!

Besuchen Sie Maggies Webseite, um ihre kompletten Werke zu sehen
https://www.authormaggiecole.com

Treffen Sie Maggie in ihrer Lesergruppe

Maggie Coles Romance Addicts

Für Werbegeschenke folgen Sie bitte
Facebook Page Maggie Cole

Instagram
@maggiecoleauthor

TikTok
www.tiktok.com/@maggiecole.author

Buch-Trailer
Folgen Sie Maggie auf YouTube

Feedback oder Anregungen?
E-Mail: authormaggiecole@gmail.com